柴田光彦
神田正行 編

馬琴書翰集成

第一巻

寛政頃～天保元年

八木書店

目次

凡　例

〈総　記〉

一、本集成は、現在知られている曲亭馬琴の全書翰を、年代順に排列したものである。また、馬琴宛の来翰を、第六巻末尾に収録する。
一、既翻刻のものは、可能な限り原翰（またはその複製）に当って、再度校合を行なった。原翰の所在が確認できず、既発表の翻刻に従ったものに関しては、本凡例に従い最低限の改変を施すにとどめた。
一、読みやすさを考慮して、全書翰に句読点・清濁を施した。
一、標題の宛名は、一般に知られた名称に統一した。現存する書翰数の多い、殿村篠斎・小津桂窓・木村黙老・鈴木牧之の四者については、標題等において略称で示した。
一、各巻末に、所収書翰の所在・出典一覧を付した。

〈排　列〉

一、書翰の排列は、それぞれ日付の先後に従った。そのうち、同一の日付を持つ篠斎・桂窓宛の書翰は、基本的に篠斎宛を先行させた。
一、所収書翰の年次については、既発表の翻刻に従うことを原則とした。ただし、編者の判断で年次を改めたもの、あるいは新たに年次を推定したものに関しては、別巻収録の校勘記において、その根拠等を明記した。

一、従来、本翰と一連のものとして扱われていた追啓や覚・別紙等のうち、日付もしくは宛名が異なり、独立性の高いものに関しては、新たに別個の書翰として扱った。

一、内容が馬琴作品の評答に始終するもの等若干を別扱いとし、第六巻に附録として一括した。

〈字　体〉

一、基本的に原翰の忠実な翻刻を心掛けたが、漢字は通行の字体に統一することを原則とした。

一、馬琴の特徴的な用字や、通行のものとは大きく字体が異なる文字若干については、例外的に原態を残したものがある。

（例）悮　悴　燈

一、合字「ゟ」は「より」に改めた。

一、著しい略字は、正字に改めた。

「广」→「魔・摩」　「厂」→「雁・厘」　「卩」→「部」

一、漢字一字の踊りは「々」に統一した。踊り字「〳〵」が一文字の連続を表わす場合も、これを「々」に改めた。

一、仮名はすべて現行のものによった。但し、慣用の「与（と）」「茂（も）」は原字に従った。また、特に片仮名の意識をもって使われたものと思われる仮名については、その体に従った。

〈誤字・脱字等〉

一、明らかな誤字は訂し、もとの形を（　）に囲んで右傍に示した。割書や傍書を改めた場合は、もとの形を（　）に囲んで、当該文字の直後に示した。ただし、当時慣用のもの等については、必ずしも厳密に行なうことをしなかった。

一、推定しうる脱字は、〔　〕に囲んで補った。想像される脱字が複数の場合、あるいは正しい形が断定できない場合は、（ママ）と注記するにとどめた。

一、解読不能の文字は□で示し、推読した文字は□で囲んで明示した。虫損・汚損などによる不明個所は、おおよその字数に相当する数の□、もしくは▯で示し、（ムシ）（破損）などと傍注した。

〈その他〉

一、他筆による端書・端裏書がある場合は、標題の次に「（端書「……」）」の形で示した。

一、馬琴自筆の表書は、本文冒頭に「（表書「……」）」の形で示した。

一、脱字を補う傍書は、全て本文中に組み入れ、一々断わることはしなかった。

一、敬意をあらわす平出や闕字は、これを闕字の形に統一した。

一、割注は原態の通りに示したが、更にその中に割書きがある場合は、これを〈　〉で囲んで示した。

一、詩歌や尚々書き等、本文とは異なる意識で記されたものは、字下げを施して区別した。

一、書名は『　』、書名に準ずるものや、意識的な引用は「　」で囲んで示した。

一、別紙付箋や頭書は「(別紙「……」)」「(頭書「……」)」として、本文中のしかるべき位置に挿入した。
一、署名において、「解」が花押の形になっている場合も、他との区別をせずに「解」で統一した。

＊未発表の馬琴書翰について所在等の情報を御存知の方は、小社出版部宛に御教示いただければ幸甚に存じます。

寛政頃〜文化年間

1 〔寛政～享和〕三月五日　牧之宛

朶雲薫誦仕候。春暖相催候処、倍御荘栄被成御座、奉恐喜候。陳バ、御別紙手鑑一葉、相認候様被仰下、委細承知、則任命、愚詠染筆仕候。御一笑可被下候。且亦、愚名入すり物儀被仰下、御心易義ニ御座候へ共、及晩春、もはや手前ニ払底ニ御座候。依之、友人よりもらひ置候手すり、少々呈上仕候。愚詠すりもの、かハり、短冊二葉御進上仕候。

右御答迄、早々如此御座候。恐惶謹言

三月五日　馬琴拝

牧之雅君
座下

尚々、御歳旦御秀吟御見せ被成、いづれも甘吟。
就中、春興二句、
陽炎や――
梅がゝにたが――
右、別而おもしろく覚申候。
一、友人京伝方へハ、毎度御懇書被遣候よし。御風流之御事、折々御噂申出候義ニ御座候。小子も貴国雪中のおもむき、くハしく承知仕度、かねて志願ニ御座候。著述之一助ニも相成申候事ニ付、いつぞ御閑暇之節、折々御筆談被下度奉存候。小子、両三年已前より、『俳諧節用抄』と申著述ニ取かゝり罷在、去年やうやう稿を脱し、此節、彫刻最中ニ御座候。大方当冬ハ出板可仕候。是ハ四季詞寄、新撰極細注之書也。細字三(之)百張斗のものニ御座候。僕義ハ、古今観破一風之俳諧を立、独楽ニ任候事ニ御座候。出板之節ハ、御高評可被下候。猶心事、後便可申上候。以上

孟春十八日発之御状、三月三日ニ相届候ニ付、御答延引ニ相成申候。何ぞ相応之御用等も御座候ハヾ、亦々可被仰下候。玉句等、はやく

参り候ハヾ、可然『節用抄』へも加入可仕候所、只今ニ至りてハ出板前故、不能其義、甚残念奉存候。雪中の珍話等御座候ハヾ、已来之著述ニ書加へ可申候。頓首

江戸元飯田町中坂下東側中程

滝沢清右衛門

（別筆頭書「曲亭馬琴実名」）

右之通、御覚可被下候。

2　享和二年十月二日
大庭大助・雪松慈平宛

（表書「元飯田町中坂下　滝沢清右衛門」）

尚以御地松村氏へハ、別段書状差出し不申候。御序之節、是又よろしく御伝声奉庶幾候。以上

雁章捧呈。秋冷之砌、被成御揃、弥御多祥被成御座、珍重奉存候。陳バ、小子西遊之砌ハ、御深切御世話被成下、御厚篤、不浅忝奉謝候。去ル六月廿九日出水、江州途中ニ危く一命を拾ひ、其砌ハ、上方表も甚殺風景御座候而、漸々八月廿四日帰庵仕候。罷帰り候ても、雅俗之多用、不得寸暇、心外御不音罷成候。此段、御許容可被成下候。右御礼、時節御様子相伺度、如此御座候。以上

十月二日　馬琴拝

大庭大助様

雪松慈平様

尚以、御舎弟様御初、其外諸君へ、よろしく奉願候。以上

3　文化五年九月十二日
河内屋太介・正本屋利兵衛宛
（榎本平吉出、馬琴代筆）

近ごろ御面倒ながら、着当日にそれ〴〵へ行とゞき候様、御とり斗ひ可被下候。奉希候。

目録

一、褒詞　百冊　芝居中へ
一、おなじく百冊　茶屋中へ
一、おなじく百冊　当日見物へ少し宛御出シ被下度候

その外、別ニ封之。

通計三百冊余

仄（灰）聞、於浪花中ノ芝居、曲亭先生著述の稗史、本房刊布するところ、『南柯夢』の趣に嫁して、本月某の日、場を開くとなん。因て速に先生に請て、褒詞一編を作りて晋覧之。遠処之寸志、冀稟焉。

戊辰九月十二日　江戸書肆　榎本平吉

大坂
河内屋太介様
正本屋利兵衛様

4　文化五年十一月十八日
河内屋太助・正本屋利兵衛宛
（平林庄五郎出、馬琴代筆）

目録

一、すりもの百枚　中之芝居惣座中へ
一、同百枚　茶屋中へ
一、百枚　見物方へ

通計　三百枚

右、御面倒ながら、差当りそれ〴〵へ御とゞけ可被下候。奉庶幾候。以上

戊辰霜月十八日　江戸書肆平林堂

浪花

森本太助様
正本や利兵衛様

参人々

5　文化七年五月朔日　石井夏海宛

進上

洛北高尾紅葉

これはいぬる秋のころ、京師東山土卯子富左近将監事よりをくられ候ま丶、数葉御めにかけ申候。

文化七年五月朔

東都簑笠漁隠
馬琴

相河夏海君

6　文化十年正月十六日　歌川豊清宛

（宛名「□（破損）院門前　うた川とよ清様　当用　馬琴」）

入り口うすゞみ入之処、少々愚意ニかなひ申さず候ニ付、又々御面倒奉願候。何とぞ、はり札ニ認候やうに、人物ちひさく、少しとほく見せて、かげぼうしの様ニ仕度候。今一ぺん御工夫之上、御した丶め可被下候。此節、板元又々不快のよし。何事も使ニて行とゞき不申、彼是とひまどり候内、うり出しも大きニ延引可致と、心痛仕候へども、このま丶ニさしおき候も又残念ゆへ、もり下町の便を、直に御宅まで上げ候。此人またせ置、何卒即座に御認め、奉願候。以上

正月十六日　馬琴

うた川

豊清様

当（願）用

7　文化十年七月十一日　石井夏海宛

（封「夏海雅君　馬琴拝具」）

爾来久不得鴻便候へ共、酷暑之節、渾宅弥御清栄、可被成御経営、奉賀候。随而野生無事ニ候。乍慮外、御安慮可被下候。去夏中、御注文被仰付候拙著『燕石雑誌』『烹雑記』、脚力へ附属いたし候。定而御入手被下候事と被存候。『烹雑の記』中、たこぶねハ甚僻案、是は御案内のごとく、殻ある小章魚、浪ニうきて、からの中よりかしらを出し、帆のごとくして走り候ものを、浦人たこ舟と申ならハし候由、かねて伝聞候ヲとんと失念、出板後思ひ出し、後悔いたし候。定メテ〳〵御地の事などにハ、伝あやまり多く可有之候。錯悞は無御覆蔵（臓）可被仰聞候。後学ニ備申度候。

一、当御奉行御家臣すゞ木藤介と申仁、板下をかゝれ候ニ付、拙老懇意の仁ニ候。よき伝手ニも可有之候。御用も候ハゞ、彼仁へ御たのミ、御書状御差出し可被成候。其段、鈴木氏へも申つかハし候。且猶、かねて御頼申候薬草、御面倒ながら、おし葉ニ被成、来春すゞ木氏帰府之節、御遣被下候様、奉願候。やへのあさ白いかゞ、よろしき花ニ出来候哉。承り度候。

一、当春のとし玉ずり、一枚進上仕候。外ニ大小も有之候へ共、不残もらハれ、只今ニ至り、一枚も無之ニ付、石ずりのミ進上仕候。これもすりが甚手おもく、やうやく一枚残り居候のミニ御座候。夫故、余分ハ進上いたしかね候。

一、此地之趣ハ、すゞ木氏へ之状ニくハしく認し遣し申候。彼仁より御聞可被下候。御及聞も候半、北山子も去（来）年没候。蒲生秀実も、当月六日ニ没申候。くだりて、梨園の路考・宗十郎など、ミな〳〵黄泉の客となり申候。かれらがうへハをしむに足らず、北山翁ハ当今の老儒、蒲生ハ和漢の実学者、元来畸人ニて、世事ニうとく候故、しらぬ人、そしる人多かりしが、野生も如此友をうしなひ、嘆息ニ不堪候。

一、狂歌堂など、いかゞ候哉。一両年、面会もいたし不中故、可申通よしも無之候。閑居杜客のミに月日をおくり申候。御一笑。
時節〔柄〕、御様体承り度、如此御坐候。以上
七月十一日　　滝沢清右衛門
石井静蔵様
人々御中

8 〔文化十年頃〕十月二日　中神守時宛

旦暮よ程冷気を覚申候処、益御機嫌被遊御座、奉恭悦候。陳バ、恩借之御珍蔵、永々拝見、奉多謝候。則□返呈仕候。おくに出生之事、いまだ管見無之候。心がけ、見出し候ハヾ、可申上候。多々拝趨、心緒可申上候。以上
十月二日　　馬琴
梅龍園大人
絵巻物副　　拝具

9 〔文化十年頃〕五月十八日 中神守時宛

向暑之節、益御荘健被遊御座、奉恭喜候。然ば、先達而拝見仕候「お国歌舞伎古図」、其節忰ニざつと写しとらせ置候所、近比、友人京伝ニ物語仕候へバ、甚珍重仕、かの人著述之『骨董集』へ、右の図斗摺出し申度よし、達而懇望仕候。全体、小人追而随筆あらハし候節、相伺、加入可仕心がけニて、写させ置候得ども、懇望致され、已ことを得ず、原本御持主へ相伺、其上ニて否哉可申旨、挨拶致置候処、此節頻ニ催促仕候。尤、御考、并尊君様御蔵本のよしハ、決而書あらハし不申、小子摸本を枝写のよし、図斗出し申候よしニ御座候。苦しかるまじく候哉、奉伺候。此義拝趨、思召可奉伺候処、此節不快ニ付、此間中より忰を以、可申上奉存候へ共、是亦時候中りニて、相臥罷在候間、不得已、乍失敬、以卑章奉伺候。乍御面倒、可不可の義、一寸御返事被仰下候ハヾ、有がたく奉存候。多々拝趨可申上候。以上

五月十八日

梅龍園大人

梧下

馬琴

拝

10　文化十二年五月十一日　正本屋利兵衛宛

其後は御疎遠罷過候。薄暑之砌、弥御清勝可被成御座、奉賀候。然ば、早春ハ不相替御文通、殊ニ芝居番付等御投恵被下、御親父様御存生同前ニ存、大慶、忝被存候。然バ、今般相応之伴侶有之ニ付、忰宗伯義、為医業執行、京摂遊歴仕候。依之、貴家御尋申候様申付候。若輩、殊ニ初旅ニて、不案内之義ニ御座候。何分愚老同様思召、万事御汲引被下候様、奉頼候。芝居ハ、土用休之比ニなり可申候哉。はま芝居ニても一見仕候ハヾ、幸之事と被存候。何様御侠気を以、御面倒奉願候。且又、自分相応之御所要も被成御座候ハヾ、□承候。是等之趣御頼、可得貴意、如斯御座候。以上

五月十一日　馬琴拝

正本屋

利兵衛様

参人々

11　文化十二年六月二十四日　黒沢翁麿宛

答黒沢太市郎書この人、はじめハ九花いろ〔は〕堂と号、後更て翁□と号ス。伊勢桑名の人、下総侯の家臣也。

去年十一月の芳翰、自柏屋半蔵届来り候ニ付、卒爾ニ受とり、則（カ）敬見仕候。其後、可奉呈返書奉存候へ共、御実名御しらせ不被下候故、大ニ迷惑仕候。抑不佞、去夏中より小恙有之、旧痾于今不瘥。依之、不曳杖於窓外候へば、半蔵にも面会不仕。御状之肩書、九花と有之候を、くはなとは不得読、もし浪花にもやと存候而、大坂表処々へ、いろは堂と号する仁しるよしあらバ、住所・実名をしらせよと申遣候へ共、皆不知々々と申ニ付、無是非打過候処、今月十一日之御再翰ニ而やうやくわかり、忽散鬱胸申候。

如貴翰、未得面謁候へ共、酷暑中、弥御清福被成御座、奉賀候。然バ、拙著『烹雑の記』被成御一覧候ニ付、御質問之趣、御教諭、御驚し被下候由、御細翰之条々、逐一拝見仕候。依之、先旧冬之御答、左ニ申上候。

筬刺の愚考、『国語』を附会いたし候ニ付、しきのしの古意を失んと思召候事。

右定家卿の浜久木を、はまひさしと書せ給ふによりて、後人これにさま〴〵なる説を附て、人を迷すといふ事、又雷鳴月を水無月と書、雷無月を神無月と書しより俗説附会して、十月にハ神詣せぬ事になりしといふ事、又業平の歌、水冰《（泳）》るを水絞るとおもへるあやまり、又子貢が告朔の餼羊を去んといひしを、孔聖愛其礼と答えられし事さへ御とりよせ被成候、数ケ条の御援引、和漢の広博、憚ながら御才器之程難測、実ニ奉驚入候。とばかりにして、愚意を不述も亦失敬ニ可有之奉存候へバ、左ニ御答申上候。過言は御宥恕可被成下候。

答。今世紺かき・針婦等が用るしんしといふものハ、『和名抄』にも見えず、いにしへハなくて、近き世に工ミ出せしものなるべし。これをしきのしの略名といひしも、己が卒爾に書出せし事にて、後に思へば、しきのしの略言にハあらざるべし。圧など置て伸スものをこそ、しかいハめ、かれハ圧を置ものならぬをや。かゝれバ、しんしの正字も、又名づけたる義も定か《（ムシ）》ならずとこそ思ひ候なれ。さらば、『国語』の筬刺を借用して、しか書んとも、更に〳〵雅俗の為に害なき事なり。　大皇国の古書ハ、文字を奴にしてつかふと真渕がいひしは、あがれる代のうへのミ。今もみくにまなびするもの、強て古文に倣んとて、文字を奴にして使ふ事もあなれど、むかし吉備公帰朝の後、嵯峨・平城・醍醐のおん時に及びて、漢学大ニひらけ、物名称呼文章まで漢名を唱へ、或ハ音訓をまじへ唱るもの少からず。簡便を取る事、朝野の常経なればにや。この後、物名称呼一変して、和名のほろぶるものおほかり。譬ば、『和名抄』に太《（大）》政大臣・左右大臣の和訓を載せしが如し。和名は後につけたるよし、先達既にいへり。和名ありといへども、当今是を唱る事なくバ、虚名也。杓子は定規のあてがたきもの、偏頗《（ムシ）》の惑ひ、かゝる事おほかりと、誰やらもいひしか。

又、水無月ハ雷鳴月、神無月ハ雷無月也といひしハ、荷田東麿が発明の弁也。愚もはじめはこの説をよしと思ひ候ひしが、近日本居が弟子なるもの、十二月の異名を、よく考果せしを見れバ、みな耕作につきて名づけたるもの也。この説ハ、古人未発の妙案、今昔不易の塵譚といハまし。かゝれバ、雷鳴月・雷無月も、亦附会の事にして、あやまれり。神無《ムシ》は仮字也。水無ハ字の如し。この月、田に水乏しければといふ説も、亦誣べからず。されバとて、東麻呂が如きは、国学の嚆矢、既に一家をなすもの也。只この一事をもて、その他を論ズべからず。現に水無月・神無月を仮字と見ても、雷鳴月・雷無月と書るもの、古書に絶て見えざれば、徴としがたし。彼説出て、此説ほろぶ。後生おそるべし、何ぞ来者の今にしかざるをしらんとは。聖人の用心、かゝる事にもいふべき歟。又、彼十月を神なし月とて、浮たる事をいひ出せしハ、ゐせかんなぎなどが所為にや。譬ば唐山の寒食ハ、晋の介子推が事に起るといふが如し。時俗の常談、論ずるに足らず。攻異端、惟害已矣。かかる僻事に　官禁なきは、ひが事といふのミにて、その害なき事をしるべし。況亦、しんしを箴刺と書が如き、業平の歌を引給ふもこゝろ得がたし。和歌は雅物也。歌をよむものも、古歌を解しあやまつこと多かめれど、そハ道の先達ありて、終には説あかすぞかし。しんしハ俗物也、又近世の工具也。愚がこの事において僻説なりとも、世の為に害なし。又譬るに、玄関雪隠の名目ハ、道経・禅録より出たる如し。あたらずといへども、雅俗通用す。しんしに『国語』の箴刺《ムシ》を借用せば、雅にして趣あるにあらずや。いと憚入候得ども、定家卿ハ和歌の亜聖也。しかれども、多く『万葉集』をよミあやまち給ひしかバ、後世に議論あり。されバとて、その論ずるもの、詠歌において彼卿のうへに出がたし。人を論ずる事ハ易く、みづからなす事の難ければ也。又彼告朔の餼羊の如きハ、彼国当時の大礼也。我邦近世の工具をもて、可否を准ふべくもあらず。割鶏の為に、牛刀を用るはなほ可なり。雀を弾くに、隋侯の珠をもてすべからずとぞ思ひ候かし。

又承諭に、善知鳥ハ水鳥也。水鳥ハ、両腹の毛羽の上に出て、水を払ふものなるに、彼図にハ鶏の如く、羽を左右にかさねたり。この理、たえてなしと思召候事。答。これ等の事ハ、かねて此方にも、画工の麁忽を嗟嘆仕候事ニ御座候。彼図にハ、画工の姓名をしるしたれバ、愚が悞に似て悞にあらず。不佞が写させおきたる善知鳥ハ彩色にて、板本とおなじからず。件の写本を画工に示し候とき、板元の書肆ハ、これを奪ふ如く乞とりて、更に画工にゑがゝせ、多くハ又作者に見せず、上木の後、校合に差越候故に、些のあやまりハ改めさせ候へども、大に画者のあやまりを弁じて、彫更めさせ候へバ、出板[の](ムシ)時日もおくれ、且板元の本銭、意外の費有之ニ付、画図のミならず、本文といへども、彫刻の後、傭書の悞を見出すときハ、悞としりつゝも、そがまゝに出板致させ候事、毎に有之。何事も、売物と渡世の四大字に縛せられて、おのがまに〱ならぬ事多かり。彼日やり番匠なる慰ミ著述とおなじからず。かくて、つくり物語ハさら也、『燕石雑志』『烹雑の記』の如き、随筆めきたるものといふとも、丹田より出る説ハ禁忌にふるゝも多く、又里耳に入らざるをもて、此方よりあてがひて、深く考候事ハ稀也。これも渡世の為なれバと、窃に観念すること多し。されバ、この年々の拙著をもて、作者本来の面目ならんと思ハるゝハ、虚名の罪也。又彼善知鳥の図、自筆に候ハゞ恥なるべけれど、前にもまうすごとく、所[蔵](ムシ)の図ハ写真なるを、うつしあやまてるハ画工の拙也。そハとまれかくまれ、只善知鳥といふ鳥ハ、かやうなもの也と、その大概をしらせ候へバ、事すミ候と了簡仕候。さのミは画難坊もあるまじく、在といふとも、譏を承候事ハ、つねの事と思ひ候へバ、さらに〱かばかりの小事には懸念不仕候。これらにまして、遊女花扇の事など載候ひしハ、絶て得意に候ハねども、已ことを得ずこ[ゝ](ムシ)へ出せり。昨のわれに倦候事、わきて著述に多けれバ、出板の後、更に弄ぶ事なし。再見候も疎しきもの、多く御座候。

又承諭に、すべて物語ぶミハ、ほのめかしたるをほゐとす。『源氏物語』など、経文・文集さま〲の事を取れりと見へたるも、事をつばらにせず。『伊勢物語』に八《(ムシ)》、たま〳〵くハしき所あるは、ミな後世のうら書にて、是記者の本意にハあらず。しかるを、拙著の草紙物語ハ、諸事くハしきに過て、明なる上にも猶明せり。こは童蒙の読やすき為なるべけれど、これが物語のほゐ歟、ほゐならぬかと思召候事。

答。貴諭の如きは、すべて風雅のうへにして、当今売物の新書に用ひがたし。今の草紙は風雅《(ムシ)》の字のかたへ了簡をつけ候へバ、多く不売事、これらの理屈ハ、解して用ひずと可被思召候。現に脱落なきは文章にあらず、ほのめかさゞれバ余情なし。かのふるき草紙を見るに、事の書ざま、ほのめかしたるあり、又くハしきあり。ほのめかしたるハ作り物語にて、くハしきハ実事也。『伊勢』『源氏』のふた物がたりハ、虚談を実事の如く書たり、故にほのめかしたり。『栄花物《(ムシ)》語』『かげろふ日記』のごときは、実事を虚言のごとく書たり、故にくハしし。又『枕の草紙』にハ、清少納言みづから之そがをのうへを書たり。かゝれバ、草紙物語に定れる格なし。又、唐山の小説に二義あり。『水滸伝』の如きハ人作也、『三国志演義』の如きハ、天作を人作したるもの也。自是して下、『隋史遺文』『五代演義』、その他の諸演義の如きハ、その事くハしきに過て、帝系・列伝を挙、年月姓氏を正して、もて史の闕文を補ふの微意あり。譬ば、拙著の草紙物語は、唐山の諸演義に擬したり。絶て『伊勢』『源氏』をもて本と不仕候。故に、明なる上に明にして、尤くハしきに過たり。是時好に従ふものなれバ也。今の作り物語ハ、童蒙の弄ぶのみ《(ムシ)》ならず。和にも熟せず漢にも熟せず、雅ならず俗ならざる男女、おほくこれを見るにやと存候。いと罪ふかき事ながら、虚をもて実の如く書なし、本文に自注さへするが、則時好の真中也。されバとて、古書を偽作し、虚談を実録と唱候類にハあらず（頭書「元来作り物がたりなる由ハ、童蒙もよくしれり」）。これを世教に益なしとて、いたく憎むハ腐儒の見なり。されバ又、本文のミにてハ趣なきに似たる故に、しかる《(ムシ)》べき蛇足の愚考など添たるハ、作者の遊び也。本文を見るものは、序目を得味ハず、考証を見るものハ、本文を弄バず。見る人おの〱異なれバ也。愚ハ只『三国志演義』の批評、及金聖歎が外書などを、毎に感佩仕候故、こゝらを本に仕候。さりながら、『三国志演義』といへども、実事のミにあらず、孔明が弾琴して仲達を退たりなどいふ事ハ、作り事也。是虚実相半して、亦史氏の意を失ハず。しかもくハしく、しかも明なるを妙とす。凡和漢の文章、くハしといへども、上手のうへにハ脱落あり。言を竭さずして見るものに暁らするゆゑに余情あり。下手の文章にハ脱落なし。断るうへにもなほ断る故に、感情起らず。今の俗文といへども、こゝを解してよく書課せたるものなきに、あ[と]《(ムシ)》にてよく見るもの稀なれバ、こゝろつかぬものにやと思ひ候かし。

又承諭に、拙著『弓張月』に西行『山家集』の歌二首出して、傍にこと葉書をそえたり。後の俗こそ、時に臨ても、細々と前書ハすなれ（愚云、歌にこと葉書きといひ、連歌に前書きといふ。こゝに前書としるせしハ、貴諭のまゝ也）、むかしハさるひが事なし。歌集ハ後に編るものなれバ、前書なくてハ聞えず。その所へゆきて書つる[歌]《(ムシ)》に、前書すべうも不覚と思召候事。

答。貴諭之趣、和歌一くだりの書に候ハゞ、かゝる理屈も候ハん。これは浮きたる作り物語といふ事に、御こゝろつかせ給ハぬにや。はかなき譬に候へども、能の狂言に、一人まづ出て、罷出たるものハ、何の国何の郷何某と申ものにて候と名告るが如し。人と初対面の折にこそ名告もすれ、一人無人境に入て、誰が為に名のるぞやといハゞ、理屈也。こゝにて名告ざれバ、見る人これをしるによしなし。唐山の李笠翁伝奇など見候に、出るものハ必名告れり。かゝれバ、『山家集』の歌を出して言葉書を載する事、『山家集』ハさら也、西行の歌といふ事も得しらざる人に見せん為なれバ也。作物がたりの用心、かくはかなき事ぞ多かる。作者業に[あら]《(ムシ)》ざれバ、才子といふともなほ暁ざる所あるべし。昔、金聖歎が『水滸伝』を批するに、聖経史書を引て、人物の賢不肖を評せしを、世の胡慮に仕候事也。歌の書ざまのわろきハ、歌書のうへにあるべし。理ハおのづから理なりとも、円器方蓋、いとあひがたき事にこそ。右質問之条々、不漏あらまし注進仕候。おぼえず過□(ムシ)可有之候。そハ野人の木訥と、御海容可被成下候。不佞、齢ハ小ゆるぎのいそぢに隣り候へ共、非を見て諫る友もなし。独学孤陋を慚入候のミ。嚮に『烹雑の記』に附載仕候『燕石雑志』のあやまりなど、多くハ自己の再考をも、他人の批言の如く書なし候。愚ハ愚ながら深意ありて、彼呂氏が『春秋』に、一字の増減を摸たるに倣へるのミ。亦是一時の戯れ也。かゝれバ、年来拙著を見て、面に従て後に批するものハ候べけれども、面あたりに批するもの、一人も覚不申。こハとるにしも足らぬ燈下の戯墨、或は一時半閑の随筆なればなるべし。しかるを、貴君は未得拝面候へ共、郵書を給ハりて、はるぐヽと御教諭被成下候事、有がたきまで忝奉多謝候。「未□(ムシ)而諫、則以為謗己也」と子夏ハいへり。貴諭の御内心、調戯誹謗の御こゝろもて被仰下候かハ不奉存候へ共、全左ハ不承候。不浅辱、歓入奉り候。いろは堂と御自号被成候縁故、巨細ニ御示被成下、謹で承知仕候。随分記憶可仕候。以上。

右、去冬の承諭、拙答訖　　　馬琴拝具

いろは堂主人公梧下

本月十一日之朶雲、薫誦仕候。去冬柏屋まで御文通被下候処、返書指上不申候ニ付、御批言之趣を、立腹も仕候哉との義、并ニ右被仰下候義者、一時の御漫戯ニて被成御座候へバ、そのまゝうち棄可申候間、御叮嚀被仰下候御書中之趣、承知仕候。去冬返書差上不申候よしハ、前文申上候仕合ニ候へ共、僻たる了簡にハ立腹も仕候歟、又申釈候ニ詞なくて、御答及延引候と可被思召奉存候而、不顧失敬過言、心事前文ニ注し申候。将又、当春御霊夢により、翁□御書のまゝ。よめ不申候。庵歟又盧歟君と御表徳被成候由、珍重奉存候。右ハ京伝子、かねぐヽ実学御すゝめ被申候ニ付、狂歌を思召すてられ、本歌を御嗜ミ被成□(ムシ)由、御教示之趣、承知仕候（頭書「依之、御見識も、旧冬とハ格段ニ御差別被成御座候よし、御尤ニ奉存候」）。不佞、京伝子とハ、三十年来之友ニ御座候へ共、近来多病ニ罷成候へバ、一年の面会、一両度ニ不過候間、絶て御噂も承り不申候。彼人ハ好事学を嗜ミ被申候へども、経書史伝に意を得られ候様ニ者存不申、いかなる故に実学をすゝめ被申候哉、一トたびハいぶかしく、又一トたびハ感佩仕候。詩歌ハ文学の末芸也。只□《（ムシ）》鳥獣草木の名を識ると孔子ハいへり。本歌といへども、実学とハ唱がたかるべし。これをもしか唱候歟、故ある事と奉存候。抑不佞弱壮の比、不斗戯作を嗜ミ候じやれがこうじて、二十余年生活の一助となり候へバ、不得已はかなき草紙作者といハれて、あたら年月を送り候処、著述の労によりて、血気も年齢よりはやく衰へ、そがうへに、去夏中より留飲痟症にて日々にうち臥、わきて酷暑之時節、さらに筆研に親ミ不申、まハらぬ筆にてかやうの長々しき御答仕候事、甚以煩しく奉存候へ共、一度ハ不辞禿筆、返書奉申上候。已来、御懇書被下候ても、不快之節者御答申上まじく候。かねて失敬ハ御宥恕可被成候。全体《（ムシ）》、七八年病身に罷成候てより、著述ハ為生活、不得已仕候得ども、詩歌文章いへバさら也、風流のまじハり、朋友の面会も、疎しく奉存候ニ付、緊要之俗務ならでハ、一歩も閾外へ出不申候。依之、遠方より郵書を以問答し給ふをも、辞して交り不申。当地の諸君子、名簿を投じて訪せ給ふも、辞して面会不仕候。是全、みづから学者た《（ムシ）》らんとほりするにあらず、例の痟症、もし失礼もあらんかと、窃に憚思ひ候故也。ちかき比は、遠近の諸君も、よくしらせ給ひけん、蓬戸に来賓まれなり、案頭に郵書も絶申候。勢利の二つをいとひ候故に、簑笠隠居と僭称して候かし。諸事、これにて御賢察可被成下候。かゝれバ、何分御風流一わたりの義に候とも、貴諭ハいく度も可承候へども、不及御報候条、失敬御宥恕可被成下候。譬バ、穴のうちなる昼狐のごときものと思召可被下候。信ずるもの、不信ものの差別なく、対面応答を厭候故に、穴前へ粢を備て誘引給ふをも、かろ〴〵しく出て貪らず不食候（頭書「又、詩をこひ歌を乞て、短冊を穴前へ置ものありて、明朝ゆきてこれを見れバ、たま〴〵染筆してあるべくあれども、絶てそのかたちを見せず」)。か丶れバ、野狐にひとしきもの、元来薄徳の愚老ニ候へバ、人に教(ムシ)候事、毛頭無之、又人のよしあしを申事も無之候。偸食の民、世の散材に御座候。御一笑可被成下候。あなかしこ

乙亥夏六月廿四日　　滝沢解拝

黒沢雅君梧下

尚々、奇応丸一包差上候様被仰下、右薬価百十一銅、飛脚屋江御渡し置被成候由、御書中ニ見え候へ共、飛脚屋よりハ、何も参り不申候。左様御承知可被成下候。右奇応丸、大包ハ代弐朱、中包ハ壱匁五分、小包ハ五分、三通りニ御座候。何方へ指出し可然哉、御指図被成被下候。江戸表御やしきニて御取次、御差登せ被成候御方様ニても有之候哉。左なく候ハヾ、飛脚賃も御附属可被下候。賃先払候でハ、飛脚屋ニて請取不申候。

右、座右に佳紙無之故に、烏欄紙を用ひ申候。失礼、御免可被下候。

12　文化十四年三月十四日　櫟亭琴魚宛

御令兄御批評御見せ被下、第一の御忠告、近来稀ナル珍書ニ候へば、開封そのまゝ再三熟読、誠以甘心、大悦只この事ニ御座候。とし来小説を好せ給ふ御眼力、きつとしたること也。おそらく当今の小説を、かくまでに見る人稀なるべし。わが為の知音、このうへやあると、実にかたちを改るまでに甘服仕候。さりながら、後々の編、見果給ハらで(、)の批評なれば、只見わたしたる処のことわりのミにして、さもなき評もあり。こハむりからぬ事也。そのくだり〲を訳して、入賢覧申候。こハ小説の作なされんに、第一の秘書たるべし。稽古このうへあらじと存ぜし故、まづ入興してうちもおかれず。御書状の着ハ、昨十三日未中刻也。拝見の後入湯して、直ニ批評の訳をかき付る程に、さてながくもなるもの哉、次第々々に紙をつぎたして、たそがれを過し、燭を秉り、亥の比及には『朝夷』の評まで、

大かたにしるしつけ、今三四ケ条のこりしが、翌の事よとてふしどに入りつ。けふは朝より筆をとりそめて、はや巳の比及には書をはりしが、再遍よミかへすに時うつりて、昼飯ごろに、やうやく筆を閣キぬ。もとより意にたくミ、ふかく考などして申べき事にもあらず、只思ひのまゝにはしり書せしかバ、悞脱は更也、思ひあやまりたる説などもあるべし。そハみこゝろにえらミ給ひね。

御批評、返却に及バざるよし、被仰下候へ共、あまりのをもしろさ、興に乗して蛇足の弁をそえ侍る事、廿尋にあまれり。さらば、君に見せて笑ハせ侍らんと思ひつ。殊ニ小ざくらの一義、はやく返事しらせよと御申越しの事なれば、ハつかに時をかさねて訳し侍り。よしや、三枝園御主人見そなハするとも、必笑ハせ給ハんのミ、ねたしと思ひ給ふよしハ侍らじと思ひ侍るかし。さバれこの一巻は、こなたへもうつしとめて、枕の友とせまほしく侍れバ、いつ也とも御賢覧果て後に、御かへし可被下候。およそは、五六月比までにほしく候。もし長夏の御手透に、清書などあらせ給ハヾ、そのうつしを草紙にしてほしく御座候。君が手づから清書し給ハるにも及べからず、仮初なる傭書などに命ぜられても、悞脱だになくバよし。此一巻、その御方に御不用ならバ、清書ニ不及、このまゝ御かへし下さるべく候。

やよひ十四日のまひるに、

この状をかきそえつ。

13 〔文化年間〕三月十三日　正本屋利兵衛宛

伏稟

読本絵草紙類改方、京橋鈴木町和田氏御子息、はじめて上京ニ付、紹介仕候。貴地御文人達江御汲引被下度、奉希候。不備

暮春十三　馬琴

本利様

文政元年〜文政十三年（天保元年）

14　文政元年二月三十日　牧之宛

（頭書）「文政元年戊子二月卅日」

○拙著『玄同放言』全六巻大本凡惣紙数二百七八十丁へ加入之品々、その外御答。

一、元禄年中の雷獣

右ハ、壱ノ巻天ノ部ニ、雷魚・雷鶏・雷鳥・雷獣等の考へ有之、一ノ巻末ニ筆耕ニ渡し、幸ひ手前ニ草稿有之ニ付、御状着の日、直さまかき入レ、凡三丁ほど下書をしなほし、図説ともニ加入仕候。則近日、板下かきにわたし申候。玉湖と申仁ハ、元禄中の仁か現在の人か、ちとわかりかね申候。右雷獣之事、年来たち候故、おぼつかなく思召、用捨可致旨、被仰下候へども、頭の猪ニ似候事ハ、大ニ考据有之ニ付、加入仕候。乍去、元禄年中十二月下旬とハ、あまりはつとしたる事にて、とかくかやうの物ハ、年月日時をしかと書あらハし不申候てハ、人信じ不申候。依之、少々差略いたし、何年といふ処、虫ばミニいたし候。是又人を欺くに似たれども、已ことを得ざる仕合ニ候。もし何年と申事、しれ申事ならバ、御正し被成可被下候。しれ不申候ハヾ、右之通りにてよろしく候。

右雷獣の図説、御こゝろ得の為、稿本を忰へ申付、ぬき書致させ、御めにかけ申候。御ほね折られ候儀ニ付、御姓名、末代までのこり候様ニと被存候。

（以下別筆。宗伯筆か）

近ごろ越後なる、一友人より、異《こと》形なる雷獣の画図一トの頁《ひら》を獲《え》たり。その図説に云、元禄□《虫バミ》年、十二月中旬、越後魚沼《うをぬま》のほとり震動《しんどう》して、雷《かみ》の鳴《なる》こと甚しかりき。是年《このとし》ハいつよりも、降《ふ》り積《つ》む雪のたけましつ、けふは風さえ烈《はげ》しくて、雪吹《ゆふき》に往還《ゆきゝ》はたえにけり。かくてこの日、魚沼ノ郡伊勢平治村なる農家《のうか》のほとりに落たる物あり。こは異《こと》なる雷獣なり。その形状《かたち》六足前足二後足四三尾なり。首《かうべ》ハ野猪《ゐ》に似て、長き牙《きバ》あり。啄《はし》の長サ七八寸、尾の長サ啄とおなじ。足の長サ六寸余許《あまり》、爪《つめ》ハ水晶のごとく、鮮《あざやか》にして水掻《みづかき》あり、狼の如し。毛鬣《もうりやう》三寸、その色焦茶《こげちや》といふものに似たり。すべてハ身ノ長《たけ》、狐とおなじ。眼するどく形状にくむべし。雷鳴おさまりて、人咸《みなと》外に出て見れバ、この物雷に撲《うた》れて、既《すで》に死したり。摘レ要ヲ易レ文ヲ その図《づ》ハ（頭書「画図ハ、」）当時《そのかみ》小子《ちこ》谷《たに》玉湖といひし画工が、写《うつ》しおける也といふ。越後塩沢なる、鈴木牧之《ぼくし》通称ハ義惣次ハ、素《もと》より好事《こうず》の人なりけれバ、余が為に、件の図説をうつしとりて、附郵《ふいう》して見せらる。牧之云、目今《たゞいま》の事といふとも、そら言《ごと》ハ多かるに、元禄中の事なれバ、証《あかし》とすべき人もなし。さバれわが総角《あげまき》のころまでハ、里の翁ハかたりつぎて、云々《しかぐ》といふもありしが、今ハ人ミなしらずなりぬ。唯伊勢平治村なる人のミ、よくしれるものあらんといへり。牧之ハ老実人《まめやかびと》なれバ、しかいふこそことわりなれ。よてその図説をうつし出《だ》して、漫《そゞろ》に異聞《ゐもん》を広むるのミ。余この画図を見て、更ラに思ふよしあり。これ唐《たう》の李《り》肇《てう》が所言《いはゆる》、雷州の雷公と仝類《とうるい》なるべし。『唐国史補ニ』下篇云、「雷州ニ多シレ雷。春夏ハ無シ二日トシテ 無キコトレ之。雷公秋冬ハ、則伏セリ二地中ニ一。人取テ而食フレ之ヲ。形チ類スレ彘《ヰノコ》ニ。」といへり。かゝれバ雷獣の首《かうべ》、猪《ゐ》に似たるもの、世にこれなしとすべからず。『蠡海集《レイカイシフ》』気候篇ニモ亦云、「風雷ハ在レ天ニ。有テレ声而無シレ形。故ニ仮カリテレ乾位ヲ二戌亥ニ一。肖属《セウシヨク》以スレ配ニレ之ヲ。是以風伯《カゼノカミ》ノ首ハ像《カタドル》レ犬ニ。雷公ノ首ハ像ルレ豕《ヰノコ》ニ。雨ヲ為スレ坎《カン》ト。坎ハ中男也。雨師《アメノカミ》ハ像ル二士子一ニ。電《デン》ハ雷ノ光リ也。対スルレ震ニ者ハ巽《ソン》ナリ。巽ハ長女也。電母《デンボ》《イナヅマ》ハ像ル二婦人一ニ。古ヘ之鹵簿《ロフ》四神ノ旗。皆絵画《エガケリ》也。」といへり。五行の理を推《おす》ことは、宋儒《さうじゆ》の癖《くせ》也。謝肇淛《しやてうせい》ハ、いたくこれを笑へり。しかれども、雷公の首《かうべ》を豕《ゐのこ》に像《かたど》ることハ、大キに拠《よりどころ》あり。画者のそらごと、のミすべからず。今ハしも右なる画図を、『唐国史補』にあハし考へて、聊《いさゝか》こゝに取ることあり。但《たゞ》奇を好むの譏《そしり》を免《まぬか》れがたきのミ。因《ちなみ》にいふ、雷火の陰火たるハさら也、凡火《ぼんくわ》をも亦陰火とするものあり。清逸田叟ノ□ガ小説ニ云、「大陽ヲ為スレ陽ト。凡火ヲ為スレ陰ト。故ニ大陽出テ、而火燄無シレ光リ。水沢之気モ亦消滅ス」。これも亦一説なり。（別筆以上）

右ハ一ノ巻に入り申候。玉湖、今の人ならバ、当時と申候二字を除キ去り可申候。

一、入の富士銅堂、并ニ古鏡、附リ山中の図右ハ、四の巻器用の部へ加入可仕候。四の巻、いまだ草稿出来不申候。

右御図説、尤精細にて、よくわかり申候。乍去、上州・越後の境とのミにてハ、他国の人、まどひ候。富士ハ何郡ニ候哉、右の山、高サ何町、麓に村里あらバ、右村の名、又銅堂ハいづれの寺へ隷《ツキ》し哉、但主もなき堂に候哉。并ニ古鏡ハ、雪花墨にて摺リ候ハゞ、正銘ニ可有之候。さやうの事ハならぬ事にや。尤、此義ハ四五六、この三ヶ月までにわかり候へバ、間ニ合申候。わからぬ事ならバ、そのまゝにてもくるしからず候へ共、欲にハわきより批《ヒ》をうたれぬやうに、ひし〳〵とくわしく仕度候。何を申も、野生一向しらぬ国の事なれバ、図を見てもなほ胡乱にて、夢路をたどるやうニ候。御一笑可被下候。

一、雪蛆

右ハ、五ノ巻動物ノ部へ加入可仕候。幸ひ、忰入懇の武家、画の同門にて、此仁又蘭学者と懇意也。此度被遣候雪蛆を、この仁へたのミ、蘭製めがねにて見わけ、写真ニうつさせ可申候。

此雪蛆の段へ、貴君年中、北越雪中の事ニ苦心なされ候事、并ニ右「雪中図会」、遠からず出板可致事など書加へ、世の人へしらせおき可申候。かひこの化石、しれ給候ハゞ御図し被下、今少しくハしく御紀し可被下候。よくしれ候ハゞ、是又同条へかき加可申候。

一、宮川浦の海獣、并水虎やうのもの

右、五ノ巻の末へ加入可仕候。これハ、六七月比までにてよろしく候間、今少しくハしく御図し可被下候。和漢の古書を追々考見可申候。人魚ハ人首魚身也。海坊主ハ人首鼈身也。水虎ハ四足にて、面ラ猿に似たり、但毛ハ虎斑《フ》、頭顱に皿あり。しかれバ、水虎にハちかく、海坊主にハ遠し。よく〳〵考見可申候。但シ、二三年已前とハ、あまりはつといたし候。文化何年何月何日と、きつとあらハし申度候。此処、御面倒ながら、御紀し可被下候。遠からぬ事故、しれ可申と被存候。但し、右うち殺し候仁の名まへ等、しれ候ハゞ、いよ〳〵

妙也。

此度の随筆『玄同放言』へハ、右五種加入可仕候。尤、全部皆出来までにハ、よほど手間かゝり、その上、只今より、よミ本その外の新板もの、急ギ候故、まづその方へとりかゝり候間、その内、亦復奇妙なるもの御座候ハヾ、随分ぬきさしハなり申候。いづれ大部のもの故、当年の出板、無覚束奉存候。もし及延引候とも、来年ハ早々出板可仕候。かねて左様御心得可被下候。

○この度の随筆ハ、身後の為と存、引書并ニ考等、極入念候故、急ニ草稿手ばなしがたく、既に去年九月十月両ヶ月ニ、壱弐の巻草稿出来、それよりだん〳〵と考、追々書直し、此節やう〳〵壱弐の巻ハ、まづ筆耕へわたし候様ニなり申候。後四巻ニ候へバ、御さつし可被下候。譬バ、此度被仰下候品々、その通りニ書あらハし候へバ、何のざうさもなき事なれども、それにてハ、俗談にてをかしからず、それを、唐の大和の書ニ引あて、だん〳〵考をつけ候事故、速ニ考のつくもあり、つかぬもあり。又引書ニ事をかき、手間どるもあり。中々容易の事にハ無之候。

亀石の事など、実ニ奇品ニ可有之候へ〔ど〕も、すべてかやうのものハ、正真の物をまのあたりニ見不申候てハ、信向無之ものニ候。それを画にうつし候へバ、画工がえりつくり候石の亀も自然石も、何もかハりめ見え不申候。よく似れバ似るほど、正真の亀とほか見え不申候。先年、拙著『烹《ニ》雑《マゼ》の記』へ、鯔の化石を書あらハし候ひしが、後にて思へバをかしからず。さればこそ、出板の上、人々一向奇妙と申もの無之候。依之、をしい事ながら、亀石などハ沙汰ニ及不申候。御一笑々々。但、この後、何ぞ石の事を弁じ候事、有之候ハヾ、右亀石も、図なしにいたし、あらまし書あらハし、世にしらせ可申候也。

此外、田城釜その余、野槌等、たとへ此度ハ書くハえ不申候とも、野生方へ御認被遣候へバ、いつか一度ハ書あらハし、むだには仕まじく候。野槌、并ニ彼水上にむれとぶ蝶やうの虫等、追々、くハしく生うつしニ被成被遣被下候様、奉願候。

右、此度拙著加入の御こたえ、あらまし如此ニ候。

（黒萩御見せ被下、一覧、実ニ奇品ニ御座候。これハ返上いたし候様、被仰下候ニ付、則今便ニ返上仕候。千万忝奉存候。道中ニて損じ可申哉、はかりがたく候ニ付、箱入ニいたし申候。

木綿も奇品に御座候。木綿《ユフ》の事ハ、『信濃《ノ》地名考』ニ御座候。愚考も有之、今少しはやく候ハヾ、植物の部へ加え可申候ひしが、亦復その内、何ぞへ書あらハし可申候。是又忝奉存候。

御地の雷斧石、たやすく手ニ入候品ならバ、一覧仕度候。いつ也とも御便り之節、奉願候。それとも、手おもき品ニて候ハヾ、御無用ニ御座候。或ハ重ク、目方有之候て、道中費用かゝり候ハヾ、是又御無用被成可被下候。

　○是より「雪話」の御こたえ

むかし、雪中の事思召立せられ、京伝子へ御かけ合の後、彼人とかく埒明不申、既ニ出来もいたしかね候様子ニ付、野生方へ被仰下、著述可致様、御たのミ候へども、京伝子とハ懇意の事故、横合より引取候様ニ被存候てもきのどくニ存、及御断候キ。然ルニ、とかく京伝子ニてハ出来不申ニ付、京都玉山遊歴之節、是へ御かけ合、既に玉山著述いたさるべきつもりの処、彼人死去いたし候ニ付、是又画餅ニ相成り、其後芙蓉子遊歴の節、亦復御かけ合被成候へバ、是又御同意之処、帰府後、芙蓉子も遠行ニ付、終に年来御苦心がひもなく、今に埒明不申よし、去月玄鶴様御物語、逐一承知仕候。尚又此度、もし野生著述もいたすべく哉と被仰下、右「雪話」の図説、あらまし御かき立の分、その外雪舟・橇下駄等雛《ヒナ》形共、一箱ニ被成被遣、委細御書中之趣承知、御風流御執心のしからしむる事とハ存ながら、さて〳〵多年の御苦心、万事のほゐなさ、落涙いたし候までに感佩仕候。つら〳〵事の因縁ヲ按ズルニ、最初京伝子、埒明かね候ニ付、野生方へ被及御掛合候ハ、はや十六七年の昔なるべし。それより玉山・芙蓉と、だん〳〵人ハかハれども、竟に成就する事なく、亦復野生方へ、その図説・雛形等の、まわり〳〵て来つる事、是天のしからしむるもの歟。京伝子、既に黄泉の客となられ候へバ、誰に遠慮いたすべきよしもなし。かくまで因縁ある事なれバ、今ハ辞退すべきにあらず、いかにも御たのミにまかせ、ともかくも可仕と存候也。乍去、こゝに一ッの愚存あり。只今此著述ニおいて、三ッの難義あり。その一ッハ、

図会もの、近年ハすたり候て、『都名所』其外とも、古板のミ、少々づゝすり出し候へども、新物ハ出来不申。これ時節のおくれたる、一ッの難義也。

その二ッハ、

此書、大本十巻にもせずバ、全部整ひ申まじく候。尤、図物多く候故、板元、以之外高金をかけ不申候てハ出来ぬ事也。拙者著述ニ候ハヾ、ほり候板元ハ可有之候へ共、万一出板の上、捌おもハしからず、板元ニ損かけ候てハ、大キニ陰徳を傷リ可申候。これ二ッの難義也。

その三ッハ、

此書、あけてもくれても雪ばかりにてハ、めさきかハり不申候。観るもの、自然と倦可申候。殊ニ、雪の画ハさみしきものにて、人気を引起し候物ニあらず。いづれ差略せねバならぬ事歟。これ三ッの難義也。

この三ッの難義ハ、板元の為に量ル処也。第一ニ作者の難義は、まづしらぬ国の事なれバ、虚実わからず、作者ハ盲人同様にて、手引まかせ也。かくてハ魂入らず。これ一ッの難義也。又御しるし被遣候まゝに、文章にとり直し認候ハヾ、さのミむつかしき事にハあらねど、かくてはよのつねの俗書なれバ、末代まで世にのこらん事あるべからず。さてこれを和漢の書に引当て、故事・故実・古詩・古歌等を考あハせんにハ、容易なる著述ニあらず。依之、又愚按、

雪の事を専文ニして、その間へさまぐ＼なる奇談をまじへて、人気を引起すべき事。尤越後の湊々の遊女の図説等、海辺、并ニ城下宿々も加入すべし。これ、いろ＼／＼と画のかハらん為也。

又近年、『山海名産図会』『二十余拝名所図』『閑田次筆』『東遊記』『北越奇談』等に、雪舟の図、

その外雪中の話、くハしくハ無之候へども、追々書あらハし、出板いたし候事なれバ、これらに出たる分ハ、説を存して図を省キ、或は図を出して説を略スべし。かくせざれバ、二の町になる也。この他、よく〳〵考候ハヾ、売レル手段あるべし。板本ゝの作者ハ、書をつゞるのミにあらず。かく申せバ自負に似て、はづかしく候へ共、作者の用心ハ、第一に売れる事を考、又板元の元入何程かゝる、何百部うれねバ板代がかへらぬと申事、前広より胸勘定して、その年の紙の相場迄、よく〳〵こゝろ得ねバ、板元の為にも身の為にもなり不申候。これをバしらず、只作るものハ素人作者也。とかく、その時々の人気をはかり、雅俗の気ニ入り候様に軍配いたし候事也。余人ハしらず、野生ハ年来、如此ニこゝろ得罷在候。

さて、全部十巻ニならバ、五巻づゝ両度ニ出板すべし。又五六巻にて全部ニおさまり候ハヾ尤、大本にて、一巻、四十丁あまりの積一度ニ出板すべし。作者一巻づゝ藁本をわたし、追々に画かゝせ、筆耕をかゝせ候ても、ほり上りまでにハ、五六年ハかゝるべし。とても当年は、此書の著述ニとりかゝりがたかるべし。もし冬に至り、はやく手を明ケ候ハヾ、筆をとりそむる歟。よしやそこまでに至らずとも、引書等、追々考、下拵いたすべし。まづハ来年よりと可被思召候。野生、当年五十二齢、さのミ老衰と申にハあらねど、年来の労レにて、気力大ニおとろえ候へバ、いつ比までに出来可申と申事ハ、只今ハ不被申候。しかれども、とりかゝり候様ニなり候へバ、自然と出来る勢ひニなり候へバ、それハさのミ苦労ニならぬ事也。

去年、神田鍋町柏やと申書林より、何ぞ後々までも売レ候品、認くれ候様ニとたのまれ居申候。これへかけ合候ても、相談可仕候へ共、この仁ハ、あまり手あつからぬ身上ゆゑ、おなじくハ、きつとしたる大書林へかけ合、思ふまゝに著述いたし度候。大坂書林河内屋太介ハ、廿年来の懇意ニて、これまで拙著夥ほり立申候。右河太には、『都名所図会』をはじめ、すべて図会物ハ、皆河太の板ニ御座候。左候ハヾ、この河太にほらせ候へば、本がらも十分ニ出来可申、ゆく〳〵本の捌も宜敷候ハんと存候。それハ、只今よりかけ合ニ及不申、まづ下書一冊出来の上、右之下書を以、かけ合可申候。

右之趣、とくト御勘考、万事天道に御まかせ、并ニ野生ニ御まかせ、四五ケ年もかゝり可申事、いよ〳〵御承知ニ候ハヾ、引請、著述可仕候。老子モ「軽諾寡《ハスクナシ》レ信」といへり。はじめより、かろ〴〵しくうけあふものハ、末の得遂ぬものニ御座候。野生御うけ合申候においてハ、命だに候ハヾ、いつか一度ハ本ニ可仕候。但し、右の難渋ハ、実ニ繕ひなき本面目にて、失礼をかへり見ず、吐肝胆候事ニ御座候。よく〳〵御勘考可被下候。

かくまでに申事ハ、何故ぞといふに、先日二見屋忠兵衛殿より御うハさ承り、貴君ハ仁慈を第一ニ被成候事、既に官庁の御沙汰ニ及び、前歳御褒美御頂戴被成候よし、及承候処、尚又今般の御状に、忍の一字を御守り可被成御志願のよし被仰下、前後符号いたし候。張公芸ハ九世同居とて、九代まで身代をわけず、ミな同居せしと也。その源ハ、子に教るに忍の一字を第一にせしと申伝ふ。堪忍を守る事、甚なしがたき事にて、和漢賢良の人も、なほこれを病り。況野生など、生得癇症ニて、なか〳〵一日も忍を守り候事、出来かね申候。実に一善をバ賞すべし。失礼ながら、貴むべき御人体と存候故、かくまで紙墨をつくし、心事申述候事に御座候。誰々にもかくするとなおぼしめし候ひそ。

右、「雪話」の御答をハんぬ。

○『増補越後名寄』写本三十巻、御地にハ御座候哉。江戸にハ甚まれなる書ニ御座候処、先年やうやく手ニ入り、秘蔵仕候。越後の名処・古跡、その外産物等ニ至るまで、あらましハこの書にてわかり申候。猶くハしき書、世にありやなしや。

○宇佐美長行ハ、楠公にもまされる大忠信と思召候ニ付、既ニ碑石を立べき思召にて、右碑文等も御出来のよし、寔ニ感佩仕候。なか〳〵当今商売の人、かやうの事ニ発起被致候仁、江戸などにハ聞も及び不申候。これ又御陰徳の一ッと、くれ〴〵も甘心仕候。失礼ながら、それに付、そと愚存を申ニて候。長行ぬしハ義烈の人ニ可有之候。おなじ事のやうなれども、忠信と義烈とハ、ことのわけ、はるかにちがひ申候。失礼ながら、碑を御建被成候ハゞ、この御こゝろ得ありたく候。申てよしなき事なれバ、忠信と義烈のわけハ注し不申候。紫陽の『綱目』を翫び候学者あらバ、御たづね可被成候。文学のミの人ハ、心得ぬも可有之候。

○近年御中絶被成候へ共、年来御文通被下、殊ニ御行状、何となく貴キ御仁と存候ニ付、如此、心事覆蔵なく得貴意申候。必々、御他見ハ御用捨可被下候。

○夜中燈下にて認メ、殊ニ例の走書乱毫狼藉、可然御猜覧可被下候。尚追々、及御掛合可申条、先如此御座候。以上

二月晦日　　馬琴

牧之様

追啓

申遣し候。「雪話」の事、愚存いよ〳〵思召叶候ハゞ、只今より追々御心がけ、珍物・奇談それ〴〵に、年月等正しき実説に候ハゞ、御書とめ被成候様奉存候。かやうの事、とかく急ギ候てハ、後悔有之物ニ御座候。「雪話」の分ハ、図ばかりあらまし拝見、いまだ御説ハ熟覧にいとま無之候。なほゆる〳〵熟覧いたし、わからぬ事ハ追々御たづね可申候。

拙著随筆、先年出板いたし候『燕石雑志』『烹雑記』、被成御覧候哉。もし御らんも可被成候ハゞ、可被仰下候。いつ也とも、御かし可申候。しかし、往来飛脚入用もいかゞと、此度ハ差扣申候。一体右之両書ハ、甚さし急ギ、考等行とゞき不申、その上、女子どもにも見せ候を第一ニいたし候故、一向作者の面目を失ひ申候書ニ御座候。依之、此度の『玄同放言』ハ、格別ほね折候て、『燕石』『にまぜ』のあやまちを補ひ候こゝろばへにて、思ひたち申候也。

曲亭

牧之様

15　文政元年五月十七日　牧之宛

（表紙）

玄同放言中加入件々答書
雁の翼
并ニ雪話一議再答書
著作堂拝具
「文政元年戊寅五月十七日」（別筆）

（頭書）「『玄同放言』加入件々之事。并ニ雷獣の事」

雷獣之事、先便及御答候処、尚又巨細ニ御しるし被成、亦復今便、玉湖老人御画、并ニ雷獣の記等、御とり揃おくり被下、千万忝被存候。今少しはやく候ハヾ、致し方も可有之候へ共、もはや右の板下ハ板元へわたし、既に此節ほり立申候故、改ルニ不及、先便得貴意候趣ニて出板可仕候。

○十二月の雪中が、六月中ニなりてハ、大ちがひニ御座候。去ながら、これハ十二月にもせよ六月にもせよ、うそを承知にての事なれバ、六月としても慥なる事とハいひがたし。まんざらなき事ニもあるまじけれど、玉湖老人とても、御先祖の申つたへを聞給ひしよしなれば、たしかに覚られ候と申にもあるべからず。又原図を見れバ、宝暦年中に写すとあり。元禄より宝暦までハ、としもはるかに立たる事也。原図といふとも、その時にうつしおけるものならねバ、証据にハしがたし。それを伝聞て、玉湖老人の又うつされし物なれバ、何とも心得がたく候。乍去、玉湖ぬしの御画、美事也。御筆力感佩、忰も甘心仕候。

今度板下ニかゝせ候雷獣ハ、此方ニ雷獣の写真の図をもち居られ候仁御座候。それをかり受て、首は右写真の図を本ゝにして、四足ハ貴兄御うつし被遣候図の趣ニいたし、拙画ながら、忰認申候。至極おもしろきかたちニ出来申候。然ル処、今度被遣候玉湖老人の御画にてハ、そのかたち大ニ異也。乍去、これハ此方ニて写真をうつし候方まされりと存候。

（頭書）「小千谷の事」

小千谷を千小谷といたし候事ハ、書損也。又吹雪をゆ（い）ふきとかなつけしも書損也。すべて先便御めにかけ候板下のぬき書ハ、書損も多かるべし。その後、文章ところ〴〵一直仕候。さて跡ニて、いろ〳〵御しるし被遣候御文をよミ候て、小千谷のよミも、又玉湖老人の事も、あらまし得二こころ一申候。去ながら、をぢやをこちやとおぼへちがひ、板下ニハこちやとかなつけおき申候。これハ追テ校合の節、こヲをと入木いたさせ可申候。くれ〴〵も、いろ〳〵御労煩をかけ、千万忝被存候。

「雪中奇観」著述の事、野生うけとり、追テ出板のつもり、及御答候ニ付、殊ニ御よろこびの趣、御書面ニあらハれ、委曲承知仕候。この答ハ、まづ跡へまはし、今板『玄同放言』の御答ニ及び候事。

（頭書）「加入の品々」

先便御認被遣候品々之内、雷獣天ノ部、両山銅堂古鏡、并ニ山中ノ図器用ノ部、雪蜉動物ノ部、鶏鳴ヲナス鶯の事同部鶯考の内

へ加入、海獣二種同部

右之通り加入のつもり、既ニ惣目録板下認候所へ、当月初度之御状着候ニ付、右板下目録、残らず書直させ、又その上へ、

サトリ魚動物ノ部（図）　闘牛同部　○二十村牛の角つきの事也

右両様加入、都テ七種書あらハし候つもりニ御座候。闘牛ハ、幸ひ牛の考有之、この内へ差加へ申候。一ツもよけいに被仰候事を書あらハし、御ほね折を謝候寸志までに御座候。ちと越後、沢山ニなり候程の事ニ御座候。尤、一々牧之話といたし可申候。

（頭書）「雪蜉の事、并ニ『漢書』の事」

雪蜉の事、『漢書』ニ出たるよし、御しるし被遣候ニ付、『漢書』をくり候へ共、見あたり不申候。『漢書』ハ「西域伝」歟、何巻め何の所、或ハ誰が伝何丁メト、くハしく御しるし被遣被下候様、奉願上候。『漢書』ト斗ニてハひろき事故、急ニ見出しかね、こまり申候。『漢書』ニアリと御しるしの事ハ、定テ御覧被成候て

の事ト被存候。○雪蛆ハ『草木子』、并ニ『五雑組』等に所見有之。雪蛆の熟字は、いまだ見出し不申候。雪蛆の蛆ハ蝿也、もろこしにハひさご程の雪蛆これあり。人これをくらふよし、『草木子』にいへり。然バ、御地の雪むしとハ異なる物也。又雪蜉ノ蜉ハ、蜉蝣と熟して、江戸にていふぶゆ、又かげろふといふものなれバ、御地の雪むしによくかなひ申候。くれぐ〵も『漢書』の事、くハしく御しるし可被下、奉願候。

（頭書）「サトリの事」

異獣・異魚といへども、和漢の古書に考なき物ハ、のせ不申候。乍去、彼ノ異獣、并ニサトリ魚ハ、当時考得候事も無之候へども、まづめづらしき形故、目録に出しおき申候。追テとくと考可申候。前ニも申候通り、御認被遣候品々、ひとつも多く書著し可申と存候寸志のミニ御座候。

（頭書）「『放言』出板の事、並板下出来の事」

『玄同放言』天ノ部、地ノ部、植物ノ部、人事ノ部ノ一まで二巻板下、五六日已前不残出来、下書共板元へわたし、板下ハ彫工へわたし、下書ハ書林大年番へ改メニさし出し申候。雷獣の事、当月最初の御状ニしれ不申、残念被存候。○右一ノ巻ハ、五十六丁有之。あまり丁数岌ミ、売捌ニ都合わろきよし、板元の好ミにまかせ、一ノ上三十丁、一ノ下廿六丁と、一巻ヲ上下二巻ニ引わけ、二ノ巻四十七丁半までにて三冊ニなり申候。丁数、都合百三丁半ニ御座候。とても、六巻とり揃出板ハ、板元もめいわく、作者も中々急には出来不申候故、まづ右三冊を、当冬出板のつもりニ相談いたし候。尤、三ノ巻まで当冬出板、四より六迄、来冬出板のつもりニと、板元ハ被申候へ共、跡一巻も、中々急にハ出来かね、其上此節、よミ本の著述ニとりかゝり候故、三ノ巻迄は心もとなく候。いづれ盆過までに、いなやの返事可致旨申、まづ右三冊をほり立させ申候。もし右三冊ニて、当冬出板ニなり候へバ、今板にハ雷獣斗出板仕候。来年は銅堂・古鏡、その外御認被遣候品々、出板仕候。此段、かねて御承知被下、それまで、尚又くハしく御聞の事も有之候ハゞ、御しるし御遣可被下候。○牛合の事ハ、別しておもしろく覚申候。是は図もあらたに作り、画せ候つもりニ御座候。

（頭書）「両山ノ富士の事」

両山の富士の事、尚又御懇意中へ御問合せ被下、右御状共御見せ被下、千万〳〵忝奉存候。大ていハしれ申候故、前後の談、文面にしたがひ、著述可仕候。去ながら、熟読仕候ても、瞢としてわからぬ事もあり、これハ、一向方角もしらぬ地所の事なれバ也。

（頭書）「地名よミくせの事」

すべて地名ニハ、よみくせ有之、地名ハ必仮名御つけ、よくよめ候様ニ御認被遣可被下候。これはこの度のミに限らず、「雪中奇観」などに多く可有之候。御たづね申候とても、遠路、殊ニ定飛脚屋ニてハ、状通もなりかね候事故、此義よく〳〵御心得可被下候。御地にてハ、是式のしれたる事と思召候も、江戸人ニハわからぬ事多し。これはその事、一向耳になれぬ故、とくト聞てもなほわからぬ事あり、且聞ても忘れやすし。これ野生が迷惑の第一事ニ御座候。

（頭書）「『玄同放言』出板冊数の事」

『玄同放言』、右三冊ニて、まづ出板いたし候へバ、当冬十二月比うり出し申候。直段ハ、大てい壱部ニ付、拾壱弐匁位と存候。三冊引わけ四冊也になり候ハヾ、拾五匁余も可仕候。とかく直段高料ニなり候へバ、おのづから本の捌ケ不都合故、追々に出し候方、板元の勝手ニなり、その上後編出候度ニ、前編をもすり立、追々本の弘りもよく、次第に海内へ流布いたし候事ニ御座候。壱弐当冬出板、三四来冬出板、五六来々冬出板となり候へバ、三ケ年かゝり、全部仕候。此処、いまだ決着不仕候。右『玄同放言』草稿、不残出来の上、「雪中奇観」ニとりかゝり可申候。それ前ニ、随分御穿鑿被下、何事ニよらず、とくト御紕しの上、御書しるし可被遣候。多き中ニてえらミ、ぬきさし致し候事故、数多き程よろしく御座候。去りながら、奇談也とて、人のいふまゝをうけて書しるし候へバ、人のうそ、わがうそニなり申候。出処とくト御紕し、可然被存候。（頭書「再談雷獣之事」）此度の雷獣などハ、一体雷魚・雷鶏等の考有之、その上雷獣の考の末へ加入仕候事故、たとへ根なし事也とも、此事のミにあらねバ、所云絵そらごとニて、さのミ人のとがむる事も有之まじく候。その事のミをしるし候ニおいてハ、浮キたる事ハむざとあらハしがたく候。京都『畸人伝』の作者ハ、正直なる人ニて、人のいふて聞する事を、みな実事として、それを多く書あらハし候故、間ちがひ多く、識者の為に笑れ申候。此処、御心得可被下候。仮初の作り物語、又小冊やうのものならバ格別、きと証据ニなるべき書には、此こゝろ得肝要也。甚失礼なる申条なれども、愚意如此ニ御座候。

右之品々、追テ草稿出来の節、わかりかね候事も有之候ハヾ、尚又御たづね可申上候。其節ハ御面倒ながら、早速御返事奉願候。その内ニ『漢書』の事、御失念被下まじく候。

右『玄同放言』加入之品々、あらまし御答畢。

（是より「雪中奇観」御答

多年御執心の雪の事、著述引請出板いたし、御本意ニ叶せられ候様ニと存、野生引うけ候ニ付、殊ニ御大慶の趣、逐一御書面の趣承知、右御よろこびのあまり、御地の名産御投恵、いまだ出板も不仕候ニ何とも迷惑、いたミ入候仕合、忝奉存候。此義ハ、本書御返辞に、くハしく申述候ニ付、文略仕候。

（頭書）「「雪中奇観」板元の事」

（先日、通油町つるや被参候ニ付、「雪中奇観」の事も、あらまし咄しおき申候。弥江戸表ニて出板のつもりニなり候ハヾ、芝神明前いづミや、是も年来の懇意ニて、両家共相応ニ手厚キ問屋故、のり板ニいたさせ、ほり立させ可申候。もし又、大坂へ遣候ハヾ、河内や太介へ相談可致候。乍去、板元大坂ニてハ、万事のかけ合、状通ニて甚せ話ニ候間、おなじくハ江戸ニてほらせ申度候。いづれ、『玄同放言』全部草稿出来の上ニて、「雪中奇観」著述ニとりかゝり申候事ニ候へ共、下拵ハ、只今よりをり〳〵心がけ、よく材木とり集メおき申度候。（頭書「著述心がけの事」）これ、諸国の名産図会ニもまされる大著述ニて、中々一朝一夕の苦心にては成就いたしがたく候。古書を考候事ハ、野生可致候へ共、御地の事ハ、ちからづくでもしれがたし。無御油断御心がけ、追々御しるし被遣可被下候。必々末永キ事也、とかく只今油断有之候てハ、著述ニかゝり候節、間ニ合不申候。野生も只今より油断なく、雪の事ニ付、古事・古歌等、考おき申候事ニ御座候。乍去、引書ニ乏しく候へバ、追々よほどの書籍買入レ不申候てハ、事と、のひ申まじくと被存候。古人京伝子難渋被申、終に著述せざりしハ、これらの故なるべしと存られ候。乍去、灘を乗課せ候ハヾ、外ニ類なき新書なれバ、永々不朽に伝り可申候。随分ほねをり候ても、骨折がひあるべく候へども、又一ッは、その書のつゞり方ニもよるべし。これ大業也、中々容易の事ニハあらず。

（頭書）「「越後国大絵図」の事」

越後の地図、随分くハしく認候絵図、定テ御地に所持の人あるべし。御聞糺し御かりよせ、御うつし可被下候様、奉願候。これハ急ギ候事ニも無之、一両年の内ニてよろしく候へ共、急ニハと、のひ申まじく候。野生家蔵にも有之候へども、その図ハあらましにてくハしからず。くハしき図によらねバ、著述のたすけニなり不申候。此義、無御失念御心がけ、奉願候。

（頭書）「「雪中奇観」画工の事」

古人玉山ハ、自然と板木の画に妙を得たる人也。さして学問ハなけれど、才子なるべし。著述の事ハいざしらず、此人世にありて絵をたのミ、野生著述いたし候ハヾ、尤よろしかるべし。江戸ニてハ北斎の外、この画をかゝすべきものなし。乍去、彼人ハちとむつかしき仁故、久しく敬して遠ざけ、其後ハ何もたのミ不申、殊ニ画料なども格別の高料故、板元もよろこび申まじく候。しからバ、誰ト壱人ニ定めず、『東海道名所図会』のごとく、唐画・浮世画、そのムキ〳〵ニて、より合画ニいたさせ可申哉。これも画師一人ならねバ、諸方のかけ合、格別わづらハしく候へ共、山水などハ、江戸の浮世画師の手際にゆく事にあらず。又、婦人その外市人の形は、うき世絵ニよらねバ損也。両様をかねたるもの、北斎のミなれども、右の意味合あれバ、より合画ニ可致哉と存候事。

（頭書）「その地ヲ不踏しての著述難義の事」

右の一著述、あらまし御認被遣候趣にて綴り候へバ、さしてむつかしき事ニハあらぬを、愚意の趣ニすれバ甚手おもし。所詮、御地を一見せずにハ、筆を起しがたかるべき歟と存候。乍去、旅行の事ハ前ニも申候通り、三四五里の歩行も自由ならず、且諸費をいとハずにといふ程の余力も無之故、中々急には思ひ企がたきわざなれども、何とぞ明年・明々春までに、御すゝめの湯治をかね、せめて御地を踏候て、その上ニて著述いたし候ハヾ、後悔もすくなく、筆もとりやすかるべく存候。この義ハ、かく存候までを申也。わが身ながら、わが自在ニもなりかね候故申すまでニて、おぼつかなき事ニ御座候。今十年も昔ニ候へバ、いか様ニもなり候。何事も時節おくれ、心のまゝに得ならず、これのミ残念之至りニ御座候。

（頭書）「外題の事」

外題之事、いろ〳〵考見候処、「北越雪中図会」などいたし候てハ、只今図会ものすたり候故、をかしからず。又「北越雪話」などいたし候てハ外題かろく、わづか二三冊の半紙本めきて損也。又先年『北越奇談』と申書、世ニあらハれ候へども、当地ニてハ、評判《バン》どつともいたし不申、北越の二字先ンをこされ、今更人まねするやうニて残念也。依之、

「越後国雪中奇観」と可致哉と存候へ共、雪中の二字、いまだ落着不致様ニ存候。いづれ尚又近々の内、とくト考、『玄同放言』奥目録中へ、右の外題をあらハし、その外追々、拙著へ右之外題を書載せ、世の人々に知らせおき可申候。左候へバ、うり出しの節、大ニつよミニなり申候。尤、「越後塩沢鈴木牧之考訂」といたし申候。随分御骨折せられ、出板成就の節、御亡父様への御孝養ニもと存候事ニ御座候。「奇観」の二字ハ、動くまじく被存候。いかゞ。○六出・玉屑、みな雪の事なれども、さでハ俗へ遠くて損也。雪中の二字、とくト考可申候事。

（頭書）「サカベツトウの事」

（サカベツトウの事、先便御頼申上候処、此義、何とも御返事無之候。尤、只今ハ無之物ニ候へども、何とぞ来春迄ニ御心がけ、くハしく御図し被下候共、生物御おくり被下候とも仕度奉存候。右ハ　雪蜉左加別通騰宇並ニ図と、惣目録へ出しおき申候間、ぜひ〳〵図も出し申度候。何分来春までニ御左右奉願候。

（頭書）「御芳志謝詞の事」

（野生近年多病、その上気力も衰へ、すべて筆ぶせうニなり、渡世の著述も、十年前の半もはかどり不申、とかく筆とり候事懶く、心のすゝみ候日ハはつかにて、暮し（抹消カ）候仕合ニ御座候へ共、御深志殊ニあつき御贈物等受ながら、何も返礼いたすべき存付も無之、遠方の事、せめて文通也とも、御面会同様ニくハしく認候而、無疎略寸志を表し可申ト、つとめてかく長々しく書つらね、入御覧申候。たとへ御面談いたし候とも、此上ハあるまじく候と存候。面談にてハ、申おとす事もあり、聞もらす事もあり、又聞て忘るゝ事もあり。かく書つけたるにハ、もるゝこともなく、聞て忘れ給ハゞ、又御覧ぜんに便宜なるべし。是野生が万分の謝義の、その一ッと御覧可被下候。外ニ何も御答礼不仕候。「義ヲ以交るを上とす、言を以まじハるをその次トス、酒食を以交るを又その次トス、財利を以交るを下とす。君とわれハ言を以交ルもの歟。乍然、自負ニ似たり。多罪々々。

（頭書）「『捃拾集』の事」

（海雲禅師御編什『捃拾集』、拝見仕候。殊更の御作者ニて、句々みな玉をつらね、甘心仕候。野生詩を好ミ不申候。とても　本国の人の詩ハ、唐人ニ及バずと存候故、わかき時より、詩ハ一向に学び不申候。去りながら、人の詩を見てハ甘心いたし、和歌にもまされりと存候事、をり〳〵御座候。就中、禅師の風調、凡作とおなじからず。近来の新詩、これに加ることなかるべしと存候。因テ、ながく架上に挿ミ、折々披閲、たのしミ可申、万々忝奉存候。

（頭書）「ばせを像画賛の事」

（御厚志の答礼ニ、ばせをの画像をゑがゝせ、拙筆ニて賛をいたし、進上可仕哉と存候ひしが、又思ふにハ、貴兄俳諧御執心なれども、画もよく被成候御様子也。此方ニて画せ候絵、御気ニ入可申哉、難斗候。その上、御好ミもなきに、度々拙作を呈し候事、失礼也。いつそ何も進上せぬ方よかるべしと存候而、まづその事ハ指扣へ候へ共、初一念を申さぬもいかゞ故、申候。ばせをの賛ハ作りおき申候。御用立候ハゞ、何時也とも可被仰下候。華山と申唐絵かき、忰同門にて、ことの外画執心の仁也。『玄同放言』ニも、右之仁の絵、二丁加入仕候。雪蜉も此仁ニうつさせ候つもり、たのミおき申候。この仁へ画をたのミ、ばせをの像ハ、粟津義仲寺蔵板、杉風が筆の肖像を絵せ可申哉と存候ひしが、止メ申候。粟津義仲寺蔵板の『ばせを終焉の記』も、只今の板にハ、像無之候。三十年已前までハ、肖像のつき候板行なりしが、近来再板せし歟、今の本ニハなし。初代杉風が筆なれバ、肖像なるべし。但、玉湖老人、甚御画妙ニ御座候。もし思召も候ハゞ、その御方ニて御画被成候も可然候。或ハ又、貴兄御自画も可然歟。芭蕉の画像、元来御所持ならバ、それも無益也。依之、差扣へ候。しかれども、世上普用の口誼、決して当座の軽薄ニハ無之候。

(頭書)「御褒美御頂戴年月員数の事」

貴兄御褒美御頂戴の員数・年月日等、くハしく御認、御序之節、被遣可被下候。是ハ、雪蜉の条下へ貴兄の御噂をしたゝめ、且「雪中奇観」近刻の事、并ニ多年御苦心、御先父様御在世のときより御執心にて、やう〱近々出板ニ及び候事を書あらハし、弘メ置可申候。それニつき、平生御行状もあらまし認、不朽ニ伝可申候。人の一善ハ称すべき事なれバ、是勧善の一端なるべし。これハ五ノ巻へ入り候故、急ギ候事ニハ無之候。

(頭書)「サトリの事」

サトリ魚の剣ハ、赤ヱイの生刺《イキバリ》のやうなる物にや。図ニて見候へバ、誠に真剣のごとく見え候。乍御面倒ながら(ママ)、再三御聞糺し、くハしく御しるし可被下候。これも五ノ巻へ入候間、急ギ候事ニハ無之候。尤、御書付ケにて、大ていハわかり候へ共、尚又為念申上候。

（頭書）「鯛の聟并ニ雷斧の事」
鯛の聟源八、一枚おくり被下、忝奉存候。これハ先年、佐渡より貰ひ、則『にまぜの記』ニも出し置申候。此度被下候ハ、それより少し大ぶりニ御座候。雷斧石、別して忝奉存候。御礼、別紙ニ認候間、文略仕候。

（頭書）「亀石の事」
亀石も、「雪中奇観」へ加入可仕ト存候事。

（頭書）「田代がまその外霊山奇迹の事」
田代がま、その外の御地の奇観、是迄一向、物ニしるし候事稀也。何さま、「雪中奇観」へハもらさず加入、真景を画せ申度候。これニつけても、一度は遊覧仕候て、その上にて著述いたしたく候へ共、通し駕などいふ翅ハちから及バず、なりかね候志願と存候。

（頭書）「八海山神燈の事」
八海山神燈の事、承知仕候。出羽にも似たる事有之候。さりながら、いかにもくハしく糺さねバ、かやうの事ハしるしがたく候。図説とも、くハしく追々御聞糺し奉願候。

（頭書）「『天命弁々』の事」
黒田玄鶴様御著述『天命弁々』、拝見仕候処、御高論殊更、御文章奇絶にて、驚入申候。当世ハ、医師衆学問せぬもの、江戸にハ夥有之、医師と出家ほど、文盲なるもの、多キハなしと申仁も有之候処、海雲師・黒田氏御両才、甘心不少候。とかく江戸ハ渡世に追れ、その道のものといへども、浮華の方へ引れ、しづかに学ぶもの稀也。辺土ならでハ、しづかに学ぶことかたかるべし。これにつけても野生など、近来益隠逸の志ふかく、一日も閑雅ニおくり度ねがひのミニ候。

（頭書）「長行の事」
宇佐美氏の事、愚意申述候処、御同意のよし、御尤ニ被存候。何さま、立碑の御催し、一段と歓び入申候。

右、思ひ出し〳〵、追々にしるしつけ候まゝ、前後いたし候事多し。殊ニ乱書失敬、よろしく御推察可被下候。今朝四時過、二見屋より御状被届、夫より思ひ起し、此一綴認かゝり候処、今日ハ五月雨にて、客ハ只一人ありしが、忰に挨拶いたさせ、病気と断り、対面いたし不申。只今申ノ刻ニ至り、やう〳〵認をハり申候。去ながら、御返事申おとし候事もあるべし。尚又思ひ出し、跡よりゆる〳〵可得貴意候。以上

五月十七日　著作堂

牧之雅君

梧下

（頭書）「玉湖老人画の事」

「雪中奇観」の画、諸方より合画のつもりニなり候ハゞ、玉湖様へも二三枚可奉願候。とかく地図は、その地の人ならでハ、真景ハうつし得不申候。貴兄も一二枚御認被成候様被存候。これハ、草稿壱巻出来の節、治定の義ハ可申上候。まづ此段、御心得可被下候。

（頭書）「加茂の神社并つぼの事」

肝要之事、申おくれ候。御地加茂神社地図、并ニ古川茂稜様御返翰、御さし添被遣、拝見仕候。いか様、御由緒有りたる神社にて、『越後名寄』ニも粗見え申候。尚又あらまし相しれ、大慶仕候。是亦、「雪中奇観」へ書加へ可申候。就中、近年土中より出候、治承二年の壺《ツボ》ハ、ゆかしきものニ御座候。其内、御参詣の序を以、壺《ツボ》のかたち等御うつしとり、銘は雪花墨ニて御すりとり可被下候。〇これら諸方の御問合せ御心配、奉察候。すべて被遣候図説等その外とも、みな箱ニ入レ、大切ニいたしおき申候。追而著述ニかゝり候節、番附にいたし、見出しをつけ可申候。数多き事故、何ハ何と申事、このまゝにてハ、中々急ニハ見出しかね候。不残番附いたし、その部をわけ、見出しをつけ候斗にても、一著述ニ御座候。

牧之様　著作堂

「雪話」一式、先比一ぺん熟読仕候。地名等のよミくせ其外、不詳処ハ、追々可奉伺候。以上

16　文政元年七月二十九日　牧之宛

（表紙）

「文政元年寅七月晦日」（別筆）
荏土　滝沢　解
再拝
報
北越
鈴木牧之君

七月五日郵附之鴻書、同廿六日ニ着。右御別紙一綴之返翰　七月廿九日筆記

（壱）当年は、東北両国旱りニて、土用中炎暑酷敷、御凌被成がたき程のよし、御書中之趣、承知仕候。江戸表之気候も、御親類様方御出府候ニ付、六月中迄之天気相ハ、御承知と被存候。さて此節、日々晴天ニて、酷烈土用中より堪がたく、七月十三日朝之内、少々小雨ふり候のミ。別而昨今ハ、近年不覚候残暑にて、凌かね申候。毎日朝之内くもり、昼前より晴申候。手前住居、市中手狭ニ付、拙者ハ年中二階住ひにて、南をうけ申候。風ハ入り候へ共、膝元まで日さし入れ、夕方ハ西日又すぢかへニ、窓よりうしろの方をてらし候。夜ハ瓦のいきれ、暁がたまでさめ不申候。誠ニ、から風呂ニ入り候こゝち仕候。御遠察可被下候。此節、著述も板元日々の催促、実ニだん〳〵と時節過候故、尤之事《コト》ながら、中々物を考候て、こまかな著述はいたしがたく、盆前より今以、片息ニて日を送り申候。右休ミ中故、御答くハしく申上候也。かやうニ永日照リの後ハ、果して大雨打つゞき可申候勢ひニ御座候。この秋、又洪水などのうれひあらずやと、こゝろならぬ事ニ御座候。

（二）御東行御姉妹様其外様方、上毛・下毛辺御内縁の処々に御逗留後、無御恙御帰府之よし、千万重畳奉賀候。右御来訪之時宜ハ、先便申上候通り、心外麁末之仕合御座候処、預御謝褒、汗顔仕候。尚又いづれも様へ、

可然御心得被下度、奉願候。

(三)五月中、委細御示シの御答ハ、七月二日ニ二見屋迄指出し申候。尤其節ハ、著述最中ニ付、略文仕候。定而相届、被成御覧候事ト被存候。右御答の申残しも、此末江書加可申候。

(四)拙著両編御熟読のよし、且御朋友様がたへ、御恵借被成候ニ付、評判褒詞之趣、御しらせ被下、恥入申候。かねても申候通り、右両編ハ、実ニ急案にて誤り多く、ながく世に遺すべきものニもあらず。誠ニ十年あまりのむかしの事《ワザ》ニて、只今ハ、学問も亦少しハす丶ミ候様ニ覚申候。彼書ハ、拙者が面目と被思召被下まじく候。それ故此度、『玄同放言』を著し申候事ニ御座候。乍去、『放言』ハちと俗に耳遠き事多く可有之候。万一右之両編を見られ、あやまつてほめ候仁候ハヾ、右之趣を以、仰わけられ可被下奉願候。只今ニ至り、後悔のミニて、一向気ニ入不申候著述ニ御座候。

(五)御朋友目来田里竹様、右両編御懇望ニ付、尚又求メさし上候様被仰下、承知仕候。則、所々穿鑿仕、少々も下直ニ求メ可申候と、いろ〳〵ニ働候へ共、懇意の書林ニハ、折あしく右之本無之候。尤、前直段ニて買入レ、差上可申候。此義ハ、巨細御本紙ニ被仰下候故、別段ニ御答可申上候へ共、まづ序ニ付、心事あらまし申述候。

（頭書）「□内、『にまぜ』の代、少々間違有之。いさいは本紙に認申候」

右両編代金、壱分弐朱御差下し候、慥ニ受取申候。端銀ハそのま丶とめ置、拙筆壱枚、御同人様御望ミニ付、認上ゲ候様被仰下、承知仕候。唐紙一枚求メ候へバ、六分五厘仕候。右唐紙代六分五厘ハ、右之金子之内ニて引取申候。残り鳥目ハ、飛脚ちんとして、二見屋江遣し可申候。左様御承知可被下候。

(六)かくいへバ誇るニ似て、尤をこがましく、恐入候へ共、膈腋を推ひらき、愚意を述、御笑ひニ備申候。是、格別御心易ニまかせ候のミ。御他言ハ御用捨可被下候。拙筆を先年より乞求メ候仁日々にて、大ニよわり申候ニ付、山東子の謀に倣ひ、無拠画賛ハ何程、扇面ハ何程、しきしたんざくハ何程ト、潤筆を定メ申候。是甚しき野鄙なる事にて、文人の為に笑れ候事ニ候へども、かくせざればバ限りもなく、見もしらぬ人人たづね来て、何を書てくれ、彼をかいてくれとたのまれ、或はしらぬ遠国よりも、書状を以頼ミこされ候事、月々也。これを避ん為、且ハこゝろひとつ、筆一管を以世をわたり候故、わろきしかたとしりつゝ、右之通りニ仕候へ共、世界一面ニ、右之趣ひろまり候ニも無之、山東子ハ通り町ニ見世をひらかせ、身上商人故、自画賛の扇、たんざくなど売られ候故、人々はやく承知仕候へ共、拙者宅へハ、しらぬ人折々参り、猶うるさく覚申候ニ付、なべ丁かしハや、かねて懇望ニ付、彼店并ニ大坂河内や太助殿を取引所ト定メ、手前へ乞ニ被来候仁、有之候ても、一筆も認不申候。江戸ならバ、なべ丁柏屋半蔵方ニアリ、彼処へ御出被成候へと教へ遣し、上がたすぢの旅人ならバ、大坂河太ニて御求メ被成候へと申候て、いかやうニくどかれ候ても、認不申候。中ニハ腹たち、いろ〳〵やかましく被申候武家なども有之候へ共、一向とりあひ不申候。その上、江戸・遠国ニ限らず、紹介もなくてたづねられ候仁へハ、病気とことわり、いく度被訪候ても、あひ不申候。これも武家などハ腹をたち候へ共、とりあひ不申候。たび〳〵被参候武家へハ忰をつかハし、失礼のいひわけいたさせ、なきねいりニ事を済せ申候。一向世の人、拙者気質をしらず、戯作者故、定メてうき世に親しきおもしろき人ならんと、こゝろ得ちがひいたし候仁も可有之、又小文才ある人ハ、たづね来て面識となり、われこそ馬琴と懇意なれ、又江戸へ出たる序ニちかづきになり、国元のみやげにせんなどいふ人もあり、実ハ見せ物同様之とり扱ひニ被存候人々へ対面し、いやなる物がたりを聞もし、はなしもする事、この身ニとりてハ甚心ぐるしき限りニ御座候。全体何故に、簑笠隠居と称し候哉、そのこゝろをしらぬ人、多き故なるべし。かやうニいたし候事、十五六年ニ及び候故、只今ハ江戸、并ニ遠国よりたづねて来る人も稀ニなり、又書画を求候仁も、懇意の外ハなくなり、御歴々、又武家がたにても、馬琴が宅へいくたび行てもあハぬといふ也。彼が所へたづねてゆくハむだ也といハれ候。この評判、やう〳〵に世上へひろまり候へ共、又世界ハひろきものにて、折ふししらぬ人たづねて来る事、月にハ両三度も有之。家内のものこゝろ得て、病臥のよし申候事ニ御座候。乍去、懇意之仁より紹介有之候へバ、貴賤ニ限らず、早速対面いたし、拙筆もその求メニ応じ、早速認遣し申候。これハその仁へするにあらず、年来懇意の仁へいたすわざなれバ、心ぐるしくも不存候。此度御たのミの里竹様ハ、未存御仁なれども、貴兄の御たのミと申、殊ニ拙者を人がましくも被思召、はる〴〵と著述の両編御求メ之上、拙筆をほしと被仰候に、たとへ端銀なりとも、此方ニてさし計《ハカラ》ひ、潤筆申うくるニ不及候。依之、残りの鳥目ハ、飛脚ちんとして、二見屋へ遣し申候。但し、唐紙ハ手前ニあり合せ不申候ニ付、唐紙料ハ紙やへ遣し申候。例のわがまゝ、御一笑可被下候。

(七)かくいへバ清貧を守りて、何も彼も受けぬかといふに、左ハあらず。筆一管にて妻子を養ひ候事故、書肆其外の注文の著述ハさら也、潤筆においてハ辞し不申候。只いハれなく物をうけ候ハ、心ぐるしき事ニ御座候。孟子の七十鎰をうけて、百金を辞し被申候事ニこそ及バねども、少し斗ハそのこゝろもちニて御座候。御一笑可被下候。又いハれなくとも、懇意の人実情を以、わが衣食の資にとておくられ候物ハ、忝く存観て受ケ申候。只々世塵をまぬかれがたきハ、妻子がほだしとなる故に、枉る事のミに御座候。前書の通りのこゝろもちニ候へ共、名を売るものゝ悲しさハ、権家勢利にはゞかる事なきにあらず。くるしきものハ世わたりの一トすぢ也。されバ、

したハるゝ身こそつらけれ山ざくら咲ずハいかで
人のとふべき

是ハ十年あまりむかし、述懐の愚詠ニ御座候。わかきとき、誤て虚名を売りひろめ候故、畢竟後悔多く御座候。山ざくらもさかずハ、訪ふ人もあるべからず。われも虚名を売らずハ、訪ふ人もあるべからず。しから

バ、さくらの折る丶ハ、花さくの咎也。わがこ丶ろしづかに生を養ひ、閑をおくる事のならぬハ、虚名の咎也。これ、人よりする事ニあらず、われよりせしわざ也と申すまでニ御座候。乍去、さくらハ花王と唱へて、さくもの丶第一なれば、左もあるべし。おのれハ能もなく徳もなくて、みづからさくらニ比せんハ、をこがましとやいハん。草木にも神草香木あり、人としてこれにも及バぬハ、愧べき事ニ御座候。

（八）三四年已前、浪華の市人、紀伊国屋何がしといふわか人、小文才あり、われらが年々の著述を見て、なつかしくや思ひけん、尺牘一通をおくり、何とぞ返事をしてくれ。但紹介なきものにハ、文通も不被成候よし、及承候へども、されバとて紹介をたのミ候方もなし。依之、菓子料をまゐらするとて、一円金をおくれり。その尺牘の書ざま、われにひとしく不文なるハさら也、いかにもこ丶ろ得ざる事あるにつき、右之金子をかへし遣さんとせしに、忰申スハ、当今の名家多しといへども、はつかに一通の返事がほしきとて、金一円おくられしといふ事を聞かず。か丶る仁に枉て親しミ給ハヾ、衣食の資にもなるべし。願くハ御返事あれかしと諌め候ひき。愚老聞てあざ笑ひ、勿論一両の金子ハ得がたく貴けれども、われ故なくて多謝のおくり物をうくるときハ、その人に諂ざる事を得ず。只利の為に世をわたらんとならバ、今少し趣ある世を渡るべし。さやうに世にへつらふ事が好ましからぬ故ニ、生涯か丶る処にかゞまりゐる也。われ一筆を惜むにあらず、心もしらぬ人に過分の物を受るハ、わざハひの基也。乍去、汝がいふ処も、わがまづしきをきのどくに思ふ故なれバ、まづ一思案すべしと答て、飛脚早便を以、大坂なる懇意の仁へ、右きのくにやが人となり、并ニ身上、家内のくらし等、聞ニ遣し候処、年紀廿四五の仁にて、某町の会処へ養子になり、先の娘を妻にして、養母と共に三人ぐらし也。父ハ何町に紙見世を出しゐられ候。大坂にて会処といふハ、江戸の自身番やうのものにて、町内の事を差《サ》配し、とり方も多く、金銭も相応にたちまハり候よし也。か丶れバ、きづかハしき仁にハあらねど、富ム人にハあらざるべし。かやうの仁、おくり物をかへされなバ、なか〳〵に恨ミらるべしと思ひて、返書の尺牘一通をしたゝめ、右おくり物の返礼にハ、名家より合書の画、其外少々さしそえ遣し申候。尤愚が返翰、露ばかりも諂ふ事なく、かさねて文通してもせでもといハぬ斗ニ申遣し候処、程なく又、肴代として金三百匹、忰へハ絵の具くさ〴〵おくられ、亦《マタ》復早速返事をしてくれと申こされ候。つら〳〵両度の尺牘を見るに、書法にかなハず、その上、文章転倒多くてよみがたく、殊更にいき過たる事多し。かばかりの文ならバ、ひらたく俗文に書ておくるが便利なるに、面倒なる尺牘三昧かなと思ひながら返事認め、彼ハいかゞの事にや、これハいかゞの事にやと、ひとつ〳〵ニ打て遣し候。かくせし事ハ、その人己レと才を愛し、愚老を相人にして誇らんとの下ごゝろと存ぜし故也。その後、両三度尺牘をおくり、さま〴〵なる事を問れしかども、文通にてハ、人に教る事行とゞかず、且愚老ハ人の師となるべき徳なければバ、弟子といふものをとりて、物をしへし事なし。此方へ御出候ハゞ、口づから申べし。まハらぬ筆もて漢文にての問答ハ御免候へ、愚老痼症に候へバ、思ハず失礼あるべしと申つかハし候へバ、果して先かたにて腹たゝれ候や、又過分のおくり物も、たび〳〵ハつゞかぬ故か、はつか一トとせに過ずして、音信不通になり申候。忰などハ、われらがわがまゝ、利をしらぬやうニも存候顔つきなりしが、最初あまりに物をしすぐせバ、ながくハつゞかぬもの也。此方ニてうけよくあしらひ候ハゞ、後々に至り、先かたにてハ身上もかたむくるに至るべし。よりて、いろ〳〵先の気に入らぬうけ答して腹を立せ、はやく不通になるが先かたの為也。これ、不実ニ似たる実情を以、たび〳〵叱りつけ、あいそをつかさせ申候。乍去、この心をバ、先かたにてハ今以知らで、馬鹿ものともしらずして、大なる損をせしと思ハれ候ハん。かゝる事折々あり。御一笑可被下候。

(九)又三四年已前より、ある諸侯の御隠居、御近習をつかハされ候て、物を問せられ候事有之。尤十年已前より、その御こゝろありながら、紹介なき故に黙止給ひしが、ある準国守家の留守居衆に、しる人あるよし聞出し、やう〳〵その仁の紹介をたのミ、申つかハすとの事也。諸侯と申、紹介も歴々の役人故、相応にあしらひ、何事によらず御仰下候事、いろ〳〵御答いたし、だん〳〵なじミをかさね候へども、その問せ給ふ事ハ、只うき世の事にて、こゝろにもあらぬ事多し。これによりて、十二五ツハ辞退いたし、或ハ諷諫を以、いさめまゐらせし事も折々有之。依之、おもしろくなき奴と被思召候歟、近ごろハ、一季のたまものも半減になされ、折々高味の菓子被下候事《コト》もなくなり、一ケ年ニ五六度ならでハ、御近習衆も来不被申候。よしや、たまものハなくとも、貪着不仕候。御疎々しくなりしハ幸ひ也。すべて貴人ハさら也、御旗本衆其他、すべて官府へかゝハり候仁へハ、決してつき合不申、先方より訪れ候ても、敬して遠ざけ、にげかくれ申候故、これも近ごろハ人もしりて、招キたい、或ハあふてくれといふ人なし。是又一ッの安心ニ御座候。

（十）これハ十年あまりのむかしの事也。伊せの人何がし、拙者しる人なるが、折々上京し、花山院家へ御出入いたされ候ニ付、右大将様へ御ねがひ申候而、曲亭の額字を御認被下候との事にて、彼御家令の諸大夫より、添状有之、則いせよりわれら方へおくられ候。その比、京都しる人富左近将監と申仁より、先日花山院家へ罷出候所、右大将愛得《ナリエ》卿、御染筆額字の事ニ付、貴老の人となりをとハせられ候。こゝぞと存、いちく〳〵くハしく演説いたし候との文通也。われらその御返事ニ申遣し候事ハ、おほけなくも、御染筆の額字を下し給ハる事ハ、思ひかけぬ事ニ候。それハわがこゝろにハあらぬを、いせ人のひが事にて、ねがひ奉りしなるべし。忝く頂戴ハ仕候へども、貴人の御書を、匹夫の白屋に掲げて、売弄いたすべきにあらず。依之、そのまゝしまひおき、懇意のものにも見せ不申、子孫もむしぼしの外ハ、拝見仕候事あるべからずと申遣し候。その、ち又、富氏より文通に、亦復花山院家へ罷出候序ニ、先便被仰越候趣、披露に及び候処、殊更に御感ふかく、只々御嘆息のミに候と申来り候。彼卿ハ御手迹をよく遊し候ニ付、江戸にても、名家ハ伝手をもとめ額字を乞奉り、これを書斎へ掛おき、来客毎に花山院様御手迹也と風聴いたされ候仁も有之よし、かゝるわざハ愚がせぬ処也。ひが事にや。

(十二)かゝる物語ハいくばくもあれど、をかしくもあらぬ身のうへ咄ハ、定めて御覧も御面倒と奉察候。尤、これらの事ハ、江戸表の懇意の仁へも口外不仕候得ども、貴兄ハ遠国の御仁と申、御徳行の聞えも候へバ、うらやましく存、かくの如く肝胆を吐申候。乍去、心なき人々へハ、うハさ被下まじく候。愚老亡後ニハ、かゝる事もありしと御噂ハ、格別の事ニ候。都テ物を考候事、物を認候事ハ、世業の外ニ、遠国、或ハかり染の文通ハさら也、小遣帳也とも、筆をとり候事ハ物ぐさく御座候。しかるに貴兄に限り、如此無用の弁までなが〱しく認候而、備御笑候事ハ、風流のうへのミならず、徳行ある御仁と及承候ゆゑニ御座候。帖ニいたし候文通ハ、貴兄ニ限り申候。これらの趣、御合点可被下奉願候。只々義の一字を失ひ不申迄ニて、実情ある友にハ労をいとひ不申候。皆是、わがまゝより起る事なるべし。実ハ何にもならぬおやぢと被思召可被下候。

(十三)京伝子没後、近頃京山子へ御文通被成候処、彼仁より返書、并ニ「雪話」之事申来り候ニ付、尚又同所江御文通之御案文、あらまし御認、御見せ被下、同人より噂も候ハヾ、右之心得を以、挨拶いたし候様、御書中之趣、委細承知仕候。当春、京伝後室狂乱つのり、右病中より、京山子母やへ引移り、程なく後室ハ没し申候。則此節、美事に家作いたされ、当廿六日見せびらきのよし、及承候。京山子とも、年来懇意ニ候へども、兄貴とハ少々気質もちがひ候故、さのミ入懇ニハいたし不申候。彼仁ハ世才にたけ候て、当座をよくして、人を歓せ候仁ニ御座候。当時の勢ひニて、「雪話」之著述など、おもひもよらぬ事也と存候へども、まづちよとり合せて、貴兄へ愛相ニいたされ候事と被存候。これも極秘の事ながら、無覆蔵申候。御他言ハ御無用可被下候。〇わかきとき、京伝子とハ風流の文筆を以、別懇にいたし候処、中年ニ及び、おのく志のあハぬ事あり。その上同家業にて、内心に忌れ候事も有之候歟、十年来ハ、いつとなく疎遠ニうち過、年始の外、往来まれニなり候き。この外、わかき時の朋友、多く世を去り、又現在の仁も疎遠になり申候。その故ハ、拙者風流のつき合といふ事を止メて、人々の宅江ゆかぬ故也。毎度書画会など、会ぶれのすり物被差越候仁、御座候へども、祝義斗差遣し、出席不仕候。依之、只今ハ友といふもの、その名斗にて、皆疎遠ニ御座候。しかし、京伝子ハ世のゆるせし才子也。戯作者はじまりて後、彼仁の上に出候もの無之様ニ覚申候。拙者ハ、戯作ハつけたりにて、及び不申候。第一世俗のひいき、彼仁ハ十分也。をしき人ニ御座候。

(十三)余川村両頭蛇之事、忝承知仕候。何さま、『雪譜』中へ加入可仕候。

(十四)『燕石』中鈴木姓之事、且御定紋等、承知仕候。尚又とくト考可申候。

(十五)御先祖御書翰、并天正中の暦等御所持のよし、珍重被存候。拙者も、古暦ハ少々所蔵仕候。何さま両様、御うつしにても拝見仕度候。但、急ギ候事ニハ無之候。

(十六)京伝子机塚記文石本、京山子より御もらひ被成候ニ付、表装の思召ニ而、拙者先年建立之筆塚碑文と一対に被成度、右ハ忰ニなりとも写させ、進上いたし候様被仰下、承知仕候。右筆塚の碑文ハ、京伝の碑文とちがひ、大サ畳一でう程有之、其上、両面にて二枚ニ御座候。先年建立之砌、石ずり煅煉の職人をやとひ、打せ候処、終日にて、やうく十余枚出来、右ハ鵬斎子・椨斎子、其外出銀の書肆へつかハし、手まへ江は一ふく残しとゞめ、壱対はざつとかけ物にいたし、壱対ハ二枚屏風へ帖し申候。其外、懇望の仁も御座候へ共、右石ずりハ、打候ニ物入多くかゝり候ニ付、その後ハ打不申候。右大ふくニ御座候故、かごぬきに写し候も、甚ひま入り可申候。その上、忰も日々多用にて奔走いたし候故、無覚束被存候。紙巾も京伝のとハ倍に御座候故、とても対にハなり申まじく候。いづれニも、右かけ物にいたし候方、御めにかけ申度候。飛脚ちん御いとひなく候ハゞ、早々可被仰下候。ゆる〳〵御とめ置、その御方にて御うつし被成候事ハ不苦候。貴意之趣、難斗候ニ付、貴答にまかせ可申と差扣申候。

（十七）七月上旬、御地雨乞之事、承知仕候。六月上旬、悴江の島へ参詣いたし候処、近在も一統雨乞のよしニ御座候。農業ハ、世界の人命に拘り候事故、別してきのどくニ被存候。いかゞ、其後甘雨有之候哉、承り度候。江戸表ハ、山の手の井も水涸候所有之よし、及承候。日々甘雨をねがひ候へ共、今以雨ふり不申候。

（十八）『燕石』中藪入の条に、山中、藪入、迯《(外)》入三村の事、間違ニ可有之よし、委細被仰下、忝被存候。『増補越後名寄』ハ、写本ニ候へば、伝写のあやまりも多く可有之、又記者の悞りも多く可有之候。但、ニゴロ村ハニゲリノ義にて、字にハ迯入と書たるもしるべからず。□コトケト□五音通じ、□リとロ□も、亦通じ申候。しかれバ、にげりをにごろといハんも、よしなきにあらず。此外、山本を山中とし、藪川を藪入とせしハ、伝写のあやまり歟、去らずハ記者の悞りなるべし。とかく地名ハ、その地の人ならでハくハしからず。『雪譜』も、是のミ苦労になり申候事ニ御座候。此外、時平公の墓と祠のまちがひハ、記者の失に可有之候。尚又、御序も候ハゞ、とくト御糺し奉願候。

（十九）右『越後名寄』の内、名所等あらまし書抜、上ゲ可申よし被仰下、承知仕候。但、三十二巻の大部ニ候へバ、急にハ出来かね申候。只今急ギの著述仕舞、手透を得候ハゞ、認上ゲ候様、心がけ可申候。

（廿）雪中の事も和漢の故事等、くさ〴〵引つけ、著述可致と思召候よし、承知仕候。乍去、右の書ハ随筆など、ゝちがひ、俗へちかき物ニ候へバ、ひとつ〳〵に故事を引、漢文などさし加へ候ハゞ、売捌之障りニなり可申哉の斟酌も有之候。いづれニも、著述の節を以、見斗ひニ可仕候。只今ハ、いづれとも定めがたく候。とかくおのれ一人ㇼおもし〔ろ〕がりてハ売物ニならず、おのれハいまだ可ならずと思へども、世上の人の嬉しがるを第一にせねバ、書肆に損あり。著述ハあてがふて認候が、第一の手段ニ御座候。それをしらぬ素人作のはやり候ハ、まぐれあたり也。十分の内、七分ハ俗、三分ハ雅といふものハ、いつもうれ申候。十分の内、七分雅三分ハ俗といふものハ、多くハうれ不申候。随筆などこれ也。十分の内十分雅にして、一分も俗なきものハ、一向うれ不申候。諸家の詩・文章など、蔵板もの是也。これら、御合点可被下候。乍去、俗がよいとて、小冊の外ハ、俗斗ニてハ又うれ不申候。当時ハ五分雅五分俗なるもの、はやり申候。此俗の内にも雅あり、雅の内にも俗なけれバ、平等にハ売れ不申候。これをあてがふといふ也。但し、その書となりと物にもよりて、一概にハいひがたけれど、大抵ハたがふことなし。

(廿一)御地の風俗、次第に変じ候よし、左可有之候。「百年俗をあらたむる」と古人もいへり。四十年来、江戸の風俗のかハり候事、拙著に述候如し。人々つねに見る事なれど、しらずしておしうつり申候。それを物に書しるし候へバ、げにもと合点するものに候。和漢ハさら也、大千世界、みなかくの如なるべし。

(廿二)二十年前二月初午、日輪三体にあらハれ候よし、江戸にてハ沙汰もなかりき。それハ日華ニ可有之候。日華の事ハ、古人も論じおき申候。月にもあり、まれ也。日ハいよ〳〵まれ也。

(廿三)御亡妹様御追福之節の奇談、甘心仕候。是則、貴兄の御誠心より出る処なるべし。よそより物の来るにハあるべからず。誠といふものは、『中庸』にも説れしごとく、有がたきものニ御座候。御亡妹様成仏ハ、貴兄の誠にあり。甘心々々。

(廿四)黒田氏其外、御学問御伝言等、御尤ニ被存候。乍去、愚ハ学問より徳行をたふとく覚申候。御地に才子多かるべし。又玄鶴老のごとく、学者も亦あるべし。君がごとき、徳行の聞えある人ハまれなるべし。但、文と質と相応したらんにハ、是亦得がたき君子也。黒田氏御学問の事ハ、かねて承知仕候へども、いまだその質をしらざるのミ。いづれも〳〵なつかしき御仁たちに御座候。文質彬々たる君子ハ、いまだ友に得ず候。遺憾々々。

(廿五)自識発句之事、思召あハされ候事、有之よし。御亡父様高吟など、甘心不少候。かやうの物がたりハ、なほ多く御座候事ニ候。

(廿六)御通家青苧様、『越後名寄』の杜撰御評論の事、御尤ニ被存候。「悉く書を信ぜバ、書なきに不如」と、孟子ハいへり。いづれの書にも悮ハあれど、人のいまだせざる事をする人ハ、又世に益なしといふべからず。傍よりひとつふたつ、その悮を見出ていふ事ハやすく、本書なき事を思ひ企て綴る事ハかたし。しからバ、是非は見るもの丶心にえらみて用捨あるべし。必しも譏るべからずと、愚ハ存候也。乍去、その書のあやまりを訂正して世に伝んにハ、いよ〳〵益あり。これも又かたきわざにこそ。

(廿七)『雪譜』の事、御答申候。かねても申候通り、雪を専文ニ仕候へ共、画面雪のミにてハ、見る人飽キ可申候。しかれバ名高き地、或ハ故事などハ加入可仕候。その思召にて、御心がけ可被下候。碑銘・鐘の銘など、ふるきものハ加入仕度候。

(廿八)『雪譜』初巻江越後の全図を出し候ハヾ、他国の人、めやすく可有之候。この図も、御地ならでハと丶のひかね、且間違出来可申候。是又明年など、御心がけ御うつし可被下奉願候。

(廿九)先便あらまし得貴意候「越後大絵図」の事、『雪譜』著述に第一入用のものニ御座候。右筆料ハ、拙者差出し候間、筆者へ被仰付、右の図御手に入り次第、御写させ被下候様、奉願候。并ニ御地名所の古歌、御書あつめおき被成候御仁、御座候よし、是又何とぞ御かりよせ、こ丶ろ得候仁ニ御写させ可被下候。両様とも、筆料ハ無御遠慮可被仰下候。写本出来次第、早速調進可仕候。此両品手に入り候へバ、大ニたすけニなり申候。

(卅)右初巻へ出し候越後の図ハ、深雪の所、中雪の処、薄雪の処等、色わけにいたし度候。この義も、かねて御心得可被下候。

(卅一)御地方言、并ニ古歌等御しるし被下、忝被存候。何によらず、思召つかれ候事ハ、御書付被遣可被下候。其内にて用捨いたし、えらミとり可申候。尤、大本全部六巻にて、壱冊六七十張づゝのつもり、此内へ画十五六張づゝさし加へ、全本三四百張を限りとして、三巻づゝ両度に出板のつもり御座候。既に『玄同放言』奥もくろくへも、

『越後雪譜』――――著
越後――鈴木牧之考訂　全六巻近刻

と出しおき申候。

（廿一）書名の事、『越後雪譜』といたし候事、先便得貴意候。定テ御承知と被存候間、文略仕候。

右今便五日出御別帖之御報迄、如此御座候。

▲五月下旬之御細翰御答ハ、七月二日、あらまし申上候得ども、申落し候事少々。

（一）雷獣之事、先便御答ニ及び申候。書状御覧と被存候。すべて事済候義は、文略仕候。

（二）サカベツトウ・サトリ、急候事、承知仕候。蚫鮹同断。

（三）牛の角突力士之事、御序を以、くハしく御図シ奉願候。

（四）越後画図之事、前書ニ申述べ候。

（五）雪蜉の出処、先便及答酬候故、略し申候。

（六）新潟妓婦之事、今めかしき事ハはぶき、古様の遊女ハ、加入仕候ても可然候歟、時宜によるべし。古迹・実事ハ、御認可被下候。

（七）御宅小名之事、承知仕候。

（八）雪虫、又々来春おくり可被下候よし、忝被存候。右写真、花山子へたのミ置候処、めがねいまだ手ニ入り不申哉、埒明不申候。拙者いとこ、間宮筑州御近習ニて、此度長崎へ罷越候。来年十一月ハ帰府仕候。このものへ申付ケ、蘭製のむしめがね、とりよせ候つもりニ御座候。雪虫の入用のミなれど、めがね求メ可申と存候。乍去、ことの外高料ならバ、無用と申遣しおき申候。

（九）両山不二の事、承知仕候。

（十）亀石、『雪譜』中へ加入可仕候。

（十一）『雪譜』の画人之事、是ハ追テ一二冊出来候節、御相談可仕候。板元の好ミもはかりがたく候故、只今より画工方へ御やくそくなどハ、御無用可被下候。

（十二）草津入湯之事、一両年之内と心がけ申候事御座候。そ

れ前、貴兄御出府あらまほしく被存候。
（十三）書名之事、前書ニ申述候故、略し申候。
（十四）蕉翁像賛之事、先々便得貴意候処、愚察のごとく、一両幅御所持のよし、依之、何ぞ忰へ画せ、賛いたし上ゲ候様被仰下候。右御答ハ、先便得貴意候。此節、忰画ハ出来申候へども、拙画故、一ぷくハ花山子へ画をたのミ、注文申遣しおき候処、彼人甚精細人にて、古図を穿鑿いたされ候哉、折々さいそくいたし候へ共、今以出来不申候。依之、忰画出来候分斗二幅、今便差下し申候。花山子画ハ出来次第、後便ニ上ゲ可申候。忰画、甚恥入申候。乍去、画ハ業に不仕候故、仰にまかせ、御笑ニ備候迄ニ御座候。
（十五）関羽の賛の狂詩、「依レ朱《テアカキニ》如《ク》レ個剛《カクノツヨシ》」と御よミ可被下候。
（十六）然処、今便御本文ニ、ばせをの像賛認候様、被仰下候。ばせを画像ハ御所持故、花山へのたのミも、備後三郎さくらに詩を題する処か、美人などの内、認くれ候様、申遣しおき申候。芭蕉の像賛ハ、別段追テ御注文ニ付、これハかさねて画せ、進上可仕候。〇右花山と申仁ハ武家にて、京都の人にハ無之候。此義、先便及御答候間、文略仕候。

（頭書）「ばせをの像賛ハ、此度里竹様御注文之処、御手がミ見損じ、如此認候。委曲、別紙ニ御答可申上候」

右、五月下旬御来翰之御答、先便ニ申述候へども、尚又貴報、如此御座候。以上

七月廿九日　　滝沢解

鈴木牧之様

梧下

今日、巳牌より筆をとりはじめ、申の中刻認をハり申候。乱書失礼、御容恕可被下候。

忰宗伯、篤実と申のミにて、文雅の才ハ一向無之ものニ御座候。（市中にて無疵にそだてあげ候手段、いろ〳〵也。無益の事故、略し申候。）当年廿二才にて、療治ハ可なりにいたし候得ども、父子の業、大ニちがひ申候故、同居いたし候てハ、発達の為によろ

しからず。依之、今般別宅いたさせ候心がけにて、神田明神下、其外処々に相応の売家有之、この相談に取かゝり居申候故、別して多用ニ御座候。当分老妻を遣し置候つもり也。忰并ニ妻と別居いたし候てハ、としわかき娘のミにて、拙者甚こまり候へども、拙者くぢけざる内、彼ものをとり立遣し申度、右之通りニ仕候。此上ハ、相応の嫁ほしくなり申候。甚なれ〱しき申条なれども、御地ニて貧家の娘、江戸住居望ミの仁等、御聞出し被成候ハヾ、御しらせ奉願候。貞実にて候へバ、外ニ望ミ無之候。江戸市中などの娘は、なか〱にはすハに育候故、安心不仕候。とかく、すぢよくそだち候すなをの女子、ほしく御座候。格別御懇意につき、をこがましき事まで申演候。書外御賢察可被下候。

不具

拙者親ども・亡兄どものあらまし、しるしつけ候て、御めにかけ候様被仰下、はぢ入申候。いづれも行状ハ愚に立まさり候へども、著述等不仕候ニ付、世にハ聞え不申候。をこがましき義ニハ候へども、御好ミにまかせ、閑を得候節認候て、御めにかけ可申候。以上

七月晦日　著作堂

再復

鈴木君

17　文政元年十月二十八日　牧之宛

（表紙）

文政元戊寅十月廿八日 江戸　滝沢解拝封 奉報 北越塩沢鈴木君足下 別封一通在中

八月廿五日の御細翰一緘、並ニ御懇書、及『雪譜』材書画種々、納于一折櫃一箇。

右、九月五日、当地二見屋届来ル。乃披見了。

十月十五日の御細翰一緘、並ニ『雪譜』材書画種々一封。

右、十月廿二日、自二見屋届来ル。乃披見了。

八月中、格別御懇厚、其意を得乍ら報書延引、今般二見屋よりも使の小廝《コモノ》催促の口上あり。汗顔々々。依之、まづ八月中御細翰報答延引の申わけ、左之如し。

（『朝夷巡島記』第三編よみ本五冊、惣丁百卅九頁、稾本板下共ニ、七月十二日迄ニ仕上ゲ、大坂板元書肆文金堂へ差登せ候砌、秋暑酷烈、寔ニ凌かね候ニ付、是より絶筆にて、避暑に数日を送候処、『里見八犬伝』よみ本五冊の板元、毎日の催促、その言訳もいひ尽し候折、八月七日より秋暑薄らぎ候ニ付、亦復机にむかひ、著編一ト向に残暑を送候処、かねて入于御聴候、孩児琴嶺別宅の事、八月二日に相談とゝのひ、手附金等逓与《ワタシ》候後、〔売主田舎へかけ合の事有之、罷越候よしにて、明けわたし不申〕、忰も窃ニ気もみ候様子故、捨置がたく、かけ引の指図いたし遣し候へバ、自ら片《かた》心にかゝり候て、著編ハはかゆき不申、やうやく八月廿日に沽宅引とり、廿一日ニ移徙いたさせ候。右引うつりニ付、家財を分ち、諸買物等、悉愚老が指図ならざれバ事《こと》ゆき不申、諸買物も、一円金已上のものハ、馬等乗り出して、買とり遣し不申候てハ、即座の間に合不申、宗伯姉夫《ムコ》なる男も律義のミにて、忰同然様ゆゑ、右両人、下町辺を三日走まハり候テ、物ひとつも求得不申、高か〔ら〕ふかやすからふかと、之の〔み〕屈託致候事、一笑仕候仕合故、御遠察可被下候。さて、右之沽宅、三ケ年以前ニ建候由ニて、普請ハ新しく候へ共、玄関前ニ敷石等もなく、納戸ハあら壁のまゝにて、勝手向いまだ造作もなし。之ハ最初普請をしかけ候処、金子不足故、造作ハなか半《ば》にして、そのまゝに住なし候と見え申候。右ニ付、建具等も足らぬ処多し。いづれにしても、このまゝにてハ不便利にて、打捨置がたし。拙者ハ右之家、相談の初メ、只一度見候のミにて、あとは〔悴と〕世話人にかけ合せ、其後九月中旬、造作普請中、委敷見候仕合に〔御座〕候。ともかくも、とり繕《つくろ》ひ然るべしと申つけ、九月二日より、番匠三四人づゝ、入込、納戸・勝手向の造作いたさせ候うち、此節霖雨にて職人なまけ、短日なれバいよ〳〵はかゆき不申、拙者ハ『八犬伝』草稿最中にて、寸暇無之候ニ付、見まハり候事なりがたく、悴ハ気若ゆゑ、気ばかりもみ候へ共、多くは職人によきやうに致され候て、最初にとり極候大づもりの金高一倍にかゝり、漸く九月廿日頃ニ、番匠ハ手を引き申候。引つゞき、泥匠に壁の中塗・上ぬりいたさせ、程なく畳師・経師・石工等、追々造作、玄関前迄とり繕ひ候へ共、座敷、納戸前、前後の庭、これ迄ごみ溜同様にて、植木は一本もなし。こゝもさすがに捨置がたく、本宅の植木、可然もの種々、大なるハ車にて牽せ、小なるハかる子に運バせ、足らざるものハ宗伯隣家のうへ木屋ニ申付ケ、まづ可なりに庭にいたし遣し候内、あつらへ候杉戸など、追々出来ニ付、十月十五日ニ、之迄祝義・音物等受候別懇の人々十人ばかり、并ニ親類を招き、新宅開き内祝の饗膳をハり、右新宅の一議、漸く世話うすらぎ候。全体、去年ハ一ケ年著述休ミ〔候〕仕合故、貯うすく、当年『玄同放言』『巡島記』『八犬伝』の筆作料、半分ハ年中の小遣に致し、半分は悴ニ遣し可申存、凡十四五金にて別宅為致候心づもり之処、買取候建家代、金廿両弐分也。之もちよつと見候処、十七八金位のものの外無之、その後親類どもニ見せ候ても、その位ニ外ふミ不申候へども、武家地ゆゑ、月々の地代心やすく候故、ふみ込候テ、廿両ニつけ候処、負不申由にて、世話人只管買とらせたがり、拙者に相談ニ及バず、二分つけ分ケ候て、外ニ謝礼百疋づゝ三家へくバり、以上廿一両壱分出金致、其後諸造作・振舞入用等、未だ委しくハ勘定いたし見不申候へ共、廿四五両もかゝり候ひしならん。都合五十金に近き物入、拙者身上にハ甚過たる事なれバ、これも少しは心配の一つにて、何分人々に無心を不申、成たけ借財も致すまいと、色々くりまハし候へども、届不申。然処、年来懇意の書肆芝の泉市、心入を以て、油町つる屋をかたらひ、悴新宅見舞として、右両人にて拙者へ金五両めぐまれ、尚又其事ニハあらざれども、貴兄よりも存《ぞんじ》よらず御懇命あり。其外百疋、二百疋づゝの謝物、例年よりも多く、悉く思ひよらぬ貺ありて、どやらかうやらくり廻し、足らざる処の借財ハ、ハづかにて事済ミ候事、意外の大幸、是全ク再び家を興さんと存こみ、只一人の悴をもり立て、弐十年来のその心がけ、一日も忘れ不申、先祖の遺徳、父母の大恩、亡兄の遺志を身一つニ引うけ候。我らこそ、生涯市隠清貧にてをハれ、何分悴をバ人がましく、先祖の祀も、その霊の快く受させ給ふやうにしてとらせんと存居候赤心を、家廟の諸霊位たすけ《助》給ひて、かく大金の安らかに追々整ひ候事と、感涙に咽び候まで忝く、只この神わざの大方ならぬ、一家の大幸を歓び入申候。拙者ハ九才の春父を失ひ、十九才の時母を喪ひ、廿才のとき次兄没し、三十三才の時、親ともたのミ候伯兄《オホアニ》没し候。跡にハ妹二人残り候へ共、一人は所存わろく、愚が教訓を用ひず候ニ付、已ムを得ずよせつけ不申候。拙者身分に比べてハ、当時の処、悴ハ幸ありといふべし。寔に人の親の子をおもふ事、いづれにおろかなるハなかるべし。愚が子を思ふハ愛のミならず、祖先の子孫ヲ思ひ給ふ事、父母のわが身をおもひ給ひし事、これ則今我子ヲおもふ如くなるべしと奉存、如此大業を思ひ企候へ共、相続ハ悴が身にあり。行末の事ハいざしらず、医業を立とほし、受たる物を亡ハざる様にと庭訓候のミ。之につけても、御遠行の御賢息様の御事など、未見の亡人なれども、外ならず存出し、御胸中、毎度察し入候事ニ御座候。扨も、かゝる恥かしき事共、長々と記しつけ候て入御覧候ハ、尤あるまじき事乍ら、知己の情にハ何事をつゝむべき。内外の事、斯まで悉敷ハ、妹にも聟にも話し不仕候。只秋中の報書延引の申訳迄ニ、よしなき事さへ入于御聴、備一笑申候。他見ハ勿論、この一条ハ御覧後、御引裂被下度奉希候。忰新宅ハ、

昌平橋外神田明神石坂下同朋町東新道
西丸御書院番　橋本喜八郎殿地内

琴嶺　滝沢宗伯

地坪四十坪程借用、建家ハ十六坪程有之、本宅よりハ余程手広ニ御座候。無益之事乍ら、序ニ書つけ申候。手前門通用故、見つきハ相応ニ御座候。扨、右俗事の世話ニ気がちり候て、大ニ著述の邪魔ニなり、『八犬伝』第三編、八月七日ニとりかゝり候へ共、かねてハ凡三十日ニ書をはり可申心づもり之処、何分にも事多くて出来不申、日々四五枚づゝ草し候半。板元より、日々書候ほどの下書を奪去り、昼夜を分かず、板下書きを板元の二階へよびよせ置候て、書せ申候。拙者ハぶつつけ書にて、別に草稿控不仕候処、毎日認候分を板元へ遣し候ゆゑ、前の処を忘れ候ても、見合せ候もの無之、板下書と根ゝくらべなれども、手を明ケさせ不申様ニ出精いたし、漸々九月廿九日ニ全五冊百十九丁、絵わり・序文・惣目録等迄書了り、その已前より、毎日認候板下の校合致候へバ、一冊の下書、半はいまだ認不申候内、前の処半分ハ、はや板木師の手にわたり、ほり立居申候キ。同月九日ニ、板下も不残書了り申候。然処、八月中旬より、『巡島記』追々彫刻出来、大坂より校合に差下候へ共、何分『八犬伝』著述ニいとま無之候故、打捨置、右『八犬伝』書をはり、直ニ『巡島記』の校合ニとりかゝり候処、甚悪ぼりにて、半丁のうちカケ、並ニほり損じ・ほり落し等、五六十ケ所有之候処多く、校合ニ朱筆も入レかね候仕合故、自ら校合ニ日数かゝり、是又拾月十二日・十月廿一日、両度ニ早便ヲ以テ、大坂板元へ差登せ申候処、尚又『八犬伝』一ノ巻彫刻出来、『玄同放言』三冊、彫刻不残出来、この校合も、此節日々の催促を受候へ共、何分

ニもかた付キ不申、外ニ七月よりたのまれ申候『絵本千本桜』の書入、細字十七丁、並ニ富士艾の引札、本紫染物之引札、京都むさしの茶漬の額看板のやうなるもの、だん〳〵延引ニ及び、打捨がたく、『千本桜』書入、もぐさ並ニ紫染物の引札、『八犬伝』一ノ巻校合、『玄同放言』一ノ上の校合等、取々致かけ候処、当月廿二日、二見や忠兵衛殿より、御書状入之一封届来り、使の口状ニ、飛脚ちんハ此方より出候間、先便之御返事、早々被遣べしと被申越候。嗚呼、是何といふことぞや。飛脚ちんが惜いとて、返書延引ニ及ぶべき事にはあらぬを、げにあまり返書延引ニ及び候故、二見やどのもちと腹立の気味にて、如此申こされしなるべし。此方の事、露ばかりも知らぬ人ゆゑ、かくいはるゝも道理也。此度の御状、届キ不申候とも、少々もかた付次第、八月中返書可指出と、毎日心にたゆる事なし。それも一トわたりの一筆啓上ならバ、手間も日間も入不申、多用中也とも、早速埒明事候へども、色々御返辞申度事多く、中々一朝の事にて御返辞ハなりかね候故、如此及延引申候。尤、八月中の御おくり物等、無相違落手之事ハ、二見や殿へ、請取書付ケさし遣候へバ、御承知なるべし。只うけ取ました、多用故、追而くはしく可申上など、しるしつけて、之こそ返書なれなど、、いひ訳の為ばかりに、二見やまで出さんは、無益の事也と存候ニ付、いろ〳〵御厚情を、疎略にせし如く被思召候半歟。汗顔之仕合、不尽楮毫候へ共、右延引の申訳、かゝる次第と御合点被下候ハゞ、忝可被存候。貴兄ニおいて、この延引ハ、少しも御恨不被成事ハ承知致罷在候故、中々に後《うしろ》易く候へ共、律義一遍なる忠兵衛殿のおもハく、きの毒ニ存候。万事を闍き、この返書ニのミとりかゝり、巨細ニ御答申上候事ニ御座候。かへすぐ〳〵、返書延引の段ハ、御宥恕可被成候。

すべて外物を飾り、見聞をとり繕ひ候事、拙者素より嫌いにて、よくもわろくも、ありのまゝにて世を経候へども、忰などハ若輩の義にて、尊き寺門がらといふ諺の如く、ちと見聞ヲかざらねバ家業ニ損あり、已ムヲ得ず、右之趣に致し遣し候。全体、江戸ハ数々火災も有之、見とめたる禄もなくて、当時ハ親の見つぎにて過行候へバ、かくまでにせずとも事済候へども、只今いたし遣し不申候てハ、彼が働きにて、中々出来不申、それを持通《とほ》し得ずバ、彼が不才の致ス処、火災を恐れてハ、江戸の住居なりがたし。なんでも人のする程の事ハしてわたすが、親の慈悲かと存候。決して驕《をごり》よりなすわざに非ず。此処、御賢察可被下候。

拙者事、八月中旬より風邪にて、十月上旬迄ヌケ不申、折々寒熱いたし、背中より水をかけらるゝ如く、とりかぶり（マヽ）候事数々なれども、右雅俗の多用ゆゑ、一日も終日打臥候事ハ無之、日々服薬のミにて凌《しのぎ》候処、此節ハ全快仕候。尤も、元日より大晦日まで、毎日二貼づゝ煎薬を用ひ、毎月八日づゝ、三里に灸治致候。之外ハ、さのミ養生も不仕候。只寒気に赴候へバ、持病の疝癪にて困り申候。右八月中返書延引の申訳畢ぬ。御一笑〳〵。

これも申さでもの家事乍ら、忰方へハ荊妻并ニ末女を遣し置候へバ、本宅にハ拙者と長女のミ罷在候。下女ハ一人召仕置候処、不埒の筋ニ付、当七月暇を遣し、其後相応の代り奉公人も無之候へども、実ハ人をつかハぬ方が心やすく候故、さのミ穿鑿不仕、如例年、冬奉公人を召抱《かゝへ》候半と存候へ共、娘一人罷在候所へ、男奉公人もいなもの也。毎年、冬奉公人ハ置候へ共、之も当年ハそのまゝに打過申候。娘事ハ、八ケ年立花侯奥奉公勤メ、去節下宿いたさせ候処、此節、俄にまゝたきになり下り候仕合ニ御座候。乍去、近所小買物にハ、流石ニ味噌こし提てハ出かね、夜分のミ買物ニ出申候。或ハ、長屋うちの子供をやとひ、とゝのへ物いたし候故、自らなる不自由多く、娘小用などに罷越候節、使有て案内を乞れ候へバ、拙者二階より走り下り、取次致し候事、数々也。されバ忰は手遠に（にに）相成り、療用其外とも、彼ハ彼が所用あれバ、我らが役にハ立不申、障子ハ破れても破れたるまゝにて、張かへ候ものもなければ、夜寒も一しほ也。猫の額程なる前庭の草木等ニ、霜よけする事もなければ、落葉を払ふ事さへまれ也。日雇とりといふもの、不自由なる土地がらゆゑ、それ〴〵使を遣し申さんと存候へバ、前夜以致約束候ハねバ、急の間に合不申。（頭書「親子別居」）此の如く、俄にさみしく不自由にまかりなり候へ共、又心易き事もありて、妻子を遠ざけ候へバ、小言いふこともなし。妻子も隔り居候へバ、たま〳〵本宅へ参るをたのしみニいたし、拙者がたま〳〵悴方へ罷越候へバ、家内奔走（内）、生平同居の日と同じからず。夫トの有がたき事も、親のありがたき事も、只今やうやく目がさめ候様子にて、彼等が為には、よき修行ニ可有之候。然レドも、日々のくらし方、衣食住その外、箸の転びし事迄、拙者方へ問合せ、悉其指揮によりて進退いたし候故、同居の折より一倍《バイ》に世話多く、之にハ殆倦果申候。世帯二つ引受候ハ、余ほど世話なるものに候。御賢察可被下候。」かくいへバ識るに似て、うら恥しく候へども、すべて今の文人墨客ハ、動もすれバ書画会といふものを催して、一時ニ銭を集るの謀をなせり。其催を受たるもの、楽で出席するハいと稀にて、多くは俗《ヨ》ニいふ義理づめ、皃づくにて、南鐐の壱つも剥さる丶、ことなれバ、これ風流の賊にちかし。先生・大人と呼ばる丶諸大家といへども、この活計をなさゞるは少し。おのれハ、かやうの事ハせじと念じて罷在候故、此度悴の別宅の事など、格別入懇の友ならでは風聴も不仕、当今江戸にて、悴が別宅を知れるもの、十人余《アマリ》にすぎざるべし。併しそれ〴〵より伝聞て、しれども知らぬ顔してゐらる丶もあらん歟。まして此議に付、無心がましき事ハ寝言にも不申候処、前文之趣に候へバ、実に天祐神助ならんと、歓びのあまり、胸膈《かく》一毫も隠さず、貴兄にのミ備御笑候。返す〴〵、御他言被下まじく候。

是より以下、奉報九月五日来翰候。但、事済候御答之再酬は、すべて文略可仕候。是亦御宥恕可被下候。

（「越後図」、御内兄村山藤右衛門様御蔵書ハ、与板大阪屋の秘書のうつしにて、明細なるよしニ付、御心配之趣、逐一忝承知仕候。この議《ぎ》ハ、この度御写しとりの事、被仰下候ニ付、この末、十月廿二日来翰《カン》奉酬の条りニ、くハしく御答・御礼等可申上候。依之、文略仕候。

越後古歌の事、承知仕候。之ハ人手をまち候ニも不及候。追々此方にて輯録可仕候。但し、歌書ニもれ候、旧記・碑石などに遺り候古歌あらば、しらまほしきものに候。

亀石のこと、其ぬしたち御歓びの事、御尤と被存候。いづれニも、『雪譜』中へ加入いたし、世に弘メ可申候。

『越後雪譜』と名づけ候事、御承知之よし、大慶仕候。

去年中、拙著やすミ候故、当年別して多用ニ可有之思召、多用の節ハ、御返辞及延引候とも不苦段御示《しめ》し、弥忝承知仕候。右仰ニあまへ、如此及延引申候。御一笑。

『玄同放言』出板之節、三部早々差上候様、并ニ代銀《ギン》、二見屋より請取候様被仰下、承知仕候。何れも出板ハ十二月ニ及び可申候。代銀、現金ニ遣し候ニも及び不申候。大晦日迄にてよろしく候。うり直段一わり半ハ、ぜひ〳〵引せ候様可仕と存候。且『越後雪譜』の書目、『玄同放言』へあらハしおき候事、先便御案内申上候処、何によらず、拙著の編左《さ》へ、多く書載（載記）候様被成度思召候よし、御尤に被存候。乍去、其筋の板元ならで、外の書肆の新板へ、『雪譜』の書名書のせおき候てハ、後日ニ出板の節、本屋どち物いひ出来仕候。拙著と申せども、板ハ板元の家扶ニなり候故、斟酌仕候事ニ御座候。『放言』の外、『八犬伝』第三編のしりへものせ候て、当冬出板仕候。『雪譜』ハ仙鶴堂・山青堂・衆星閣、この三書肆にてほり立て候つもり、内談いたしかけおき候へ共、猶穴の狢にて、草稿一丁も出来致さず候事故、これ将治定の板元と申にもあらず。然レドも、右三軒の書肆にて刊行いたし候拙著の編左へは、『雪譜』の書名を載せ、披露いたし候事ニ御座候。その他の書肆の板本〻へハ、拙著といへども、前文之趣につき、書のせがたく候。この義、合点可被下候。

東海道大森乗《のり》船の可否、御承引のよし、本《ホン》望の至に御座候。とかくその地の事ハ、他よりしれぬこと多く、『雪譜』の事もこの一事にて、愚が推量の沙汰にてハゆかぬ事を存候也。貴兄の御才学といへども、一国の事ニ及びてハ、御推量にてハ届き申まじく、御苦心奉察候。

宇佐美氏碑文之事、雲洞師詩文ハうつしとり、御見せ被下、一段奉甘心候。但膠舟の一句、楚月の故人とみれバ、聊か快からぬ処あれども、全編へかけてミれバ、義瞻のほめ詞、佶ト趣あり。結句殆ンド妙作、出凡慮之外之趣に覚申候。御立石之事ハ御急ぎ不被成候よし、御尤ニ奉存候。とかく、かやうの事ハ、緩やかに計りて、その時節を待ざれバ、成就しがたきものに可有之候。

玉湖子親人の名、並ニいせ平治《へいぢ》の〔治の〕字、雅ならざる事、御同意之よし、奉得其意候。全体彼雷獣の図説ハ、貴兄の御噂を、前集へ加入致さんと存候のミにて書のせ候処、玉湖子の事が却テくハしくなり、意外の仕合に候。扨、彼人の親父の名も、俗名あるべきに、当時ハ人の唱不申名のりを、物々しく書のせ弘遣候事も、いなものニ存候。それも人物により、高名の雅人か官爵ある人ならバ、今の世といふとも、名乗を唱ざるにもあらねど、十五才の凡人豊与なんど、物々しく唱たらんハ、其人と其行状とが名《な》につり合不申、傍いたき事なるべし。然レドも、左の如く認候て被差越候故、其まゝに書のせ候へ共、実ハ愚本意にあらず。全体六足の雷獣ハ、疑ハしキ事のミにて、甚いなものなれども、それを載ざれば、『放言』の前集へ、貴兄の御噂を書のするよすが無之故、ぜひなく右之趣ニ仕候。玉湖子ニ拘り候事ハ、決して無之候也。

『燕石雑志』『烹雑の記』、先便御朋《ホウ》友様方御注文之よし、被仰下候ニ付、求メて差上ゲ候砌、『にまぜの記』は払底ニ付、悴蔵書にて御間ニ合せ候処、御当人様より御伝言、承知仕候。先便にも申上候通り、『にまぜ』ハ久しくすり出し不申候故、本一向無之候。古本たり共、容易ニ手ニ入り不申候故、実ハ悴が蔵書を指上候事、忰ハ迷惑がり候へども、なほ一部、拙者蔵書有之候故、強て御間を合せ候義ニ御座候。是又、御当人様へハ拘ハり不申、貴兄御たのミ故、左の如く取計ひ申候。払底の書、早速御手ニ入りしは、全く貴兄の御はたらきニ被成御座候間、此義御物語、御ほこり被成候も不苦事ニ御座候。もし又御当人御覧後、御不用ニも思召候ハヾ、何時也とも、本はかへし可被下候。其節ハ右之代銀、早速返上可仕候。行末ハいざしらず、段々聞合候処、当時ハ中々、新本ハ更也、古本たりとも手ニ入かね申候。ゆる〳〵心がけ候ハヾ、古本ハ可有之候へ共、望ミ候へバ高料に候。此義、先様へ可然御噂可被下候。

九月五日着御別紙中ニ、尚又『燕石雑志』壱部、朋友様方御注文ニ付、求メ上ゲ候様被仰下、代金百疋御附属被下、たしかに受取申候。其砌ハ、前書之大取込中ニ候へ共、『八犬伝』板元より日々便有之ニ付、申付ケ、処々穿サク為致候へ共、直段イヅレモ十七八匁の本にて、百疋と申下直之本無之。依之、なほ又懇意の書肆、方々穿サク仕候処、漸く十七匁の本、壱匁引候間、十六匁ニてかひとりくれ候様、申来候。本差越し候は、当月上旬の事ニ御座候。則致一覧候処、げに十七匁と申も故ある事にて、先頃求上ゲ候弐部の本より、紙もよろしく見え、摺も少しハ念入候様ニ被存候。乍去、壱匁たりとも、直段上り候事ハ、思召キノドクニ存候ニ付、種々かけ合候へ共、全体十八匁うりの本ニ御座候ゆゑ、十六匁より外ハ、何ら引ケ不申よし御座候。依之、まづ先方へ聞合せ可申間、本ハあづかりおくよし申候而とめ置、尚又当月幸便の折ニ、芝辺・浅草辺、遠方の書肆をセンサク致候へ共、十五匁と申本ハ、とんと無之候。依之、無是非、右十六匁の本を差上申候。未だ代銀は渡し不申候間、壱匁上り候て、先様いかゞに思召候ハヾ、この本ハ幸便ニ、早々御返し可被下候。下り本故、来春までゆる〳〵たづね候ハヾ、十五匁ニて手ニ入可申候。此段、可然御当人様へ御口達奉頼候。

但し、往来飛脚ちんニ費有之、壱匁位の事ハ、いとひも被成まじく候はん歟。当夷講にハ、右之通り申置候間、書肆より代銀乞にまゐり不申候へども、当晦日ニまゐり候ハヾ、代銀払ひ遣し可申候。

この義、御承知可被成候。

『燕石』ハ、十八匁が通り直段ニ候。先頃十五匁ニ御手に入候ハ、よほど下直ニ候。乍去、この本ハ紙もよほどよろしく見え候間、十五匁の本にくらべ候へバ、壱匁上り候ても、高料と申ハ有之まじく候。とくと御覧可被下候。チト商人口のやうにて、気はづかしく存候。

先々便〔貴兄〕御たのミ画讃三幅の内、壱幅ハ画を渡辺花山子へ頼ミおき候処、忰転宅一儀、並ニ『八犬伝』著述にて、催促も不仕候故、出来不申、当月中旬より、折々催促の文通仕候処、彼人甚だながき人にて、未認申、だん〳〵催促致候へバ、一昨廿六日の夕方、漸く認被差越候ニ付、拙賛しるしつけ、今般差上申候。毎度申候如く、花山と申仁ハ、俗名渡辺（部）登と申し、三宅備前守様家老の子息にて、たしか御近習を勤被申候。三宅ハ、備後三郎高徳が子孫と申す事にて、『藩翰譜』並ニ『武家鑑』にも、系図は高徳より引有之候。右三宅氏の家臣の画故、則備後三郎題㆓詩句桜樹㆒図を誂へ、画せ申候。高徳ハ南朝の忠臣、関羽ハ蜀漢の忠臣《しん》なれば、和漢の二幅対ニ可然哉と存候故、先達而唐紙を一枚遣しおき候処、いかゞの義にや、雁皮紙《し》へ認、うら打を為致、差越被申候。紙の長短、先頃の関羽と出合不申候ハヾ、上の処、よキ程ニ御切除可被成候。古土佐の図にて被画候由、この図のセンサクニ、大ニ骨を折候由ニ御座候。いかゞ、御意ニ叶可申哉、難斗奉存候。御用立候ハヾ、本望之至ニ候。花山御主人の先祖を図し候故、「奉謹図」と落款被致候〔と〕見へ申候。人物の向やうも、関《くわん》羽と向合候様ニあつらへ申候。とくト御覧可被下候。忰より十二分のうハてに候。いかゞ。忰などが筆ハ、画にては無之候。この人、古画の目利執心にて、ちと交易利潤にも拘り候歟。気韻高く、画もとかくひねりちらし、素人好ハ不仕候と存候。

愚が窃ニ厭世塵候胸中の山林を、嗚呼しくも備御一笑候処、嘆賞被成候。汗顔不少奉存候。乍去、かゝる事ハ、心しりの友ならでハ申がたき事なれバ、尤貴兄ニ限り候事ニ御座候。いぬる頃、一権《ケン》宗家(ママ)より扇面を被差越、このより合画の扇へ、何也とも認候様、申越候ニ付、打ひらき見候へば、はじめハ一九が画賛にて、よし原のたぞや行燈を画きて、ことば書あり。題もわすれ候が、「韓信もよし原がよひも人の堪忍ハまたぐらにあり」といふ、甚しき猥雑の狂歌あり。次ハ三馬にて、是も何か花やかに仇めきたる青楼の狂歌あり。その次へ愚詠、

　若かりし昔くやしやよし原のよの字をいつかのが
　　れ果べき

又唐紙へ、狂哥の愚詠ばかりを認め候様、被申越候ニ付、

　こもりゐに心のさるをしづめてもうき名の馬ハと
　　まらざりけり

この二首を認て、遣し候。先方にてハ、興さめられ候ハん。御一笑々々。

花山院様御筆額字之事ハ、弥々忝被存候。被成御覧度思召候ハヾ、可被仰候。そのまゝにて蔵めおき候間、賃銀も道中心安かるべし。何時ニても、懸御目可申候。

京山子、母屋相続之事ニつき、世評甚わろく御座候。之ニハ、いろ〳〵長物語有之候へ共、人の噂ハ無益の事にて、且つ憚あれバ、得不申候。一九といへども、年来半日も交り候事なき故、我らの身上の可否など、しらるゝよしあるべからず。人の噂にて聞れ候のミと存候。彼人ニほめられ候事、覚不申候。その思召にて、聞流し被下度候。

天正年中古暦御見せ被下、千万忝存候。則今便返上仕候。御とり納可被下候。古暦ハ、色々功有之候もの也。河豚の毒を解し候事ハ、だれもしることなれど、第一に鼬よけニ妙也。十年以上の古暦をひらきおき候へバ、其辺へいたちハより付き不申候。鶏並ニ小鳥へ、いたちのつき候ニ、古暦を開きて籠の上へかけ置候へバ、決していたちよりつき不申候。この事、毎度ためし候所、相違無之候。いたちに困られ候御仁も候ハヾ、御教可被成候。

金魚御養ひ被成候ニ付、御子息様の御事など、別して之思召候よし、御尤ニ被存候。我等も先年、金魚をかひ候へども、中々世話行とゞかず、『金魚養草』といふ小冊を、先年出板仕候。この書によれば、弥手おもく覚申候。右之書所蔵仕候。もし御慰ニ可被成御覧思召候ハヾ、可被仰付候。早速懸御目可申候。序ニ申候、先年病気保養の為、色々小鳥をかひ候処、無益の物入多く、無益のひま費しに候へバ、僅三ケ年にして止メ申候。其中、カナアリヤ一番残し置候ひしが、雛だん〳〵ふえ（〳〵）候て、去年ハ十七羽ニなり候故、ほしがり候ものへ追々ゆづり遣し、去冬ハ只二つがひ残しおき候処、当年又八羽ひな出生致し、十二羽ニなり申候。悴方へ半分遣し、五羽ハ本宅へ差おき申候。もし御好キならバ、来夏飛脚馬便り、都合よろしき時節、可被仰下候。親にても、来春の一番子にても、二つがひにても三つがひにて〔も〕、進上可仕候。野鳥をかひ候ハ、ちと不仁にちかく、快からぬ所あり。から鳥ハ庭籠《カゴ》にて生じ、籠にて了り候。これを放ち候へバ、忽地烏にとられ候故、ぜひ人手ニつかねバ、天年を保ち得ざるもの也。其上粒餌故、世話《ワ》も薄く、年中囀り候へば、余鳥にまされり。気根をつくし候もの、動物を常々見れば、気を養ひ候故ニかひ置候。はこべら、或ハ菜の内ニて青ミをくハせ候へば、水をかハず候とも、四五日ハおち不申候。乍去、心得候仁ならずバ、馬の背也とも、道中いかゞ可有之哉。いづれにも、思召を伺ひおき候迄ニ候。

余川村双頭蛇之事、度々センサク可被成、大慶仕候。これは此度の御書中ニ、くハしく見え申候。何さま『雪譜』中、生類の部へ加入可仕候。

筆塚碑文の事、うつし手おもき段、承知候よし。いづれにも、思召ニまかせ候事ニ御座候。

『越後名寄』中、藪川を藪入ニあやまり候よし、これハ先便の御再答故、文略候。重々思召、御尤ニ被存候。

御地風俗、十年毎ニ一変いたし候由、何国もおなじ事と被存候。且御地も、多くは身上よハりゆき候処、貴家様のミ、昔ニかハらせ給ふことなく御繁昌のよし、何より以て祝すべく、歓ぶべき事ニ被存候。是併、貴兄の御篤行を御先霊、並ニ土神の守らせ給ふ故也べし。俗ニ、仁も徳《とく》のあまりと申如く、何事も家産おとろへてハ、志を遂がたし。只驕をはぶき家風を守り、子孫をはげまし、家業を第一とする外あるべからず。この四ケ条、貴兄ニおいて、一事も欠たる所なき故ニさもありなん。うらやましき限りに御座候。且御家の七十年に及びたるを建更め給はざるも、一つの宝也。家業は家の新古によらず、只其しるしの新古にあり。誠にめでたき家と存候。当今、当地の諸商家も、只管《ヒタスラ》表をかざり候のミにて、弱りハ年々ニ甚しく、中より下々の商人が、表店を張るものに、(子)二代三代相続するハまれ也。暖簾ハ昔にかハらねど、いつのまにか株式ハ他人へ沽却して、亭主ハ別人ニなること、十軒に七軒ハ、比々として皆これ也。大名の売居が出来ぬばかり、由断のならぬ世の中に候。

（君ハ人のために労をいとひ給ハず、諸出入事、和睦のとり結び、万事身に引うけて御立入被成候由、これ則仁者の所行也。且侠気をおび給ふ所もあるべし。侠ハ任侠と熟して、人の労ニかハるもの、慾の為にせざれバ、是則任侠也。愚が毎度の称賛、決して諂申す事にあらず。しかし、当秋ハ日損の患ありて、毛見に御奔走のよし、御心配奉察候。右之御末文ニ、三界ハ火宅と釈氏の金言、想像被成候由、一トわたりハ御尤に承り候へ共、釈尊の火宅と言ハれしハ、煩悩火をさしていふのミ。清浄潔白の人に、火宅と称する処あるべからず。日損ありて毛見するハ法なり。損によりて損をわかつハ仁也。法により仁を守らバ、火宅といふ事何《ナニ》かあらん。田園ハ先祖の遺禄《ろく》なれバ、等閑ならぬ一大事と存候。重々憚入り候へ共、君をはげまし奉らん為、かくの如く過言ニ及び申候。是も亦、釈迦ニ法問なるべし。御一笑々。さて昔より、水損にハ難なく、日損ニハ一郡の患と申ならはし候こと、実ニ故あり。江戸も夏より秋日でりにて、秋歛心もとなく存候処、近年稀なる豊作にて、米穀下直ニなり申候。拙家ハ、公儀御つき屋の御払米、三河の上白を求候処、上白米、両ニ九斗五升也。玄米ハ一石一斗余位のよし、下野米などハ、一石五斗にも及び候よし。米下直に候へバ、武家方の患也とて、御役人中、米を引上ゲ相場をあげんと、いろ〳〵工夫あるよしなれど、少々の上りハあるとも、豊年の事なれば、人力にも叶ざるなるべし。昔ハ豊年を祝し候が、今ハ豊年を患とす。米穀下直ニ付、諸人一統難儀のよし云々といふ御書付、先年出候を拝見いたし候事も御座候。後世ハ金銭のミにして、交易の事なければバ、銭を貴ミ米をいやしむ勢ひ、自ら然るもの也。然レドも、凶年ハ乱世の基にて、尤おそるべし。諸民食ニ足りて満腹せば、盗賊ハうすらぎ候道理ならずや。且つ今は、銭の相場下直なる故ニ、米の小がひするもの、両に石以上なりとも、百文ニ一升ノ上ヲ二三合ニ過ず。か丶れバ、下賤、その日ぐらしのものハ、百文が米もなほやすしとせず。上下の勢ひ如此、貴賤一同ニ窮し候。この窮鬼ハ驕の一字なれ共、都会ニあるものは、世に随ひ勢ニ随ひ、一己の了簡をもつて驕を省くこと叶ハず。治世の勢ひ、すべて如此。いかゞ、御地ハ弥日まけの御損毛多く候哉、心ならず。くハしくうけ給はり度候。

（黒田氏、御地にて指折の学者なるよし、さもあるべし。

（玄仲子、栗《リツ》山同様のよし、承知仕候。すべて生学問する人の浮薄なるは、世上同病と存候。依之、愚ハ儒者にも国学者にも、詩人にも歌人にも、書家にも画人にもしたしみ不申候。学問なくとも、行状正しき人を選みて交り度存候ゆゑ也。

（牛の角突の事、来春ハ御直覧之上、巨細ニ写真ニ被成下候由、忝承知仕候。これハ、『玄同放言』惣目録へも載置候。来冬ハ草稿仕、来々年嗣行可仕候間、随分くハしく御糺奉願候。

（雪虫、来春ハ亦復被遣可被下よし、忝被存候。（頭書「花山評」）先達て花山子へうつしをたのミ置候へ共、今以沙汰なし。目が〔ね〕手に入不申故歟。今の若人ハ、とかく前約を等閑にする癖《くせ》あり。心のどかなる仁に候。

（『雪譜』画人の事、より合書にてハ、不都合可有之思召之よし、至極尤ニ被存候。何様、草稿出来之砌、板元と相談之上、画人をとり極メ可申候。すべての出板物も、只噂のミにてハ、書肆ハ気ニ入レ不申候。いづれニも、草藁《かう》一冊たり共出来候上、それを見せて相談仕候へば、忽ち取極り申候。乍去、昨年より合巻絵草紙一件にて、諸板元も甚気をくさらし、新物甚だ不景気ニ御座候へバ、当時ハ『雪譜』の事など、不申出過候。三四年之内に、とくト下写本を仕立候内ニハ、景気も立直り、早速可及刊行致候。必ず〳〵御せき被下まじく候。後世へながく残し候ハんにハ、一二年の遅速ハ、いとふに足らずと存候。右合巻絵草紙一件と申事ハ、近年くさざうし今ハがふくわんと唱申候、甚花美ニなり候処、昨年初春、一枚絵せり売の小商人、丸の内御老中御屋敷おくへ、元直弐百文、二わり引ケの合巻ニ而、代を六匁ニ売り候ニ付、慰ミもの花美の上、甚だ高料なる事、然るべからずと御沙汰有之。依之、町御奉行より町《まち》年寄へ御下知有之、町年寄より、かゝりの肝煎名主へ被申付、去年四月下旬、俄ニ小売先まで、新板の合巻絵草紙類、御とり上ニ相成り、会所へつきおき、売止メ被致候ニ付、板元・小うりのもの共、一同恐入、難義至極ニ付、数度寄合いたし、かゝりの名主へ多くの下を遣ひ、右之いろ外題を、いろさし五へん限りにほり直し、売買仕度と奉願候而、漸く三月ニ至り、願相済候へ共、時節おくれ候故、一向ニ捌わろく、損の上ニ損をいたし候処、名主より、已来ハ昔の草双紙の通り、五丁とぢ黄表紙にてうり候様、被申付候ニ付、昔の草双紙之形にして、当春うり出し候へバ、一向うれ不申、又々大ニ損をいたし候ニ付、二月ニ至り、問屋共亦復かゝりの衆への下多くつかひ、合巻の古板うり残りの分ハ、外題のいろさし五へんニいたし、売買致候旨願候処、度々いぢめられ、当年限りと申事にて、古板ハ合巻のまゝにてうり候へ共、新板ならねば捌わろく、多くハ田舎へ渡し候のミにて、損もなく得もなし。是ではならぬと、芝辺の板元、油町の行事板元と両人、昼夜奔走いたし、大ほねを折り、多くの下を遣ひ、漸く絵草紙新板も、合巻にてうり候様ニ願ひ済候へども、外題のいろさしハならぬと、名主町年寄より被申付候故、外題いろさしなくてハ、さみしくてうれぬハ眼前也。依て、外仲間ニ拘ハらず、右両人申合せ、亦復少々の進物いたし、四五両ハつかひ候へ共、薬の用ゐやう足らざるゆゑ、叶ひ不申、両人も大に疲れ、手を引申候は、四五日已前之事ニ御座候。只今ハ、新板物改かゝり名主と申者、五人有之、進退この人々の胸中にある事にて、いふにいはれざる不直なる風聞も相聞え申候。如此、草紙問屋一統難渋の最中なれバ、『雪譜』の事なども、只今ハさのミ申出さず候。これらの一件事済て、世の中のどやかになり不申候てハ、大金かゝり候『雪譜』、成就いたしがたく可有之存候。何レニも、出板ハ相違なし、遅速ハ只今治定難致候。夫レ迄ハ御後悔無之様、万事御糺し、追々御書集め可被遣候。材木さへ集り居候へバ、如何様にも作りなし易し。一花の草紙とちがひ、誠ニ大業の事なれバ、とかく御気を長く可被成候。只其事に御屈託のミにてハ、御養生の為にもわろし。此一儀ハ、尤秘密(蜜)ニ御座候。御覧後、早々御引裂捨可被下候。他へもれ候てハ、迷惑に候。此義、御承知可被成候。愚が去年一ケ年、著編を休ミ候も、病気故とハ申ものゝ、実ハこの一件ニ付、彼不正の風聞を伝へき〔ゝ〕候へバ、ふつ〳〵いやになり、終ニ一ケ年絶《ゼツ》筆にて送り候也。合巻類の作不致候へバ、一ケ年物なり、十金の減《ゲン》じ有之候へども、合巻を認め不申候ても、著述は年中にしあまり申候。外之作者ハ、去年来甚ひまなるよし及承候。一九が当年之遊歴も、之らの筋より出あるきしなるべく、一九は何と申され候哉、之らの物語、彼仁より御聞被成候哉、いかゞ。

『雪譜』成就の瑞相にや、つねより御眼力健ニて、深夜の御認物も御苦労ニ不被為成候よし、珍重被存候。毎度御認被遣候御書画を以て、御苦心奉察候。前文之通り之仕合ニ候へ共、追々『雪譜』材も集り候へバ、愚も実は心急ぎのせざるに非ず。何さま、『玄同放言』上中下三編著し終り次第、直さま『雪譜』へ取かゝり候半と、楽て罷在候。草稿・画稿出来さへいたし候へバ、出板の事ハ手裏にあり。早く二三巻出板出（ママ）させて見たく、年のよる事ハおもハで、その時節をまち候事ニ御座候。一旦《タン》引うけ候へバ、万事御心安く可被思召候。

悴拙画御落手のよし、御伝言申聞候処、忝く被存候。尚又宜しく申度よし御座候。

『北越奇談』被成御覧候由、御尊評、御尤ニ存候。彼書ハ、あまり捌け不申候故、絵図も後編も、出板の沙汰なし。板元西与が思違へにて彫刻致し、しかも種彦に序をかゝせ候故、序からして評判わろく、板元甚だ後悔致候よし、及承候。あの位のものニてよく売れ候へバ、著編ハ心やすきものに候。

鮭とる図、甚巨細にて、歓び入候。其外、追々再考の図説、益々甘心仕候。且方言の異同、并ニ大沢村円徳寺法印、スカリ、スンベイ等の正字の考、おもしろく覚候。

東光寺雲板の図、珍重仕候。田代の図、甚御細密也。これハ明年、『放言』器材の部へ加入、出板いたし度候。都合八拾枚の図説、一覧仕候へども、右冗紛中故、いち〳〵ハ覚不申、近々熟覧可仕候。

御親類様御家督論ニ付、御呼出し、御内談等にて御心配の由、奉遠察候。いづ方ニも、かやうの患有之。御当人様がたハ勿論、貴兄も嘸かし御心労可被成御座候。善悪邪正も、速には分別なりがたきものなれバ、天運ニ御任せの外あるべからず。遺憾々々。

　右、八月廿五日出、九月五日の来翰に酬奉りをハんぬ。恐々謹言

本月十五日出、御細翰一綴、並ニ『雪譜』材、種々御投恵、忝拝見仕候。先便九月中、貴報延引之義、並ニ御答ハ前書ニ認入、入貴覧候。

越後一国之大絵図、此節過分御うつし取被成候由、右之内、あやまり等有之、追々御糺し被成候ニ付、人手ニハかけ不被成、御多用中、御自身写し被成候処、特ニ火急の義、旁以、御苦心奉察候。右、来年ハ拙者にも、御うつし御見せ被下候之趣、何寄以大慶至極仕候。一図御手ニ入候へバ、別ニ御うつしにも不及申、『雪譜』著述ニとりかゝり候節、一覧仕候へバ事済可申と

存候。さて、右之大絵図ハ、篇中へのせがたく候へバ、外ニ小図をひとつ立置被下候様、奉頼候。一枚にて納まり不申候へば、刻わけ、切図にても宜敷く候。大絵図ハ著述の便りニ仕、小図ハ編中へのせ申度候。是等の事、著述にとりかゝり候砌、追々可奉労候へ共、只今より御心がけ被下度被存候。すべて此度大絵図ハ、うつしとりの御苦心、御書中ニあらはれ、感佩不少候。かく御骨折の趣ハ、写書の凡例中へ書あらはし、後世に遺し可申存候也。

二つの外、子細無之候処之書肆をセンサク仕候事ハ、少もいとひ不（可）申候。

『玄同放言』ハ、十二月ならでハ出板不仕候。只今ほり立校合致居候。出板の砌、三部早々入御覧可申候。

魚沼郡絵図の事ニつき、一枚ハ御手前へ御とめ置レ可被成候。御遠慮之事、御尤ニ存候。いかさま、拙者方へ借用仕候ても、年を重ねて留置不申候てハ、用立不申候。二通の中一通りハ、ゆる〳〵御写取、可然被存候。

地図ハだん〳〵うつし誤り、或ハセンサク麁漏《ロウ》にて、大方ハあやまり候もの多く可有之候。此折を以て、御正し被成候ハヾ、寔ニ重宝ニ可有之。他から一《ヒト》わたりに見てハ、誤ハ不知とも、其地の人がミれバ、ぬきさしのならぬものにて、誤なき事は大業ニ候。

来春《しゅん》知命の貴齢にて、すりもの、思召つき被成御座候よし、重畳めでたく存候。御秀吟とり〴〵拝見可仕と、たのしみ罷在候。

家内へ御伝言、忝存候。尚又一統宜申上候。且又、当夏中御出府候御姉妹様方、其外様方へも御序之刻、可然奉頼候。

　右今便之御報をハんぬ。以下前後の奉酬、中落せし事〔ど〕も、得貴意候事。

『越後名寄』、来春早々より可被御覧思召候よし、承知仕候。来正月中、著編筆とり始め不申内、右惣目録、あらまし御入用と存候処、うつし取、入御覧可申上候。

拙者湯治已前、御出府之御心掛被成候由、その以前、御地処々御遊歴之思召被在候由、御尤ニ候。御出府之事ハ、急ぎ不被成候て、とかく御地の御センサクを、第一ニ御心懸ありたく候。いづれ『雪譜』とりかゝり候已前、拙者も一ﾄたびハ御地へまかり越候而、御物語も承り、御地の様子をも一覧いたし候て、草を起し申度、念じ居候。其地を不踏して、其地をかゝむハ余なるべし。拙者御地へ参り候事など、只今より懇意之方へ御噂ハ、決して御無用被成可被下候。両三年の中には、身分も追々後やすくなり可申候間、只其時節を待居申候。

追々、御苦心御いとひなく、『雪譜』材おくり被下、いづれ一トわたり拝見仕候。それ〴〵口をわけ、秘め置申候。乍去、右之書画も、十分之一ならでハ、出板難成可有之候。尤、売捌ケ宜敷候へバ、追々嗣刻可仕候。著述取かゝり候節見分、雪舟の事御認の部ハ、雪舟の分一つニいたし、だん〳〵口を分け候て、吟味可仕と被存候。一つもの、あまり数多くては、見分候も煩はしく、且間違候事も可有之候。

とくと御考の上、よくわかり候様ニ、之を定規ニせよと被仰下候方、便利ニ可有之候。あまり数多く同じ様もの、かさなり候へバ、自ら省き申さねバならぬ勢ひになり可申候。尤も、数々の内にて選ミとり候事ハ、かねて承知の事なれバ、御認め品々、不残出板の思召ニ被成御座まじく候へ共、流石ニ御ほね折らせられ候事を、多くやり捨候ハ、心（必）なきに似たれば、此義得貴意度候。且其内にも禁忌の事あり、火事の図などこれ也。これらハ板元（ママ）にあらはしがたく候。かやうの事、まゝ有之候。いづれニも、十の内二三をえらみとり候事と思召被下候。乍去、思召つかれ候事ハ、何によらず御認、御見せ被下度、奉願候。とりすて候ハやすく、集め候ハ甚かたく候へバ、その内の正味をえらみ候ハねバ、良材にはなりがたく候。譬へバ、此度之雪舟ニ乗り候図など、木馬の趣ありて甚をかしく、珍重仕候。これらハ御再考の妙也。かやうの事、まゝあり。をり〳〵ニ択ミ可申被存候。

先年拙者あらはし候『夢想〔兵衛〕胡蝶物語』と申よみ本、前後編九冊あり。これハよのつねの物語とちがひ、狂文を以、専ら教訓をつゞり候処、今以行れ申候様子ニ御座候。手前ニ、右之前編五巻を一冊にとぢ候本有之。合巻故、貫目も無之候へバ、懸御目可申存候ひしが、もし被成御覧候ハヾ、無益の事也。よつて、まづうかゞひ申候。未被成御覧候ハヾ、何かの御謝礼ニ、右之本板元へ申付、前後新本を取よせ、進上仕度候。彼書ハ、女わらべに見せ候て、少々ハ為になり可申候。この余、『青砥藤綱摸稜案』前後十冊、之ハ公事の捌キを綴りなし申候。これも相応に行ハれ申候キ。いかゞ、被成御覧候哉。この他のよみ本、『昔語質屋庫』と申五冊物は、狂文の『俗説弁』也。この三部のミ、つくり物語とおなじからず、見て小補あるべき書歟と存候。不被成御覧候ハヾ、貸進可仕候。御《ご》様《やう》子難斗候間、先づ奉伺候。

（江戸ハ八月七日より、雨程よく降り申候。御地ハ秋後大雨つゞき候由、いづれ日照の後、霖雨ハ可有之勢ひニ候処、江戸ハさのミ霖雨無之候。昨今、以之外なる暖気にて、草木の葉も落つくし申さず候。来年ハ、四月閏月有之候故、春ハ余寒久しかるべくと被存候。御地ハ、此節ハをさ〳〵冬構ニ可被成御座、奉察候。雪ハいかゞ哉。昨今雨風のかへしハ、当地も厳寒なるべくと存候。折角、寒気御いとひ専一ニ被存候。尤、いよ〳〵御健にて、丸薬一粒御用不被成候よし、御うらやましく奉存候。御壮健なりとて、御不養生可被成事にハ非ねど、禍ハ油断より生じ申候。ます〳〵御壮健の上にも、御自愛専一ニ奉祈候。申上度事、尚くさ〴〵なれども、前書得貴意候通り、なほ校合物、諸方より日々催促をうけ、甚心せわしく罷在候間、心事奉期後便候。恐惶謹言

右奉報の一書、廿五日朝より筆とり申候処、合巻絵草紙すり本校合など、五丁十丁づゝ校合ニ参り、板元遠方故、使居催促して日をくらし、廿六日ハ終日俗用有之、夜分ハ隔日、或ハ毎夜忰参り、当用を聞遣し候故、自ら日を送り、同廿七日の夜、燈下に書をハり、翌廿八日朝よみかへし、落字を補ひ、即日二見屋殿江差出し申候。外ニ別封あり、是ハ先便御別翰の御答ニ御座候。是又御熟覧奉祈

候。以上
戊寅十月廿八日　　滝沢解
鈴木牧之雅君
梧下

尚々、此一書、殊ニはゞかりのすぢまで書のせ申候。右禁忌の処ハ、御覧後、必々御引裂被下度、奉希上候。余人ならず、御気質存居候故、如此御ざ候。恐々

又申落し候。この度被遣候雪頽、其外方言之異同、及諸図説、くハしき上にいよ〳〵くハしく、常住座臥御心がけの空しからざる事、益々甘心仕候。いち〳〵難及御答案、嘆賞、言外御賢察可被下候。

家事再報及乞賢慮一ケ条

御亡息御嫁御様、御貞操之趣ハ、かねて承知仕、窃ニ嘆美仕候。その御物語に就而、先々便、忰が縁談之事など、不図申出候処、御深切御答之趣、忝く被存候。且つ御嫁御様廿六才にならせられ、いととし《年》わかなれども、御再醮の御念無之候よしなれども、御親類様方ハ御すゝめ、御再醮あらせられたく思召候よし、御尤ニ被存候。左様之義ニもなり行候ハゞ、御賢徳を見込に御相談いたしたき筋あれども、何を申も忰にハ、三つ四つの姉ニあらせられ候うへ、身上もつり合不申、且家内之もの、彼年増を何と申すべきや。ケ様の事、夢にも口外不致候へバ、今彼らが胸中もはかりがたく、黙止候事ニ御座候。聊たりとも、貴兄と通家に罷成候ハゞ、内外之事、御相談も心置なく、千里一家の思をなさん〔こ〕と、子孫迄の大幸なるべけれど、世ハ心にまかせぬ事のミニ御座候。忰が嫁《よめ》の事ハ、両三年の内にても遅きにあらず。只今渇仰いたし候ハ、長女への聟養子ニ御座候。拙者子供ハ、女子三人・男子一人にて、是迄一人も恙《つゝが》なく成長仕候。次女は両〔三〕年已前、麹町御門外、せり呉服いたし候小商人へ嫁し、去暮男孫一人出生〔仕〕候。長女ハ年来、柳川侯奥奉公勤候処、去春奥方御逝去ニ付、去暮いとま申請、手

前ニ罷在候。末女も当春迄、武家方奥奉公いたさせ置候処、病気につき、夏中浪人いたし、引つゞき悴別宅ニ付、母につけ候て悴方へ遣しおき、飯たき代りを勤めさせ候。扨て拙者、当職ハ十五間口の家主を仕候。家守給其外共ニ、一ケ年廿両之役禄に候。然れども、家主などハ卑職にて、事ニ煩しく候故、はやく世を脱れむと存こミ、七八ケ年前、頻りニ養子をたづね候。其砌、振舞金の沙汰ニ不及、人物だに実篤ニ候へバ、たちのまゝにて宜敷由申候ニ付、早速媒妁いたし候仁有之、尤其比、長女ハ柳川侯へ罷出候折にて、宿元にハ不罷在。両三年辛防見届候上にて、妻あハせ可申約束にて、まづ養子を引とり候処、かし本渡世致度よし申ニ付、廿七両余の元手を入レ、本類追々さし支なき様に求メ遣し、拙者懇意の武家方へ引つけ遣候ニ付、忽地百七八十軒のかし先キ得意出来、一ト物前に、金高五両程の見料とり上ゲ候様に罷成候。然処、件の養子、其身の才覚を以て、当時御制(製)禁之春画本、並ニ古板の洒落本等を買ひ入、之を所々へかし候様子ニつき、不可然旨申し、教訓いたし候へ共、用不申、後にハ拙者へかくし候て、其外禁忌の写本等をかひ入レ、かし候様子ニ付、きびしく利害を申きけ、且つ春画等とり扱ひ候事、家風子孫のため、以之外不可然ときびしく教訓いたし候を腹立候て、即日家出致し候而帰り不申。かし先キに、本類数十部かしちらしおき候故、過半紛失いたし候もの多く候へバ、一旦ハ罷帰り候様、さま〴〵申遣候へども、彼もの、かねて自立之内存有之ニ付、一向帰り不申。已ムを得ず及離縁候処、彼もの、程なくかし本渡世いたし、拙者が引つけ遣候かし本問屋にて、本の下がりいたし、拙者が拵之遣候得意方をまハり、かしつけ候て、小石川辺に罷在候。不実不埒、言語同断なれバ、家内親類、并ニ近所懇意の仁打腹立て、先方へ参り、断り候へ共、とり合ひ不申、此上ハ出訴いたし可然と、一統に勧《すゝ》め候へども、拙者ハ打すておき候趣意、一つハ、わが家の乱れハわが恥也。仮りにも養子にせしものと公事訴訟して、公辺へ罷出候ハヾ、恥辱此上あるべからずと申きけ、却而人々をなだめ、打すて置てかまひ不申。然レドも貸本の事、得意も多く出来候上ハ、急ニ止メ候(の)事なりがたく、下男両人召抱へ、毎日かしに出し、元《もと》帳・かし帳ハ、拙者が著述のかた手間に、朝夕出入を致候へ共、人にのミかさせ候事故、右之男共、僅の間に引おひ致し、その年大晦日に一人ハ出奔致し、亦復大損毛之上、世話多く、いかゞ致さんと存候内、翌正月媒妁ありて、養子世話いたし候もの有之候ニ付、困り候最中故、早速引とり候。之も、少の身のまハり所持のミにて、振舞金ハ沙汰ニ不及、其まゝ養子弘メ致候へ共、長女義ハ立花候ニやはり勤在候。両三年内、妻合せ可申やくそくにて引とり候処、二度《ど》目の養子ハ大酒放蕩にて、かし本かしに出てハ得意をまハらず、中宿に酔ふして日をくらし、或ハ四ツ谷新宿なる遊女がよひに居つゞけして、両三日づゝかへり不申、追々本もうるやら、かしうしなふやら、埒もなくなり行き、始終〔見〕届けがたく候ニ付、離縁致候。依之、貸本の得意先ハ、本所辺なる本屋ニゆづり遣し、本類ハ不残売払候処、端本になり候もの多く、或ハ紛失致候ものも多く候へば、古板新板廿箱、元金三十両余の品、はつかに十八両と四百文となり申候。之に前後両度之養子弘メ、廿両程入用かゝり候へバ、都合五十金余之損毛ニ候へども、その節ハ著述さかりにて、年々筆耕料も如意に取《とり》あげ候ニ付、どやらかうやらくり廻し、深き借財も不仕候。右最初の養子は、未ノ年三月引とり、同年八月離縁いたし、後の養子ハ、申ノ年正月下旬引とり、同年五月離縁いたし候。いづれも四五ヶ月の間にて、損毛如此。外聞を失ひ、懲り果申候。尤両人共、地主へ申立、程なく目見え等も相済、町内弘メ等も致候事ゆゑ、ハつかの間なれども、内分之事にはあらず、長女には疵つけ不申候へ共、最早此度ハ、三度目の養子也。世間にては、拙者が余り物がたき故、養子が居つかぬと申候よし、其故、今以養子無之候歟。如此こり果候故、とてもかくても同居にてハ、わかきものハうるさく思ふべし。何れにても、家相続致候へバ事足れり。此度ハ、明わたし同様ニ致、地主の目見、並ニ順役被申付候ハヾ、拙者ハすぐに退隠致し候て、身上之事、構ひ不申候つもりに致、或ハ一ト職分、或ハ一ト商売持候もの、廿六七才より三十二三才迄の養子をたづね候。尤、両親同居不致候ニ付、振舞金十五両持参すべし。並ニ両親養ひ小遣として、家守給廿両の内、一ケ年ニ五両づゝ分米すべし。然ル上ハ、直ニ長女と妻合せ、身上を引わたすべしと、近所の人々へたのミ置候処、去年来、三四人媒妁いたし呉候もの、有之候へ共、先方より懇望の仁は、此方ニ不足ありて、今以熟談不仕候。尤、拙者事、十ケ年已来、町内へハ同役之内、代りのものを出し候テ、名前斗にて勤め不申、只月々ニ、勘定に地主へ罷越候のミなれば、町役に付、さのミ労し候事ハ無之候へ共、長女も年来に罷成り、そのまゝニおきがたく、且はやく退隠のねがひを遂たく、只今ハこの一事のミ、心がゝりに御座候。貴兄ハ外ならず被存候間、如此家事迄、及相談候。拙者が所存、いかゞあるべきや。彼振舞金などいふ事、甚ダ不本意ニ候へ共、町内その外養子弘ニ十金ちかく物入かゝり候。其上、只今住居致候本宅、十六ヶ年已前に立替候処、二階にハ四十箱余の蔵書を積置、下屋にも、是迄忰別宅の心がまへに、追々諸道具をたくハへ、十坪にたらぬ建家の内、いやがうへに物多くつミおき候故か、土台《ドダイ》めり込ミ柱かたぶき、障子の建つけ合不申、そのうへ一軒はなれ家故、大風の節ハゆりうごき、そのまゝにさし置がたく候ニ付、根つぎ可致と存、両三年前、大工よりつもりとり候処、廿八両余かゝり候よしニ付、だん〳〵〔見合せ、今年迄傾き候まゝ住なし候へ共、養子引〕とり候ニ於てハ、少々とり繕ひ遣し不申バなるまいと存候。その上、拙者退隠別居いたし候ニも、相応之物入可有之候。度々のつかれ故、中々行とゞき不申、不得已振舞金の沙汰に及び候也。万一御地にて相応之仁、御心あたりも被成御座候ハゞ、急々御世話《ワ》被下度奉希候。乍去、家主ばかりにては、とても足り不申候。十五両ハ、年々に沸て出で候間、之を元株にして、外ニ商売いたさねバ、くらしかね可申候。右分米五両ハ、拙者夫婦が別宅の地代に致し、その余ハ、そのものどもの世話厄介にならぬつもりニ御座候。ケ様になり行候へバ、子供ハ持候ても、さのミ親の為にはならぬものに御座候。とし寄候て、邪魔に致され候ハ、世上一統の事なるべし。足もとの達者なる中、尻をはしよりて、はやく逃るが一の手と存候。然れども、養子の世話になるまい、世話にすまいといふにあらず。不如意ニ於てハ、相互ニ救はん事ハ、父子の義也。敢て損得(徳)を論ずるにあらず。そのもの不仕合にて、分米出しがたき勢にならば、出さでもあるべし。我ら夫婦同居に於てハ、分米の沙汰ニ及バず。しかし、五両金にて両親を遠ざけ候(の)方、当人たちの為に勝手たるべしと存、去年来右之通に思案しかへ候ても、今以相応之もの無之、困り果申候。御賢察可被下候。むかし新井(居)白石先生が、室鳩巣に与る書ニ、白石既ニ千石の御旗本になられ候へども、長女縁遠く、媒妁するものなし。其故ハ、白石ハ流行はづれにて、甚物がたき儒者なるよし、この風聞ニ聞おぢして、世上の俗人いミきらひ、めとらんといふものなし。漸く、五百石の一旗本より縁談あり。卜筮を以悔吝を試ミしに、離卦を得たり。女子なれども、千石の身上より、五百石の家へ遣す事、親の心にハ不足也。乍去、何分縁遠キ候故、決着いたしかね候。足下の意見を以定め申さんと書れし尺牘あり。不及ながら、我身にとりて、さもありけん〔と〕想像仕候。

先々便に、拙者親、并ニ兄弟共のうへも、くハしく書つけ、懸御目候様被仰下候。こハをこがましく、恥しき義ニ付、黙止候へども、この序を以て、粗書しるし申候。御他言は御無用可被下候事。

先祖ハ、松平左京亮親忠公九男、滝沢孫二郎乗清より出候よし、申伝へ候。三州設楽郡滝沢の郷に住居せられし故、子孫滝沢と号し候。この孫二郎は、滝脇松平の御先祖乗清の叔父にて、叔姪ともに同名也。孫二郎乗清没後、滝脇乗清ハ名乗をつがれしなるべし。後世滝沢と滝脇を相混じて、あやまり伝るもの多し。世に「松平系図」など唱ふる書も、この系を誤りたれば、今は正しく知るもの稀也。滝沢乗清子孫四世の後、その家いたく衰へて、終に長沢松平の食客となり、後に家臣になれり。数代の後、長沢家断絶し、大河内氏右衛門大夫正綱朝臣、長沢松平の遺迹に命ぜられしにより、余が高祖も、松平伊豆守信綱に仕へたり。天草の逆徒征伐の時、余が高祖、弱冠にて主君に扈従し、彼軍陣ニあり。着用の鎧・太刀・鎗等、余が父の時まで家蔵せり。その鎧ハいかゞなりしや、父没せし時、余ハ九才なりければ不知。鎗と太刀ハ、亡兄の遺物なれバ、余が家につたへ、此度悴へゆづりわたしたり。高祖は貞享(亨)年中、七十余才にて没したり。墓ハ川越にある歟、詳ならず。余が曾祖も、信綱朝臣の近習を勤めて、滝沢久米之助といへり。主君の四男頼母介殿分地の時、附家老を申付られ、運兵衛といふ名を給ハり、源興也と名乗れり。和歌をたしみて、信清軒と号せり。女子ありて男子なければ、武州埼玉郡川口村地代官兼公儀御鳥目見役真中氏の二男を養子とす。左仲興吉といへり。真中ハ猪隼太が子孫なりといひつたへたり。祖父左仲興吉に男子四人、女子弐人あり。惣領は滝沢運兵衛、諱ハ興義、これわが先考也。妻は細川采女正家臣吉尾氏の二女也。これわが先妣也。興義に男子五人、女子弐人あり。

第一　滝沢台右衛門興旨、俳名東岡舎羅文。
寛政十年八月十二日没ス、年四拾才。女子あり。父没するの翌年早世ス。男子なきによりて、其家断絶せり。悲しいかな。法名、深誉勇遠羅文居士。

第二　滝沢吉二郎、三才にて早世。

第三　滝沢荒之助、当才にて早世。

第四　滝沢初右衛門興春、俳名己克亭鶏忠。
篤実純孝のほまれあり。且筆跡・馬術をよくす。水谷氏に仕へたり。天明六年八月四日没ス、廿二才。いまだ妻らず、よりて後なし。法名、光覚慈正信士。

第五　滝沢清右衛門解、号曲亭馬琴。
十四才、儒医両道を学ぶ。業につかず。廿四才の時遁世の志あり、市中に住居して勢利につかず。然れども常の産なき時は、浮浪遊民たることを恐れて、町役人になれり。但勤めにつかず、余人を

17　文政元年10月28日　牧之宛

もつてその役にかハらしむ。祖先を恥かしむる事を患ひて、行状をつゝしむのミ。所云子くずなるもの也。

余が先考ハ、五十一才にして没せり。この年、先妣ハ三十八才也。此時伯兄十六才、その次十一才、余は九才、妹ハ五才ト二才なり。然るに、先妣貞操賢徳にして、心ざま男子に増れることあり。天明五年六月廿七日、四十八才にて没す。この時頭髪過半白し、十ケ年、五子教育の苦心によつて也。遺言甚詳にして、送葬其他の諸雑費廿余両を、家兄に渡されし事あり。法名、海誉智覚恵正大姉。

第六　女子、鈴木氏妻、後再嫁某氏。

第七　女子、田口氏後室。

先考ハ、剣術馬術をよくせり。武《ぶ》器を好みて、家に蔵る鎗三条、鎧三領、大小刀三十余腰あり。いづれも作物ならぬハなかりき。安永四年三月廿六日没ス、年五十一。法名、便誉頓覚成正居士。

家の紋、八本矢車。替紋、丸の内三本竹の子。

浄土宗。小石川茗荷谷清水山深光寺。但、曾祖以来之寺也。

右、あらまし注し申候。尤他聞を憚り入候。余が曾祖、并ニ祖父・先考ハ、いづれも行状正しき人のよし、いひ伝ふ。家兄はその風ありて、生涯あぐらかゝれし事を見ず。まして不快の節《セツ》ならねバ、横になりし事なかりき。之にて諸事行状をさつし給ふべし。余は甚不肖にて、親にも兄にもいたくおとれり。行状磊落にて、あぐらをかゝず、横にならざる日ハなし。殊に、市中の卑職に生涯をつながれ候へバ、先祖の事などは、如何様の懇意の友にもしらせ不申候。此一綴、御らん後御留メおき被下まじく候。御裂捨可被下候。書たるものは、はからず人に見らるゝことあり。君においては、他言ハ被成まじく候へども、この書の後に残らんハ、恥かしき限り也。この儀、何分御承引可被下候。あなかしこ

解拝

牧之雅君梧下

18　文政元年十一月八日　牧之宛

（表紙）

> 謹奉報於　　　　　　　滝　沢　解
> 「文政元年戊寅」（別筆）
> 十一月七日之来翰
> 別紙　　　　一通
> 北越塩沢鈴木君梧下

奉報十月廿八日発貴翰別紙一通

前月廿八日、是よりも八月已来両度之貴翰之報書、并ニ『燕石雑志』・画賛等呈上仕候処、右同日出之御状、并ニ両品、昨七日、自二見屋相達、忝拝見仕候。彼我の飛脚、道中にて行ちがひ候事ト推量仕候。八月已来の会話等、先便別紙に尽し申候ニ付、これらの事ハ、此度ハ略し申候。定テ今比は着仕候而、御披見被下候事ト被存候。且御礼等ハ、本文ニ申上候故、略し申候。

（今般被遣候、大雪吹雪倒れの図説、これハ先達而も御認被下候事ながら、雪中の穴に口をつけ、まづ大ニ呼り候事など、先達而の図説《ヅセツ》にハ無之。これにて、又一ツの益を得候て、歓び入申候。毎度御多用御執心、甘佩不少被存候。何さま、末世までも遺し候大著述ニ候へバ、造次顛沛御苦心、御尤ニ被存候。乍去、御中年の事、あまりその事のミに御屈詫ハ、第一の御不養生ニて、不覚も性命を削りへらし候義と存候。既に野子がよき手本ニ候。五十二才の今日ニ至り、歯ハ下に半分ヅヽ、のむし歯二茎、上ニ六本ほか無之候。しかれども、なほ恙なきハ、天幸といふべし。それおもハぬにハあらざれども、弱冠のときより、悞て一トすぢにつながれ、外にせんすべなきまゝに、今日に至て、なほ思慮を費ざるを得ざる也。これ将、旦暮に給する為なれバ、いかんともしがたし。亡友京伝ハ、『骨董集』を著サんとて、十年余の大苦心、自分の学力より十ばいの骨を折り、多く海内の博識に交り、多く蔵書家にちなミ、朝ニ夜ニ、只『骨董集』にのミ奔走苦心せられしが、その書いまだ全部せずして、黄泉の客となりぬ。よりてしれるものは、彼人全く『骨董集』と討死せしといふ也。彼と我とハ、皆是覆車の輪轍をまぬかれざるものニ候へば、深夜の御筆記等ハ、御無用に被成候様、乍慮外、奉念じ候。

「道ハ一日も離るべからず」と子思のいハれしごとく、事の成就と不成就ハ、只はなる丶と離れざるにあり。その事、漸々に心がけんにハ、人のしらざる事もしるべく、人の得ざる事も得つべし。性急なれバ破れやすく、つかれやすく、倦べく疎《オロカ》なるべし。只『雪譜』の事に御はなれ不被成候て、ゆる〳〵と御集メ被下候様、奉祈候。

酒顛童子、并ニ弥彦弥三郎老婆が事、御図説一覧仕候。右両件ハ、『増補越後名寄』にて、かねてより粗承知仕候。さて酒顛童子の小説ニ付、愚考有之候へバ、『玄同放言』人ノ部ノ下へ著し可申と存、則惣目録へ載置申候。これハ、来卯冬出板の中ニ御座候。もし来春、御遊覧も被成候ハヾ、くハしく御糺し被下度、奉希候。依之、『越後名寄』、少々抄録いたし、入御覧申候。

『増補越後名寄』巻之五　旧蹟ノ部

蒲原郡

童子窟　国上《クガミ》山

久賀躬山ハ山里ニテ、東稲《本ノママ》ト《バ正》云所ノ傍ニ岩窟アリ。是ハ往昔、酒呑童子八歳ヨリ物学ビノ為ニ、国上寺ニ登リ侍童タリシニ、尋常ノ児ニ異ナリ、天性剛勇ニシテ、奇怪ノコトヲ好ミ、人ニ疎レ、自ラ寺ヲ忍ビ出、頃刻此窟ニ隠レ住シガ、後ニハコ、ヲモ出テ、上方へ立越タリ。

（頭書）「東稲ハ東稲場ナルベシ。下ニ見エタリ」

弥三郎屋舗　中嶋村右同郡也

中嶋村ヲ出テ、真木ガ《マキガ》花村へ往ク道ノ傍ニ、昔農民弥三郎ガ居宅ノ址トテ、今圃中ニ方六七尺、耕作ヲ除キテ形ヲノコス。彼ガ母、奇異ノ悪事ヲナシ、夜毎ニ外へ出テ人ヲアヤメケル。然ドモ風聞ノミニテ、定カニ其レトモ不知シテ、年月ヲ歴タリシニ、或暗キ夜ニ、弥三郎鳧ヲ取ニ、網ヲツカヒニ出ケルニ、何トナク心例ナラズ、路ニテ何カハ知ラズ、弥三郎ガ頸骨ヲムヅト摑テ引立ユカントス。弥三郎、元来勇力ナル壮夫ナリケレバ、早速腰ニ有シ鎌ヲ以、其腕ヲ掻切リ、害ヲ遁レテ家ニ帰ル。老母ハ腹痛ノ由ニテ、奥ノ間ニ伏居タリ。得物モナク、何トテ早ク帰リ来ルト、母ノ不審アリケルヲ、白地ニ物語ラバ、母ノ驚怖モヤセント思ヒ、左アラヌ体ニテ云紛ラシ伏ニケリ。然ニ翌朝、母ノ安否ヲ問ンタメ、奥ニ参リケルニ、血夥シクコボレ、牖ヨリ外面、大路ニ引テ址アリ。尋行テ見ルニ、前夜事ニ会シ処ナリ。仍テ、人口ニ云フ如クナルヲ知レリ。其後、母ハ蒲原郡山野ヲウカレアルキ、奇怪ノコトノミヲナス。何ナル故ニヤ、菅名ノ庄ノ人ヲワキテアヤメケルニ、同郡岩瀬《○石正》村（脚注「石□」）ノ聖了寺ノ真言法印、彼母ニ妙多羅天ト云ル戒名ヲ附属有テ以来、気質共ニ柔和ニナリ侍シトカヤ。後終ル所ヲ不レ知。其形ヲ木像ニ彫刻シ、伊夜日子ノ社頭ノ、阿弥陀堂ノ本尊ノ傍ニ居置タリ。年暦時日知ガタシ。

（頭書）「○石瀬邨也。聖了寺誤也、青龍寺[是]也。空海入[居]時、伝法寺[に]取用也。本城寺開山上人、彼寺弟子而、随日蓮祖而改宗也」

蒲原郡村松ノ奥山、○河内谷安出村ニ弥三郎ガ子孫アリ。右ノ怪異ニ因テ、旧里ヲ離散シ、所替ヲセシト見エタリ。又此安出村ニ、私雨ト称スルコトアリ。毎年何ヤウナル晴天ニモ、毎日多少ニヨラズ、雨ノ降ザルコトナシト申伝フ。又弥彦ノ駅ニモ私雨ト号シ、同ク云ヒ伝ルアリ。

（頭書）「○河内谷と云ハ非也。私雨ト云事、古昔ハシラズ、今ハナシ」

○ここにハ孫を唉ふの事なし。さま〴〵にいひ伝へしならん。多く人をあやめしものが、気質柔和になりしとて、罪せらるゝこともなく、安穏ならんにハ、いぶかしき事也。

同書巻三十二　人倫部

酒呑童子　△西川ニサクラギト云里ナシ。モシクハ、サクラ町ノ事ニアラズヤ

（頭書）「[参]（囲ミママ）補ニ云、蒲原郡菅名正（庄カ）五泉ヨリ廿町余[二]矢津ト云村[ア]リ。此処、酒呑童子ガ母ノ居

処ト称スル処アリテ、十囲許ノ樫ノ大木二本アリ。
　一本ハ半ハ枯テ朽タリ」

蒲原郡砂子塚村（脚注「砂子《ゴ》□正也」）ノ産也。一曰蒲原郡西川△桜木村ノ産ナリ。今名主ノ居宅ノ向田圃ノ中ニ、童子ガ生土也トテ跡アリ。父母ハ何ナル者ト云事ヲ不知、十六月而生レ、初生ヨリ能言語《シ》、能歩行《ス》。及《テ》二四五歳《ニ》一尋常ノ児ノ如《シ》二十歳余《ノ》一也。然ニ有《テ》レ故、此ヨリ一里許北、和納ニ居ヲ移ス。和納ノ入口塘ノ傍榎ノ辺ヲ童子屋敷ト云フ。又村ノ水田ノ内ニ、童子田ト下《サゲ》名付タル処、今ニアリ。八歳ニシテ楞厳寺へ行テ文字ヲ学ブ。容貌遠迹ナレドモ、気性強ニシテ、人ニ疎レタリ。依之、久賀躬山ノ寺へヤリテ侍童トナス。成長ニ随ヒ、猛勇ニシテ奇怪ノ事ヲ好ミ、竟ニ我ト身ヲ置兼、密ニ寺ヲ忍ビ出、同ジ山ノ内、東稲場ノ傍ニ、頃刻隠レ栖シカドモ、住果ベキナラネバ、爰ヲモウカレ出、上方へ吟ヒ往キ、後ニ丹州大江山千丈嵩ニ住居シ、害《ス》レ人《ヲ》。悪行甚シ。于時人皇六十六代一条院ノ正暦元年正月廿五日、依勅命源頼光誅之。

　（頭書）「大江山者丹波也、千丈嶽者丹後也」
酒顚童子『政事略』云、丹波国有《ニ》二強盗《リ》一。棲《スメリ》二大江山中《ニ》一。党多《シ》。備《テ》二事《ヲ》妖術《ニ》一、民人為《メニ》レ之苦《カシム》焉。天子勅《シテ》二頼光《ニ》一討《シム》レ之《ヲ》。倶《ニス》二四天王《ト》一。又藤原保昌《ノ》与《ト》二頼光《ト》一、入《テ》二大江山《ニ》一斬《ル》二妖賊《ヲ》一。以上『越後名寄』

解云、この酒顚童子が事甚いぶかし。これらの古跡も全く彼小説によりて附会せしならん。さバれ鬼子と称するものハ、世に往々これあり。越後にも彼鬼子といふものありしを、後に彼小説に縁りて酒呑童子といひならハせしならん。酒顚童子が小説に、原《ト》ハ越後の出生なりとあれバ也。例せバ、下野の佐野に、佐野源左衛門常世が屋敷跡あり。又大平《ラ》権現ハ、佐野常世を祭るといふが如し。佐野源左衛門常世といふものハ、未生の人にて、むかし能楽の作者が作り出せし姓名なるに、そのやしきあとあらんハいぶかし。况ヤ神にまつれるをや。先年江戸麻布常行寺に、和藤内が墓ありと聞て、をかしく思ひしが、京伝同道ニて目黒へまゐりしかへるさ、寺に立よりてあちこち尋しかどしれず。あたりの童子に云云の墓ハ何処ぞと問へバ、やがて先に立てをしえつゝ、こゝ也とて指さすを見れバ、前三官云々と戒名を彫つけ、かたへに碑銘あり、読て見れバ、寛永の比の唐人が、長崎にて死去せしを、その子なるもの、江戸に来りて立るよしなり。年号も彼国性爺と似つかハしく、前三官云々とあるにより、土地《トコロ》の人ハ、やがて和藤内が墓と云伝へたり。和藤内といふものハ、近松門左衛門が作り出せし姓名にて、国性爺が一名とすなるを、和藤内といふもの丶墓あらんや。かやうの古迹、十に五六なり。慮外ながら、御心得のため、しるしつけ申候。酒顛童子が事ハ、『玄同放言』人事ノ部ノ下へ、来年あらハし候ニ付、略し申候。これらの御心得を以、御穿鑿奉希候。

同書巻ノ三　神社部

伊夜比古神社ノ条《クダリ》ニ云、

鎮西八郎為朝ノ箭ノ根アリ、蓋朕也。股ノ開《本ノマヽ》キ七寸余、羽ノ長サ八寸許、篦《ノリ》入ノ長サ二尺七八寸、コミ際ニ猪ノ目透、無レ銘。一曰《ニク》、矢ノ根ノ銘、備中国在原住人、大月作右衛門国重。志太之太刀云云。この大刀の事ハ、入用ニ無之。外ニ為朝の矢の事、愚考有之。これも来年、『玄同放言』の器用の部へあらハし申度候。来年弥彦へ御参詣被成候ハゞ、此宝物、今なほありや、御正し被下度候。於御一覧ハ、矢の図を御うつしとり被下度奉希候。

同書巻ノ五　旧蹟部

頸城郡　高田

識竿《シルシノサヲ》　関庄高田廓ノ大手ノ前ニ、毎歳雪ノ降積ムコト、吹屯リ・吹払等無ク、常《本ノマヽ》ニ雪ノ場所ニ、凡丈八尺ノ竿ヲ立置、年々ノ雪ノ多少ヲ計リ知ル也。猶其竿ヲ打越テ、降積年モ間々有之。又妻有郷　松《本ノマヽ》之山家上田ノ村里ニテハ、長キ竹ノ末ニ稈ヲ結付テ、居家ノ外面ニ立置。雪降積レバ、其藁ヲ識《シルシ》トシ、彼ハ誰ガ家、此方ハ何某ト、カタミニ問ヒ慰ルナリ。長キ日数ノ雪ノ中、イトビンナキワザ也。
右雪竿の事、当春中御文通にハ、御存無之よし、被仰下候処、先比御朋友様より書付被遣候一札に、『夫木抄』の歌など引て、粗雪竿の事見え申候。然に、『越後名寄』に、雪竿を旧迹ノ部に収めしハいぶかし。雪竿といふものに古歌あれバ、昔ハありて今ハせぬ事にや。これら、よく〳〵御穿鑿被下度候。全体この『越後名寄』にハ、雪の事絶てなし。この識の竿のミ也。『名寄』の作者丸山元純ハ、寺泊の人、校合小田島允武ハ水原市の人、参補秦穏丸ハ、伊勢神戸の人なれバ、おの〳〵深雪の処ならぬ故、不案内にて識ざるにや。又雪ハ年毎の景物にて、故事古迹にあらねバ、識ざるにや。

この余、郡分ヶの惣目録ハ、来正月、手透之節抄録いたし、呈上可仕候。已上

越後国中何によらず、名山古迹・神社仏閣の縁起、并ニ略画図等、その処より出すもの、価十二銅位づゝ、にて手に入り候ものあるべし。先便被遣候加茂のやしろの縁起、又海坊主の図のごとき一まいずり也。右御見あたり被成候ハヾ、御求メ被下度、奉希候。年来かやうのもの、時によりて急ニ入用の義、御座候ニ付、東海道・木曽道中筋・京摂播州路・大和伊勢、并奥州筋のものハ、縁起五十余綴、画図数十枚集メおき申候。西国筋も、ところ〴〵御座候へ共、不足ニ付、去秋甥なるもの、長崎へ罷越候ニ付、たのミ遣し候。越後并に北国筋ハ、尚一枚も手ニ入不申候。御地のハ、第一『雪譜』の便りニ仕度候。遠方は、其地の人と御出会之節、御たのミ被下、漸々に御集メ被成可被下候。急にハ集りかね可申候間、永く御心がけ可被下様、奉希候。

今般御書中に、中越後燕商人と申もの見え申候。をかしき名目に御座候。春秋両度わたり来る故、つばめと申候哉。分解、詳に御しらせ、ねがひ上候。

雄鮭雌鮭の事（頭書「鮭、誤也。当作鮭」）、いづれニてわかり候哉、承りたく候。此度被下候ハ、雄鮭のよし、小鮭と被仰下候へ共、江戸にてハ中ノ大鮭に御座候。

その上江戸ハ、水戸辺よりまハり候もの多く、肉薄く、板のごとくニ候。松前問屋ニて被売渡候にも不同あり。毎暮松前侯より、塩引壱尺被下候。これハ蝦夷地のもののよし、肉白く風味も頗佳なり。しかれども、此度被下候鮭に不及。先年尾州に遊歴の節、岐阜の長柄川の年魚を賞味仕候処、御地の鮭のごとく、形丸くして肉多し。鮭と鮎ハ、海江同物同類たり。鮎ハ尾張の長柄を最上とし、鮭(鮎)ハ御地を最とする事、此度にて思ひあハせ候。既にその魚の形を認候へバ、彼鮭とりの事、綴りなし候日に、大に便りになり可申候。又腹赤子も格別也。但去冬、松前の腹赤子の塩漬をもらひ、塩出しを致し候てたべ候へども、少し臭気あり、生なるものと大に劣れり。此度被下候も、塩出しをさせ可申歟、いまだ拝味不仕候へ共、松前の類にハあるべからずと存候。鮭のいろ合、時候に随ひ、だん〳〵と変じ候事、これも鮎《アユ》に似たり。鮎の事ハ、よく存居候へ共、鮭の事ハ、此度御状にて発明仕候。鮭と鮎と、頭も鱗も、すべてよく似たるもの也。能毒のひとしきも寔に故あり。又塩引ハ、焼て味醂をかけてたべ候ハ常の事也。此度被下候ハ、真の塩引にあらず、御手まへにて塩を被成候もの故、両三日塩出しをして、烹テたべ候ハゞ、生鮭のごとくならんかとも存候。外に調理ありや、是又承り度奉存候。

『玄同放言』出板之事、先便も御案内申上候通り、当十二月中旬に及び可申候。右之書ハ、五月十四日迄ニ板下成就いたし、同月下旬、板元より板下師へわたし候節、惣ほり上ゲ八月十五日迄と、かたくとり極メ、金子七両わたし候よし。然るに、右板木棟梁、右の手附金をつかひ込ミ候て、七月盆後まで下細工に出し不申、七月下旬まで、一枚もほり出来不申候ニ付、板元より厳く催促に及候へバ、ぜひなく急に、処々へ下細工に出し、右つかひ込をうめ候ハん為、尤下直ニ渡し候上、せり立候故、細工甚麁末にて、最初の約束とちがひ、カケ・ほり損じ、以之外多く、校合に日数かゝり、やう〳〵一ノ上下二冊、校合いたし遣し候へ共、これを入レ木・さし木いたし、不残直し候にハ、当月下旬までもかゝり可申候。然ルに、なほ二ノ冊四十七丁、只今校合最中也。これ又、板木師直し終り候て、すり込製《(制)》本の上、売出し候へバ、十二月中旬、もしくハ下旬ならでハ、出板仕まじく推量いたし候。さて〱職人といふものハ、冥利をしらぬものかなと、毎度嘆息いたし候。すべて板本ゝにあやまり多キハ、筆耕にあやまられ、又板木師にほりくづされ、校合終に行届不申、及出板候故也。何事も人手にかけ候事故、こゝろに任せ不申候。此度の『放言』も、直し行届キ不申候て、可及出板候。実に長大息いたし候。著述の板行を手がけざる学者ハ岡辛領にて、こゝにも悞あり、かしこにも悞字ありと、鵜の目鷹の目とやらんにて、諜々しく譏り候へども、それハ板本ゝ著述の意味をしらざる故也。板元ハ利の為にのミする事なれバ、そこらに貪着ハ不仕、ほり上ゲさへすれバはやくうり出して、利を見んと思ふのミ。それゆゑに、校合にさし越し候を、却テ恩にかけ申候。御一笑。

先便得貴意候諸方書もの、并に新板もの、諸校合、過半かた付ケ候て、只今ハ『玄同放言』の校合、并に『八犬伝』の校合等也。『八犬伝』の板元、就中性急人にて、当月下旬までに売出し不申候へバ、当暮の金になり不申候とて、昼夜走り廻り、板木師をせり立、昨日までにて、五ノ巻のほりも揃ひ候へども、急ギ候故大悪ぼりにて、カケ・ほり損じ、ことの外多く、校合大に苦ミ申候。昨日板元参り、五ノ巻壱ばん校合、今夕までにいたしくれ候様、被頼候へ共、其後貴地の御状、二見屋より被届、右之飛脚、来ル十日出立ニ付、九日迄ニ返書差出し候様申来り候。九日ニ出し候返書を、九日ニ認候てハ、間ニ合不申候故、今日ハ彼『八犬伝』の校合を休ミ、板元へハ持病の疝積さし発り候と偽り、校合ハ明夕までといひ延し候て、今日ハ終日、この返書に日をくらし申候也。年中すべて、如此せわしく月日をおくり候事、生涯の損也。御賢察可被成下候。

当月ハ、十月より引つゞき暖気にて、朝曇り、昼より晴、日々南風にて小春の如く、木の葉も落尽し不申位の事ニ候処、昨夕より西北風にて、俄に厳寒になり、今朝よりさむさ一トしほにて、雪ぐもりのやうに見え候処、昼前より雨ふり出し、昼後より雪まじり二ふりくらし申候。当冬の初雪に候へ共、雨まじり候故、少しも積り不申候。▲●寒暑にハ、いとゞいたミ候われら故、手亀り、実に疝積にあたり申候。依之、座右に庵《アン》火を引つけ、をり〳〵身をしたゝめ、又机にかゝり候てハ認め、したゝめかけてハ火にあたり候故、いとゞ筆はかどらず、手の亀ミ候故、別して乱書、失敬の至ニ奉存候。天地の調合、寒暖不順なりしも時節を違へず、よい程にして勘定を合せ候事、玄妙也。

（頭書補入「▲〽日くれて見れバ、屋根真白ニなり申候。凡二寸余もつもり候なるべし。よりてかくなん。

〽冬ごもり雪に友垣むすバずはこし路のそらをいかでおもはん

〽おもふ事雪さへいとゞつもるかな日かずふるとも越につたへよ

例のゑせ歌、御一笑と被存候。又、例のざれうた一首、

〽うちおこる疝気もおなじこしのかた雪のあたりにかへり事せん

いづれも即吟、御他聞御無用可被下候。●」）

御地も先比、初雪七八寸つもり候後、大雪もなく、一同御歓びのよし、承知仕候。乍去、今日ハ江戸すら如此寒気にて、初雪ふり候へバ、御地ハ今ほどさこそと奉遠察候。いかゞ、後便に御しらせ被下度候。

当年関東豊年の事ハ、先便に粗御承知と被存候。但米穀のミならず、すべてのくだものも、例より下直ニ候。樽抜柿など、十月初旬かぎりニ候処、当年ハ今以売あるき申候。樹醂《キザハシ》の柿も、今ニ有之候。めづらしき事ニ覚申候。さつまいもなど、例年壱俵ニ付七百文前後に候へ共、当年ハ弐百五拾文位のよし、それも栗・梨子・柿におされ候て、うれかね候よし也。手前の小庭なる柿・葡萄など、当年ハ例より多くとまり申候。只煙草と冬大根のミ、夏秋の日まけにて不作のよし、例より高直のよし申候。かく豊年なれども、上下ます〳〵窮し候哉、諸商売一統景色わろく、売買不如意のよし、

風聞仕候。これハ、先便愚意に申述候、驕のおこたり故ト存候。豊年すらかくの如し。この後凶年にあハゞいかならんと、これ将心ならぬやうに思ひ過し候。御一笑可被下候。すべて新板もの、売買、渡世になり候ハ、全く太平の余沢に候へバ、些しも凶変にあひ候へバ、われらが家業ハ繁昌不仕候。依之、太平の上にもなほおだやかにて、豊年の上にもなほゆたかなれと、祈り候外無之候。何事も如意にして、この半生をおくり度、念じ候かし。

（先比、孝順の女子御褒美被下候御書付、出申候。かやうの御書付、拝見仕候へバ、いかやうにいそがしき折といふともうつしおき、忰にも見せ、娘どもによみ聞せ、又わかき人々にハ風聴仕候。かやうの御褒美、をり〳〵御座候へ共、ちか比の事故、序ニ御めにかけ申候。

小石川伝道院御掃除町利兵衛店

半兵衛孫女

ひで　廿弐歳

右之者儀者、祖父半兵衛、先達而致病死、此者所々洗濯にて被雇罷越、昼食頃にハ立戻、祖母よね江食事拵すゝめ、亦復雇さきへ参り、相勤罷帰り、毎夜祖母臥り候迄揉さすりいたし、小用等ニ参り候へバ附添、臥り候迄咄いたし、且祖母義、酒を好ミ候故、少々づゝ為給、雇レ候先ニ而貰請候品、持帰り為給、髪ハ日々結遣し、入湯等も付そひ参り、諸事不自由無之様介抱いたし、知ル人、聟養子世話いたし候へ共、夫有之候てハ、祖母江手当行届かね候趣を以断之。右体困窮之中、祖母江孝養を尽し候段、軽キ者にハ奇特成義ニ付、右之趣申立、為褒美、鳥目拾五貫文為セㇾ取ラ遣ス。

右ハ九月十六日、於伊予守殿御白洲、御褒美頂戴仕候。

此旨、町中可為触知者也。

本船町武助店与右衛門方ニ居候

七兵衛　百才

其方儀、当寅百歳になり、稀ナル長寿に付、為御手当、米拾俵被下候。難有可奉存。

右ハ九月十二日、於備後守殿御番所、御米被下候。是迄江戸にて、百才に及ぶもの、なほありつらんに、此七兵衛、かくあまたの御米を給ハりし　御恩徳、寔に有がたき事也。秋比、八十才以上にて、よく盆石をおき候もの、御吟味のよし、風聞仕候が、程なくこの御書付出たり。恐ながら推量仕候に、もしハ、一橋大納言様の御年賀などにより、これらの御沙汰ありけるにや。もし推量のごとくならバ、件の七兵衛ハ、ます〳〵大幸のもの也。乍去、子孫もなきものにや、百歳に及て、人の家の居候となりたらん事ハ、さこそ心苦しき事もあるべけれ。それを思へバ、あまり長生もいらぬもの歟。

又孝女ひでが事、一トわたりにうち聞てハ、さしてもなきやうなれど、この女子の性として、衆人にすぐれたるもの也。人の性の独すぐれたるは、猶鴉の反哺、羊の跪て母に対ひ、雁の長少の列を守るが如く、是を教《ヲシヘ》ずして天性なるもの也。このおひでも、別に分別なく、只祖母を愛するのミ也。人の子として親を愛すること、みな如此ならバ、なべて孝子なるべし。私慾の為に、かばかりの事もなしがたきハ、いと朽をしき事也。いまだ学ずといふと雖、吾ハ必学びたりといハんとハ、これらの女子をやいふべからん。己レを空ウして親を愛するの外、子たる道ハあるべからずと、忰娘へも毎度申聞候。乍去、孝ハ寒家極貧ならでハ、あらハれがたく候。極貧にして至孝ならんより、もの貧しからず、衣食に足りて不孝ならずは、いよ〳〵大幸といハん歟。

右無益の雑談、毎度御覧も御面倒と奉存候。猶期後便、心緒可得貴意候。恐々謹言

戊寅十一月八日薄暮　　滝沢解

鈴木牧之君梧下

日くれて、『八犬伝』の板木師、中村喜作と申もの、右板元の使に参り、校合直しハ板元二階にて、三人職人参り居、直し居申候。今夕もはや手が明キ候故、五巻校合、少々にてもわたしくれ候様、申候。今朝ハこ

の返書認候半と存、痂癪と申遣し候処、終日の雪にて、昼後より実に疝積が発り、殊ニ夜分ハ老眼故、すり本の校合ハいたしかね候故、其段断り遣し申候。鹿を逐ふ猟師ハ山を見ず、書肆ハ只利の為に、作者をつかひ殺し候までに日々せり立、先夜も子の時比、小もの両人に校合もたせ、指越候。御遠察可被成下候。不具

19　文政元年十二月十八日　牧之宛

（表紙）

「戊寅十二月十八日」（別筆）　　滝沢解再拝

拙　翰　　一通

鈴木牧之賢兄

「文政元年戊寅十二月十八日」（別筆）

十一月廿五日の貴翰に報ひ奉る拙翰件々

いぬる十月下旬、及十一月上旬両度之報翰、二見屋へ委ね候後、をり〳〵琴嶺とも御噂申出、今程は件の書状着しやらんなど、とにかく心にかゝりながら、今以せわしく暮し候まに〳〵、再々度の書状も呈し不申、何となくなつかしきこゝちにて過し候折、昨十五日、例の忠兵衛どのより、御封翰届られ候へバまづ歓しく〳〵、即座に開封いたし、御添状を拝見、それより御細翰、

一くだり二くだり披見候へバ、うちもおかれず、終に不残熟読、おもハず日を消し申候。但シ此節までも、『玄同放言』摺本校合かた付不申、一ノ上ハ、はやすり込居候へども、壱《イチ》ノ下・弐の巻直し多く、日々板元より使札を受、只この校合にのミ取かゝり、年を暮し候。殊ニ昨日ハ、悴かた大掃除いたし候ニ付、娘を手伝ニ遣し、本宅には不佞一人、例の二階にとぢこもり、校合いたし居候へ共、御来状拝見にて、思ハず校合ハよそになり、昨夕板元より調市参り、校合催促にて大ニうろたへ、二綴の内一綴わたし、跡ハ明夕がた迄と申遣し候処へ、姉をおくりがてら、琴嶺参り候間、『放言』の校合ハ悴ニいたさせ、明夕方迄ニつる屋江持参いたし、序ニ二見や江立寄り、飛脚衆何日に出立被致候哉、何日迄ニ返書指出し候へバ間ニ合可申哉、よく承り届けて告よ。おれハ翌ハ越後の返書を書べしと約束いたし、今朝より終日、この報書にて日を消し申候。かくせざれバ、年内ニ御答不申も残念也。依之、聊心配仕候。御遠察可被下候。

御細翰、例の事ながら甘心不少、をかしき事もあり、如命千里同風、江越合壁に異ならず、あや錦たゝまくをしき閑談も、これにハ増べからずと存候。扨、前状の御再答ニて事済候義ハ、今般文略仕候。清貧の一得ハ、著述筆硯の外、俗事ハ山のごとくなるも、放下してかへりミず、只硯毫の間のミ、昼夜ニたえ間なく、ひとつ仕舞へバ又二ツ追々ニ出来、京・いせなど、無拠返書、やうやく一昨日迄ニ、それ〴〵へ差出し候処、昨日ハ御地と京都より来状、校合ハかた付キ不申、その間にハ読書して学問もいたし度、なか〳〵に、俗家よりせわしきとしのくれに御座候。例年かくの如し。御一笑可被下候。

長岡の地図御一覧、旭村にハ木曾どのゝ子孫有之よし、重畳被存候。田舎にハ名家の子孫、多く有之候へども、只その子孫と申のミにて、志ハ先祖に等しきものハなく、多くハ尋常の田夫野人になり行候事と思ひ候。旭村の事ハおもしろし。其家の什物などあらバ、手段を以、御一覧、御うつしとり被成候様被存候。人の系図を書あらハし候事ハ官禁なり。これより前条ハ、不佞家事の御答ゆへ、再報略し申候。失敬御容恕可被下候。

『玄同〔放〕言』出板次第、早々二見屋迄指出し候様、かねて被為命候ニ付、こゝろ得居申候。然ル処、先便得貴意候ごとく、板木師不埒ニて、以之外彫崩し、十月中より校合致し候へども、多分の入木・さし木等ニて繕ひ、或ハその内一二丁、直し出来不申処ハ、板下を再びかゝせ、ほり直し候も有之。依之、此節、壱ノ巻の上三十丁ハ校合相済、すり込居、二の下廿七丁ハ、三番直しいたし居申候。これも、一両日中ニすりかゝり可申候。扨二ノ巻四十七丁、就中ほり崩し、やうやく弐番直し、廿丁斗いたし遣し、跡ハ一番直しのまゝニて、いまだ二番校合も参り不申候。此分ニてハ、当月廿日過ならでハ、二ノ巻校合、かた付まじく候。夫よりすり込候て、本仕立候へバ、とても当暮のうり物にハならず。初春ハ諸職人なまけ候故、何分年内本にいたし、来正月松の内ニうり出し申度とて、板元も由断なくせり立候へども、校合直しハ、板木師棟梁、勘定の外仕事ゆゑ、彼是難渋申立、一円埒明不申、凡九十日程、この校合にて、不佞親子、隙を費し申候。乍去、これハ不佞生涯の著述と存候ニ付、聊も煩労を厭ひ不申、又売出しをも急ギ不申、何分校合ニ入念、四度め五度め、乃至六度も七度も、直り候迄ハ直させ候つもり故、右之仕合ニ御座候。乍去、正月ハ無相違うり出し申候。只、今便之間ニ合かね、笑止千万ニ被存候。うり出し当日、早速二見屋江指出し、飛脚衆幸便ニ任せ可申候間、左様御承知可被下候。但、早春御近在御遊歴の間ニあひかね可申候。もしその御留守などへ、『放言』着仕候ハゞ、いよ〳〵残念千万ニ可有之候。畢竟板木師不埒故、うり出し如斯及延引申候。是非もなき仕合ニ御座候。

随筆物、近年ハ少々流行いたし候へ共、一体うれかね候品ゆゑ、板元まれニ御座候。近比の随筆ハ、多くかし本やなどかたらひ、作者方へ弐百部かひ取り可申間、出板してくれと申仁も有之、或ハ内々ニて入銀して、彫刻をたのむも有之。この故ニ、ほりハさら也、本の仕立などもいかゞしく、果して三百部とうれ候随筆ハまれ也。只山東の『骨董集』、杏園の『南畝莠言』のミ、相応に捌候よしニ候へども、『莠言』ハ思ひの外にておもしろからず、世上の評判も不印にて、きのどくニ存候。この故に、不佞も『放言』にハ、最初より甚心配いたし罷在候処、此度京都書林ニて、弐百部引請候よし、取引約束治定いたし、まづ江戸うり三百部のつもりにて、只今五百部すり込申候。うり出し早々、五百部捌候へバ、板代忽にかへり、少々ハ板元ニ利分つき申候。夫より年々少々づゝうれ候が、板元の所徳に候へバ、まづ板元に損ハさせぬと、はやうり出し以前ニ安心仕候。これにて来年の中集も、早々彫刻ニとりかゝり可申候。御歓び可被下候。ちと俗に遠キもの故、大ニ心配仕候。乍去、うり出し後の評判、又肝要ニ候へバ、いまだ枕を安くハせられず候。この故に、表紙・とびら・外題・とぢ《(どぢ)》糸・ふくろ・らい紙等の紙色合等、不残注文いたし、本がらをよく仕上ゲさせ候つもりニ御座候。

さて、新板物の校合と申ものハ、甚うるさきものにて、工手間、人のしらぬ日を費し申候。素人作ハ、この校合、別して等閑なれども、幸にしてよめぬといふ本ハなし。不佞が作ハ、いかゞの事にや、とかくにほり崩され候様ニ存候。そのカケ・ケツ等、ひとつ〳〵に朱を入レ、わくの上へ書抜遣し候ても、十の物ハ三ツ四ツほり直り不申、又二番校合にて、右之ごとくいたし候へバ、七ツの物、やうやく五ツ斗ニなり申候。三番四ばんと、だん〳〵直し候内、板を板すりかたへもち歩行、又板木師方へ遣し、往来たびかさなり候内、新規のカケ出来、或ハさし木ニて直し候所ハもろく候故、少しさハりてもかけ候故、三ばん四ばんと直し候内、最初十の物が、七ツハ直り候へども、又新規のカケ、二ツ三ツ出来、或ハ弐ばんにて直り候処も、三番直しの節見れバ、さし木をおしつぶし、元トのごとくカケて有ル処もあり、わが作を、毎日二三べんづゝよみかへし候故、果ハあき〳〵といたし、その本うり出し候比ハ、ふり向て見るもいやになり申候。此校合のくるしミハ、新〻に作り候よりほね折レ候へども、見物ハ一向しらぬこと也。著述ハ自己一人の手にていたし候故しやすし。はや板下かゝせ候ても、他の手にかけ候故、誤字・落字多く、気に入らぬ事のミ也。それより又、板木師の手にかゝり、又彫刻後の直しハ、一ツの点にても、ひとつ〳〵に入木・さし木をする事故、直りかぬるも尤也。それを直させふ〳〵とするうち、根くらべにてつかれ果、且わが作ハよめ過候故、誤字も落字も見はづして、わが書たるごとくによむ事多し。人の作ハ、ちよつと見ても、あやまりを見つけ候へども、わが作ハ見つからぬものニ御座候。これらの意味ハ、尚御存あるまじく哉と存候。『雪譜』ハ、別して丁数もの故、只今よりこの校合が頭痛ニ候。されバとて、校合しつけぬ未熟の仁にハ、決してたのまれず。近来、忰に校合のいたし方を見ならハせ、弐番三番より末ハ、忰に手伝せ候へども、それ将わが手づからいたし候様ニハ無之、カケハよく直し候へども、或ハ句読をほりおとせしにハ心つかず、或ハ誤字を見おとし候事、往々有之。又不佞が見おとせしを、忰が見出し候も有之候。とにもかくにも、校合ハうるさく、くるしきものニ御座候。

かく申候ても、尚全くハ御合点被成がたく哉と存、折から座右に有之候校合本一冊、進上仕候。これハはつかに三冊の小本なれども、校合ハいづれもおなじ事ニ御座候。抑この小冊ハ、当六月中、急に出板いたし候。これハ校合ずりなれども、全部揃ひ居候故、合巻にいたし、表紙をかけ置申候。『犬夷評判記』とハ、拙作『朝夷巡島記』『里見八犬伝』の評判をせしものニ候。此評者三枝園と申仁ハ、伊勢松坂の豪家にて、殿村佐五平也。江戸大伝馬町にも、両がへのかけ店あり、二三をあらそふ両替屋也。主人ハ松坂住居にて、紀州様御金御用達を被為命、松坂の宿老のよし。この人、本居門人にて和学者也。歌をよくよミ、和書も多くよみて、一見識ある仁なるが、和漢の小説を好ミ、就中不佞がよミ本を珍重せられ、廿年来、江戸出府のをり〳〵来訪、その後しバ〳〵筆談にて、無二の朋友になり候へども、風流文筆のうへのミの交り也。この仁、富家なれバ、最初ハふかくも交り不申候処、飽までしたハれ候故、段々とその志を見候処、富家ながら一見識ありて、米銭の事など口外せず、随分咄せる仁ニ候へば、年来他事なく交り候。此三枝園、たハぶれに拙作を評判せられしを、不佞ハ返答せしまで也。又楳亭琴魚と申仁ハ、右三枝園異母の弟にて、京四条の呉服店へ養子になり、俗名日野屋八郎兵衛と申候。この仁ハ、和漢ともに学力ハたえてなけれど、戯作執心にて、先年、不佞が弟子にしてくれと申され候へども、拙は弟子などとり候事大嫌ひ故、かたくことわり候へバ、せめて琴の字でもゆるしてくれとて、舎兄もろともの懇望、度かさなりし故、巳ことを得ず、表徳を琴魚と名づけ遣し候。不佞が作の評判を、不佞が手づから出板せんも、をこがましく恥しく候故、この琴魚の作にして出板、右評ハ三枝園、評の答述ハ不佞なるに、何分拙号ヲ第一にせねバ、板元不承知ゆゑ、御らんのごとく書著申候。琴魚ハ先年、『窓螢余譚』といふ五冊もの、よミ本をあらハし、又来春も新作出板のよし、告来レ候。学問ハなけれど、頗戯作の才ある仁ニ御座候。

右、朱だらけによごし候校合本を進上仕候事、失敬至極ニ候へども、只校合の趣を入御覧候迄ニ御座候。本はをかしからぬもの、御熟読迄もなく、引はなし、火けしつぼでも御張らせ候ハヾ、せめてもの事と被存候。

但、右呈し候校合本ハ、三番直しニ御座候。壱番弐番ト直させ候ての後、あの位の物ニ御座候。いつまでも直りかぬるところ、これを被成御覧候て、御合点可被下候。これらは戯レたる冊子ゆゑ、よしや少しの直し落ありてもよし、随筆などハ、この格にあらず、校合ニ入念候事、此十倍也。

『燕石雑志』ハ、板元大坂ゆゑ、校合只一番直しのミにて、一向行届不申、悞脱多く有之、又筆耕の書損も多し。これに懲り候故、今般『放言』の校合ハ、頗細密に仕候。

右『玄同放言』、出板次第、先づ三部呈し候様、并ニ追々外々へも御弘メ被下、十部も御かひ入レニ可相成条被仰下、大慶仕候。新板之内ハ、商物たりとも、十部も壱度に求不申候てハ、一割の上ハ引不申候へども、譬壱部たり共、八半がけニ致させ可申存候間、壱部もよけいに本捌候様、奉願候。乍去、『燕石』とちがひ、ちとから口ニ候間、捌ケいかゞと心配仕候。いづれニも出板之節、御熟読之上、無御覆蔵、御地の評判、御しらせ被下度、庶幾候。

先々便御注文『燕石雑志』、并ニ花山子画・拙賛之画幅、御落手被成候よし、安心仕候。且御叮嚀ナル御書中之趣、忝承知仕候。

十遍舎、貴宅ニ止宿の折の雑話、不佞噂等、あらましの趣、汗顔仕候。一体一九とハ、ふかくも交り不申候へども、気質ハ悪からぬ仁と見うけ申候。式亭など、ハ遥に立まさりて覚申候。如仰、一九ハ浮世第一の仁ニて、衆人に嬉しがられ候故、遊歴の先々ニても、餞別の所得格別なるべし。そこらの手段ハ、中々不佞などの不及事ニ御座候。彼仁ハ、寔に戯作一通りの仁ニ候。画も少々ハ出来候故、おのづから愛相ニなり申候。

但し、文人のかたにハいよ〳〵遠し。天晴の戯作者ニ御座候。学者のかたにハ能を妬むことなく、おのれを鋳り不申事ハ、尤賞すべき事ニ覚申候。

北馬子事、御尋被成候へども、此仁とハ十年余も交り不申候間、遊歴やら在江戸やら、一向存不申候。乍去、先月上旬、京の書肆中川新七と申仁来訪、昨日、四日市ニて北馬子にあひ候所、只今ハ剃髪被致候故、見ちがへ候と噂被申候。左候ハゞ、当冬ハ在江戸なるべし。北馬ハ旅役者になりて、年中田舎を稼ギ被申候よし、かねて風聞のミに候。彼書肆新七ハ、十四年前まで江戸にをれり。故に北馬と懇意なれバ、此噂あり。共に江戸にをる不佞ハしらぬ北馬事を、京の人が来てその噂して、はじめて在江戸をしるは、われながら浮世に遠き腐レ隠者かなと、をかしく存候。

一九への御挨拶の御狂歌、珍重々々。

恩借之古暦返上、御落手被下候よし、安心仕候。『金魚養草』、御地に御所蔵の御仁被成御座候よし、承知仕候。とても『養草』の半分も、世話ハとゞかぬ事ニ候。

カナアリヤの事、承知仕候。来年四月比と被仰下候へ共、三月より五月迄ニ雛孵り、八月ならでハ、全く成長不仕候。来八月呈上可仕と被存候。但猫ありてハ、ちと気づかハしく候。但、不佞方ニも猫を畜ひ候へども、猫も子飼よりしつけ候へバ、決して鳥にハ構ひ不申、親猫にては、ちと心もとなく被存候。この義ハ遅からぬ事、来年亦復可得貴意候。

貴宅御くらし向の事、且当秋の収斂等、御親類方御同様之御文通、甘心不少被存候。将又、御手製銘酒之事、就中甘佩仕候。不佞下戸なれども、程ちかき事ならバ、君が御手製の甘造り、一碗喫し度やうに覚申候。かく申せバ迚、遠路被贈下候事などハ、堅御無用也。脚費を口腹ニかけ候事、そらおそろしく候。他日遊歴拝謁の日にハ、ねだり奉るべく候。

不佞、近年客を辞し、諸名家とも交らざる趣、不斗入御聴候処、足下ハ左にあらず、高名の輩と多く御交り被成度思召候よし、御尤ニ被存候。足下ハ、その性大海の如く、客を愛し給ふによりて、かくの如し。是所謂長者の風あり。不佞ハ岩居飲水、隠者の趣をあまんじ候故、おのづからかくの如し。しかれども、最初より世に交らぬにハあらず、老年ますく〳〵わがまゝになり行候て、交りもうるさく覚候のミ也。この義においては、不佞ハ不佞限りの事也。足下の客を愛し給ふ事ハ、甚貴むべく賞べき事ニ候。又憚入候へども、足下と不佞との人となりを論じ候へバ、足下ハ生れながらにして、篤実清行無垢の御仁なるべし。この故に、させる学問不被成候へども、悪道に立入り給ふことなし。不佞ハ生得放蕩多欲のもの也。只学問のちからをかりて、無理にかたくなり候哉と存候。この故に、事毎に偏辟也。もしわれら、聖賢の教をしらずハ、悪道へもすゝみかねまじく候。しかれバ、不佞ハ石炭にてかためたるが如し。足下ハ自然石の如し。世の交りがいやになるが、学者の終り也。外にハ功も見へず候。御一笑。

御亡父様御遺誡を御守り被成候て、比隣の禍を御脱レ被成候よし、感佩仕候。これら、わきて真の御物語と被存候。

牛の角突力士之事、来三月ハ御直覧之上、巨細ニ御図し可被下よし、忝大慶仕候。

『玄同放言』皆出来之上、『雪譜』へ取か丶り候事、先便得貴意候趣、相違無之候。来卯年、『放言』中集、辰年、『放言』下集出来候へバ、巳年より『雪譜』へとりか丶り、午年ハ前集、大抵出来可申候。長キやうなれど、僅二ケ年になり申候。昨年、四年御まち被成候様申上候が、きのふけふの様ニ御座候。夫ニ付、来正月中、小千谷・長岡・三条・今町・与板・柏崎より海辺伝ひ、高田の大雪うつしとりの思召のよし、御苦労之義と被存候。乍去、厳寒中御曳杖ハねがハしからず候。大概にても事済可申哉、御勘弁可然候。尤、御執心の程は、感賞不浅候へども、身命に換るものなし。彼大雪吹など、おそろし〳〵。おなじくハ、御無用ニ被存候。

『北越奇談』後編の有無、田城の事等、先便御答之趣、承知仕候。

六日町御縁家一件、まづハ御利運のやうすのよし、御同慶被存候。就テハ御心配と奉察候。

（改丁。以下無罫紙）

烏欄紙つかひ切らし候ニ付、是より素紙ニ認申候。失敬御用捨可被下候。

来春、半百の御佳齢御むかへ被成候ニ付、御風流御摺物御案紙御見せ被下、いづれも〳〵とり〴〵甘心仕候。就中、歳暮の玉句珍重、什篇ハ早春の御作、おもしろく覚申候。是ハ『雪譜』の画中へ、賛に加入可仕候。御すり物出来候ハヾ、御恵可被下よし、辱被存候。

不佞ハ例の大小も不仕候。然処、下谷辺の歴々方、御慰ミに被成候御自画のすり物へ、拙句を加入仕候様被為命候。此貴人、豊国にうき世絵御学び故、豊国より此義申通じられ、豊国代句もまけにしてくれ、そして只今直ニ認候様被申候。まづ御下画を拝見いたし候処、窓の内外に美女二人立り、窓の下に梅の花さけり。よりて、彼使をしばしまたせおき、

元日はをな子の多きちまた哉　豊国代句

梅一輪窓のひたひや寿陽粧　　馬琴

と、あからさまに認メ差上申候。只言下に吐出し候と申ばかり、一向をかしからず候。

『越後名寄』、目録書抜之事、承知仕候。雪中の図御片付次第、明後年ハ江戸へ御出府之思召のよし、大慶至極、諸事期其節申候。

『胡蝶物語』『摸稜案』『質屋庫』之義、承知仕候。是ハ何かの御答礼がてら、進上仕度候。乍去、古板故、新本ハ急ニ手ニ入かね申候。来春とり集メ、進上可仕候。別段御心遣ひニ及不申候。

無拠家事養子の事故、御内談申上候通り、早速御聞済被下、来春より夏までにハ、御媒妁も可被下よし、大ニちからを得申候。尤、思召厚しといへども、相応之もの、必あるべしとハ定メがたく候へども、願くハ一日もはやく取結び、安心仕度候。此養子一議、来春より四月比迄ニ成就仕候へバ、来秋ハ大ニ身分楽に相成り、草津湯治がてら、御地へ罷越候事も出来可申候。もし秋後ニ至り候ハヾ、明後年ハ春の内、遊歴相違無之候。此一議、長引候へバ、いつまでも旅行ハ仕がたく候。草津の湯治ハ不仕候とも、御地へハ罷越、その上にて、『雪譜』とりかゝり申度心願に候。右ニ付、養子の事、とかく心いそぎ仕候。尤、銭材に拘り候義ニも無之、篤実にて相続可致仁ならバ、此上無之候。何分御心がけ被下度、奉希候。にじり書也とも、算筆少々出来、人と応答、人なみに出来、家事嫌ひでさへなけれバよろしく候。何事も天運に任せ、時節を待候より外、無之候へども、右の心願有之候ニ付、おなじくハ、一日もはやく安堵仕度候。可然仁と御見極め、大体此方注文と相応いたし候ハヾ、貴兄思召を以、相談あらまし被成候ての上、被仰下候ても不苦候。此義、内々御含ミ被申度、奉庶幾候。事成就不致候とも、格別の御心入忘れがたく、辱被存候。

「越後大絵図」一本、御写しとり被成候よし、大慶至極被存候。此方へ可遣被下候図ハ、右大絵図にも限るまじく思召候旨、承知仕候。大小にハ拘り不申、くハしく有之候へバ、足り申候。地図なくてハ、何分編述の指支ニなり申候。右著述中、御貸し被下候とも、又それ已前ニ御貸被下候ハゞ、此方ニて写させ候とも可仕候。只今は入用ニ無之候へども、右編述に取かゝり、入用之節に至り、急ニ写させ候事ハ不便ニて、調ひがたく候間、来年冬迄の内、両様之内ニて、御勝手よろしき様、奉願候。おなじくハ、何処より何処までと、里数も大かたにしるし有之候図ならバ、いよ〳〵調宝ニ御座候。明後年の春迄ニても宜候。

拙家祖先、并父兄の事など、内々入御聴候事、御挨拶にて、今更はづかしく被存候。必々右之条々ハ、御引裂被下度奉願候。

右は、神無月下旬御答申上候御再答の条々、再々御報までに文略、御用捨可被下候。

是迄認候へバ、十六日の日もはやくれ申候。暮六時比悴参り候間、いかに二見屋にて、越後の飛脚の出立を聞定たる歟と問候へバ、さン候。忠兵衛殿ニ対面、聞合せ候処、右之飛脚ハ、明朝出立いたし候と申候。尤、当月下旬にハ、今一度飛脚到着すべし。それ前にも、縮屋の帰国せらるゝもあるべけれバ、此度の飛脚ならでも、年内幸便ハあらんといへり。乍去、御状出来被成候ハゞ、今晩推かへし、花町へ持参いたすべしと申せり。不佞しばらく考て、否、今夕ハ風烈にて、寒サも一入ならん。三十余町もあらん花町へゆきて、夫より又宿所へかへらバ大義なるべし。書状もいまだ認終らず、折角、けふの校合を委ねて汝にいたさせ、北越への返書にのミ日を消したれども、短日なればとゝのハず、甚残念至極なれども、是非に及バず。さらばゆるやかに、思ふまゝ返書を認め、近日二見屋へ出すべし。かへす〴〵も遺憾の事也と嘆息して、この夜は悴と雑談に時うつり、ねよとの鐘の聞ゆる程に、とく〳〵寝るべしと悴をかへしつゝ、やがて臥房《フシド》に入りぬ。

十一月八日附郵之拙翰御報之御細翰、奉熟読候。酒顛童子・弥三郎婆々の事蹟、来四月比御〔遊〕歴之節、御地において御紀し可被下よし、大幸不少、忝被存候。

但シ、『放言』中集ハ、来正月より草稿取かゝり、三月比より板下かゝせ候心がけニ罷在候へバ、品ニ寄追加ニ可仕候。尤、図は跡ニても加入いたしやすく候間、古蹟の図など、専文ニ御うつし取被下度候。とても土俗の口碑ハ、徴としがたく候。

伊弥彦神社宝物之事、其節社家に御滞留、不寄何事、御筆記可被成旨、忝承知仕候。先便も得貴意候、此神社の什物、為朝の矢の根の事、第一ニ奉願候。但、追考未ニ有之。

雪竿の事、承知仕候。『名寄』の謬伝、さこそと存候。是ハ『雪譜』へ加入仕度候。実事、ゆる〳〵御考可被下候。

名山霊地・神社仏閣之略図・縁起、ゆる〳〵御心がけ、御取集可被下候趣、大慶忝承知仕候。夫ニ付、妻有之内、古巨碑有之よし、御弱冠之節御伝聞の事、いかなる碑にや、甚なつかしく思ひ候。これも御手段（談）を以、御うつしとり被下候ハヾ、『雪譜』中へ加入可仕候。上毛の碑の事ならバ、御うつしとりニも不及候。

今般被贈下候、紀州日高川の縁起、忝奉存候。これは不佞も所持仕候、板行少々ちがひ候のミ。とかく越後中のもの、ほしく御座候。

燕商人の燕ハ地名のよし、承知仕候。古書などにて見候ハヾ、速にハ迷ひ解がたかるべきに、御即答ニて、立地に了解仕候。実に一字の師と存候。とかく地名ハ、その国の人に問ざれバ、分解定かならず候。

鮏の事鮏ハあやまり、鮭と書クべし、巨細ニ被仰下、承知仕候。子をうミつける節、雄魚白子をひりかけ候事などハ、かねて伝へ聞所ニ候。但、先年水戸の人に聞候処、鮭ハ漁り候節、陸へ引揚ゲ、棒を以打殺スに、その魚眼をかへし、打人をにらむやうにして死スと申候。虚歟実歟、御地にハ左様の事なくて、水戸のミ歟、未詳候。雌雄の分解、忝承知仕候。如命、松前の腹赤子、并ニ鱈の子の塩漬等、甚味ひ佳ならず候。先便被贈下候腹赤子、尤珍味ニ御座候。汁に煮て食し候事ハ、江戸にてハ、豆腐の殻《カラ》汁の中へはなし候を賞翫仕候。先便被下候腹赤子ハ、塩薄キやうすニ付、ざつと洗ひ、雪花菜《キラズ》汁に入レ、両三度覆仕候後、ある人の伝達に任せ、生にて大根おろしをかけ、皿に盛り酢をかけ、少シ醤油をさし、かきまハし、食し候処、味ひ得もいハれず極妙々、汁に煮てくらふものとハ、十倍の珍味ニ候。をしいかな、この製を最後に伝聞へ候故、只壱度切りにて喫し尽し候。且、ざつと煮ざれバかたくなる事、実ニ如命ニ候。何ハともあれ、鮏の子ハ、生にて酢製にますものなし。来年ハ、腹赤子を沢山ねがひ奉り候。先年、越前のウニの塩から等、曲物入りニて、たび〳〵もらひ候へども、酒客ならねば、ふかくも賞翫不仕候。鮏の子ハ、ウニにもまして覚候。此余、御伝達之趣ニて、大ニ発明仕、忝被存候。但、鮏と鮎ハ味ひも色も異なるよし、是ハ勿論の事ながら、鮏鱒鮎《アユ》ハ江海川沢と、出生の処おなじからずといへども、天地の気を禀たる処、相似たるもの也。この論、一朝にハ説つくしがたし。無益の弁なれバ贅せず。こゝろ得候仁ニ御尋可然哉と被存候。故に不佞は、鮏を賞して鮎に及ボし候のミ也。その色と味ひを比興いたし候義にハ無之候。むかし、供御に腹赤《ハラカ》の贄と申候。腹赤ハ鱒也といふ説あり。鱒も鮏も同類なれバ、腹赤といへバ鮏の事ともいふ故に、鮏ノ子をはらゝ子と唱へ来り候。はらゝ子ハはらあか子の略辞にて、はらか子のか□を、アカサタナの連声にて、らと□かさねていふ也。

保養寒中安火の手段（談）など被仰下、忝承知仕候。乍去、平生不如意、不自由がちニ候へバ、中々左様之事ハ行届不申候。認物しかゝり、寸隙をいとひ候節ハ、たばこの火すら滅《キエ》果て、ほぐちをうち、たばこたべ候事、をり〳〵あり。これらにて、御賢察可被下候。さすり火鉢もあれど、手狭《テゼマ》にて邪魔になり候故仕舞おき、無益の物になり居候。

先便筆下の口ずさミ御褒賞、汗顔仕候。別段佳紙へ認上ゲ候様被為命、何とも迷惑仕候。乍去、辞退も又厚情に悖ルに似たれバ、則別紙に清書いたし、奉呈之候。

関東豊年、くだもの等下直之事、御答之趣、御尤ニ被存候。

孝女并ニ高年の仁、珍重ニ思召、御家内様方へも、御よミ聞被成候よし。申入候かひありと、大慶仕候。

被仰下候『集古十種』ハ、白川侯のえらませ給ふ書ニ御座候。魚沼郡松代の市ニて掘出す鏡の図、及柏崎永徳寺道風の額字、伊弥彦の神社為朝の矢根、并に上毛の碑等見え候ニ付、彼妻有の碑ハ、上毛の御伝あやまりにやと思召候よし、御尤ニ被存候。実に妻有にサル碑あらバ、甚奇也。とくト御穿鑿ありたく候。且弥彦の為朝の矢の根ハ、『越後名寄』の方、『十種』より先キ也。但、『名寄』にハ図なし。『十種』にハ図ありや、覚不申候。もし『十種』に彼矢の根の図あらバ、骨を折てうつし《写》とるも要なし。これハ『十種』を借出し、穿鑿之上、可申上候。

先達而任御懇命、不佞家譜之趣、略抄仕候て、入高覧候ニ付、貴家御伝来之趣、此度巨細に御記しの趣、感心不少、実に貌を改め、謹で再四熟読仕候。御祖父様御孝心ハ、最初ハ『蒙求』に載たる、子路負米の趣あり。後には、晋の郭巨が趣あり。これらの御孝心より、絶んとせし御家業を御引起し、天鑑神助不愆と存候。しかるに、貴兄又徳行の聞えあり。祖孫かくの如くなれバ、御寿命長久、御子孫繁昌疑ひなかるべし。又先考牧水君の御高運、終に嫡家御相続の事、この運ある故に、必死を脱れ給ふもの也。凡かくの如き人、その大なるハ国をたもち、家を興し、名を揚、その小なるものハ身を立、子孫繁昌す。嗣で貴兄の徳善一郷に聞え、領主よりしバ〳〵奨賞を受させ給ふ事、積善の家余慶あるの謂也。この一義甚感心、いつにても手透を得候ハゞ、一軸に集録し、進上いたし度候。尤、貴兄そのあらましを御認、御子孫に貽させ給ハんとの御志、尤よし。しかしながら、先考の御事ハ格別、みづからの御事ハ、御自賛に似たれバ、委しくハ書せ給ふべくもあらずと存候ニ付、かくハ申ス也。なれども、御約束ハ仕りがたし。手透之節ハ、いつやら難斗候間、中せしのミにて、長キ事と可被思召候。

御同家様御当代は、渡世御励ミ被成、追々御発迹のよし、是又御同慶仕候。わが身のミ事なくとも、同宗の憂ありてハ歓しからず、御一家繁昌、此うへあるべからずと被存候。

牧水様、御老年迄の御気質、さこそと致想像候。特に俳諧ハ御上手にて、俳書等許多御蔵め被成、近郷にしられ給ふにより、年々俳諧行脚の輩、たづね来り候ひしとの御事、是又甘心不少候。渡世俗事に賢しき人の、風流に長《タケ》たるハ稀也。是にて万事に御渉りの事と奉察候。それニ付、又わが身のうへ物語に及び候。亡兄羅文ハ、弱冠より只俳諧の一トすぢをたのしミ、はじめは法橋吾山弟子にて執行し、後ハ蓼太にも相談いたし、雪中庵の会日にもしバ〳〵出席いたし、宅にても月並の百韻、或ハ千句十百韻等、無間断なく（ママ）興行いたし候。依之、俳書も世に稀なる古書、数十部所蔵仕候キ。発句ハ巧ミに作り候事好キ也。就中、附合ハ上手かと存候。家兄在世の日ハ伽がてら、不佞宅ニても月並興行、いづれの席にても執筆仕候処、家兄没後知音なしと存、不佞ハ弗と俳諧を止メ、此後処々より判乞に被差越候巻をも、かたく断り候てより、はや廿一ケ年に及び候。ナゼといふに、近来の俳諧、一向気に入らぬ故也。尤をこがましく、笑止千万ニ可有之候へども、不佞ハ自得の俳諧にて、師といふものハなし。七歳の春、

　鶯のはつねに眠る座頭かな

と口ずさみ候。此時ハ、父在世の日にて、殊ニほめられ候ヲ覚居候。

父没後十歳の夏、

　門ド〳〵の菖蒲も枯れて蝉のこゑ

このとき、双松庵戸外といふ俳諧師、蓼太弟子にて、門前に居られ候に見せ候へバ、甚しくほめられ、手づからこの句を短冊に認られ候を覚居候。

十一歳の時、人々前句をするに、われもせんとおもひて、ちかい事かな〳〵といふ題を得て、

　かよひ来る千里の道も一トときに

十四歳の冬、故ありて主家を退身するときに、障子にかきつけて、つかへ奉りし郎君に見せ奉りし遺書の末に、

　木がらしに思ひたちけり神の供

この余、数百句ありしが、只今ハミな忘れたり。十六七才より、家兄とゝもに、只管点取をのミ楽しミにせ

しが、廿四のとき、今の俳諧を看破り、まづ連歌の意味を自得し、夫より狂歌の点取に長短を争ひしが、三四年が程に、是もその非なる事をさとりて、本歌をよまんと思ひしが、歌をよむにハ、古歌をしらずハあるべからずと思ひ、歌書を多く見たり。その後、又思ひ候ハ、歌書ハ見ても古歌を解し得ずハ益なしと思ひ、専ラ古歌を解す事に心を苦しめ候ひしが、その後又思ふやう、詩歌連俳ハ学者の末芸也。ねがハくハ真の学問をせんと思ひこみ、是より俳諧にも狂歌にもこゝろをとめ不申、人に好れ、或ハ思ふ事をいふたりけり（ママ）にて、ふかく考て句を煉ることなどハ決してせず。故に今ハ愚にかへり、歌も発句も人の耳にとまるやうなるハ、一首一句も吐出し不申候。廿余年前の発句狂歌にハ、われながら及び不申候。是、ふかく意をとめざる故也。乍去、俳諧の古実と、発句に連歌と俳諧と平話《タヾゴト》との差別ある事、附合に三句のわたり、附ごゝろの自他等ハ、古人再来すとも、口をあかせまじくと存候。今のはいかいの発句を見るに、やすらかなれバ俳諧なく、連歌の非なるものになり、左もなきハ平話《タヾゴト》多し。況附合などハ、あらぬ姿になりゆき候。蓼太ハ近来の俳諧師也、しかれども学力うすし。吾山ハ学力相応にあり、しかれども発句もつけ合も下手也。乍併、この両老は、近来肩を比るものあらずと覚候。かく認候うち、両の脇に翅生ひ、鼻おごめきて延るやうに覚て、われながらそらおそろしく候。御一笑。

（今はいかいを好む人、多くハ師説を受ざる故に、古式をしらず。人の発句を見てよしといふハ、わが好む所にちかき故よしといひ、わろしといふハ、わが好ク所に遠き故わろしといふ。かくてハ、その取捨公論にあらず。況点者を業にするものハ、よくてもわろくても、一巻相応に点を出さねバ、渡世繁昌せず。その点取に勝たるものハ、みづから上手也と思ひ、人も上手也といふ。この故に、真の俳諧師世になくなり、真の上手も世に稀也。これら、知己ならでハ申がたき事ニ候。御他言、必々御用捨可被下候。

（貴兄御多能にて、番匠のわざ、塗師のわざ、何くれとなく被成候よし、一家の主人たるもの、万能に渉り候事、誠に一家の幸ひニ候。殊ニ渡世を先にして、楽ミを後にするとの事、寔以感伏仕候。その御商売がたのしミなれバ、是にますものなし。渡世の余力に風流を捨給ハざる事、ます〳〵よし。商売用の余力にする風雅こそ、誠の風流なるべけれ。乍去、人々大かたハ風流に耽りて、渡世がよそになるもの多し。貴兄の如きハ、実に稀也。又枕引ハ、近郷に敵手なしとの御自賛、又童相撲にて膂力の壮衰を試ミ給ひし事など、御気性にわかき所あり。これ只御長寿の象とこそ存候なれ。御弱冠の日と、近来の御大病の御様子、はじめてその詳なる事を承知仕候て、御高運を祝し奉り候也。かくまでの危窮を脱れ給ひて、ことなき半百の嘉齢ヲ迎給へバ、今二十ケ年ハ、御壮健疑ひなかるべく候。且御多用也とも、思慮を費し給ふにあらず、常住坐臥、運動に間断なければバ、中々に御保養になり可申候。人のまめやかなるハ、腹内無病にして、精の壮ゝなる故也。彼諸葛武侯が、前後に魏と呉の大敵を引受て、暗主を輔佐し、多事にして食すけなく、遂に五丈原に卒するがごときと、御引くらべハあるべくもあらず候。如貴命、何事もその気質の禀たる所に従ふものなれバ、不養生も天命のしからしむる所なるべし。鳥ハ飛かけるものなれど、水鳥ハ静也。人も亦さのごとし。陽の勝たるものハ運動を好ミ、陰の勝たるものハ閑静を好ミ候。その命ハ、おの〳〵長短等しからず。是も亦天の命ずる所なるべし。

御家内の御人別まで御しるし被遣、忝奉存候。実に是千里合壁、親類に異ならず。はや貴宅に数日滞留仕候て、帰府後のこゝちに罷在候。

一二見屋忠兵衛殿も、御地出の御仁のよし、此度の御状にてはじめて承知仕候。いつまでも飛脚の取次ハ、彼仁ニ御たのミ被下度候。甚老実の仁ゆえ、都合御互に便宜を得申候。忰宅などへ御届ケさせ被成候てハ、彼仁却テわろく思ひ候事もあるべし。ケ様の仁ハ、実意を以せらるゝ事故、いつまでも不相替を歓び申されんと存候。いかゞ。

右、十一月八日出拙翰の御再答の再々報迄、如此
　御座候。

追啓

前文得貴意候、『胡蝶物語』『撲稜案』等古板之義ニ付、只今新本有之候へども、今便ニ進上仕度、工夫仕候所、板元ハ本所松坂町なれバ、拙宅より一里半も有之、其上節季にて、日雇人足も不自由ニ候へバ、承りニ遣し候事、不任心底候。これハ、春ゆる〱穿鑿可仕候事、勿論ニ候へども、『玄同放言』、この度の間ニ合不申候ニ付、初春御旅宿の御慰ミにもやと存、『胡蝶物語』前編五冊、もちふるし候へども、不佞所持の本を、まづ進上仕候。是ハ五冊を一冊ニ合巻いたし候。かくせざれバ、年々著述物ふえ、箱ふたげニ候故也。後編もとり揃へ、進上仕度候へ共、只今急ニ見え不申候。いづれ来春、前後編取揃、進上可仕存候間、強テたづね不申候。一体前編より後編の方、愚意にハ得意の作故、はやく取揃、御めにかけたく候へ共、右之仕合故、今便ハ前編斗進上仕候。御笑納可被下候。『質屋庫』ハ、板元大坂ニ御座候間、来春大坂へ申遣し、是又新本出来居候ハヾ、早々進上可仕候。もし新本出来居不申候ハヾ、及延引可申候。古ル本を進上仕候事、失礼至極ニ被存候へども、右之仕合にて不得已候。何分御海容可被下候。

御地ハ海辺ちかく候故、海苔などハ品々沢山ニ可有之候へ共、浅草海苔ハ品川沖のミに限り候歟と覚申候。むかし大森の漁戸、浅草川にをりし時よりうり来り候へバ、今ハ浅草河にてとらず候へども、浅草のりと唱へ来り候。これ将春ハ、御地へも多く可参品ニて、めづらしからず候へ共、何も存付無之候ニ付、少々進上仕候。よろしく候ハヾ、亦復春進上仕候。此海苔を夏迄も貯候にハ、些シ火にあぶり、青竹の筒へ入れ、風の通さゞるやうにしてをけバ、色も香もうせ不申候。あぶらずともよし、もみてこまかにして筒に貯へ、入用の節、少しづゝ出し、はやく口をしておけバ、秋迄もたもち申候。江戸にてハ、春日貴賤日用の食菜にて、

八杯豆腐、蕎麦のやく味等、此ものなくてハあるべからず。好むものハ醤油をはぢきかけ、炙りて茶漬の菜にいたし、或ハのり鮓にして、多く食し候。毒なし、但し日々多く食へバ、黄疸を患ふと方書にあれバ、毎日多く食ふべからずと存候。

（一九子作『膝栗毛』続編『金の草鞋』とやらんへ御加入の御約束にて、御地の熊とりの事御したゝめ、彼方へ被遣候よし。いと興ある事ニ可有之候。乍去、あまり戯れたる草紙に、はじめより貴名流布いたし候へバ、世の人真の御徳行をしらねバ、只書のうへをのミ見て、牧之といふ仁ハ、ひたものたハぶれたる浮世人也とのミ思ふべく哉、これ徳の害也。後年に至り、『雪譜』成就いたし、長くその本行れ候へバ、貴名ハ永代のこり可申候。かならず〳〵、一時に名を弘めんと被思召まじく候。はやく名の高くなる人は、さめるも又はやし。こゝらのさかひ、不佞十年来後悔いたし罷在候間、失敬をかへり見ず、注寸志奉り候。

（京都の東美氏土卯子ハ、不佞もしる人にて、俳諧は自負の仁ニ候。しかるに、歌舞伎役者と親しく交り被申候故、芝居好といへバ土卯と、人々合点するやうになりゆき、人物と気質と高キにハ似ず、世評ハいたくいやしく聞え候に、はいかいのすり物などにも、役者の発句中へ、もつぱら句を出され候故、心ある人ハ、はいかい辺も不信仰になりゆき申候。土卯といへば、京摂にてしらぬ人ハなけれど、何分芝居好キの垢ぬけ不申、きのどくニ存候。これら、俳諧するものゝ、こゝろ得にもなるべき歟と存候。但シ、それも世わたりの為ならバ、不得已ゆゑ也。よりて心ある人ハ、その才を愛して、なか〳〵に許すべし。彼仁ハ渡世にあらず、気韻ハ甚高し。只瑕疵ハこの一義のミ。毎度窃に嘆息いたし候事ニ候。

（末尾一葉、罫紙）

この他の心事、期来陽永陽之時候。恐々謹言

戌十二月十八日　　滝沢解

鈴木牧之賢契

梧下

20　文政二年四月二十四日　只野真葛宛

解と申は、やつがれが実名にて候。通称は、
元飯田町中坂下南側、石灰屋と八百屋のあはひにて、引入れたる路次のうちなる正面、出がうしあり。

滝沢清右衛門

これ亦、御こゝろ得の為、書そへまゐらせ候。
いぬるころ、はじめてさとさせたまふかず〳〵、あからさまにこたへ奉りし、よろづなめなるをもとがめ給はで、ふたゝびとはせ給ひ《(ふ)》ける、御消息のねもごろなる、まのあたり見参に入るこゝちにて侍りき。春もやゝ暖に成候に、いよ〳〵ます〳〵御機嫌よくあらせられ、めでたく賀し奉り候。さては御先祖、并におほ君、又御はらからのうへをさへ、つばらかにしらせ給ひしにより、かねてよりさあるべく思ひながら、今更にうち驚候まで、かしこしと見奉りて侍り。誠に御家がらは、名だゝるとのゝのちにて、殊に数世御こゝろざしをうつされず、聞にすらいといさましきは、さすがに御先祖のなごりを念ひながら、いと有がたからんと見奉り侍り。今とても、紀のくにとの也、気仙の殿なり、御家二かどに立せ給ひて、たぐひ多からぬ主をもたせたまへば、なほかくてもあるべきに、あまたなりける御はらからも、なごりすくなく、世をはやうし給ひたるは、いかなるまがつみの神のわざにや、いといたましくこそ思ひ奉れ。つきては、とほつおやのうへさへに、世にしらせまほしくおもひ入らせ給へる御こゝろざしにこそ、いとめでたく思ひ奉れ。よにをの子と生れながら、をな子のこゝろざまなる多かり。まいて、をうなにして、をのこだましひは、いと〳〵有がたし。彼『烈女伝』などいふものにはあらはれしが、多くもあらぬにてしりぬ。誠に君は、をうなにして、をのこだましひましますなるべし。只君ひとはしらのみならず、御いろとの尼君の、こゝらへ御消息給りしによりて、はじめて御はらからの、たゞ人にはましまさゞるをし

れり。いろとの君は、御筆跡は文章ともに、きみには少したちあがらせられたる方おはしますにや。御こゝろざしのたくましきは、君ことにひいでたまへるかと、とり〴〵にこゝろひとつの品定めして侍るも、いとなめげなるわざなるべし。神むすびのかみのひが事にや、かゝる姫とねを、などてをとこには作り出し給はざりし。かならずよ、をのこにて、このはらからましまさば、きと名をもあげ、家をもおこし給はんになど、そゞろに思ひやるにつけても、まづなみだのみはふりおちてせんすべなし。七はしらのはらからを、秋の七くさにたぐへ給ひし御文章、いとあはれにはべり。御うたは、いづれも万葉の風調をうつし給へる、とり〴〵にいともめでたし。こはしばらくこゝにとゞめて、いとまあるをり、うつしとらばやと思ひ侍り。そをゆるさせ給へかし。むかし尾はりの殿につかへ奉りし、しら拍子武女が「みちのき」は、君にもけうじ給ひける。それは村田氏の引直されしところ〴〵もありとか聞ながら、文章の殊にめでたき、をうなにしては、今の世に多く得(待)がたからんと、感じのゝしり侍りしが、秋の七くさはそれにもおとらず、殊によろづ御こゝろのまことより、のべもしうたひもし給ふわざなれば、うらがなしさ、いはんかたなし。そのたぐひにはあらねど、やつがりも、はじめハはらからなゝたり侍り。よたりはあになり、ふたりはいもと也。この四たりの兄は、いづれも世をはやうして、或はあげまき、あるハはたちあまり、或はよそぢを限りにして侍りき。いづれもやつがりには立まさりたるかたありて、ものゝふのこゝろざし、いと堅固に侍りしかど、みな子といふものなかりしかば、家はあとなく絶侍り。のこれるものは、いもとのみに侍れども、かれらはよのつねなるをみなにて、こゝろざまいと浅はかなれば、よろづ言葉がたきになるよしもなし。わがさちなきにて、君のこゝろばへをも、やしほに思ひやり奉るにこそ侍れ。よに知音は得がたきものなればこそ、博雅は琴のをゝたちて侍れ。はらからといふとも、こゝろざしのあひたらんはまれなるに、こゝろは手製のうつはものゝ、各片われのごとし。夫婦とてもしかなるぞ多かる。こなたの蓋にはあひがたし。さるを、はらから御こゝろざしをひとつにして、先祖の御名さへあらはさんとはげみ思し候事、たれかは感じ奉らざるべき。しかれども、事のなるとならぬとは、すべてあまつ神だちのわざに侍れば、ならずとてうらみ給ふにもあるべからず。一旦の名は、なきのちに聞えずなりゆくが、おのづからなるいきほひに侍れば、かく申にて候。それをいかにぞといふに、すべて板し侍るふみには、禁忌の事をゆるされず。『独考』にあらはし給ふことは、おほく禁忌にわたり侍り。その禁忌のすぢをけづりとりては、板するもえうなし。やつがりがとしぐ〵あらはし侍るさうしに、この禁忌をのがるゝを、第一のつとめにし侍るをや。それもふみやにかたらはで、みづから板にゐらせたまはゞ、ゆるさるゝ方も侍るべけれども、さでは世にひろまる事もまれ也。ことにみまきのさうしを板するには、こがねあまたつひやすわざなれば、たやすからず侍らむか。しかはあれど、かの『独考』を二三まきうつしとりて、心ある人にしめしなば、十人に二三人は、うつしとゞめんとするものあるべし。それより又うつしうつしせば、ながく写本にて伝り侍らむ。この伝ると伝はらぬとは、そのふみのよしあしによることにて、あながち板せしゆゑに、ながく伝るにもあらず。写本なりとて、のこらぬものにも侍らねば、そはものよくと、のへて後に、はかりごと侍るべし。とにかく眼前の事をな思し召されそ。のちぐ〵まで彼の学制《（ママ）》の、ながく伝らむ事こそと思ひ奉り候。つきては、『独考』のうちに見え候、水のうへにあつまるむしのことなどは、禁忌にかゝづらひしこともなく、殊に御説あたらしく見奉るに、この一くだりを、おのれがあらはせる『玄同放言』のうちへかき入れ、くるしからずは、みちのく気仙の真葛女の説として、あらはし侍らばやと思ひ候。ことしつぎてあらはすみまきは、人事の下、器材の部にて侍り。来年あらはす所なん、生類・雑の部にて、や、一部の書の功をはり侍れば、この生類の部へ、水上のむしのことをばくはへ侍りてん。

もの、本に御名あらはしおき候へば、おのづから世の人のしることとなれば、後に『独考』の世に出んときに、さては、かねて聞ぬる才女の、『独考』は是なりけりと、人々はやくおもひつき侍らむとおもはる。もちろ『独考』は著作の事、又くるしからずは、長井の御末などいふ事も、それとはなしにほのめかしおき侍らんや。是にはとにもかくにも、おぼしめすまに／＼つかまつるべきことなり。なほかのむしのことにのみも限らず、禁忌なき御説は、とり／″＼にひろうし侍るべしとぞはかり奉る。まごゝろかしこき御こゝろのすゑに、露ばかりのかたう人はありけりとおぼしめされよ。それも、たはぶれたる草《（厚）》紙のはしなどへくはへ候へば、いとはやくひろまるべけれど、さではのち／＼のためにわろし。随筆やうのものならでは、あたら御説も作り物語のやうに聞えて、学びの愚なる人々は、こゝろをとめて見もし侍らじ。まこと、世の中はむねくるしきものにて、ふるきあたらしきふみや、心のうへ、或は人のをしへになるべきよきふみは、見る人まれなり。

よにふみほど利の為にせざる事なければ、ふみのみやびをよろこばず、俗にちかくいまめかしきものは、利の為によろしきことに侍れば、これらの外に、歓びて板に彫るは、いとまれに侍り。歌・文章などの、をり／＼板し侍るは、おほく弟子をもてる人にて、こなたへ何十部かひとり侍らむなど、はじめにやくそくして板に彫らせ、或は密にこがねをよせて、刻行はかりごとをせるもあり。殊に名高く聞えたる、江戸にては春海・千蔭、儒者には北山・鵬斎なども、古書にすがりて自説をあらはせるのみ、みづからの著述は、いと／＼まれなり。伊勢なる本居宣長こそ、著述さはなるめれど、それすら『玉あられ』『字音かなづかひ』『漢字三音考』のたぐひ、のべて作らざる字書やうのものは、今に行れ侍れど、『玉かつま』などいふ随筆ものは、今は人々すさめざるにや、ちか頃はそのふみの直段、いたくいやしくなり行き侍るにてしられたり。『古事記伝』は、彼人生涯の大著述にて、いとよきものなれど、あたひ貴ければ、今に持見ざる人多かり。みやびのふみは、今の人のあらはせるに、いとよきものも侍れど、いさゝかもあやまつあれば、のゝじりそしるのみに侍れば、ふみ屋には、みづからまなこありて板行するものならぬに、このそねみごとを聞て、げに利の多からぬはこの故にこそと、思ふこゝろつかざるはなし。歌文章、一くだりのふみすらかくの如し。まして人のをしへになるさとしごとは、ひじりのをしへといふとも、好みてよむ人まれなり。すゑ〴〵なる世の人ごゝろ、名聞利よくにさかしきのみ。身のおこないざまのわろきを、はぢにせざればなるべし。いとうれはしくかなしき事に侍らずや。よきふみのおこなはれざるは、かしこき人のもちひられざるにおなじ。人のをしへになるべきふみのおこなはれざるは、いさめごとのきかれざるにおなじ。あき人の利よくにふけるは、もちろに侍れど、今の世は武士も十人に八九人は利をたづねざるはまれなり。禄（録）たかく仕をもく、つねに上下引かけて、いといかめしげなる、或ははかせなどよばれて、人の師となりつゝ、ひじりのをしへをさへづり侍るも、はた利の為にして、おこなひざまにはくさみあるも侍り。かたちはいかにもうらやむべき人々なるも、こゝろざまのいやしき、かたはらいたきも侍るめれば、おのれは露ばかりも身のいやしきをはぢとせず。口とおこなひとひとしからで、心のいやしきをはぢ侍り。むかし名だゝる武家の、あらずもなりゆきぬるは、世にいくばくといふかぎりあるべからず。先祖はよろしきとて、その子孫、先祖のこゝろざしにおとり侍らむには、よき先祖もちたりとはいひがたし。又先祖は一国の受領にて、子孫は民間におちたりとも、そのこゝろざし先祖にも立まさらば、盛衰はとかくにいふべからず。身のいやしきとて、はぢならずとこそ思ひとりて侍るはひが事にや。こゝろはうへより見えぬものに侍れば、身をみがくが如く、心をみがく人のなきぞかなしき。此ごろは、殊にふでにいとまなく侍れど、いかで、このかへし奉りなむと思ひつゝ、ふたよさばかり、ほそきともしびにさしむかひて、おろかごゝろのまに〳〵かいつけたりし事なれば、てにをはのうちたがひたる、文字のゆがみたる、いとくだ〳〵しき事のみに侍るべけれど、そはよろしく思ひとらせたまひてよ。さてかくなん、おもひつゞけ侍り。

わが宿の花さくころもみちのくの風のたよりはいとはざりけり

なほ申べき事あるも、あまりになが〳〵しきは、うるさくぞおぼしめすべき。尚かさねて雁のつばさをまちてこそ、つばらには申べけれ。あなかしこ

あやまたず君につきなん帰雁霞がくれにことづてし文

弥生廿四日　　解

真葛賢娘へ

御もと人々

21　文政二年八月二十八日　小泉蒼軒宛

本月上旬貴翰、御地大和屋茂兵衛殿、依幸便御持参、忝致拝見候。秋冷之節、弥御安康、奉賀候。六月中、鈴木牧之殿帰郷之砌、御返翰一封委遣候処、相届候よし、今般御示ニ付、致承知候。其節、牧之子任指図、地図・『道しるべ』御恵被下候当礼までに、拙筆致進呈候。定テ御不用之品ニ可有之存候へども、寒家重貺ニ報ひ候品無之、不得已仕合、赧然之至御座候。乍去、御朋友がた江被遣候よし、せめてもの事と存候也。

一、牧之子とハ、数年文通いたし候処、彼仁より無拠たのまれ、殊ニ先年より、いろ〳〵わけ合も無拠事ニ付、『越後雪譜』と申書、著し候つもりニ相成候義ハ、かねて御承知之段、文略いたし候。右ニ付、貴家御父子様は、年来越後地図、御あみたて被成候ニ付、御穿鑿抜群のよし、牧之子噂にて、粗承知之上、先達而御恵被下候地図拝閲、且此度委曲被仰下候ニ付、いよ〳〵

甘心不少候。右ニ付、『雪譜』に入用之品々、御心付被成候分ハ、御資ケ被下候様、奉願候処、今般、『越後碑銘集』一冊、并「新潟地図」御恵ミ被下、千万々々忝仕合奉存候。『碑銘集』は、御控本ニ候へども、当今御入用之儀も無之間、緩々熟覧いたし候様被仰下、別テ忝奉存候。とくト披見いたし候処、いづれも寛文已来之新碑也。古碑はひとつも無之、大ニ望ヲ失ひ申候。且、如此一本ニ集録いたし候もの有之候得者、それを亦『雪譜』へ加入いたし候てハ、をかしからずと存候。乍去、何処にハ何の碑、何の処ニは何の碑ありとのミしるし候ハヾ、事足り可申存候。依之、右惣目録のミ写し留、本はそのまゝ致返進候。御控本之儀ニも候ハヾ、まづ〳〵御取納め置可被下候。尤、『雪譜』著述ニ取かゝり候ニハ、今より両三年も立候て、『玄同放言』不残著し終不申候てハ、創しがたく候。万一其節、亦復見申度儀も出来いたし候ハヾ、重テ可奉願候。且又「新潟図」は、当夏中牧之子被参候節、彼仁の蔵書を貸し被申候間、則留置、所持いたし候。一本有之候へば間ニ合候ニ付、是又乍失礼、返上いたし候。御取納め可被下候。外ニ未見の地図、或は里数等、くハしくしるし候もの、御所持ニ候ハヾ、一覧いたし度、奉願候。

一、唐柳が辞に倣ふとにハあらねど、拙者事、弟子とりいたし不申候趣、牧之子より御承知ニは候へども、御懇望之由ニて、入門被成度趣御示之条、御厚篤之儀承知、何共迷惑仕候。弟子とりを致さぬと申事、一わたりニ御聞被成候てハ、いな事の様ニも可被思召候。依之、不省失敬、愚衷を述候。御他言御無用可被下候。

○儒仏両道、并国学詩歌連俳之徒ハ、道を売り、弁を鬻、門戸を張り、徒弟を集め、をさ〳〵生活の一策にし候へども、拙者事ハ、何も人に教候すべを知り不申、不得已草紙物語など書ちらし、衣食の資ケにいたし候へども、是以ゆめ〳〵よき事とハ思ひ不申。畢竟しやれがかうじて、渡世ニなり候事ニ候。詩歌連俳とちがひ、なが〳〵しき著述ハ添削もならず、又各その才に任するものなれば、教候事もなりがたきものニ御座候。

依之、壮年より、決して弟子をとり不申候処、十四五年已前、諸方より弟子入りいたし度よし、縁をもとめて被申入候仁、数十人有之、或ハ雅名・堂号をつけて貰ひたい、琴の字をつけて貰ひたいなど、懇望のやから少々ならず。その中ニは権家、或ハ無拠内縁などを以、申入らるゝ仁も有之候。此いひわけにハ、殆困り候処、ある人の謀を以、入門ハ金何百疋、琴の字を遣し候ハ金何百疋と、相場を立候。これ尤野鄙ナル事ニて、甚不本意ニは候へども、無是非、右之方便に任せ候へば、果して右之束脩に恐れ逡巡して、入門沙汰ハやみ申候。是全く一時の権謀ニ候也。しかれども、多人数の中にハ、それニも屈せず、右之束脩を以入門し、琴字を乞候仁少々有之。無是非、任其意候ハ、嶺松亭琴雅節亭琴驢、後に、山鳥とあらたむ 柯亭琴悟、六々斎琴鱗、擽亭琴魚など、数人に不過候。扨、右之人々、をり〱被参候ても、存候外ニて、拙者教候処ハ、儒学和学之事第一、忠孝五常の道、行状の得失、古今の治乱などの外ハ、うき世雑談だにせず、会日ニハ『老子』、并ニ『荘子』を講じ候て聞せ、戯作などすべきものにあらずと教訓いたし候故、その人々案に相違して、いつとなく疎遠ニなり果候へども、かねて期したる事なれバ、此方より疎遠を咎不申。只今ニ至り、二季の束脩、はじめにかハらず志を運び候ハ、櫟亭琴魚一人ニ御座候。但この仁ハいせ人にて、年来京都ニ住居いたし、当秋より大坂江引うつり被申候。この仁ハ篤実人にて、拙者が清貧を助ケ候志あつく、その身富ムにハあらねど、志の大かたならぬに愛て、そのおくりものを受ざる事なく、心の及び候程は、無覆蔵をしえ申候へども、此方より弟子とハ不申、今以朋友の義を以、文通いたし候。これらの趣、御勘考之上、無拠義と御賢察可被下候。しかれども、謬テ拙者を景慕被成候を、いかでか等閑ニ存候べき。何事ニよらず、心の及び候事ハ、御相談可致候。よしや拙者弟子となり給ハずとも、御才子ニ被成御座候上、尚御年わかの事、追々御雅名発し候はん。いと〱末たのもしく被存候。詩歌連俳、戯作など、皆風流のあそびにて、文学の末芸也。仮令上手ニなりたりとも、身の為・人の為にもならず。和漢の書籍を看破して、身をおさめ非をなさじとするの外、学問ハこれあるまじく存候。名利を好むも人のやみがたき処なれども、才あり智ある人の、後世ニ名の聞えざるはなし。しからバ名を好んより、学ぶニしかずと存候。いたづらに博覧と称せられ、或は口に聖教をさへづりても、行ひ聖教にもとり候てハ、名の高キも虚名也。学者・物しりも羨ムに足らずと存候。学ぶ事ハ誰も学び候へども、行ふことのかたきを思へば、かくハ申にて候。かく申せバ、尤をこがましく候へども、拙者事、近来遁世の志やみがたく候ニ付、風流の交りといふことをやめ候て、独楽にのミ引こもり居申候。依之、遠近より書をよせられ、或ハ来訪せらるゝ仁も多く候得共、皆病ひに託して、辞して対面不致候。然るに、貴君御事ハ、御地の地理にくハしくあらせられ候へバ、文通いたし候様、牧之子すゝめに任せ、辞退も不申、当夏不図申かハし候処、今般亦復御細翰、御懇篤之趣も粗承知致候ニ付、かくの如く吐肝胆候事、全く夙縁のしからしむるにやと、宿世あやしく存候。依之、今般御状御持参被下候、大和屋茂兵衛殿ニも早速対面いたし、御安否承り届、扨この返翰を委ね申候。一ㇳたび交るにおいてハ、事々実意を尽し候半と存候故のミ。左なくてハ、遠国より書状被相届候仁などに、是迄対面いたし候事無之候。高ぶり候儀ニは、決して無之候へども、応対面倒なる故也。これにて御賢察可被下候。拙者、近来多病にて、遠国の文通も煩しく、すべて交りを辞候へ共、縁ありて交るにおいてハ、その煩しきをいとひ不申、まのあたり対面いたし候て申述候如く、意を尽し不申候てハ、不実と存候故、如此御座候。大かたは心のあふ友ハなく候故、交り不申候。これらの趣、御賢察可被下候。実意を以、われを慕ひ給ふ仁には、われも亦実意を以交らざることなし。先方よりあきられ候へば、それまでニ候へバ、又うらみもなく候。只いさゝかも諂ふことなく、愚ながらも、思ひのまゝに忠告いたし候半と存候のミ。御一笑々々。

一、『放言』江、田代七ツがま加入いたし候様、牧之子噂ニて御承知被成候処、七ツがま、彼仁図し候は不宜候ニ付、御尊父様より御写し可被下哉之旨、忝被存候。七ツがまは、『雪譜』へ加入いたし候事ニて、『放言』へハ加入いたし不申候。『雪譜』著述ニとりかゝり候節ハ、何分真景ニ御図可被下候様、奉願候。彼仁、とかく麁忽の癖有之様ニ存られ候へバ、安心不致候。『放言』へハ、上州の両山の不二を加入いたし候。右両山ハ、リヤウヤマと唱候よし。これも牧之子、仮名つけずに認被差越候故、リヤウヤマヲフタヤマとかなつけ、出板之上、右之非ヲ被申越、迷惑いたし候事ニ御座候。右両山之図、并銅堂、及神前の掛鏡・仏像等、あら〳〵牧之より図して被差越候へども、牧之子が彼山へ登り候ニは無之、人の口より聞候を写し候へども、書中にハ牧之が登山せし趣にしてくれと、内々被申越候。乍去、地理ハ間違有之候てハ、傍難遁れがたく候故、甚不安心ニ候。もし其御父子様、右両山へ御登り被成候事も有之候歟、或ハ真景の写し御所持ニ候ハゞ、御恵ミ被下度、奉願候。御尊父様御筆にて、見わたし一頁江右之真図ヲ御認被下、又一頁に銅堂の真図と、神前掛鏡の真図ヲ御写シ被下候ハゞ、そのまゝ板下にいたさせ、御名を後につたへ申度候。尤、来早春までにて宜敷候。其外、北越の海獣一ツハ海坊主の類、一ツハ海獺ノ類、とて、牧之子より図して被指越、并ニサトリ魚とて、喙に剣有之魚ヲ図して被指越、何分『放言』江加入いたしくれ候様、被申候ニ付、まづ取あへず惣目録に出しおき候へ共、再考いたし候へバ、彼魚の図どもハ、牧之子まのあたり見て、その時写しおかれしにもあらず、後ニ人のいふがまに〳〵、筆に任せて被図候物故、定テ間違可有之候。しかれバ、その図を著候てハ、傍難脱がたく可有之哉。さバれ、惣目録ニ出し置候故、今更除去り候事もいたしがたく候間、只その魚の噂を、かろく書あらハし候テ、図ハ出し不申方、可然哉と存候。もし右之魚の写真、御所持ニ候ハゞ、御見せ被下候様、奉願候。よしや御所持ニ無之候とも、御懇意中ニ所持之仁有之候ハゞ、御写しとり可被下候。外ニ写真の図なきにおいては、右之魚之図ハ出板いたすまじく存候。

六足雷獣の図など、誠に牧之子の為にあらハし候へども、図説とも、追々ニ間違多く、三度認被指越候へバ、三度まちがひ有之候。尤、右雷獣ハ、虚談を承知ニてあらハし候へバ、いづれニても宜敷候へども、さすがに地図など間違有之候てハ、尤遺憾之事ニ候。

　但此一条、鈴木氏はさら也、御懇意中へも御噂御無用、御秘し可被下候。尤他聞を憚り申候。あなかしこ。

一、先達而御恵被下候御著書『越後名よせ（マヽ）』初編、并略図之内、少々訛謬有之候よしにて御示し被下、委細致承知候。著述ハとかく誤りあるものニて、ゆめ〳〵御不穿鑿故とハ不奉存候。拙者など、いつもせハしく著述致候故、尤誤多く、後悔のミに候。既に『放言』初編ニも誤字、或は点のつけちがひなど、清書之節にあやまられ候も不少、追々見出し、後悔いたし候。いさゝかのあやまりヲとやかく難じ候は、著述をせぬ人のさかしらにて、作者の苦心をしらぬ故也。書の巧拙ハ、その作者の事業にある事ニて、少々のあやまりハありとも、ふかく咎ムべき事にあらずと存候。但此度ハ、御教諭にて発明いたし候。地理ハ、他郷の人のしらぬ事なれども、その地の人ハ小児もあやまりを難じ申候半歟。其よし、後編に補正被成候ハヾ、子細も無之事ながら、右図并書とも、御地頭より絶板被仰付候よし、尤遺憾の事ニ候也。御苦心あだになり候事、いかゞのわけ合に候哉、うち驚るゝまでニ候也。しかる上ハ、当夏御めぐミ被下候図、并ニ『道しるべ』、ます〳〵秘蔵可致候。

一、尊大人、先年佐渡江御渡海之節、龍燈松・苔梅等、写真に御写し取被成候よし、はやく承知いたし候ハヾ、『放言』植物ノ部へ、右之図加入可致候処、時節おくれ、遺憾之事ニ候。拙者先年著し候『烹雑の記』などハ、一時の慢筆にて、今さら取るに足らざるものニ候。石井静蔵は知る人ニ候へども、七八年疎遠ニ罷過候也。

一、五合庵著述の『北越の雪』『末の露』『吾妻の道の記』『春日の永物語』『春の夜の独言』等、見候哉と御尋之趣、致承知候。右之書、江戸へハ不致流布候ニ付、壱部も見候事無之候。彼大徳ハ歌よミのよしに候へバ、定テ歌よません為の筆記ニ候歟。もし『雪譜』書述の資本《(考の資)》ニもなり候書ニ候ハゞ、見申度候。又歌・和文のミの書ニ候ハゞ、急ニ見不申候てもあるべく候。いづれも板行ニ哉、価いか斗のものニ哉、委細ニ承り度候。

一、加賀金沢・武蔵辻より江戸までの道中記、諸書を引用して、くハしくしるせるもの御取持のよし、珍重被存候。借用いたし候も遠路之事、脚賃の費可有之候。是は折ヲ得て、貴地へ杖ヲ曳候事などあらん折、一覧いたし度候。

一、拙著『青砥藤綱摸稜案』、并『胡蝶物語』之事、牧之子より御聞入被成候よしにて、右之本穿鑿いたし、今便ニ可指出旨被為命、本代金弐百疋、茂兵衛どのへ御附属、もし不足ニ候ハゞ、彼仁より勘定可被致候間、受取候様、御細書之趣、致承知候。尤、新本出来合無之候ハゞ、古本ニても不苦趣、是又致承知候。右板元ハ本所松坂町ニて、拙宅より両国橋ヲ隔て丶一里余有之、当時無僕、不都合ニハ候へども、早速板元江申遣し候処、その内少々切もの有之、古本とても貸本ニいたし候外、売物ニハ佳本、早速手ニ入りかね候。然ども右板元ハ、則『弓張月』板元ニて、恩義も有之候間、不足之分ハ、茂兵衛殿御逗留中ニすり立候て、間合せ可申候よし、申来り候。右之本、今日迄ニハ出来之約束ニ候間、昨日悴へ申付ケ、今日本所へ罷越、右之本請取来り候様、談じおき候間、夕方迄ニハ悴持参可致と存候。直段ハいまだしれず候間、此義は別紙ニ委細可得貴意候。依之、文略いたし候。右之外に、『昔語質屋ノ庫』と申よミ本、拙著ニ先年著し置候。いかゞ、被成御覧候哉。是ハ昔よりいひ伝へ候俗説を、狂文にて弁正いたし、いと興あるものニ候。板元ハ大坂ニ候間、江戸には新本・古本とも稀ニ候。去年武家方よりたのまれ、大坂へ申遣し、両三部とりよせ候事有之候。狂歌堂、尤甘服のよし、先年賞嘆せられ候事も御座候。是等も不被成御覧候ハゞ、御地に所持の人あらバ、御かり出し被成候て、御覧被成候様奉存候。

一、『玄同放言』紙標札御入用之よし、被仰下候趣、致承知候。是ハ、江戸ニて看板と申もの、事なるべし。右看板ハ、うり出し已前、板元より処々の本屋へ引候のミにて、常ニハすり不申物ニ御座候。依之、穿鑿いたし候へども、板元ニ無之候。尤、右之板ハ有之候へども、一枚斗すらセ候事もいたしがたく候。尚又処々尋候処、ある本屋に、春中より店ニはり置候分一枚有之、大ニ煤気だち、見ぐるしく候へども、まんざらないと申よりまさらん歟と存、乞うけ候て致進上候。其外めづらしき新本の看板、御入用と被仰下候へども、只今ハ新本出版の時節ニ無之候間、看板類無之候。当暮より来春迄の内心がけ、めづらしき看板見かけ候ハヾ、その板元ニ乞受候て、可致進上候。左様御承知可被下候。

一、『筑前続風土記』、直段いか斗致し候物にやと御尋之趣、致承知候。右ハ大部物之上、写本にて板行ニ無之候間、本一向払底にて、中々一ト通りの書林ニハ無之候。先年、よき写しの美本壱部、ある本屋より見せに参り、代金弐両三分のよし申候。壱分位ハまけ可申存じ候へども、其節金子不手廻りニ付、乍残念、直もつけずに返し申候。其後、右之本、一向見かけ不申候。広キ江戸の事故、くハしく穿鑿いたし候ハヾ、あるまじきニあらず候へども、たづね候へバ、なか〳〵高料ならでハ売り申すまじく候。其上、全部揃ひ候本ハ、世に稀ニ候。又写しのよき本もまれに候。かへす〴〵も、先年件之本かひ入レ不申、生涯右之様なる美本に出あひ候事、有がたかるべく存候へバ、残念只この一事ニ候。是等之趣を以、大抵御承知可被成候。

一、日本橋榑正町御姉夫様御方迄、書状差出し候へば、相届候よし、御教諭之趣、致承知候。御名前ひかへ置可申候。

一、右来問一綴、御ケ条之趣を追て、貴答如此御座候。乍序、御断り申置候。気分勝レ不申候節歟、或ハ著作に取かゝり候節、御状被下候へば、不省失礼、御返事及延引可申候。無拠節ハ当用のミ、取極之御返事いたし候事も可有之候。此儀、かねて御許容可被下候。

一、忰へ御伝言、忝奉存候。尚亦宜申述候様、御挨拶申
候。多々期鴻便候。恐々謹言
八月廿八日　　　　　　　　　　　　　滝沢解
小泉善之助様
人々　梧下

22　文政五年閏正月朔日　篠斎宛

（端裏書「閏正月朔日出」）

尚々、去年来、無拠せめを塞ギ候筆すさみの下書、只今机の引出しより出候ニ付、備御笑申候。御高覧後、御引捨可被下候。御めにかけ候程のものニは無之候へども、板本にせぬかやうのものハ、その人限りニてうづもれ候故、せめて君の御高評承度迄ニ御座候。

早春貴翰順着、伝馬町御店より被相達、忝拝見仕候。近来御業体、殊更御繁多のよし、かねて承知仕候ニ付、遠慮いたし、久々御安否不相伺候処、今般、右御繁多之趣、巨細被仰下、さこそと想像仕候。風流は家業之余力なれば、御不音をさら〳〵御如才とハ不存、蔭ながら歓び居候事ニ御座候。右之一議、去秋迄ニ大かた御成就のよし、御大功御勤労、奉察候。扨又、当春ハ

御家事御祝義事等有之、御令甥様御婚義等、御世話多くあらせられ候よし、珍重奉存候。おのれごとき清貧のものすら、一日も寸暇無之候へバ、ましてやさあるべき御事と被存候。そが中にも、月並御集会などハ、か丶せられず候御事、御数奇のほど、奉感候。『放言』御跋文延引ハ、くるしからず候。その訳、下に注し可申候。

一、去年二月比呈し候、こぢつけの議論は、もはや事済候なごり故、貴答ニ不及趣、御尤ニ被存候。論じつめて益なき事ニ被存候。あのま丶御うち捨之義、よろこび入申候。

一、拙著『放言』三集之事、御尋被下、御書中之趣、承知仕候。かねても一寸申上候歟、右随筆物は、とかく大ぼね折レ、そのくせ書肆も利の為にハ、さまで歓び不申候。しかれども、書候て遣し候ハヾ、ほり立可申候へ共、何分随筆にとりかゝり候てハ、腹合甚むつかしくなり、戯作ハ一筆も出来不申候。さて、右随筆にそのとしをくらし候てハ、甚不経済ニ御座候。且又、引書ニほしき書籍、買ひ入レ候事も多く、彼是に損ありて益すけなく候へバ、不本意ながら、両三年休ミ候て、『八犬伝』『巡島記』之両編、不残あらハし終り、机上の手透になり候節、ゆる〳〵『放言』の三編にとりかゝり可申候ト被存候。夫迄、命だに恙なく候ハヾ、著し置候目録、不残全部いたさせ候はんと存候。その間、いろ〳〵考候事も多く、とし久しく貯置候て（ママ）ハ、後悔も少く候間、これハ、出板ハ急ギ不申候。右ニ付、跋文も当時ハ入用ニも無之候。四編出板已前ニは、御案内可申上候間、其節ハ必々、貴文御恵ミ可被下候。去春出板之『放言』二集ハ、定テ御覧被成候御事と被存候。大かたハ御気に入らぬ論のミ故歟、御覧被成候哉否だに未承候は、遺憾之仕合ニ御座候。大ていの読書の人すら、『八犬伝』『巡島記』の噂ハ不絶いたし候へども、『放言』の噂ハいたすもの、稀々ニ御座候。書肆の歓ぬも尤千万なる事哉と、一笑仕候。

一、『巡島記』五編、板元手遠ニ付、初校ハ忰へ申付ケ、うハ直し斗拙者いたし、二度め校合は琴魚様ヲ労し候ニ付、彼御方より、あらまし御聞被成候よし、承知仕候。それも、板元甚急ギ候間、四冊ニて出板のつもりニ御座候。四冊ニてハ事足り不申候。五冊ニても、なほ仕込の場ニ御座候。五冊果て、岩神の段大場にて、専文ニ御座候。此段甚長し。この三の切果て、朝夷が鎌倉入ニなり候。かゝれバ、鎌倉の段ハ、六編の三冊めあたりより末々迄也。鎌倉へ追込候ては、御説のごとく、正史実録に縛られ候故、却をかしからず。そこヲ又切ぬけ候趣向も御座候。何分ニも長キ物ニて、実ハ倦果候故、はやく切り上ゲ度存候へども、止場もなく、何編ニて終り可申哉、只今ハ難斗候。いつまでも坂元ほり立候ハゞ、嶋めぐりまであらハし可申候。乍去、昨年より三都書林申合せのよしニて、まづ稿本ヲ三都の書林中へ不残見せ候て、いよ〳〵故障無之と申候ヲ承り届、其上ニて改方名主へ出し、尚又改ヲ受、又その上ニて出板ヲゆるし候故、ことの外時日おくれ候事ニ御座候。此度、『巡島記』出板之及延引候も、これらの故に御座候。ケ様にむつかしくのミなり行候間、板元もホツトいたし可申候。左候へバ、すゑ〳〵迄ほり立可申哉否、難斗候。いづれニも臨機応変ニて、只今ハ決しがたく候。俗にいふ、天道まかせと存候のミ。

一、『八犬伝』五輯、前の未進之一冊ヲ加へて全六冊也、去冬十二月下旬迄ニ不残稿し了り、此節板下も大てい出来申候。しかるにこの板元、近来山師になり候て、手づかみなる計校のミに加り、肝心の定業を外にいたし、去九月中より、亦復大山事ニ取かゝり、専ラその事にのミ昼夜苦心奔走して、『八犬伝』出板の事ヲ身ニ入不申様子故、五輯之出板、三月比ニなり可申哉、もし秋迄持こし可申哉、難斗存候。右五輯三冊め迄は、信乃・額蔵等がなごりの一議ニ御座候。四・五・六ト三冊ハ、道節がなごりの一段ニて、就中、五・六弐冊ハ大場也。甚書とりがたく、ごたつく場ニて、大骨ヲ折り候。其内、あたらしき趣向も御座候。出板之節、とくと御熟覧之上、御高評被成下候様、奉仰候。よほど再遍御考無之候へバ、作者ノ用心御見おとしあるべき歟と存候ほどの事也。そこらハ、はやく御目にかけたく存候。四編までに大ていしつくし候処、又あたらしみヲ得候事、一朝の苦心にあらず、君ならでハ、よく〳〵御見届被下候仁、稀なるべしと被存候。乍去、とかくあらぼりにて、読にくゝ御座候。三冊まではほり立出来、残り三冊、当春よりほり立申候。近来、江戸・大坂共、拙作よミ本、大悪ぼりにいたし候故、校合にほね折レ、新にあミ立候より苦しく御座候。何分出板ヲ急ギ候へども、板元右之始末故、困り果申候。御遠察可被成下候。

一、当春拙作合巻もの、三組ニ御座候。早春、不残、琴魚様へハ進上仕候。彼御方より御噂可有之と被存候。その内、『鏡が池』といふ合巻、聊得意ニ御座候。御見あたり被成候ハヾ、御高評可被成下候。

一、『青砥石文』、被成御覧候よし。右之書、坂元不埒ニて、校合なしに出板いたし候故、甚殺風景、失面目候くだり〳〵、多く御座候。乍去、当地ニも評判相応のよしニ御座候へバ、御同慶仕候。如貴評、勧善懲悪を手づよく示し候が、拙者癖ニ御座候。しかれども、一体淫奔の御趣向故、已ことヲ不得候段、多く御座候。よろづ御猜覧之上ハ、不及多言候。

一、龍爪筆之事、去冬琴魚様迄相願候処、御承知被下、今般御書中之趣、承知仕候。手がるく御手ニ入候ハヾ、いつなりとも御手透之節御求、被遣可被下候。去冬ハ十五本斗ト申上候へども、おなじくハ三四十本ほしく御座候。大てい一ケ月ニ六七本づゝ遣ひ候故、十五本ニてハ、両三ケ月の用ニ立申候。並便ニ候ハヾ、飛脚やへ御出し被下候ても不苦候。乍去、あまり高料ニ候ハヾ御見斗、中ずみヲ御とり、御下し可被下候。御多用中、ケ様之事迄ニ奉労、恐入候仕合ニ御座候。

一、琴魚様御縁談、いよ〳〵御整熟のよし、千秋万歳御同慶仕候。当月十六日比御入家のよし、早春十五日出之琴魚様御状ニて承知仕候。まづ〳〵、於貴兄御安心之御義と被存候。

一、扨、是迄は貴諭之奉酬ニとり紛れ、御礼申おくれ候。御とし玉として、韓天寿一行書御投恵被成下、千万々々忝仕合、珍蔵可仕候。田必器ハ、一枚蔵弆仕候へども、天寿の書ハ無之候処、是ニて両筆相揃、大慶仕候。

一、白石筆迹之事被仰下、御書中之趣、承知仕候。四五ケ年前、鵬斎塾生由緒有之、白石の書数枚所持いたし、鵬斎極メ之文ヲ添、うり物に出し候よし、及承候へども、其比早速求候仁多く候間、只今ハ無之候。たづね候へバ高料ニて、且偽筆多く御座候。向後心がけ、真迹見あたり候ハヾ、早速注進可仕候。

一、忰へ御言伝被成下、忝被存候。彼も何かせわしくいとなミ候迄ニて、いまだはかぐ〳〵敷も無之候。其上、彼聟養子などいふものも、折々世話いたしくれ候仁も有之候へども、塩目しかと不致候もののミにて、今に熱談いたし不申候。むなしく光陰ヲおくり申候。御賢察可被下候。

一、去冬寒中ハ、あたゝかなるかた、凌よく御座候処、元日小雪後、厳寒にて凌かね、六日夜より七日終日大雪、十三日比迄甚寒、十四五日比より寒もやわらぎ、中旬後、度々細雨ニて、世上おだやかに御座候。正月二日より、去冬のしおくれ著述のダメヲさし、今以せわしく罷在候間、如例乱書失敬、御海容可被下候。尚、永日ゆる〳〵可申承候。以上

閏正月朔日　　馬琴

三枝園大人

梧下

23　文政六年正月九日　篠斎宛別紙

（端裏書「正月九日出」）

以別紙啓上仕候。旧臘は度々之大雪にて、近年ニ不覚盛寒、寔ニ凌かね候。御地も御同様と奉察候。寒過候而、立春比より南風ニて、昨今は俄ニ暖気ニ御座候。天道人を不殺、老人之得意、尤歓入申候。さて『八犬伝』出板、段々及延引、定而御待かねと被存候。かねて申上候通り、板元は大慾の仁ニて、一昨年九月比より、大山事ニとりかゝり、身上ヲ粉に飾候処、その山はづれ候ニ付、去秋中より漸『八犬伝』出板の催し有之、諸方の他力ヲ乞ひ候て、ほり立候様子ニて、九月比より色めき申候。然ル処、一昨年四月比より、二三冊ほりニ出し置、其後彼山事ニて、一向ニ打捨置候事故、板木師方ニても、写本ヲ板へはり入レ、油ヲ引候まゝニて、凡一ケ年余打捨置候上、板木師喜作病気ニて、一向埒明不申候。板木師も不足のミ申候て、遂に及確執候ニ付、人ヲ以板木とり戻し、外へ誂候へども、昨冬十一月比の事ニ候へバ、諸方ニて受取不申候。埒もなき仁ニほらせ候上、只管ニ急ギ候ニ付、甚しくほり崩し、一向ニよめぬ様ニしちらし申候。其上、画工柳川ハ、当春より上京ニて、四の巻より末は、いまだ画も出来不申候。去冬十月に及び、画工英泉に画せ、絵ハ早速出来致候得ども、板木之方、右之仕合故、画も甚しくほり崩し申候。去十月中より、校合ヲ悴へ申付候へども、板木埒明キ不申候。十二月ニ至り候てハ、悴も多用故、拙者方へ引とり、校合いたし遣し候得ども、板木師、何分身ニ染ミ不申候故、校合おなじ事のミに日ヲ費し、三度め四度めと、度数かさなり候のミにて、半分も直り不申。然ル処、『巡島記』五編めハ、『八犬伝』と交易之約束故、大坂よりすり本下し不申候処、九月比より『八犬伝』出板之趣ヲ以、『巡島記』五編のすり本を呼び下し、十一月中旬、江戸うり出し致候処、待かね居候事故、四百部の本、只半日にうり捌キ候よしなれども、『八犬伝』五編すり本ヲ登せ不申候ニ付、大坂より当地わか林迄、きびしく度々の催促ニ候間、わか林も甚困り、もし『八犬伝』のすり本ヲ不渡候ハヾ公訴すると、やかましく申候へども、何分『八犬伝』の板、揃ひ不申候而、壱の巻の本文斗すり候而登せ、跡は一向埒明不申候間、若林ニても疑ひ、いよ〳〵むつかしく申ニ付、丁子屋といふ仁、中へはいり、段々扱ひ、けふハわたす、翌は渡スといふのミ、やうやく十二月廿日比、板ハやうやくほり上り候へ共、何分前書之大悪ぼり故、校合かた付不申候。終に十二月廿九日迄、校合させられ候得ども、春江残り申候。あまりの事ニ呆れ果候故、その儘にて、跡ハ校合いたし不申候。定而右之わけ合故、大坂へハろく〳〵校合もせぬすり本ヲ登せ候事と察し申候。『八犬伝』五編めハ、一昨午年四月中より著述に取かゝり、夏の内四冊書遣し、そのとしの冬迄に、六巻不残書終り候へ共、凡三年越に相成り、その上ニて大悪ぼり、校合行とゞかぬ様になりゆき候事、是非もなき仕合ニ御座候。右之趣候へバ、当二月比ニハ、大坂ニて売出し可申候。六巻の内、二・三・四と三冊、別して悪ぼりニて、且校合も行届キ不申候故、ほり損じ等、多く可有之候。出板之節、その思召にて被成御覧可被下候。一昨年の冬は、『巡島記』の悪ぼりニて、甚気色に障り、琴魚様迄奉労候処、此度の『八犬伝』ハ、又それニ十倍の労ニて、こり〴〵といたし候。尾陋の事ながら、渡世の上ヲ以申候へバ、よミ本ハなか〳〵引合ひ不申、合巻の草紙の作の方、保養ニハなり不申候得ども、寿命ニ障り候事もなく、その上潤筆のわり合、甚よろしく候故、已来ハよミ本ヲやめて、合巻の作のミ致し候半と存候。依之、『巡島記』六編も、まづ〳〵『八犬伝』の日よりヲ見合せ候事故、筆をとゞめ置申候。しからバ、よミ本の潤筆ヲ増して書くがよからふと申仁も候へども、当時之勢ひにてハ、潤筆ヲまし候とも、否と申板元ハあるまじく候得ども、左様ニてハ貪るに当り、彼「戒之在得」といふ聖教ヲ忘るゝに似たり。所詮、不書不取の廉にます事あるべからずと思ひ決め候。近年八万に不精ニ相成り、著述も思ひ起ス事、甚いやになり候上、著述の外にもわづらハしき事有之、且新に作り出し候より、却テ校合のかたに日も多く費え、手間も校合のかた、多くかゝり候事ニ御座候。かやうの馬鹿〳〵敷事ニ寿命ヲ損ぜんより、手がるき合巻の作、遥にまし申候。

一、合巻も去年中、板元中に少々意味合有之候て、終にせり合ニ相成り、彼是わづらハしく候間、是幸ひと断り候て、去年ハ弗と著述ヲ休ミ候つもりニいたし、家記の草稿にとりかゝり候処、秋後ニ至り、合巻板元打寄り、日々参り候て、拙作無之候てハ、渡世の差支ニ相成候故、何分旧来之板元へハ認くれ候得と口説立、多分の賄賂ヲ行れ候得ども、一向ニ受ケ不申候得ば、校合料と称して、忰方江多分のもくろくヲ贈り、それをも辞し候へども、何分泣キ附候而、とう〳〵忰ヲ口説おとし、忰も共々すゝめ候事故、無拠九月廿八日より、一向に考不申候而、合巻草稿に取かゝり、十二月中迄ニ、六冊物合巻弐部、四十丁物弐冊、十五丁物三冊、已上板元四軒へ認遣し候処、六冊物合巻弐部ハ、十二月上旬ニ製本出来、うり出し申候。四十丁物ハ、板元風邪ニて打臥、画工豊国も腫物ニて禁筆の時節故、出板いたしかね、当秋出板のつもりニ成り候。十五丁物ハ前編のミ故、これも当春、跡十五丁認遣し、当冬出板のつもりニ御座候。凡六十日足らずに、合巻四通り、丁数百五丁認遣し候得ども、よミ本壱部認候半分程も、ほねハ折レ不申候而、潤筆もよミ本五冊作り候より、甚わり合よく候故、利の為には、よミ本の作をするハ、俗にいふコケの様ニ被存候。御一笑被成可被下候。

一、さつぱりとすぢヲ不考ニ、さぐり〳〵、手紙ヲ認候如く、壱丁画ヲ稿し候てハ、かき入レいたし候内、跡ヲ考、段々追々に書つぎ候得ども、いづれも評判よろしきよしニ御座候而、板元達歓び申候。われながら、不思議の仕合ニ被存候。

○さて、当冬出板之合巻は、

　『もろしぐれ紅葉の合傘』

これハ、一昨年の冬十二月中認候処、当年へもちこし候而、十月中出板、十二月下旬ニ至り、凡八千部うれ捌ケ、板元ニハ本壱部も無之故、俄ニ追ずりいたし候よし、十二月廿八日ニ、板元より申来り候。次ニ、

『女夫織玉河さらし』

これハ、十二月六日ニ出板。拙作おそく出来故、製本多く出来かね、同月下旬迄ニ、凡二十日斗の内なれど、五千部本ヲ捌キ候よし。次に、

『あぶら橋河原祭文』

これハ、十二月十七日にうり出し候処、評判よろしく候よし。何ほど本出来候哉、いまだ不承候。此内、『玉河さらし』ハ、近年の合巻のよし、大評判也と、板元より大歓びの一礼申来り候。いかゞ可有之哉、これも不思議のひとつ也。近年ハ、ます〳〵戯作ヲやめたい〳〵と存候得バ、却テ年々にふえ候のミにて、勢ひ已ことを得ず候。生涯この一筋につながれ候因果にやと存候へバ、われにアキ候事ニ御座候。是又御一笑と被存候。

一、毎年、越後の友よりたのまれ、拙作合巻二三十通りづゝとゝのへ候て、遣之候。去暮も、右かひ取候序御座候。『紅葉の合傘』は、はやう出板故、定テ御覧被成候半と奉存候得ども、跡二通りハ、旧臘おそく致出板候故、御地江本廻りかね可申候と存、右之序ニ、二通り買取置候ヲ、進上仕候。御覧後、お子様方へ御進物ニもと奉存候のミ。

外に、去年たハぶれにうつしとり、戯れに書ちらし候もの有之、これもとし玉にそえ、進上仕候。御笑覧可被成下候。この条ハ、別して貴評ヲも承りたく被存候。○よミ本と合巻ハ、一体作りかたのちがひ候処に、よく〳〵御心ヲつけられ、御高評被成下候様、奉祈候。よくもあしくも、すゑまで不考ニ、三十丁ヲわづか十日斗ニ書了り、それでも一部ヲなし候処の手づまヲ御覧被下候様ニ奉願候。右、このいさゝげなる進上物ハ、去年御多用中、龍爪筆など、早速御下し被下候御厚志にすがり、此度も又々ちと〳〵奉労度一義有之、その礼がてらに奉呈候。故なくて、拙作ヲ売弄仕候義ニは

無之候。御高評も承りたく、前礼後議の微意ニ候へば、御笑留之程、奉希候。

毎度御労煩奉願候覚

一、龍爪筆　　十本
一、董法草書　二本
一、天朗筆　　五本

右、御序之刻御買取、御幸便ニ御下し被成被下候様、奉願候。毎度、唐紙・絹地などに染筆之節、近処ニハ俗筆匠のミにて、こまり申候。董法草書ハ、トウキセウ《董其昌》流の筆歟。天朗と申も、いかなる筆にや、未知候得ども、龍爪之趣ニてハ、定而可然筆と存、先づこゝろミに、少々願ひ奉り候。御多用中奉労煩候条、無心之至り、何分可然御取斗被成可被下候。さのミ不急事故、御手透之節ニてよろしく御座候。次ニ、

○稲毛紙たばこ入レの紙、代壱匁づゝの処二枚斗、これ亦、御序ニ御求メ被成候て、御下し被下候様、奉願候。是も急ギ候事ニは無之、御幸便次第ニて、いつにても宜候。当地にも、いなげたばこ入、取次看板見え候へども、彼つぼやのにせ物のよしニ候へバ、おなじくハ、正物之方ほしく存、奉労候。

一、素絢画家へ、一幅たのミ申度事御座候。今に恙なく、京に居られ候哉。これは忰へ遣し候品ニて、

きぬ地　横一尺七八寸、二尺斗にても。
竪ハ右に準じ。

右一幅の内へ、大汝尊と神農ヲ画キ、大汝尊ハ極彩色にて、神農ハ草画のやうにいたし候てハ、いかゞ可有之哉。しかし、先年文晁に画せ候大汝尊と神農と、これは唐紙半切づゝニて、二幅ニ御座候。画の出来、さのミおもハしからず候故、素絢子ニ画せ候而、一幅ほしきよし申候得ども、何分潤筆の処、多くハ出し得不申候。依之、内々御問合せ申上候。南三位の潤筆にて出来可申候ハゞ、御面倒奉願候。これハ別して不急事、一両年中、貴兄御上京之節など、御直ニ御たのミ被下候様ニ奉祈候。但し、大汝と神農ハ、文晁にて所蔵致候得ば、それヲやめにして、大汝尊と少彦名命にいたし可申哉。それも片より候故、彼新羅の王の病るとき

に乞れしかど、新羅王の死するとて何かあらんとて、つかハされざりし《(ざしり)》医官この人の名、只今急ニ思ひ出されず。定て御案内の事故、くハしく注するニ不及候。と、漢の張仲景と、一幅の内へ画キ候方、いよ〳〵よろしからんと被存候。和漢の人物ヲ、一幅の内へ画キ候事、画工ハ難義ニ可有之候へども、二幅にいたし候てハ、誰も所持いたすべきもの也。それヲ一幅ニするが、却テめづらしく、且表装も廉にて、貧書生の為にハ便利の故の事ニ御座候。これらの趣ヲ以、貴兄の思召ヲ御さし加へ、いづれとも奉任候間、御序之節、御あつらへ被下候様、御面倒奉願候。御多用ハかねて存候ニ、無心之至り、思召恐入候得ども、急ギ不申候へバ、御序之節ヲ以、御とり斗ひ被下候ハヾ、大慶可仕候。

一、琴魚様よりも、久々ニて、旧臘不相替、歳末之御状被下候。先比ハ数月御上京のよし、いつも御壮健ニて、歓び入申候。とかく今に御浪人のよし、この一事のミ心痛仕候。しかし、御浪人ニても、御不自由ハあらせられまじく候へども、わが身に思ひくらべ候得ば、何分御片付の事、奉祈候のミに御座候。

一、略義ながら、忰事もよろしく申上度よし御座候。尚、いろ〳〵申上度候得ども、畢竟ハ無益の雑談、御多務中、貴覧も御面倒ニあらせらるべくと被存、他は期永日之時候。恐々謹言

正月九日　　滝沢解

殿村篠斎大人

梧下

24　文政六年八月八日　篠斎宛

（端裏書「八月廿五日出」）

一筆啓上仕候。先以秋暑退兼候処、錦地御揃、御清福被成御座、奉恭喜候。然ば、当春御状、其節順着、其後引続御差下し被下候、御年貺の龍爪筆十管、并ニ御面倒奉願候、稲毛たばこ入之紙二枚、是は如月廿四日ニ着仕候ニ付、早速以書状可奉謝候処、二月初午比より不慮之災厄出来、此節迄も一向不得寸暇、心外疎濶ニ罷過申候。右災厄之儀は、後文ニあらまし可申上候。将又、かねて御多用中、いろ〱御面倒奉願候京都名筆、右ハ御地ニ無之候ニ付、琴魚様方江被仰遣、琴魚様より御求被下候而、御指下し可被下候条、御案内被成下、御多務之御中、種々御厄介罷成、左程之事とハ不奉存、後悔千万、恐入候仕合御座候。其後、右董法・天朗之両筆も、琴魚様より御下し被下、慥ニ落手仕、千万〱忝仕合被存候。右筆代、早速琴魚様迄差登せ可申候処、前文之災厄にて、一向ニ及延引、永々代銀御取かへ置被下候条、何分気之毒千万、汗顔之仕合ニ御座候。則、今便、右筆料足も、琴魚様江返上仕、拙家災厄之義も、あらまし申述、延引之申訳仕候。乍併、琴魚様、春中ハ勢州江御用向にて御立越被成候由、被仰下、其後ハ御便りも承り不申候。今程は大坂ニ被成御座候哉、京都に歟、尚御地に歟、難斗被存候間、右壱封も貴家様へ差向ケ、今便壱処ニ差登せ申候。是又乍御面倒、御幸便之節、琴魚様江御届被下候様、奉頼候。

○龍爪筆之義は、十管、御年だまとして御投恵被成下候由、甚気之毒、恐入被存候へ共、御芳意ニ任せ、奉拝受候。千万忝仕合、毫楮に尽しがたく被存候。たばこ入紙代、是も右之仕合にて、伝馬町御店迄さし出し候いとま無之、及延引申候。やう〱此節、右代料、伝馬町御店迄差上置候。左様御承知可被下候。二月廿四日ニ着之龍爪筆、并ニ稲毛油紙之壱封、はじめて今日開封いたし、拝見致候仕合ニ御座候。是にて万事御遠察可被成下候。

一、右董法草書・天朗之両筆之儀ハ、甚了簡ちがひいたし、やはり状がき位之筆ニ可有之与存、御面倒奉願候処、両様とも書家之用筆にて軸ふとく、大字書キニ御座候故、中々愚拙などの悪俗筆の手にかなひ可申筆ニ無之候。就中、董法草書筆之儀ハ、一銭三分ト報条にしるし有之候故、左様と心得罷在候処、琴魚様より唐毛の董法のよしニて、格別高料之方、御下し被下候。是又御心を用ひられ候御儀ニハ御座候得ども、何分愚拙の手に不叶筆ニ御座候故、甚後悔仕候。軸ふとき筆は、平生細書のミ認候故、一向とり扱ひ候事、叶ひ不申候。これもほどちかき処ならバ、龍爪筆ととりかへ申度存候得ども、何分遠方の事、其儀もいたしがたく、いかゞ可致哉と、自笑仕候事ニ御座候。とかく近年多慾にて、かやうの麁忽之儀、度々後悔いたし候事御座候。御一笑可被成下候。

一、当春、紀州江御用筋ニて御出かけ被成候間、御帰路はよしの山の桜御遊覧之思召のよし、定テ佳興無限御事と奉察候。御多用中も御風流御捨なく、一段之思召、甘心仕候。

一、去年来、御一家様御吉事ニて、わきて御多用のよし。乍去、御吉事にて御いそがしきは、いさましく被存候。生平御多務中、御細書被下候は、別して御煩しき御事、御厚情、千万忝奉存候。其外、当春之御請、逐一申上度候得ども、何分今以多用、今日、雨中半日之いとまヲぬすミ、此状やう〳〵認候故、御請略文、一々申上がたく、すべて事済候義は省キ申候。失敬御高免可被成下候。已下、拙家災厄之一条、これも、入御聴候も無益に似たれども、今日迄疎遠之申訳迄ニあらまし認、入貴覧申候。

一、愚息宗伯義、生得虚弱ニ御座候上、老実の性にて、当世のわかきものニ不似候而、六ケ年已前、別宅致させ候後は、医業と日々之くらし方にのミ労し候故歟、年々病身ニ罷成り、三四年来は夜学等いたし候へば、眼中ニ赤キ朱のごときもの生じ、夜分ハ寐うなりヲいたし、一夕に一両度大声ヲ発し、その上、眼力としぐ〳〵にうすくなり、十六七才より眼鏡ヲ不用候てハ、書ヲ見候事不成、一昨年より手ふるへ候而、物を書候事、甚遅筆ニなり候。何分捨置がたき様子ニ御座候間、服薬ヲすゝめ候得ども、灸治・薬湯ともに甚嫌ひニて、一日〳〵と過行候処、当二月初午比より、俄ニ寒熱つよく、一朝頭をふり出し候て、跡へ引倒され候程の事、其上腰に磐石ヲ着ケ候やうにて腰立不申、一トかたならぬ病症ニ御座候故、打驚キ、早速懇意の医ヲ招キ、見せ候処、脚気のよしニて、療治いたし候へ共、させる効もなく、其後諸医に見せ候へバ、或ハ痼癖と申、或は痿躄ト申候。忰もはじめハ脚気と存、中比は痿躄ニ可有之与存、自分の量簡をも加へ候て、本方別煎、日々六帖づゝ、腹薬無間断用ひ候へども、させる功無之候。とかくする程に、三月五日は奉公人出がハり時ニて、一僕ニいとまヲ遣し候得ども、早速代りの僕も無之、老妻壱人ニて、看病行とゞき不申候故、三月四日ニ忰をバ拙宅江引とり、明神下別宅は老妻一人守り居候故、夜分は拙者罷越候而止宿いたし、早朝ニ飯田町へかへり候て、忰の看病致候処、三月下旬より老妻脚気肢満にて、惣身はれ候て打臥申候。依之、拙者事ハ明神下へ罷越、老妻の看病いたし、是より明神下へ止宿して、五六十日、本宅江はかへり不申、忰の看病ハ、娘ニまかせ置候得ども、何分老妻大病故、忰義も安心不仕、日々杖に携り、明神下へ罷越候て、母の胗脈仕候へバ、病人両人の薬ヲ煎じのませ候事も、拙者一人故、世話ふえ候得ども、忰ニ来るなとも申がたく、いとゞ心労の上に心労のミニ御座候。この騒ギにて、三月もむなしく過ギ候へども、主人并ニ老母大病中、気もしれぬ僕は、抱候ても却テ心配ニ御座候故、素生のしれたる慥成奉公人ヲと吟味いたし候内、時節おくれ候故、いよ〳〵可然奉公人ハ無之、四月に至り、やとひ婆々でもおけと、すゝめ候物も有之候得ども、其節、中々やとひ位ニてハ間に合不申、われ一人くるしめバ、両三人の奉公人にます事あらんと存、飯ヲ焚キ水ヲ汲ミ、その間ニ老妻の薬を煎じ、ねせおこしヲいたし、取次をもいたし、門の掃除、日々のかひ物にも夜中出歩行、夜伽もいたし候故、五六十日は、夜中一時とハねぶり不申候。初三十日斗の内ハ身骨いたミ、甚心労に覚候得ども、終にハ下司業に馴レ候て、身分ハ却テすこやかに成り候様ニ覚申候。かやうの難義を経候て、やう〳〵五月下旬ニ至り、老妻ハ本復いたし、五月晦日ニ床揚ゲ候後、老女の大病後故、盆前迄は、物の役ニ立かね候ひしが、追々全快いたし、只今は全く平生体ニなり候へ共、宗伯事ハ、とかく今以同様ニて、一日よけれバ二日わろく、凡千七八百帖薬ヲ用ひ、手をかえ品ヲかえ候て、種々療治いたし候得ども経験うすく、困り果申候。病症、実ニは、まつたく癇労ニて可有之と被存候。老妻全快後、六月下旬より、宗伯義も明神下宅江よびかへし候処、今に一僕一婢も無之仕合ニて、病あがりの老妻は、はか〴〵しく役ニも立不申候。悴明神下へ帰り候後は、夜分は拙者事、飯田町本宅江罷帰り、毎日早朝より、明神下へ罷越し候而、万事の世話いたし候事、今日迄も間断無之候。はじめ春二三月比、悴病中、右之宅家相わろく候故、かやうの災厄にかゝり候など、申もの有之。一体悴宅ハ、先住の人、三分一ヲしきり、東の方ヲ人にかし置候故、そのまゝに買とり、住居致し罷在候。右之隣人ハ、研師にて博徒故、一向つき合不申候へ共、壁隣の事故、日々気に障り候事多く、これも悴が病ひの一つになり候。愚拙是迄、家相などいふ事ニハ、一向拘り不申候へども、何分家内のもの、げにもと存候て、彼是申候間、所詮他地ヲ借り候て、家を引せんと存候内、彼隣家、うりものニ出候故、買取候へども、六七年住あらし、その上古家のミにて、建具も無之、高直の売家にハ候へども、他地江引せるにハますべしと存、高料ながら買取候て、四月下旬より、まづ前後の塀垣をつくりかえ、五月に至り、塀垣ハ成就いたし候。これも老妻大病中、日々職人入込ミ、愚拙壱人にて茶ヲ煮てのませ、且普請場の見廻り等致し候キ。冗紛さこそと御賢察可被成下候。その後、六月上旬より、家相見の申スにまかせ、家作にとりかゝり候処、大工棟梁不埒ものにて、最初の見つもりより三倍の物入多く、やうやく本月六日ニ大工の手ヲ引せ、四五六七八月と五ケ月、普請の混雑ヲまじえ、何事も世話のミふえ候て、殆倦果申候。右普請いたし遣し候ハヾ、少しハ宗伯が保養のひとつにもなり可申哉と存候処、大工横着にて、かやうに長引、その上、存寄通りニも出来不申候故、却テ忰が病気の障りに相成り、是も後悔のひとつに御座候。この上は、壁のかハき候を待候而、畳・建具を入レ候へバ、まづ〳〵落成ニ御座候。大かた当月十五日比にハ、皆出来可仕候。誠に〳〵長普請にて、あき果申候。扨又労症のもの、何がし験者の祈禱にて、平愈いたし候事有之、まづ試に一日三座づゝ、七ケ日の祈禱をたのミ候ハヾ可然など、すゝめ候もの有之。これも愚拙は不好事ニ候得ども、妹并ニ娘などが、とかく人々のよからんといふ事ハせまほしとて、共にすゝめ候故、右之祈禱も、おしかへし二七ケ日修行いたし候処、七月に至り、少々快方ニハ有之候へども、折々出来不出来有之、其上病人ニハ不似合大食にて、常人の三人前ほどたべ申候。これも全く病ひのなすわざにて、脈もいまだ直り不申候故、中々安心ハいたしがたく候へども、五六月比よりハ、まづ〳〵少々快方と申程の事ニ御座候。かくのごとく物入多く候へども、当年ハ著述、一筆もつゞり候いとま無之、全く俗にいふ居ぐひニ御座候。当盆前など、身分不相応之借財有之、これもあらハに申出し候へば、忰病気の障りに成り候故、愚拙一人、胸ヲいため罷在候得ども、他力本願にて、人々盆前の諸払も、無滞済せ申候。さのミ腰を折めて、人々さまに無心も不申候へども、諸板元申あハせ、追々たすけくれられ候。誠に〳〵、無徳にして天祐ヲ得候事と有がたく、甘佩不少被存候。壮年の比ハ、長女が四ケ年の大病、忰が難痘、老妻が二ケ年の大病、伯兄没年の心労など、是迄種々の災厄にあひ候得ども、此度ほど手ヲおろし、身神共に労し候大厄ハ覚不申、愚老生涯の大厄、只この一条にありと存候へ共、凡人の世にある、常によき事のミあるべきやうなし。妻となり子となり、親となり夫となるうへハ、いかで慈に止らざらんや。死生ハ命にありといふとも、今日息のかよハん程は、思ひのまゝに看病して、後悔なからんこそ、人たるものゝ甲斐ハあれと存候故、さのミ驚キなげく事ハなく、激ミつとめ候故歟、愚拙ハ平生の老病も起り不申候て、俗にいふ丈夫達者に御座候。人ハ只心のもちやうにて、病ムべき時にも不病、又出来がたきわざも出来候ものニ御座候。只うち歎くべきは、わが曾祖も女子のミ両三人有之候処、いづれも早世にて、祖父ヲ養子にせられ候。祖父も男子四人、女子二人御座候処、子孫あるものハわが父のミに御座候。父も男子五人、女子弐人ヲまうけられ候処、子孫あるものハ解一人ニ御座候。解も女子三人、男子ハ只宗伯のミニ候間、わづかに一すぢのいとをもて繋ぎ留たるごとく、宗伯が短命なるときハ、先祖の祀りも絶ん。これのミ第一の心労にて、日夜父母先霊に祈り候事ニ御座候。さのミ愛に溺れ候て、狼狽いたし候義ニハ無之候。この一条ハ貴君ならで、肝胆ヲ告るかたもなく候まゝ、無益の長文ニ及び申候。又愚拙が命だに恙なくバ、諸板元、并ニ懇友のたすけくれられ候借財も、終につぐのふ時あるべく候まゝ、これもさのミ苦労になり不申候。只々、子孫繁昌する歟、先祖の祀りの絶る歟の堺に候へば、中々著述など、千金ヲつまれ候ても、只今ハ一ふでも綴りがたく候。その中ニハ、折々ひどく催促いたし候板元も有之、人ハさまぐ〵なるものニ御座候。心事筆紙につくしがたく、自余ハ御賢察可被成下候。然ル処、昨日不斗通家の仁より、炊の手だすけにとて、十四才ニなり候小娘《コムスメ》ヲ、明神下へ差遣し、下女にいたし召使ひ候やう、被申候故、その意ニ任せ、留め置申候。依之、老妻が手だすけのもの、出来いたし候故、今朝は未明ニ、愚拙明神下へ罷越候にも不及、いかで当春の御うけ、あまり及延引候故、御兄弟様ながら、不実之いたし方と思召候半と奉存候テ、日ごろより心ぐるしく存罷在候間、昼比迄明神下がよひを延し候て、此書状認申候。

右病難にて、御請延引之趣、琴魚様へもくハしく申上度被存候へども、又琴魚様へ申上候てハ長文ニなり、今便ニは認候いとま無之候間、御令弟様へハ、くハしく不申上候。もし琴魚様、只今も御地に被成御座候ハヾ、この一条、くハしく御物がたり被成下候様、奉願候。又只今大坂ニ被成御座候ハヾ、此病難の処斗、御幸便ニ被遣、御覧被下候様、御取斗被成下候様、奉願候。

一、この書二冊、先比、越後下今町の一友人よりもらひ候。春来、書ハ一トくだりも見候いとま無之候へども、折角人の贈りしもの故、いぬる夜、病人の夜伽の折から、一覧いたし候処、至極おもむけあるものニ御座候。今程は御覧被成候哉、難斗候得ども、ひろく世上へ流布いたし候ものニも有之まじく、辺鄙の蔵板ものニ御座候間、御慰に備貴覧申候。この中、一二ケ条、いかゞと存候処ハ有之候へども、大かたハ尤千万なる論議ニ御座候。貴覧後、御高評承りたく被存候。御返却之儀ハ急ギ不申候間、わざ〳〵飛脚ニ御下しにも不及候。いつ也とも、御店中御交代之節など、脚ちんかゝ〔ら〕ぬ様に御返し被成可被下候。右、当春の再答、延引之申訳まで、如此御座候。追々病人快方ニ趣候て、手透ニも罷成候ハヾ、おもひ出し〳〵、後便ニくハしく可申上候。乱筆失敬、御海容被成下、可然御推覧奉希候。恐惶謹言

八月八日　　　滝沢清右衛門　解

殿村篠斎大人

同櫟亭雅君

『八犬伝』五編、いかゞ御覧被成候哉。『巡島記』六ぺんも、前文之仕合故、当年ハ休筆ニ御座候。

以上

25　文政七年三月十四日　安積屋喜久次宛

貴翰（納）、忝拝見仕候。誠に爾来、如胡越罷在候。如貴命、春暖之時節、弥御清福被成御座、奉敬賀候。拙方無異に罷在候。

一、御賢弟達、追々御成長之由、御家業向、御うち任せ被成、近来は御隠逸之御くらしのよし、あらまし承知仕候。何事も、各天より禀たる性質の致す処に候へば、他より彼是可申候様もなし。さりながら、古人も「生は役也」と申候。生て世にあらん程は、閑暇逸楽の身分たらん事、甚難く覚候。齢四五十歳までも、世業あくまで勤ての後などに、やう〳〵逸楽に成候もの、千人に一人に御座候。然るに、いとはやくのがれ給はんとの御志願、御虚弱故にもやと奉存候〔も〕のに御座候。

一、先年より、俳諧など被成候処、近来は読書専一に被成候に付、俳諧もさのみ御好不被成よし、御尤に奉存候。学問すれば、極めて俳諧などして遊事、否に成候事、追々見識高上に成候故に御座候。

一、思召よせられ候条々、愚意可申候旨被仰下、□承知致候。乍去、前にも申候通り、拙老など、中々人に教徳無之候。しかれども、格別御懇篤之義に候へば、愚意あらまし、左にいたし（ママ）候。御一笑可被下候。

一、学問と申候事は、読書のみにかぎらねど、よく経に通じ史伝を見て、身をおさめ家をと、のへ、慾を退け五常を守るにあり。武士は忠義をうしなはず、市人は家をうしなはず、よく親につかへ兄弟むつまじく、妻子和合し子孫相続すべきこと、これ学問のたすけによること多し。

一、読書して和漢に通じ、家と、のはず忠孝にうとく、俗人にはをとるもの多し。小人にも学者あり、物しりあり。しからば、博学多才もうらやましからぬ所あり。古今君子あり、小人の学あり。よく〳〵思ふべきこと歟。

一、詩歌は学問の余末なり。況戯文・俳諧等をや。これらは折にふれてはよし、ふかくたしなむべき事とも不覚候。

一、親に事るの要、
己を虚して志を養ふにあり。ひらたくいへば、我意を述べずに親の心にしたがふが、是子の道也。これを志をやしなふといふ。

一、弟並に妻子を愛するの要、
寡慾にます事なし。愛は求めずともその中にあり。和睦を第一とす。妻と弟と、一様にはいふべからず。

一、長者に事るの要、
敬の字にて事尽たり。

一、友に交るの要、
友はえらむにあり。信の字にて事足れり。

一、貧に安ずるの要、
天命を知るにあり。情を裂き慾を祛け、よろづ寡慾にして、天命をたのしむにます事なし。

一、己に勝の要、
己に勝とは己をむなしうして、人慾の私を去ることなるべし。これは（に）貧に処して楽をかへざるにあり。只人慾の私を去らんと念じなば、思ひ半に過ぐべし。

一、車□にて御閑暇の折から、不斗被思召候条々、いづれもその理あるに似たり。これは、後便ゆる〳〵可申候。

一、俳諧の自合等御見せ、甘心不少候。尚又ゆる〳〵物いひ、後便くはしく可申候。

一、今便くはしく貴答可申述候（之）処、御状、只今は明後日飛脚衆出立のよしにて、御使まち被申候。其上拙老、両三日少々物あたりにて、今日は漸（段）快に候へども、いまだ気力無之。御使またせ置、即座に認候故、止（ママ）事多く申もらし候。不相替、遠路存寄のつと被下、千万〳〵忝仕合に存候。昨年春より悴長病にて、今以同様の仕合、渠等は神明前下之別宅に医業いたし罷在申候。夫故、今来一ケ年、当春も日々奔走、心中穏ならず、著述怠り勝に御座候。尚又後便、くはしく可得貴意候。

早々恐惶

三月十四日　　　　滝沢解

安積屋喜久次様
梧下

一、読書なども、あまりつめて被成候はゞ、御虚症に候はゞ、よろしかるまじくと存候。保養を専一に被成可然候。拙老が養生のいたし方も在之候。後便にくはしく可申候。

一、飯盛社中言の歌より思召つかれて、よしの丶御詠、甘吟不少候。

一、享和年中あらはし候『俳諧歳事記』、被成御覧候哉。

一、近来あらはし候

『玄同放言』初編・二編、被成御覧候哉。

可申上事、いろ〳〵に候へ共、御使またせ候故、心せはしく候故、走《(老)》筆いたし、定めてよめかね可申候。よく〳〵御推覧所庶幾候。

又申候。御舎弟を愛し給ふ要は、御家産をよそに見給ひ《(い)》て、その足ざるを補ひ、其かせぎにして、その余力には学問被成候はゞ、一段可然事歟。御令政様を愛し給ふ要は、淫をむさぼらず、よそにたはれたる心なきにますことなかるべし。

26　文政七年五月二十八日　小泉蒼軒宛

拙翰啓上仕候。不順之気候ニ御座候処、御地被成御揃、弥御清福可被成御座、奉敬喜候。去夏中は御懇書被成下候処、去二月中より忰宗伯事、大病ニ御座候折、三月下旬より老妻も大病ニて、母子一同ニ打臥、拙者一身ニて両宅の病人看病、行届不申候ニ付、忰事ハ飯田町宅江引取、長女ニ看病致させ、拙者儀は明神下忰宅江罷越、老妻看病致し罷在候真最中故、返書も呈しがたく、失敬之仕合御座候。其後、塩沢鈴木氏迄幸便之節、右之申訳いたしくれられ候様、申遣し置候。いかゞ、相届候哉と被存候。老妻義ハ、七月中全快いたし候へ共、忰事ハ爾今本復いたし不申、扨々長病ニて、こまり入候事ニ御座候。去年中、杜鵑花の事、其外両三条、御問被成候様ニ覚申候。ひさしき事ニて、右之御状仕舞込、只今急ニとり出しかね候。杜鵑花の事ハ、たしかに覚居候間、左ニ及御答候。

ホトヽギス　草の名也。『大和本草』に「和品也、漢名不知」といへり。葉ハ紫萼《サギサウ》に似て短小也。筋多し。又篠の葉に似て、莟は筆のごとし。花ハ秋開く、六出也。中より一蕊《スイ》出て、又花の形をなせり。毎萼に紫点多し。杜鵑の羽の紋に似たり。故にほとゝぎすと名づく。しぼり染のごとし。茎の高一二尺に過ざるもの也。解云、杜鵑といふもの三種有、一ハ鳥也、一ハ虫也、このむし、人を見れバ羞る形のごとし。四月杜鵑の出る比に多キ虫故、又杜鵑と名づくと、『五雑組（俎）』にいへり。一ハ草也、一名三種なり。

此外の貴問ハ、一向そらに覚不申候故、追々御状たづね出し候て、可申上候。拙者方、長女に婿養子新六と申ものヲトリ合せ、三月中婚姻致させ、四月中家督ヲ譲りわたし、名前も新六ニ滝沢清右衛門と名のらせ、拙者事ハ笠翁と改名いたし、剃髪いたし候て、四月下旬より神田明神下、忰滝沢宗伯方へ隠居いたし罷在候。尤、飯田町宅よりも、日々便り有之候間、いづれへ成とも御書状被遣候へバ、早速届申候。くれ竹のよを捨るにはあらねども、とし来のつかれにやよりけん、髪の毛ちぎれ、たぶさ細りて、もとゆひのとゞきかぬるを、あぶらこちたく物するは、いといぶせくもわづらハしさに、この五月のはじめつかたに、かうべをなんそりまろめて、さてよめりける。

五十八齢
滝沢笠翁

雪に乗る越路もおのがしらかみもそり捨てゝこそ
夏はすみよき

御地の雪車ヲ、剃りにかけてよみいだし候まゝ、備御一笑候。

又、

くれ竹のよをすご《(わたヵ)》したり鶯の老をやしなふ藪にかくれん

悴ハ医師なるに同居し候へば、「藪にかくるゝ」とはよミて候。御一笑〳〵。

一、蔵書類其外共、大かたは飯田町宅江さし置候間、去年の御状も、飯田町なる文庫中ニ有之候哉と覚申候。いづれ後便ニ、こと〴〵く御答可申上候。此書状、牧之丈迄たのミ、塩沢より鴻便ニ届候筈ニ御座候。左様御承知可被下候。

去春来病人、并ニ明神下悴宅普請、当春より養子引取、家督ゆづり等ニて俗務蝟集、冗紛無疆候間、心外疎濶ニ打過申候。宗伯病気全快だにいたし候ハゞ、一両年中ニ御地へも遊歴いたし、『雪譜』ニも取かゝり致度□罷在候事ニ御座候。去年来、前文之仕合ニて、著述も合巻草双紙やうのもの斗、無拠少しづゝあらはし候のミ。とかくに心おだやかならず。名斗隠居ニて、うるさきうき世ニ候。恐惶謹言

五月廿八日　　滝沢笠翁

小泉善之助様

尚々、三月下旬より四月中は、江戸表ふりくらし、此節ハ入梅ニて一しほ雨天、夏なきごとくさむく覚申候。御地ハいかゞ、御自愛専一ニ被存候。以上

27　文政七年閏八月七日　小泉蒼軒宛

八月中旬之貴翰、御地河内屋弥右衛門殿、飯田町宅迄御齎被下、早速隠居江相達、忝拝見仕候。如貴諭、秋冷之時節、弥御清福被成御座、奉賀候。然ば、五月中貴翰、牧之子迄幸便ニ誂、遣し置候処、相達、被成御覧候よし、本望之至候。悴事、癎癆の症にて長病ニ罷成り、今以引籠、其上、飯田町ニ罷在候長女、并ニ武家方へ奉公ニ遣り置候季女、追々不快ニて、一向ニ著述も出来かね、此節、諸方より日々催促ヲ受け候のミ、むなしく光陰おくり候。然共、娘どもハ、まづ順快ニて、追々出勤いたし候間、御休意可被成下候。近来老衰いたし、著述も甚懶く、只一日逃れにくらし候へども、隠居の身分ながら、いまだ養ひくれ候もの無之候間、いや〳〵ながらも著述もせねバならず、誠ニ「生ハ役也」と『荘子』にいへるごとく、苦しきものは世わたりニ候。将又去歳中之御状、やう〳〵とり出し候ニ付、貴問之条々、別紙ニ奉答候。御熟覧可被成候。その内、定かニ弁じがたき事も有之候。尚又愚按御味ひの上、御考被成、わかりかね候事も有之候ハヾ、後便ニ可被仰下候。愚老、元来菲薄ニ候へバ、弟子といふものをとり不申、教ることもなく候へ共、問れたる事ハ労煩を厭ず、必答申候得ども、去歳中ハ大病人中故、御答、如此延引ニ及び申候。其段ハ御許容可被下候。

一、蜀魂草・寄魂草のまちがひ等、くハしく別紙ニ記し申候。御覧可被下候。

一、去歳中御恵被下候『挙睫』、并ニ『問答抄』之事、懇友より所望被致候ニ付、弐部拝受致度旨、牧之子江幸便ニ伝言頼遣し候処、此度六冊御遣被下、忝奉存候。右ハ二部ト申遣し候処、牧之子二三部と被申候よし、壱部ヅヽ、余計ニ候。遠方御費用、きのどくニ被存候。依之、弐部づゝとめ置、壱部ヅヽハ返上仕候。右之本之価の事も不被仰下候。いか程に候哉、後便ニ被仰下度候。これらの義も、心事并ニわけ合等、巨細ニ別紙

の末江記し置申候。是又御覧可被下候。くれ〴〵も御
深志、忝奉多謝候。
一、『雪譜』著述之事御尋被下、いづれ一トたび御地江
曳杖不致候てハ、稿も起しがたく候処、忰長病ニて、
その義も速ニハなりがたく候。身分、ひまになり候へ
バ、又故障・いろ〳〵の意味合も有之候て、出かね申
候。しかれども、時節ヲ見合せ、思ひ起し候半と存候。
一、拙詠短冊、二三葉認上ゲ候様被仰下、承知仕候。此
辺、よき紙屋無之候間、短尺も不自由ニ候。麁紙ニ候
へ共、まづ認、進上仕候。よろしき短尺を得候ハヾ、
亦復跡より可致進呈候。右貴答迄、如此御座候。尚心
緒、期後便可申罄候。恐々謹言

閏八月七日　　滝沢笠翁

小泉善之助様

尚々、御地豊作のよし、重畳めで度被存候。江戸
表も、初秋迄ハ出来よろしきよしニ候処、八月中、
両度之大風雨ニて、近在并上下総出水いたし、よ
ほど損じ候よしニて、米穀も両ニ壱斗余高直ニ成
申候。乍去、出水場ハ少々之事故、始終の障りニ
成り候程之事も有之まじく存候。食さへ沢山ニ候
へバ、世の中静謐ニ候間、豊年を祈り候外無之候。
以上

別封在中覚件々

一、去歳貴問愚答　一通
一、拙詠短尺　五葉
一、返上『挙睫』　壱部
一、返上『問答抄』　壱部
通計　四種

右、着之節、御落手可被致下候。以上

笠翁

善之助様

序ながら、無益之雑談書添申候。愚老年来、人々の需
に応ぜし書画賛歌、或ハ偶成の詩歌・発句、是迄ひと

つも書留不申候処、当夏ある人の懇（勧カ）によりて、思ひ出しく〳〵書きあつめ候へバ、凡六十余丁の巻になり、『自撰自集』と題し置候。その内、もれたるも忘れたるも多かるべく候得ども、まづ巻ヲなし申候。ちかきわたりニ候ハヾ、御めにかけ可申候得ども、副本無之候故、遠方へハ手ばなしがたく被存候。この他ニ尺牘の漢文、或ハ奇談、人に答候事ども、すべて板本にハならぬ稿本、多く有之候。読書御好ニ候ハヾ、御めにかけたく候へ共、何事も遠方之事、不得其義候。遺憾々々。

一、ほとゝぎすは、御地には稀なるべく哉。江戸にてハ大抵、立春の節よりなきはじめ、夏の土用ニ入候へバ、必音ヲ納《イレ》申候。よしきりも右におなじ。ことしはほとゝぎす、例年よりハ多く、七月立秋の後までも、毎朝鳴候事、甚めづらしく覚候。凡七月中旬後まで、毎朝この鳥のこゑを聞ぬことなし。七月十八日の朝、

　目に見えぬ秋は来ぬれど耳になほ山ほとゝぎす声
　　さやかなり

と口ずさみ申候。ほとゝぎすの多きとしは、雷まれなりと申候。ためし見候ニ、大かたハ不違候。当年ハ雷鳴、きハめてまれ也。雷ぎらひの幸ひと、一笑いたし候。杜鵑の事ハ、いろ〳〵拙考あり。『玄同放言』後集に、書のせ可申と存居候。

一、一老人の説に、甲申の年ハ、その前年より雪稀也といへり。げにも、去冬ハ一向に雪ふらず、正月に至り、少々ヅヽ、薄雪両三度ふり候のミ。御地ハいかゞ候哉。当冬も雪まれならば、彼説空しからぬをしるべし。

28　文政七年閏八月七日　小泉蒼軒宛「令問愚答」

（表紙）

滝沢解稿

令問愚答

晋上

小泉茂才足下

貴問愚答

去歳、蜀魂草之事、しれかね候間、致注進候様被仰下候ニ付、先便得貴意候通り、杜鵑花の事ニ可有之存、杜鵑花の事、巨細ニ致注進候処、今便御状ニ、蜀魂草と申もの、問せられ候御覚無之、宿魂草のよし被仰越、御書中之趣、承知仕候。尤、去夏中老妻、并ニ忰大病中御状到来、恍惚中拝見、そのまま仕舞込候間、数条の貴問、悉ハ記憶せず候得共、右問せられ候内、蜀魂草の事ハ、たしかに覚居候間、先便まづ覚居候蜀魂草・杜鵑花の事を注進いたし候処、蜀魂草と申義ヲ問せ給ひしことなし、宿魂草のよし、御申越しニ付、万一愚老覚ちがへにやと疑ひ起り、この節に至り、去歳の御状とり出し、再覧致候処、左のごとし。

　蜀魂草や竹経仏ハおはさぬか　と申発句、送られ候人有之候。蜀魂草を行脚の俳人、当辺のものしり、幾人となく承り候へ共、不分りニ御座候。いかなる草の事に候や、御しらせ被下置度候。定て鼠尾草などの異名にもあるべしと、皆人申候。

如此御認被遣候。愚老近来、甚記憶薄く成り候へ共、いまだ老耄と申程ニ不至候哉と致自笑候。全く貴君の御書損（誤カ）と奉存候。かやうの事ハ已来共に、御書損無之様にいたし度候。蜀魂草とある故、その事ヲ注進いたし候へ共、元来御書損故、所云労して無功候。一笑千笑。

（令問。宿魂草や竹経仏ハをハさぬ歟云云。

答。宿魂草ハ鼠尾草の一名にて候。江戸にて、みそはぎといふ草也。みそはぎやと読むべし。江戸にて盆祭りの水むけに、必このみそはぎを用る故、盆の草市にのミ売る也。つねにハ活花などにせぬ故、売るものもなく、買ふ人もなし。おもふに、鼠尾草の一名を宿魂草といふにより、魂ヲ宿スといふ心にて盆祭に用る事、はじめ法師などの教たるなるべし。西国の方言にハ、草萩《クサハギ》といふ歟、貝原が『大和本草』にハ、くさはぎありて、みそはぎなし。凡追薦の発句に、みそはぎを宿魂草と書事、先輩の句作に往々所見あり。廿七年前、亡兄羅文就木のころ、旧友蘇山といふ人、追薦の発句に、「宿魂草や」云々と作れり。然れ共、これを音に読ずして、みそはぎとよめバ、宿魂の甲斐もなく候。和名みそはぎのみそハ微細の義にて、みそさゞゐなどのみその如し。即微細芳宜《ミソハギ》也。鼠尾草と書ケバ、誰もみそはぎとよめど、むつかしく宿魂草と書し故、人ニよめかねて、不通用の発句となれり。畢竟奇を好むの弊也。況《マイテ》竹経菩薩などいふ仏名ハなきに、竹経といふ人を、竹経仏といふのミにてハ、おかしからず覚候。もし人の追薦に、宿魂草を発句に作りたくおもバ、、

風に招けたましひ宿す草の床　など、セバ、宿魂の義をうしなはず。扨、たましひ宿す草は、みそはぎを用に作れりと、識者ハしるべし。これらハ入らぬ憎れ口に候へども、貴君は腹中の人、万一御心得にもなるべく哉と、蛇足の弁に及び候。あなかしこ。「たましひ宿す」の発句ハ、只今筆下に吟じ出し候、即座の拙作に候へば、これよきにハあらねど、まづ試に、かやうにもやと申スまでにて候。はいかい師にハ笑るべし。

○『本草綱目』巻十六・草之五、鼠尾草、「葝音勁。山陵翹呉普。烏草拾遺。水青拾遺。李時珍曰、鼠尾、以二穂ノ形ヲ一命ズレ名。『尓雅』云、葝、鼠尾也」。是一草六名にして、『本草』に宿魂草を載附せず、只『書言字考』に、「鼠尾草《ミソハギ》、同宿魂草」と見えて出処を引かず、尚考ふべし。

（前問。大田蜀山の狂歌に、「きのふまですててんてんといはひしがぺん〳〵草となりにける哉」。このぺん〳〵草も、承り度奉存候。

答。ぺん〳〵草ハ、江戸にて婦幼の方言にて、薺《ナツナ》の老

て実を生じたるころ、これをぺん〱草といふ也。なづなの実は形かくの如し。小児これをつまミ取て、実と実を弾ケバ、ぺん〱と音する故に、ぺん〱草といふ。歌のこゝろハ、薺ハ正月七日の朝、七くさの第一種にて、「七くさなづな、唐土の鳥と日本の鳥と、渡らぬ先にすててんてんよ」と囃《ハヤ》せしに、卯月に至りて、薺の実のるころハ、ぺん〱草となるといふ也。四月八日に、なづなと唐がらしを行燈へ吊《ツ》りおけバ、その夏、虫燈蓋に入らずとて、家毎にすること也。そのころは、なづなといふものなく、小児ハさら也、大人もぺん〱草といふ也。ぺん〱草ハ、普通の俗称にて、又三絃草といふ人もあり、并に江戸の方言なり。

先問。『青砥碑』に、鏥の字相見へ候。此字、村名に有之候へ共、よめかね候。矢張かの書に旁訓のごとく、サビに候や。『字彙』『玉篇』等に見へ不申候間、和字にもや候。サビのよミにて、「節用早引」など見候へ共、尋当不申候、云云。

答。鏥ハ、和訓サビ也。『正字通』に、「鏥《ハ》俗《ノ》鏽《ノ》字也。或《ハ》作《ル》二鏥・銹《ニ》一」。『書言字考』に引《テ》二『字彙』《ヲ》一云、「鏥《サビ》鉄上《ノ》衣也」。今俗、錆の字を用るハ非なり。同書、「鉄精鉛渋　銹太平記」、并にサビとよむ也。しかれ共、村名ハ字書と音訓異なるもの多けれバ、鏥村も何とかよむらん、一定しがたけれども、さびむらとよミて難なかるべし。『正字通』鏽《ノ》下《ニ》又云、「鏽《ハ》息救《ノ》切、音秀。鉄上《ノ》衣也。又刀剣久《ク》蔵《シテ》不《レバ》二磨厲《セ》一生《ズルヲ》レ衣《ヲ》亦曰《フ》レ鏽《ト》。又鏡鏽《ハ》鏡上《ノ》緑也。別《ニ》作《ル》二銹鏥《ニ》一」。かゝれバ、鏥ハ鏽と同じ、すべてかな物のさびとよミて的当の義アリ、うたがふべからず。

（頭書）「再いふ、『字考』に銹の出処を『太平記』とあげたれど、和字にあらず。『正字通』よりの先キ、唐土の字書に見えたり。サビとよむこと、『太平記』より前にもあるべし。銹と鏥と同じ。詳ニ下に見えたり」

前問。樋貫をシトノキとよませ候。此のシトも知らぬ字にて候。是も御願申上候。椡の字クヌギとよミ候もしれかね候。

答。樎・榈、ともに字書にハ絶て見ることなき字に候へバ、愚者も知らず候。しかれども、試にいハゞ、樎は楗字《ノ》の誤りにもやあらん歟。楗は関楗と熟して、訓にハくわんぬきとよミ来り候。即関貫也。『正字通』に、「楗《ハ》九輦《ノ》切、乾上声《ノ》、限《ル》門《ヲ》木也。今戸《ノ》牡両端之牝吼所《ノ》以止《ル》門《ヲ》者曰《フ》関楗《ト》。『老子《ニ》』云々《シカ〴〵》」。これに由りて観候へバ、樎ハ楗の誤りなるべく思ハれ候。楗貫をシトノキとよまするこゝろハ、蔀戸《シトミド》の関楗《クワンヌキ》の義なるべくや。関貫《クワンヌキ》ハ、必横に鎖《サ》スものなるを、蔀戸の楗ハ、如此竪に鎖して、上下の牡孔《アナ》にさし入るゝ也。今の大坂戸といふ揚戸の楗《ヌキ》これ也。シト‖ノキハシト‖ヌキにて、ノ‖とヌ‖と通ず。愚按の当否ハしらず、まづ試に申述候。

楗の字《ノ》形によりて、蔀戸所云大坂戸の事の貫に楗の字を用ゆること、竪貫なれバ、木に従《シタガ》ひ、建ニ従ふ。その義なしとすべからず。愚按牽強付会にあらず。但、いまだ証文を得ざれバ、定かにハいひがたきのミ。樎の字ハ拠なし、全く誤りなるべし。

扨又、榈ヲクヌギとよむ事、甚不審に候。榈の字も字書になし。もし桯の字に、私に刀ヲ加へて、榈ニ作りたるものにあらずや。桯ハあしかせとよむ字なれど、刑具とするのミならず、座にも室にも通ひて、音質也。座ハ『説文』に「礙止也」と見えたれバ、礙《コ》り止るの義あり。クヌギ‖ハ曲枅クギヌキの略歟。クギヌキは曲枅・科栱・桁梧・方科など、書候。マスガタの事也。『広韻』に「柱上方木《ノ》曰《ヲフ》栱《ト》」、又『指南』に「承《ル》栱《ヲ》之木曰《フ》科《ト》。又曰《フ》欒」といふよしを『字考』に引けり。又科栱を武者屯《ムシヤダマリ》とよめども、その義に称《カナ》ハず。武者屯の正字ハ、即堢城と書く。これ則、今いふ城の舛形にて、武者屯の事也。クギヌキは、柱と柱へさしわたしたる、方《ケタ》なる木をいふこと、今もみなしかり。桯の字にクギヌキの義ハなけれども、礙止めの義をもてクヌギとよまするにや。これ甚謂なし。又按ずるに、樹木にクヌギといふものあり。これハ釣樟の事にて、楠の種類也。櫟・棆・椚・釣樟・歴木万葉、みなクヌギの事なるよし、『字考』に載せたれ共、榈をクヌギと書るものハ、管見無之候。仮令、椡ハ俗の造り字なりとも、枓栱のクヌギには遠く、樹木の釣樟《クヌギ》には近く可有之哉と思ひ候。楠も樟も、和名クスノキなれども、楠のクスノキとわかたん為に、樟にハ、スもじを略してクヌギといふ歟、未詳候。『埃嚢抄』にかやうの国字、あまた見え候。愚老蔵弆の本ハ、先年貸うしなひ候間、只今穿鑿致しかね候。其御方ニて御尋可被成候。釣樟ハ、『和名抄』に「和名久沼木《クヌギ》、『本草』ニ云、釣樟一《ハ》名烏樟」といへり。又椡の字を不見候。但し、『綱目』を按ずるに、樟と釣樟ハ別物にて同種類也。時珍が説に、樟《クス》に大小の二種、紫淡の二色あり。此レ即チ樟《クス》の小ナル者といへバ、釣樟《クヌギ》ハ樟より小木也。今俗、クスノキに楠字のミを書けども、在る処のものハ樟《クスノキ》なり。

（頭書）「再いふ。三十年あまり已前の事なりき。冬奉公人の、きのふけふ初て江戸に出たりとおぼしきが、一ひらの書つけをもて、あき人のみせに立よりつゝ、是いづこぞとて問ふものありけり。人々その書つけを見て解するものなし。折から、予そのかたはらにあり。問れし人、その書つけを示して、又予に問へり。観るニ通洁町と、いとふつゝかなる手して書たり。これ、とほりあぶら町なるべしと猜《スイ》せしかバ、彼使めきたる田舎児に、汝が尋るハ通り油町にあらずやといへバ、げにあぶら町とかいはれしといふ。しからばしか〳〵と、よく指南してつかはしたり。跡ニて人々、予ニ向ひて、三水ニ吉の字をも、あぶらとよみ候やと問ふ。予こたへて、これ字をしらぬものゝ、あて字に書たるのみ。いかでか洁を、あぶらとよむよしあらんや。おもふニその人、件の処かきつけを書んとせし時、油といふ字をしらず、筆をとりつゝ間を隔て人に問けんに、教るもの、三水ニ由と書くべしといへるならん。元来、油といふ字をだもしらぬものなれば、早合点して、吉の字をよしとよむことのみを知りたりけん、やがて三水に吉と書たるなるべし。予ハはやくしかおもひしかバ、通り油町とハよミたりといふに、人々嘆服せし事あり。すべて誤字・俗字などの、いとよミがたきも、その全書を見て、前後の文を照らし、或ハ他本をもて比校すれバ、大かたハしらるゝことあり。しかるニ、物問ふ人ハ、何といふ書にありといふことをも告ず、まいて前後の文を書抜て示すことをもせで、僅ニ一字二字を書ぬきて、これいかにぞやと問るゝにハ、博覧多聞の人といふとも、何によりてか考得ん。よしや考当るとも、苦心もひとしほならんかし。譬バ、かの通洁町も、洁といふ字、只一ツ書抜てこれを示さバ、いかにして油の誤字也とハ考得べき。上下ニ通・町の二字あり、且油町のほとりニ来て問しかバ、洁ハ油のあて字なるべしと推量せしに、たがはざりけり。古語に一字の師といふことあり。世の人々の物まなびせんとほりせバ、謹敬を旨として、苟且ニも巨細ニせまほしきわざ也。謹敬を旨とすれバ、問書に誤りなかるべし。しかれども、予ハ好て人の師となるものならねバ、問るゝ事毎ニ、しらずといふ共誰かハ咎めん。只問ふ人ニ損あらんことをおもふのミ。よりて反復叮嚀ニす。これ弁を好むニあらず、人に実義を失ざらん為なり。下の椈の字も、よくその書となりを見て、前後の文を照さバ、器材歟材木歟しらるべきニ、それすら知るによしなきを、強て考んと欲するハ、いと〳〵かたきわざにあらずや」

（前問。越後の地名に、鮎といふ字をカジカとよませ候。此字も物に御見当り候ハヾ、御知らせ奉願候。

答。鮎ハ全く土俗の造り字にて、田地に用る圦字などゝ同格なるべし。今俗のカジカといふ物に二種あり。その一ハ魚なり、山河の水中に住ミ、好て砂石の間に隠れて、よく鳴もの也。これを今俗はカジカといへども、古来よりの和名ハ、イシブシといふ。鮖といふ魚これ也。『和名鈔』に、「鮖《ハ》『食経』《ニ》云、性伏‐沈《シテ》在《ル》二石間《ニ》一者也」「和名伊師布之《イシブシ》」。この魚、方言多し。山城以西ハ、ゴリといふ、石ゴリとも云。水中に在て、ゴリ〳〵と鳴くを名とす。魚の形ハ些シ沙魚《はぜ》にも似て、沙魚より大きく、又少し鯸鮐《フグ》にも似たり。『字考』にハ、鮔を伊の部にも、加の部にも収めて、いしぶしともよませ、かじかとも訓じたり。雅俗の称呼に従ふのミ。この魚の和名を石伏《イシブシ》といひ、今俗ハカジカともいふにより、土俗のカジカの正字をしらぬもの、私に魚に従ひ、石に従ハして、鮖の字を作り出して、カジカと読するのミ。これ圦字などゝおなじく、近来土俗の造り字なること疑ひなし。カジカの言ハ河鹿也。かじかの歌、西行にありなどゝいふ者あれども、そら言也、信ずべからず。近来の俗称にて、カジカハ蛙の声よきもの也。形ハ蛙と異なることなし。只手足の指、よのつねの物とおなじからず、指の先ニ如此まろきものあり。山川にありて鳴くに、その声清朗也。いにしへハ、これをもかハづといへり。『万葉集』に、鳴く声を憎むがごとくよみたるは、よのつねの水田に住るかハづ也。又「かハづ聞さえ（でカ）かへしつるかも」など詠て、その声を愛《メヅ》る心によめるハ、今いふかじかなるよし、先輩既にいへり。いづれも、かハづといへバ紛るゝゆゑに、近来その声よきものを、かじかと呼べり。その声、聊鹿に似たれバ、カジカの言ハ河鹿也。山城にハ嵯峨・宇治等の山川にあり。大和にハよし野にあり。近江以東、奥并ニ松前にあるものハ鮔にて、真の河鹿にあらず、方言も又さま〴〵にて、松前にてハけしからぬ名に呼ぶよし、松前の波響大夫いへり。河鹿、并に石伏の図ハ、近来の印本『山海名産図会』に出たり。披きて閲し給へかし。

前問。ブリ〳〵と申事、狂歌堂月並兼題中に見え候。如何なる物に候哉、しり度奉存候。京伝『骨董集』云云、後集にブリ〳〵の考をしるし候由、かの書無出板落命と聞へ候、云云。

答。ぶり〳〵は、むかし童子の初春にもてあそび物にて、誹諧の季寄せにも、ぎちやう、ぶり〳〵、羽子板などならべ出せり。かたちハ如此中くびれて、鼓の筒に似たるもの也。『骨董集』初編下、京伝存生中出板の中に、ぶり〳〵の図説見へ候様に覚候間、巨細には不注候。初編の下を、いまだ御覧なきなるべし。

（前問。大和国とかにて掘出し候銅器、越後国大将軍大村伊奈帰墓誌の銘、云云。
右の全文、未得一見候。追々尋ぬべく候。

（前問。『信濃地名考』之事。
『信濃地名考』ハ、全部三巻也。明和年間、岩村田の国学者の著し候。右『地名考』ハ好書にて、俗籍にあらず。然れども、今坊間ニハ甚稀に有之候。先年、やう〳〵の事にて一本手に入れ、秘蔵いたし候。もし御入用に候ハヾ、書肆を穿鑿いたし、進上可致候。全体ハ三四匁の価に候へども、只今世上に稀なるものゆゑ、普通の直段より高く可有之哉と存候。

（出雲・豊後両『風土記』出板否之事。
右両書、板本にハ無之、写本も甚稀にて、尋候ても速にハ手に入かね可申候。塙も一昨年物故故、彼方にても出板無之候。近頃、仙石家の蔵板にて、『類聚国史』出板いたし、大幸と存候。何とぞ御たづねの書、并『公卿補任』等、ちからある人、財を捨て彫り立給へかしと祈るのミに候。

（『放言』御覧被成候よし、初編三冊のミと奉存候。次編三冊ハ、いまだ御覧なく候哉、もし御覧も可被成候ハヾ、拙者所蔵の校合本、貸進可致候。しかし、前後とも誤も有之、又あまりにいひ過して、後悔致候事、多く有之候間、まづ六冊切にて、暫く筆を休め候。もし命あらバ、又ゆる〳〵と考て著スべく奉存候。

（『雪譜』の事、御教諭忝奉存候。何分諸方より頼れ候よミ本類、未片附候間、『雪譜』にハ手もとゞかず候。その上、忰長病にて旅行もなりがたく、よしや旅行の望整候とても、又黄金なくてハ、留守中の手当も行届かね、彼是する程に、賤齢も不遠六十に至り候へば、この著述成就之事、甚おぼつかなく奉存候。只天に任せて、時来らバ著述成就可致と、気長く時節をまち候より外に、手段も無之候。

（前問。俗字のミあげ候書ハ無之候哉。あるものニ候ハヾ、四五匁位の価にて云云。
答。俗字と御申ハ、唐の俗字に候哉、又、　天朝の俗字ニ候哉。天朝の俗字ハ、「節用早引」などいふもの、則至極の俗書也。この外に、俗字のミ集め候物ハ無之候。唐山の俗字を集め候物ハ、くさ〴〵有之候。『俗語(字)解』写本、『俗語藪』板本、『小説字彙』板本、『水滸伝抄訳』板本、『同解』写本・板本　この他、いくばくもあるべし。

去歳御投恵被下候『挙睫』『問答抄』を、いせの本居の門人江かし遣し候処、孔子と宣長を引合され候を、ことの外歓び候様子にて、弐部程ほしきよし、被申越候ニ付、塩沢鈴木丈迄、任幸便弐部、御遣被下候様、伝言頼遣し候処、その後、いせより催促ニ付、拙者所蔵を差遣し、彼方の求めハ最早相済申候間、右之書ハ御遣被下候にも不及旨、先頃鈴木牧之子江申遣し候得共、ちか頃の事故、伝言未届と被存候。その上、牧之子より弐三部と被申候よしニ而、三部被遣被下、注文より壱部ヅヽ、余分ニテ、遠方御費用、何共気の毒千万、御芳志不浅、忝奉存候。則弐部申請、壱部ハ拙者方江留置、壱部ハその内懇望の仁有之候ハヾ、譲り可申奉存候。然ル処、今便御書中に、右之書の価、不被仰下候。価なく申請候ハ、心外之仕合ニ御座候間、幸便ニ右之価、御書付ケ被遣可被下候。依之、弐部ハ留置、壱部ハ返上仕候。御取納め可被下候。くれ〴〵も、遠方御深志忝仕合、奉多謝候。

右、去歳の貴問、延引ながら巨細ニ奉答候。当年も退隠一義等にて、三伏の長夏を空しくおくり、その上、今以病人多にて、一向に渡世の著述も出来かね候得共、度々御懇書被下、折々珍書等被贈下候処、ケばかりの酬だも不仕候てハ、心外の義と存、今日ハ強て筆をとり、巳牌より未牌まで、纔に弐時ばかりニ書終候。走(老カ)筆乱書、恥入候。定而不文之上、誤脱も可有之候。宜レ被レ下ニ御猜覧一候。いにしへの人ハ、人に贈るに言をもてすといふ微意までに、心緒無覆蔵書ちらし候へバ、くだ〳〵しくわづらハしく成り候。他聞他見は御用捨可被下候。恐々謹言

甲申閏月端七　　滝沢笠翁

小泉花犯園茂才足下

「君子ハ鐘のごとし。敲ざれバ鳴らず、その敲くこと大なれバ、鳴ることも大也。その敲くこと小なれバ、鳴ることも小なり」と『墨子』に見えたり。これまで、いくたりとなく文通せしものあれど、只無益の雑談にて、各その好む所にあルのミ、小事也とも、懇切に物問人ハ稀也。貴君のをり〳〵に問せ給ふは、いと〳〵頼もしく奉存候。学ハ疑によつて成就スともいへバ、知らざるをしらずとし、如何〳〵と問ふこと、これ下学上達の萌芽《キザシ》也。これにより、愚老ハ寡聞固陋に候へども、物問ふ人の志に愛て、聊も労を斁ハず、しれる程の事ハ答申候。さりとて、博士ぶりて広博にならんとにあらず、小事だも、問ふ人の稀なること、右のごとし。況大事をや。世に敲かれぬ鐘多かるべし。いと惜むべき事にあらずや。

29　文政七年閏八月頃　牧之宛

（表紙）「金雀養方　袖梅年紀　楠書余論」

カナアリヤの事并ニ名目

一、カナアリヤは、元来蛮国の属島《エダシマ》の名也。その島にこの鳥多くあり、蘭人カナアリヤ島より捕《トリ》来たりし鳥ゆゑに、その島の名をかけて、やがてカナアリヤと呼ぶ也。漢名を金雀といふ、即これ也。

一、この鳥の　天朝へわたり来しハ、ちかきころの事にて、天明のすゑ来船の紅毛人、只両雌雄《フタツガヒ》齎《モタラ》しけるを一《ト》つがひは　公儀の御買あげニなり、残り一《ト》つがひは、薩州へ七十金に買せ給ひしといひつたふ。その翌年、阿蘭陀、又三つがひ齎《モチ》わたりしかバ、是より次第にふえて、人間に翫ぶこと、寛政のはじめより也。

一、寛政のはじめより五六年まてハ、よき鳥一《ト》つがひの価、金四五両也。わろき鳥といへども金壱両、或ハ三分よりやすきハなかりき。これにより、小身の武家方、或ハ藩中の人々の細工に、多く庭籠をつくりて、雛をとるに苦心せり。しかれども、はじめハ土地に馴レざる故にや、又かひやうの手煉ゆきとゞかざりし故にや、卵ハたま〳〵孵《カヘリ》ても育かねて、今の如く巣毎に雛の出来ることなし。利を射る鳥屋どもハ、毎日番町・本所辺をあてなしに歴めぐりて、こゝらにカナアリヤをこしらへ給ふ人ハなきやと問あるき、ありといへバ、その家へたづねゆき、ひなを買とりて、高料に売捌《サバキ》しかバ、人に骨を折らせて大利を得る事故、互にせり合て、カナアリヤを買しもわづかの程にて、寛政の末に至りてハ、この鳥甚多く出来て、あたひも以の外に下落したり。あまり下直なるによりて、雛を育て売ル人すけなくなりしかバ、文化中にハ又少し気をもちて、価よくなりぬ。文政の今に至りてハ、家毎にかふやうになりしかバ、ひな出来てもすぐれてよき鳥ならねバ、鳥屋も欲しがらず、買へバ安くもなし。されバとて、売れバ甚下直也。

一、カナアリヤの極黄《ゴクキ》といひしハ、惣身真黄也。これ此鳥の本色也。今極黄《ゴクキ》といふハ、まことの極黄にハあらず、タゞカナのまじりゆゑ、尾と羽さき白し。真の極黄ハ、尾も羽さきも惣身皆真黄色也。真の極黄ハ、今ハなし。あれバ今とても高料也。

一、ブチにもいろ〳〵あり。鞍懸にて、尾の不残黒キをよしとす。

一、黒も今ハ真黒ハなし。極黄のまじり故、黒中に黄を帯たるはあり。

一、真の柿ブチ、今ハ甚稀也。あれバ価七八両金にかふものあり。文化の四五年迄ハ、柿ぶち一トつがひ、金三分にて手に入りたり。今ハ柿ぶち絶たる故、あやしき柿まじりを、鳥屋ハ柿ぶちといふて売る也。真の柿ぶちハ、眼中赤く、柿のいろにまじりなく、鳩の柿ぶちのごとし。かやうの鳥、今ハなし。

一、中《チウ》あひといふハ、極黄と只カナのまじり也。価甚安かりしゆゑ、近来中あひすけなくなりしにより、却テ中あひを珍重す。これにより、一トころ中あひ高料になりたり。（中あひの極黄にまされるにハあらず。世上にすくなくなりしによりめづるのミ。）

一、只《タヾ》カナといふハ、鳥の形一ト嵩《カサ》大きく、羽の色白し。これも近比すけなくなりし故、珍重する人あれども、実ハなきものほしやにて、カナアリヤの内の下鳥故、只カナといふ。中あひ・只カナハ、カナアリヤの内の下品《げじ》也。中《チウ》アヒ・タヾカナハ鳥屋にていふ名目にて、極黄とたゞかなのあひだなる物を中アヒといふ。タヾカナのタヾハ、平生の平の義ニて徒《タヾ》也。別に名づくべきよしもなけれバ、タヾカナといふ也。

一、から鳥ハ美事なるのミにて、音ハわろきものなるに、カナアリヤハ、囀《サヘヅ》りひばりに似て甚よし。おなじカナアリヤの内にても、囀りのすぐれたると劣れるとあり、極黄ハさへづり極めて高音なり。此とり、四季ともに年中鳴く也。但とやとて、羽のぬけかハる前後六十日ばかり不鳴。もしひなをとるに心なくバ、雄鳥を多く畜ふべし。日南へ出しおけバ、冬も終日鳴く也。甚気の引たつもの也。

一、此鳥ハ、餌飼ひもむづかしからず、素人ニも子どもにもかハるゝものにて、餌もきみのミなれバ、飼ふにさせる費もなし。すべて気鬱の症ある人、毎日動物を見れバ、自然と気をやしなふなり。かゝる養生にハ、カナアリヤ尤よし。籠より生じて籠に終る。はなせバ忽鳥に捕《トラ》れて、命一日も保ちがたき鳥也。野の鳥を、籠中に苦めるより見れバ、畜ふて殺生にならず、人手にて命を繋ぐ鳥なれバ也。

カナアリヤの笯《カゴ》の事

一、カナアリヤの笯《カゴ》の事、江戸にてハ蒔餌《マキエ》籠といふ。文鳥のかごと同様にて、文鳥のかごよりちひさし。骨と腰板ハ檜を用ふ。出来合の笯ハ樅にても造る也。底ハ杉の薄板を用ふ。竹ハ只ひごにつかふのミ也。

寸法、匠尺ニて惣高サ七寸八分、横行壱尺七分。口の方、横行六寸弐分。腰板高サ三寸。惣高、七寸八分の内也。

右、いづれも外《ソト》のり也。出来合のかごハ、二三分づゝ大小不同あれど、右之寸法をよしとす。価ハ十ニ付廿匁より十五匁迄、はした売は、一ッ弐匁くらゐなり。

一、かごの内へハ、かハきたる砂を敷べし。一ケ月に一度ほどづゝ、そうぢして、すなをとりかゆべし。とり屋にてハ、砂をこぼすをいとひて砂を不敷、ふるき畳などをきりて、かごの内へ敷くもあれど、畳のやぶれめにて足をそこなふことあれバ、砂を敷をよしとす。

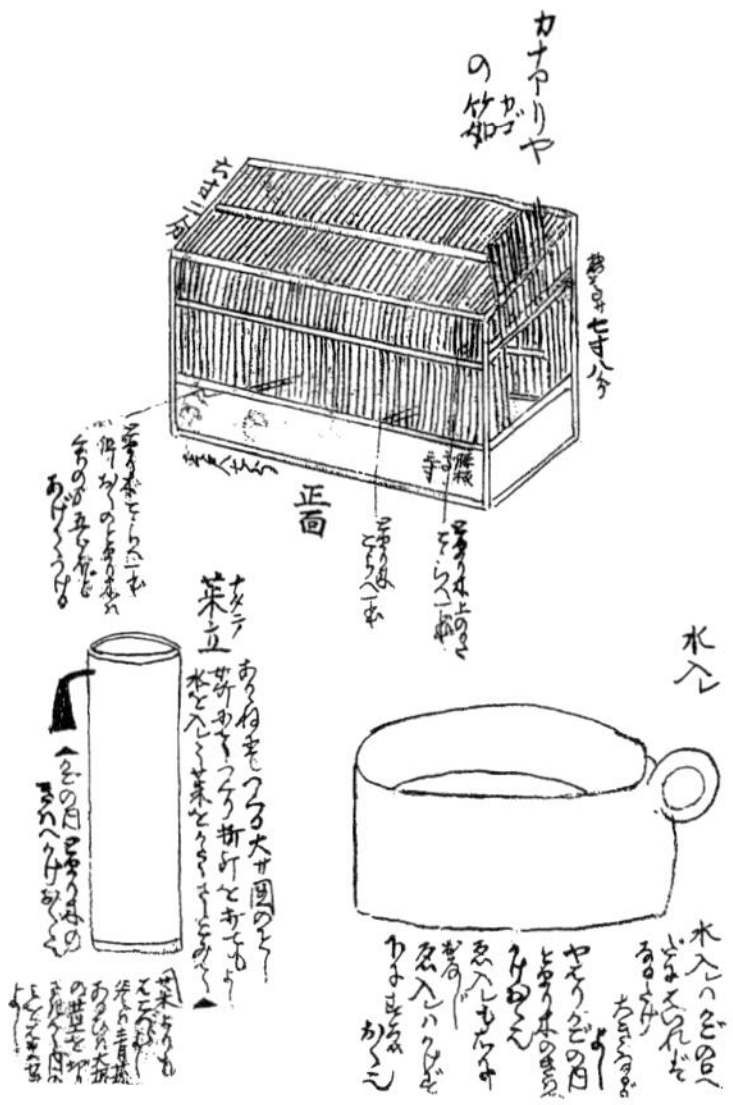

カナアリヤの笳《カゴ》

物高サ七寸八分　壱尺七分　六寸二分

正面　腰板　高三寸

とまり木、上のかた、こゝらへ一本。

とまり木、こゝらへ一本。

とまり木、こゝらへ一本。但し、おくのとまり木ハ、くちのより五分ほどあげてつける。

水入レ

水入レは、かごの口へだにはいれば、なるたけ大きなるがよし。やはりかごの内、とまり木のきハへかけおく也。

ゑ入レも右におなじ。

ゑ入レハかけず、下にすゑおく也。

菜立《ナタテ》

あかゞねにてつくる。大サ図のごとし。女竹にてつくり、折釘を打てもよし。水を入レて菜をかたくさしこみて、かごの内とまり木のきハへかけおく也。

菜よりもはこべらよし。冬ハ青菘、あるひハ大根の茎を切りさきて、内のミをはませてよし。

一、とまり木ハ、卯ッ木よし。なきときハ、接骨木《ニハトコ》の筋を削り去りて付る也。但し、おくの方のとまり木ハ、五六分揚ゲてつくべし。二本ならぶるに、間ダのひご、七ツ八ツはなしてつくべし。右二本の外に、籠の口の方の上へ、壱本とまり木をつけてよし。つけ様ハ、前の図を案ズべし。已上、とまり木三本也。但し、上のとまり木ハ、下のとまり木へ糞のかゝらぬ様に、下の二本のとまり木は、ゑ入レ・水入レに糞の落ぬやうにつくべし。生木《ナマキ》のとまり木ハ、鳥の為に甚よし。ふる木ハ鳥の為にわろし。卯木あらバ、少しづゝ伐とりて、折々とりかゆべし。

一、菜立ハ図のごとく、はこべなきときハ青菜を立る。両三日に一度づゝ也。毎日なれバ、いよ〳〵よし。但、雛をとる為、庭籠へはなちてハ、青ミ一日もかくべからず。

一、餌は年中きミ也。ひえハわろし。ひえハ軽きもの故、鳥よハるなり。たとへバ、きみ五合ニゑごま壱合、よくきりまぜてかへバ、いよ〳〵よし。但し、庭籠へはなちて巣につきたる時、又とやといふて、羽のぬけかハるときハ、きみとえごまと等分ニし、あるハきミ三分二、えごま三分一、よくまぜてかふべし。大とやとて、一度にはら〳〵と大はねのぬけることあれバ、その鳥おちるもの也。ゑがひの手あてをよくすべし。しかれども、平生餌をつよくすれバ、鳥の足いたむ也。しすりゑ、鳥もおなじ。あまりつよき餌をかへバ、あしけ出て足をそこねる也。見はからひを専要とす。口伝。

菜たね出来しころから、共によくほしてかごへ入るれバ、カナアリヤよろこびて、からをむきてはむ也。えごまなくバ、菜たねもよし。

一、カナアリヤ・文鳥などのから鳥を、いく羽も一ッかごへ入れおけバ、喰ひあふて鳥のいたむもの也。たとへよくなれて、くひあふこと稀なりとも、かちあふて、鳥の為にわろし。かご一ッに鳥一羽づゝ、かふべし。

一、水入に水のたへぬ様に、水を毎日入レかゆべし。水入にて、その鳥水をあぶる故、水忽減るもの也。半時水を絶せバ、鳥おちる也。油断すべからず。冬ハ水のもつもの也。夏ハかハきやすし。水入レへ糞のおちぬ様にすべし。とまり木に糞かゝりて見ゆるとき、そのとまり木をあらふべし。別のとまり木にかゆれバ、いよ〳〵よし。

一、折々、水あミせかごへうつしとり、きり水をふきかけてやれバ、いよ〳〵よし。しバ〳〵水をすれバ、羽むしうする也。冬ハ四五日に一度、夏ハ毎日ニてもよし。但し、水入レニて、毎日みづから水をあミる鳥ハ、水をせずとも、羽むし多く生ぜず。

水あみせかごハちひさく、底もひごにして、そこ板なし。江戸にてハ出来合一ッニ付、八拾文位するもの也。たらひへ深サ一寸程水ヲ入、かごヲつけおけバ、みづからあミる鳥もあり。

水を見ておどろく鳥ハ、此かごへ入レたるま丶、かごを右手にもちて、きり水を吹かけ、よきほどに鳥しめらバ、元トのかごへうつすべし。

一、冬より春の内、秋の季《スヱ》ニハ、朝夕日のあたる処へ鳥をおくべし。日のめ遠キ処へのミおけバ、その鳥命みぢかし。

庭籠の事

一、カナアリヤの庭籠ハ、高サ三尺より二尺四五寸迄、おく行二尺前後、横行二尺四五寸より二尺迄ニ造る。これよりちひさくても、子の出来ぬにハあらねど、まづ大てい右の寸法をよしとす。箱のごとく、縦ニても松板にてもつくりて、前ハあげぶたにしてわくを組ミ、かなあミを張る也。巣口にとて左右の内、勝手よき方へちひさく口をあけ、こ丶も板にてあげぶたにする也。

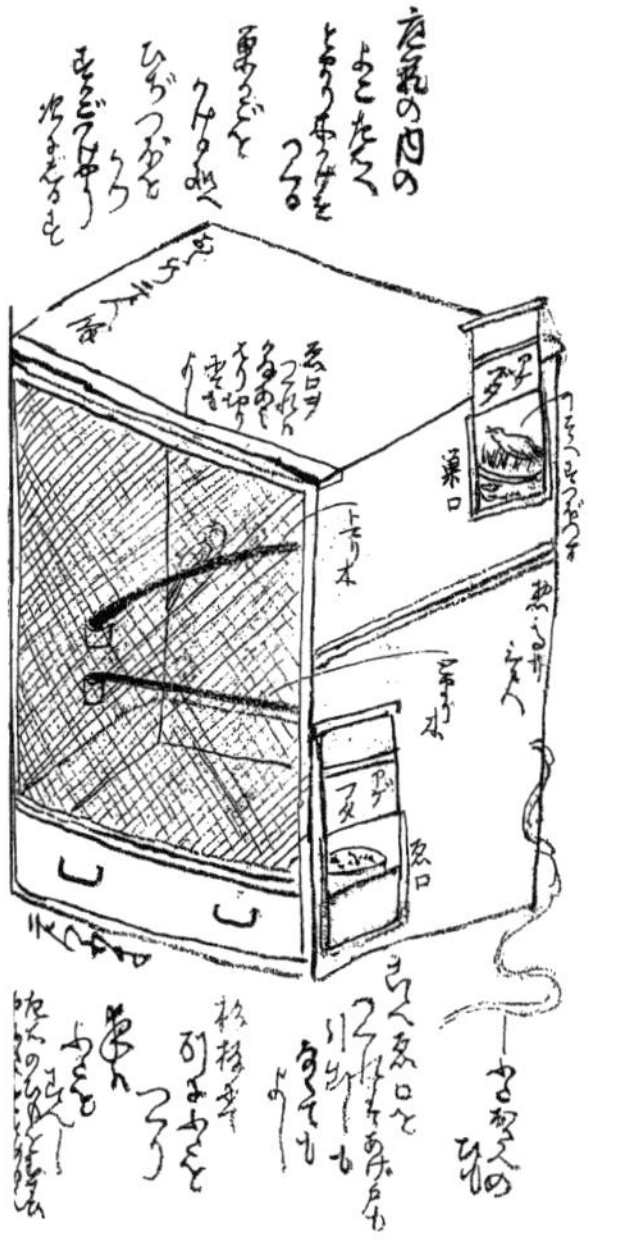

物高サ三尺　おく行二尺余　二尺五寸

庭籠の内のよこ左右へ、とまり木かけをつくる。

巣かごをかける処へ、ひぢつぼをうつ。すかごつけやう、次にしるす。

こ丶へゑ口をつくれば、あげ戸も引出しもなくてもよし。

杉板にて別にふたをつくり、夜ハふたをすべし。

左右のひもをむすび、戸ふたをしめる也。

ゑ口ヲつくれバ、かなあミはり切りにてもよし。

こ丶へすつぼつる。

とまり木　ゑ口　ふたおさへのひも
トマリ木　巣口　アゲブタ　アゲブタ

下ヲ引出しにすれバ、掃除の為にいよ〳〵よし。引出しなくてもよし。あげぶた一まいなれバ、あけたての節、鳥をにがすことあり。左右の内、下の方へ餌口《エクチ》をつけれバ、あけ立に心づかひなし。庭籠左(右)の如し。

巣つぼ

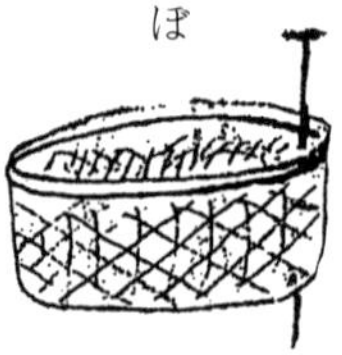

巣壺ハ、さしわたし二寸五分程のちひさなる目籠を、内外とも二三べん反故にてはり、藁《ワラ》をよく〳〵もミて、そこのかたへ敷く也。

さて、図のごとく大キなる釘を、笊のはしの方へさし置、此釘を、庭籠の内にうちつけあるひぢつぼへ、しつかりとさし込、ぶら〳〵せぬやうにすべし。ひなかへりて、日をへて出し見んと思ふ時、巣口のあげぶたをあけ、巣つぼをそつと出し見て、又元のごとく、ひぢつぼへ釘をさし入レおく也。その為に、巣口ハ巣つぼの出し入れ自由になる程の大サにあける也。又庭籠の内、角のかたの上へうつひぢつぼも、上のかたへよほどゆとりをして、巣壺(坪)を出すとき、揚て釘のぬきさし出来るやうにすべし。

一、巣つぼハ、わらを少し敷たる斗にて、庭籠の内へかけおき、扨此巣草を手一束に切り、鴨の小ばねの羽ぶしなきを少しまぜて、庭籠の内へ入レおくべし。カナアリヤさかり出て、七日ほど過れバ、自然と巣をひく也。巣ぐさ多ければ、巣があさくなる故、玉子ころげ落、或ハひなかへりて、巣よりこぼれ落ることあり。巣ぐさに入レかげんあり。口伝。

一、巣ぐさハ、江戸にてハ鳥屋にあり。一把四十八文位なり。一把を三四度に用ふ。ひつぢ稲の根の長キを、

巣草

はね

よくほしたるもの也。この巣ぐさに鴨の小ばねを少しまぜておけバ、カナアリヤ、よきほどに巣ぐさにまぜて、巣につくる也。但し、はねハ羽ぶしなきをよしとす。羽ぶしあれバ、子をいためる故也。あらバ、ふしを切りさるべし。巣ぐさハ何と限らず、筋なき草木の細根よし。江戸の外に、すぐさを売る処なければ、自分にて拵ユべし。根ハ至て細くこハきものよし。

一、庭籠の内へハ、随分あつく砂を敷べし。砂あつければ玉子まろび落、ひなのこぼれ落てもいたまぬ也。

一、ゑ入レなどへ玉子をうむことあり。手にてとれバ、その玉子かへらず、貝がらにてそつとすくひとりて、巣の内へ入レおくべし。

にハこ菜立

にハこ水入

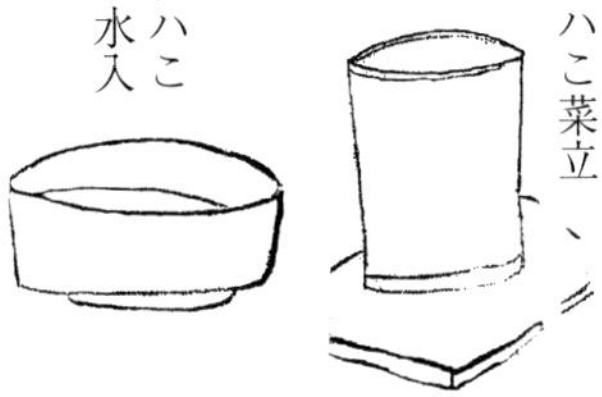

庭籠の菜立ハ、大きなる竹ニて、そのかたへ板ヲ打、筒へ水ヲ入レ、はこべをいつぱいにかたくさして、毎日入るべし。

水入も、此位のひらたく大キなるがよし。毎日水を入かゆべし。

一、牡蠣《カキ》売《ガラ》を粉にして砂のうへ江おくべし。かきがらをくハすれバ、玉子づまりせず、糞づまりせず。平生ともに、折々かきがらの粉をかふをよしとす。庭籠の内ハ、別してたやすべからず。

一、とまり木ハ、卯木の随分ふときを、よく〳〵ふしをけづりさり、鳥の飛まハるに勝手よきやうに、庭籠の内へ二三本つくべし。但し、巣の登り下りに不自由ならぬ様に間をはかりて、巣の入口六寸はなちて、一本とまり木をつくること。口伝。

ひなそだてやう秘伝の事

一、毎年春の彼岸の中日比より、庭籠へはなつ也。そのとしの寒暖によりて、早速巣をひく事もあり、又十五日も廿日も過て、巣をひくこともあり。いづれニも、ひがん前にハ庭籠へ入るべからず。寒けれバ、その子そだたぬもの也。

一、玉子ハ、極よき鳥ハ、一番子の時、六ッうむもの也。或ハ四ッうみ、又只三ッうむ鳥もあり、六ッハまれ也。うミどまりて巣につくハ勿論の事なれど、一ッうみても、夜ハ巣に入てあたゝめ、二ツうみて半日づゝあたゝめる鳥もあり。左様の母鳥の子ハ一度にかへらず、毎日追々にかゆる故、子に強弱ありて、そだちかぬる也。そのとき、前年のかへりそんじたる玉子をしまひおき、一ッうみこみたるとき、去年の玉子に墨にてしるしをつけ、かへ玉にしてあたゝめさせ、追々如此ニしてうみ揃ひたる時、かへ玉を引あげ、此度うミたる玉子を、不残入レてあたゝめさすれバ、いくつニても、一日に一度にかゆる故、そのひな、いづれも丈夫也。尤、玉子ハ手をつけず、貝がらにてとる也。しかれども、これらハ上手のかひ人のする事にて、初心の人ハ出来かねるわざ也。

一、うみ揃ひて巣につきし日より、十七日めにかへる也。うみそろひの日をかきつけおけバ、来ルいく日にかへるとしるゝ也。

一、おや鳥、玉子づまりすることあり。/その時ハ、とまり木へとまらず、砂の上へはらばひて動かぬもの也。半とき程見合せて、その鳥だん〳〵にふくれなバ、かきがらの粉を水にとき、そつととらへて口へそゝぎ入レ、又そつとはなしおけバ、しバらくしてうみおとす也。

それニてもなほうみ得ず、死なん〳〵とせバ、とらへてよく〳〵肛門を見て、内にいつぱいに張りつめてあらバ、さいかしの針にて肛門をさして、内なる玉子をつきくだけバ、おや鳥たすかる也。但し、これハ功者ならねバ出来かぬるわざ也。口伝。

一、庭籠の内、巣の前へあたる処のかなあミへ、にしの内のほぐ一枚、もめん糸ニて四方をぬひつけおくべし。巣につきてハ、人に見らるゝことをいとふ故也。たび〳〵巣口をあけて、巣の内を見べからず。多くハかへりかぬるもの也。

一、かへりて五日の内ハ、たとへおや鳥、ゑをかける事等閑なりとも、けつして手をつくべからず。七日たゝねバ、人手にハそだちかぬるもの也。

一、かへりなバ、朝夕おや鳥のゑをひらひに出たるあとにて、巣口よりひなを見て、のどにたくさん餌のありやなしやを見るべし。つねにゑのなき様子ならバ、かへりて七日、或ハ十日たゝバ、引あげて、おや鳥にかまはず、此方ニてそだつるがよし。それもはじめより、おや鳥ろく／＼ゑをかけず、ひなのおつる事あらバ、やはり巣におきて、毎日三四度づゝ、巣つぼを引出し、ゑをかけてやるべし。但し、人がゑをかけると、いよ／＼おや鳥ハ、ゑをかけぬもの也。

一、ひなにかける餌ハ、きみの粉に荏ごま・はこべ、等分に水にてとき、ちひさなるすり鉢にてよく／＼摺り、ゑ入レへとり、さてしんがきのてんつけ筆の先へ、右のゑをこれほどつけ、ひなの口をあく時、舌ヲつかぬやうに、いくへんも口をあくまでさし入るゝ也。一度ニたくさんゑをさすをよしとす。少しづゝたび／＼さすハわろし。さすとき手まハしをせねバ、口を閉る也。舌をつけバ、こりて口をひらかず。かへりて十日までのひなハ、手煉せねバ、よくゑをかけること難し。口伝。筆にてゑをかけねバ、ひなの口をそんずる也。筆ハ先やわらかなる故、舌さへつかねバ、口を損ずることなし。

一、ひなを引あげて、人手にて育るとき、あげつぼといふものへ入れおく也。此あげつぼの内へ、すぐさのまゝとり入るべし。

あげつぼのミ

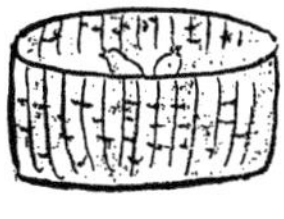

同ふた

あげつぼハ、江戸にハ鳥屋にあり。巣つぼより一トかさ大きく、わらにてかたくつくりたるもの也。江戸の飯ばち入レの如し。上に息出しの口あり。もめんいとにて、あミのごとくかゞりたるもの也。

此あげつぼへとりて、十日あまりを経れバ、ひなとまり木へつきたがり、内に不居。その時ハ、つねのとりかごへ、あげつぼともに入れおき、とまり木一ッつけて、鳥の自由にまかせおき、扨餌をかけるときハ、籠をとりのけ、下の台斗にして、ゑをかけ終れバ、又籠をかぶせおくべし。夜ハふろしきをかけ、或ハつゝミてもよし。

一、かへりて廿日斗経れバ、ひなおのづから糞のかたまりなどをつゝき、ひとりゑをはまんとする心出来る也。その時、きミをかごの内へまきおけバ、そろ〳〵とひらふ也。大てい、かへりてより三十日を経れバ、ひとりつぶゑをはむ也。よハき鳥ハ、四十日もひとりゑをはみ得ぬもあり。そろ〳〵と手を引て、はやくひとりはミをするやうにせざれバ、いつまでも人手を恋しがり、人さへ見れバ口をあく鳥あり。見合せ肝要也。

一、おや鳥よくゑをかける故、かまハずにおく内、追さかりつくことあり。さかりつきてハ、子鳥に等閑になる故、その時ハ、はやくひなを引あげて、人手にてそだてねバ、殺すもの也。

一、はやく二番子をとらんと思ハゞ、かへりて六日七日めにひなを引あげ、おや鳥も別々につねのかごへうつしおき、又七日経て庭籠へはなせバ、それより七日八日めにハ、玉子をうみ込む也。但し、いつも庭籠へ入るゝ時ハ、きり水をふきかけて入るべし。

一、おや鳥に甚功者・不功者あり、不功者ハ多く、功者ハまれ也。その内、男鳥のよくゑをかけるハ、そのひなそだつもの也。雄鳥のゑをかけぬハ、そのひな育がたし。邪《カヘ》ス事ハ、いづれの母鳥も邪《カヘ》さぬハなけれども、あるひハあまり大切がりて、抱ころし押つぶし、或ハ只抱てのミ居て、ろく〳〵餌をかけぬ故に、ほしころしなどして、不残育るおや鳥ハ、甚まれなるもの也。その内、壱番子ハ、おや鳥になりてよし。弐番子のおや鳥ハ、玉子さへかへしかぬるが多し。弐番子・三番子ハ、子をとる為にハならぬもの也。壱番子ハ、鳥の岦《カサ》大きく達者也。弐番子ハ、鳥の岦《カサ》劣りてよハし。三番子ハ、いよ〳〵ちひさくて、親鳥にはならぬ也。弐番子までハとるもよし。三番子を邪《カヘ》させて育ても、親鳥にならぬ故、無用のもの也。只利の為に飼ふ人ハ、三番子をもとりて売れど、なぐさみにハ三番子をとるべからず。三番子ハ、五月に至りて孵る故、おや鳥格別によわり、子鳥ハ育がたし。労して功なきわざ也。ひなの育かぬるおや鳥ハ、弐番三番子なりし故なり。よく〳〵おや鳥を吟味すべし。

右、先便御頼ニ付、あらまし記しつけ候。此外ニも、飼やうさま〴〵口伝候へども、長けれバ略し申候。以上

笠翁

進上　牧之様

牧山様

先般、拙者退隠剃髪を御祝ひ被下候ニ付、是より何ぞ祝ひ候て、進上可仕奉存候処、遠方之事ニて、不任心底候。依之、先便カナアリヤかご、其外之事御尋被仰下、手透之節記し候て、御めにかけ候様、被仰下候故、渡世の著述すら出来かね候へ共、此一冊を綴り候て、進上仕候。これ則、先便御芳志之答礼と申上候。御重宝ニも相成候ハヾ、本望の至ニ被存候。牧山様、飼鳥御好キのよし、かひ鳥の事認候物ハ、『百千鳥』などいふ板本の小冊あり。其外、半紙形の板本も有之候へ共、いづれも麁漏なるものニ御座候。カナアリヤハ近来の物故、くハしく書あらハし候板本、一切無之候。牧山様ニ被進候様ニと存、如此之筆記ニ及び候。以上

笠翁

牧之様

再白

お梅袖助年紀考

一、享保十七壬子年、お梅誕生ス。

一、延享四丁卯年、お梅十六歳。是年、お梅与袖助、共ニ走ル二于江戸ニ一。

右ハ、お梅孫女杢之助妻の説に、お梅ハ文政六癸未年より十九年已前ニ、七十四歳にて没したりといひしといへば、お梅ハ享保十七年の生れにて、十六歳のときハ延享四年に丁る也。

一、寛延二己巳年、お梅娘みよ誕生。もしくハ、寛延元戊辰の年に生れたる歟。

延享四年に、お梅江戸へ流寓して、その翌年におみよハ生れし歟、又中一年おきて生れしか定かならねど、まづ寛延二年のうまれとする也。

一、宝暦元辛未年、おみよ三歳。是年、お梅袖助と離別し、娘を抱キて越後へ帰る。江戸に僑居五ケ年、時にお梅二十歳。一二云、江戸にありしこと、足かけ四ケ年ならバ、越後へ帰りしハ、寛延三年の事にて、お梅が十九歳のときなり。

一、天明五乙巳年、おみよ三十五歳。先レ是ヨリ、鋳物師吉左衛門が妻となりて、二女を産り。その長女ハ、時に十六才。この年、おみよ没ス。時に、お梅五十四歳也。

一、文化二乙丑年、お梅没ス。享年七十四歳。

おみよ、もしお梅・袖介が江戸へ赴キたる翌年、寛延元戊辰の年に生れたらバ三十五才にて、身まかりし年ハ天明四甲辰年なり。この年、鈴木屋の息子十七歳、天明五年ならバ、十八歳のときなり。

みづから亦復考給へかし。

一、延享四丁卯年、袖助二十許歳。是年、お梅を将て江戸に奔リ、神田佐久間町に僑居すること五ケ年。もしくハ四ケ年歟。

一、宝暦元辛未年或ハ寛延三庚午年、袖助二十多歳。是年、お梅と離別して流浪し、甲斐の郡内の近村なる貧民の家に入贅ス。入贅せしハこの年の事歟、一両年流浪して後の事歟詳ならねど、姑くこの年の事とす。

一、宝暦七丁丑年、甲斐にて袖助が女誕生ス。

一、明和六年已丑某月日、袖助が妻死ス。是年、その女十三歳、袖助ハ三十余歳なるべし。

或云、安永元壬辰年、袖助が妻没ス。是年、その女十六歳。

一、天明五乙巳年一云、天明四甲辰年、袖助、その女を携て到ルレ自ニ甲斐一。おみよ没して僅ニ六日也。袖助密にお梅と再会し、初てその訃を聞て、彼此愁嘆す。号哭の声、四隣を驚すに迫るといふ。是年、袖助五十七八歳なるべく、袖助が女児ハ、二十八歳なるべし。

もし天明四甲辰の年ならバ、袖助が女ハ二十七歳歟。この年、木工之助が妻お梅・袖助が孫女なり十六歳也しといひしといへバ、去年牧之ぬし、おん身ハ今年幾十歳になり給ふぞと、その年を問ひ給ハヾ、十六才のときハ、天明四年か五年か、定かにしらるべきを、去歳癸未の年、木工之助が妻の年歳を問もらされし故に、袖助が越後へ来つるとしを、天明五年とも四年とも、一定しがたきハ残念也。しかれども、天明四年五年、この両年の間はちがふまじく思ふのミ。

一、寛政二庚戌年十一月二十日、袖助死《ス》㆓于甲斐《ニ》㆒。享年六十余なるべし。是年、その女三十三歳一云三十二歳、お梅ハ五十九歳のとき也。袖助越後へ赴キし年より、こゝに至て僅に六ケ年なり。お梅と離別せしより、四十ケ年を歴たり。

木〔工〕之助が妻の説に、袖助ハ、去歳文政六癸未年より三十四年已前の、十一月廿日に身まかりしといひしといへバ、寛政二年の冬没せしに疑ひなし。

右、去年中御認被遣候お梅が孫女吉里村木工之助の妻の説によりて、お梅・袖助の年紀を推考候処、如此ニ候。但恨らくハ、袖助が甲斐の住処、何郡何村といふ事、定かならで、残念ニ候。木工之助が妻女の年を御たづね被成候へバ、袖助が越後へ来つるハ、天明四年か五年か、これハ定かにしらるべく候へども、いハゞ無益の事故、さのミあなぐり質《タヾ》さずともありぬべし。

○お梅ハ越後へかへりて後、何人の妻になりし哉、これハ承りたく候。かく年紀を推考おくよしハ、他日もし閑あらバ、お梅・袖助が実録を、写本にしるして秘おき、後世の夜話に遺スべく存候故也。中々板本などにして、世にあらハすべきものにハ無之候。その物がたりの末へ、楠公の書も載候て、おくへ愚評をも書くハへ候はんと存候のミ。いつ出来ることやら、難斗候へども、まづしか存罷在候。折角御ほね折らせ候事故、推考の年紀をしるし候て、御めにかけ候。これ将好事の固癖なるべし。一笑千笑。

楠公書家訓の巻物之事考評余論

この書ハ、甚疑しきものにて、つやつや信じがたきよしハ、別紙愚評の漢文に記し候趣に候。しかれども或説に、慶安の賊の手より出て、賊徒駿府より逃去るとき、この巻物を懐にして甲斐に赴キ、云々の民家に棄しといふ事ハ、誰が説かハしらず候へども、誠に左もあるべく思ひ候よしハ、この巻物二重箱に納めて、表装甚美麗なるよしを、先年御物がたりに承り、尚又其後、右之まき物の写しを見て、偽書ならんと存候に就て、いよ〳〵雪印が蔵弆せし物にてもあらんと存候なり。よしや、楠公の真跡ならずとも、伝来もし右のごとくに候ハヾ、おかしき物に候。お梅・袖介が物がたりを、実録に認候半にハ、必このまき物のうつしをも、末へのせねバならぬ品也。縦楠不伝よりもち伝へ候品也とも、むかしの人も偽書することあり。子孫ハ真偽のわきまへもなく秘蔵して持伝へ候事、道俗ともに今も多く有之候事ニ候。楠が桜井より正行へおくり候遺書も河内にあり、又越後にもあり、その外ニもあり。ケ様の書、二通とあるべき筈なし。しかるに、こゝにもかしこにもあるハ、いづれが真跡ぞや、今ハ定かにしるものあるまじく候。又むかしの大名の署翰の、今の世に残り候もあまた候へども、自筆とも定めがたく候。其節、右筆にかゝせて、花押のミ手づから書く事ニ候へバ、それすら自筆か右筆の書たるか、定かならず候。況や楠公の真跡など、二通も三通も、今の世にあるべくも不覚候。就中この巻物などハ、甚うたがハしく、信じがたく候へども、持ぬしへは必々、拙者がケやういふたなど申事、御噂御無用ニ被成可被下候。貴君ハ年来の懇友故、思ふ事をもいハで返さんは、友たるかひもなく存候間、内々無覆蔵申述候迄ニ候。あなかしこ。他見他聞ハ尤憚入候。ひめ言に候事と申よしを、御心得可被下候。世に好事の癖ありて、古書・古画・古物を好ムのミにて、博覧具眼の方に疎く候へバ、動すれバ、その好む処より欺れ、燕石を十襲する人も、世に少からず哉と存候。ちかごろ世にあらハれたる、檜《ノ》垣老女が自作の像、又奥州石の巻《マキ》より掘出せしといふ田道が墓碑、角田川某寺の貞観の石仏、播州なる藤原の経房の遺書等、はじめハ人々珍重し、手《テ》々にうつしとり、もて伝へ候ひしが、悉くみな贋物にて、真のものハ一ツもなし。偽物といふ事、やう〳〵にしられて、いつとなくいふものもなくなり候。かゝれば、古筆・古器にて、伝来正しきものといふとも、うかと信ずまじき事ニ候。具眼博覧の人々に問合せ、よく〳〵

考候て、真偽定りて後に秘蔵すべき事ニ哉と存候。『書経』に、「得がたきのたからをもてあそべバ、志をうしなふ」とも見へて候。かくハいへども、おのれも今以好事の癖うせかねて、毎度自笑いたし候事、折々有之候。あなかしこ。閏八月二日記。

この書、別に稿を易へず、はつかに二日ばかりにしるしつけたり。只すみやかなるをむねとして、はしり書ニ書ちらせしかバ、不文ハいふもさら也、悞脱もあるべし。よく／＼猜《スイ》して見られん事を祈るのミ。

（別筆「鈴木㊞」）

30　文政八年正月二十六日　篠斎宛

御慶、尚又めで度申納候。余寒祛かね候処、弥御清福被成候由、奉賀候。然ば、早春之御状、四五日前、伝馬町御店より被達、忝拝見仕候。御繁務之御中、御細翰被下、不取置、くり返し拝読いたし候事に御座候。拙著『傾城水滸伝』、并に『殺生石後日』御覧被成候よし。『金ぴら船』二編は、本いまだ廻り不申候よし、此程は御覧被成候半と奉存候。『殺生石』は、四ケ年已前之拙作にて、一昨年之冬、中本にて出板、それヲ昨年之冬、合巻にいたし候古板にて御座候。尚又、『縁むすび文《（紋）》の定もん』と申合巻、旧冬おしつめに出板いたし候。外に、『姫万両長者ノ鉢ノ木』と申合巻も、旧冬出来いたし申候処、これは板木出来かね、当冬のうり出しになり候筈に御座候。去年は拙作、これらに不過候。『巡島記』六編も、過半稿本出来候処、筆工書払底にて、さし支申候に付、早春よりやう／＼筆工か丶せ申候。来正月二日うり出しにはなり可申候。『八犬伝』は板元不如意に付、出来かね申候。旧冬板元、もと手専才覚の風聞有之候処、金主故障にて、及破談候よし。左候へば、当分出板の手当も尽候故、出板なりかね可申候。作者のわざにあらず、板元がほらぬ故、いたしかた無之候。『玄同放言』のあとも、とかく随筆はうれ口あしく候よしにて、板元より合巻の作のみ、ひたものさいそくいたし候。板元の好まぬ事故、『放言』もそのまゝ、打捨置申候。悴病気已来、家事に事多く、追々著述ごゝろ失候而、近来は一向に著述もいやになり申候。これと申も、老邁之気根うすく成候故と奉存候。

一、悴事、毎度御尋被下、忝奉存候。去年中、いろ〳〵保養致させ候に付、大発りも無之、彼是閉居三年に及び候間、旧臘試にまづ出勤いたさせ、松前家へも年礼に罷出候処、正月七日途中より、以之外胸痛いたし、一歩も運びかね候に付、途中にて日をくらし、夜に入、駕にておくられ、帰宅いたし候に付、甚驚キ、いろ〳〵療治いたし候へば、此節は少々ヅヽ快方に御座候。何分にもむづかしき病症にて、よきがよきにもたち不申、甚困り申候。御賢察可被下候。右に付、年始書状等も、及延引御返事申上候仕合に御座候。

一、去年隠居已来、神田辺には屋代太郎殿はじめ、好事の学者も多く候而、追々出会いたし候。是迄廿年ばかり閉居いたし、貴賤となく人には交り不申候処、つく〴〵考候へば、もはや半生ヲ過候而、悴は多病也。ちと人間に出候も一ツの保養と存、これ迄度々御使被下候諸侯方へも一度は罷出、昔年失敬之申わけいたし候。依之、好事の友どち、去春より七八人、耽奇会と申事ヲ催し、おの〳〵珍蔵三品ヅヽ、もちより勘考いたし、その図説ヲおの〳〵うつし、冊子にいたし候。毎月の事故、もはや十巻に相成り候。『耽奇漫録』と名づけ申候。某も右之連衆江、無拠くはえられ、去冬より出席いたし候へども、某は右之品々、うつし候いとまも無之候故、席上にて見候のみ、折々人のうつしとめ候本ヲ借候て、見候斗に御座候。然ル処、尚又小説会と申事ヲ催し、去冬よりおなじ連衆にて、おの〳〵随筆一編ヅヽ稿しもちより、席上にて披講いたし、一会の稿本ヲ一冊にいたし、『兎園小説』と名づけ申候。これも毎月の事故、追々大巻に及び可申候。なれども、好事のみにて文気無之仁も多く交り候故、只実事ヲつゞり候のみにて、はか〴〵敷説も見え不申候。なれども、連衆ぎりの事故、禁忌に不管、当時之事といへども、つゞり出し候故、中にはおもしろき事も御座候へども、奇談怪談のみ多く、考はまれに御座候。これらは却テ、いそがしさまさり候。かく遊びくらし候ては、すまぬ身分なれ共、貧は元来覚期の事に候へば、その間にて少しづゝ著述もいたし、妻子ヲ餓さぬやうに致し候のみに候。たとへ家事にはくるしみ候ても、まづ〳〵大屋様の世界ヲのがれ候而浪人之事故、これのみこゝろやすく存、それ故又、世の中へも立まじはり候事に御座候。御一笑可被下候。

一、去年中は、当地にもいろ〳〵珍事有之候。定て御聞及びも可有之候へ共、あらまし注し申候。

一、去秋中より、両国にて駱駝ヲ見せ物に出し候処、大あたりにて、今以見せ候よし。右に付、駱駝のにしき絵はさら也、詩人文人、故事ヲ引候考も多く、詩歌等、多く出申候。

一、同十月より、ビヤボンと名づけ候、鉄にてこしらへ候口ぶえ流行、小児もつぱらもてあそび、大人も珍重いたし候故、ビヤボンの大小、おとし咄しなど、追々に多く出申候。

一、同十月十日、上州阿久津村百姓才一郎養子宇市十八才、実父源助のかたき安兵衛と申ものを、四谷塩町にて討とめ申候。右御検使之節の宇市口書、并に同十一月右一件済仕、被仰渡候御書付もうつし置申候。未被成御覧候はゞ、追而うつしあげ可申候。

一、同九月晦日、信州水内郡久保寺村百姓幸助と申もの、『大般若』勧化の為、夏中より江戸へ出府いたし、九月晦日、右『大般若』十巻斗背おひ候まゝ、大師の遷座へ参詣いたし候処、群集におされ倒れ候節、一人の武士の脇ざしさやばしり、幸介肩さきへ落かゝり、せおひ候ふろしきは切れ候へども、その身には恙無之候。然ル処、旅宿の棚へかけ置候、幸介所持の善光寺の阿弥陀のかけ物、右同刻に棚より落候に付、旅宿のあるじおどろき、とりあげ見候へば、かけ物の左りのかた、自然と三寸斗切レ込、仏のかたへかゝり、如来の肩さきより血ながれ候事、一寸弱也。某も一覧いたし候処、相違無之候。依之、「身代りあみだ《(だ陀)》の記」一編綴り置申候。縁記も近日出板いたし可申候筈に候間、あとより入御覧可申候。

一、松平冠山様二万石。長門守殿御隠居也姫うへ、おつゆさまと申、四ケ年已前十一月廿七日、六才にて身まかり給ひしが、此姫うへ、観音の化身と申ふらし候。御没後に書おきのたぐひ、数通あらはれ申候。その内、父うへの大酒ヲ諫め給ふふみ壱通、又つきの女中おたつ・おときへのこし給ふ和歌に、

えんありてたつときわれにヿかはれしいくとし
へても《(へだても)》わすれ給ふな

又、母人おたつどのへ遣し給ひし歌に、

までしばしなき世の中のいとまごひ六とせのゆめ
のわすれがたさに

又、御家中の惣男女へのこし給ひし歌に、

うたがひのふかき衆生をさまさんとつたなき筆に
かきのこしけり

後世をばねがはずとても第一にぢひとなさけとほ
どこしとみち

神ほとけへだてぬやうに心もてこの世はさかえ後
世はあんらく

しゆうとなりけらいとなしたそのほかも貴せん上
下のへだてなくたすけてやらふ心ひとつで

又、雑司ケ谷鬼子母堂へ奉納の為に、さるをぬはせ給ひし、その袋のうらに、

えにしふかきが故に父となし、心みちある故に母
となし、おんをうけ恩をえんとしてみちびく

うまれ出ておやよりおもし水のおん

又、さくらの自画賛

つゆほどの花のさかりやちござくら

雨の画賛
　あめつちのめぐみぞたかしおやのおん
蝶の画賛
　おのが身のすゑをばしらずまふ小てふ
など、追々にあらはれ申候。則御蔵板にて、『玉露童女行状』一巻出来いたし候。まことにめづらしき神音に御座候。墓所は牛島弘福寺にて、法名は、
　文政五年十一月廿七日
　浄観院殿如　玉路大童女
　享年六才
平生の行状、実に観音の化身ともいふべし。いにしへ聖徳太子なども、かゝるよしありけんと思ひあはされ候。いかゞ。御高評承りたく候。
一、琴魚様へも書状上可申候処、近来別して御繁事と承り候へば、不及其儀候。此奇談の趣は、くはしく御伝可被下候。
忰事、同様御両所様へよろしく申上度よしに御座候。例之乱書失敬、可然御推読可被成下候。猶期永陽後便之時候。恐惶謹言

正月廿六日　　笠翁　解
篠斎大人

31　文政八年正月二十六日　篠斎宛（別包添状）

御賀状御添書、拝見仕候。思召よせられ、御とし玉として、志摩の手島名産糸わかめ被贈下候よし。是は別段に御指出しに付、御状より後着可申旨承知、忝仕合、奉多謝候。殊に、わかめは家内一統好物之品、着之節、早速拝味可仕候。右に付、貴詠、例之事ながら、忝甘心仕候。よつてとりあへず、

いせの海なみの便りもまたれけりわかめづらしき
君がたまもの

筆下の漫吟、一笑千笑と奉存候。これよりは何も指上候もの無之、例の丸薬一包、并に駱駝の大小一枚、とし玉のしるし迄に進上仕候。御笑留可被下候。頓首

正月廿六日　　笠翁

篠斎様

32　文政八年正月二十六日以降　篠斎宛追啓

追啓。去る廿六日、書状指登せ可申与、昼後より認罷在候節、客来有之、夜に入退散、かれ是五時前に成候故、飛脚屋間に合かね候半と存、燈下に心せはしく封じ候而差遣し候故、御とし玉の御礼申上候別紙、并に是より差上候とし玉ヲとり落し候而、封じ込不申、机の下へ差置候を、翌朝見つけ候而、甚後悔いたし候。定而何とか思召候半と、心ぐるしく奉存候へども、せんかたなし。然る処、今日右之わかめ着に付、自由ながら、伝馬丁御幸便によせ候て、右御礼状、并にとし玉差上候。とかく年中せはしく候而、かやうの麁忽、往々有之候。御海容可被下候。右申わけまでに、如此御座候。

笠翁

篠斎様

33 〔文政八年〕二月二十日　山崎美成宛

（表書「長崎屋様当用　滝沢」）

今日、仏庵翁江御同道之義、かねて御約束致候処、一両日風邪ニて、其上昨日之雨天、今朝木履ニてハ歩行難義ニ付、出かね申候。もし快晴いたし候ハゞ、御跡より罷越可申被存候間、左様御承知被下、皆々様へ可然奉願候。以上

二月廿日

尚々、仏庵翁所書、くハしく御書付被下候様に奉願候。以上

○輪池様よりも、只今御使被下、有がたく被存候。是又よろしく奉願候。以上

34 〔文政八年頃〕二月四日　近藤重蔵宛

伏稟

『水滸』代銀十弐匁、わざ〱為御持被遣被下、慥ニ奉請取候。いつにてもよろしく御座候処、御繁多中御心配、却而奉恐入候。此段、可然被仰上可被下候。右御請迄、如此御座候。以上

二月四日　馬琴

広小路様

御使中様

一、『巡島記』惣勘定書付、わかりかね候処有之ニ付、今一編書付、御めにかけ候様被仰越、致承知候。拙者方ニてハ、商人衆とちがひ、さしたる帳面も無之、只心覚斗ニ、いそがしき片手間ニ、ちよく〳〵としるし置候事故、四五ケ年已前の事ハ、代かり斗ニて、わけ合、とくと覚不申も可有之候。何と申処、わかりかね候哉。尤、是迄金子前借有之候ニ付、とくに可請取勘定も、少々事ハそのまゝニいたし置、此度一処ニ惣勘定ニ書加候事ニ御座候。左様御承知可被下候。いろ〳〵入組、長文ニ相成候間、夜分など御手透之節、再応御熟読可被下候。遠国は何事も筆談ニ付、口で申候へバ、一寸相済候事も、文面ニ申談じ候事故、是も一仕事ニ御座候。江戸板元より、万事ニ手間多くかゝり候事、是ニて御さつし可被下候。右両度之貴命、如此御座候。乱筆、よろしく御推読奉頼候。以上

35　文政九年十一月十二日　河内屋太助・太二郎宛

十一月十二日　　　　滝沢笠翁

河内屋
　太助様
　太二郎様

覚

一、『巡島記』六編二の巻
　初丁より廿五丁迄。

　但、四・五・十七・十八、四丁不足。

右、壱ばん校合いたし、差登せ申候。よく〳〵入念、直し落無之様ニ御直させ、直り候節、先づ其御方ニて、一通り御引合被成御覧、よく直り候ハヾ、二ばん校合ニ可被遣候。以上

36　文政十年正月二十五日　牧之宛追啓

目出度致追啓上候。漸々催春色候処、御地被成御揃、弥御安全被成御座、奉賀候。当方相替候義無之候。然ば、旧臘之御細翰、相達候而、其砌忝致拝見候。相不替、為歳末御祝儀壱包、被懸御意、御芳志不浅、忝奉存候。其節、御状已前ニ、是より呈候節翰之御返事ニ付、事済候義は致文略候。かねて御注文之合巻も、当春ははやく相届候よし。右代銀ハ、二見屋ぬしより請取申候。

一、御令娘様は大病の処、追々御痊快ニて、今程は平生より御健栄ニ被為成候よし。何寄以めで度、奉賀候。平生之御行状、御信心之余慶ニ可有之与、蔭ながら大慶至極被存候。

一、今成氏様御催追善集之事、拙句去冬中、貴家様迄差上候。其已前、今成様より、遠国之分は四季の発句を集メ申候間、四季の発句を認遣し候様、被仰下候ニ付、則追薦拙句之外ニ、四季之句ヲ認上候事ニ御座候。然ル処、去冬貴君より之御返事ニ、あまり句多く御座候て、衆評之上、相定メ可申よし、被仰下候。左候へバ、追善之句ニて事済候義と被存候。拙作、元より後世の俳諧師の気ニは入申まじく候。拙キとても、発句などにて誉レヲ求候心も無之候間、人のえらみヲ受候望も無之候。先達而認上候四季の発句ハ、御とり捨被成候而、追善之雪の句を御加入被成候様ニ、此段、今成様へ御序之節、無御失念、御伝声可被下奉願候。右御編集序跋の内、貴作御文御加入之つもりのよし、一段之事と被存候。追善集など中ものは、其連中ニのミもてはやし候もの故、文之巧（功）拙はともかくも、骨肉親友の御手向は、格別御追善にも相成可申候。乍併、今成様ニも、去冬中ハ御造酒蔵御修理ニて、右之編集も御延引のよし、御尤ニ被存候。いと〳〵寛々と御彫刻被成、只今現在之御要用ヲ先ニ被成候事、尤可然義と被存候。

一、去冬中ハ、江戸表めづらしき大雪ニて、十二月入り、寒の入初雪にて大雪、壱尺五六寸もつもり候所、夫より十二月十五日迄、以上三度雪ふりつゞき、尤甚寒ニて、さむさも例より凌かね、日々北風ニて、右之雪、一向解ヶ不申、道のぬかりハ上辷りいたし、往来ニてころび候もの甚多く、人々大難義いたし候処、十二月廿七八日比ニ至り、やう〳〵雪もとけ、少々道もよくなり候処、正月六日ニ又々大雪ニて、三四尺つもり候。ケ様之大雪ハ、近来覚不申候。又、此雪ニて道ぬかり、往来甚及難義候処、凡十五日程、右之雪はけ不申、漸々両三日已前ニ解つくし、道もよくなり候へ共、山の手辺日影ニ疎キ処ハ、今以道あしく、こまり候よしニ候。乍去、此分ニて秋出水さえなく候ハゞ、当年も豊年なるべくと、歓しく存候。御地ハ、旧冬ハ例より雪も少く候よし、当春之御状之趣ニてハ、節分後大雪ニて可有之と奉察候。いかゞ哉。

一、当春七日之御別翰、忝致拝見候。年始御祝詞は、別紙ニ申納候。御とし玉御肴料被下、毎度御心配、御深志忝仕合被存候。御令娘様御病気御全快、めで度春ヲ御迎、別して御本望之至ニ可被成御座被存候。拙方悴《セガレ》病気も、いつも同様ニて、春ヲ迎へ申候。先あの分ニてかたまり候間、少しづゝの出来不出来ハ有之候へ共、打臥候事も無之候。御休意可被成下候。老妻ハ老衰いたし候而、娵《ヨメ》もなく候へバ、家内のせ話、拙者一人ニて、さて〳〵こまり入申候。御遠察可被成下候。

一、『八犬伝』、『朝夷巡嶋記』の両よミ本も、彫刻やう〳〵出来いたし候へ共、さん〴〵にほりちらし、校合今以相済不申候。うり出しニは、二月中旬下旬ニも及び可申候。春も右之校合にて、日々せわしくくらし申候。尚永日、寛々得貴意候。妻并ニ宗伯義も宜申上度よしニ候。皆々様へ可然御伝声奉頼候。恐惶謹言

正月廿五日　笠翁

牧之様

梧下

尚々、此新板四冊、とし玉の御返ニ御笑ニ備申候。
御孫女様へ御上ゲ可被下候。以上

37　文政十年三月二日　篠斎宛

（端裏書「亥三月二日出」）

追啓。疾ニ可奉呈拙翰候処、二月上旬より持病之疝積ニて、憚ながら右の足の筋縮り、着座いたしかね、横ニのミすハり候ゆゑ、筆とり候ニ懶く、如此延引仕候。磊惰失敬、御海容可被下候。昨今ハ、よほど痊快ニ赴キ申候。是又御休意可被下候。

一筆啓上仕候。寒暖今に不同之気候ニ御座候処、皆御揃、弥御栄福可被成御座、敬賀奉り候。拙宅無異罷在候。乍憚、御休意可被成下候。然ば、正月廿三日之貴翰、二月七日ニ伝馬丁御店より被相達、忝拝見仕候。是よりも、かねて御安否相伺旁、可奉呈愚札処、旧冬は別而多用、早春もよミ本校合等ニて不得寸暇、遂ニ御返事ニ罷成り、不本意之仕合、御宥恕可被下候。そもく、去秋中は、久々ニ而得拝話、今以、度々怦与御噂申出、大悦不過之奉存候。乍去、一向ニ麁末之仕合、万事御心易ニ任せ候。不敬之至り、汗顔仕候。然ル処、今般御厚礼被仰下、弥恐入候仕合被存候。其砌、大坂表御所要長引、御帰郷も冬ニ及び候よし。其上、北堂御物故、彼是ニて御多用之趣、初て承り、意外之事ト奉想像候。なれ共、其砌、浪花御逗留も御不都合之筋ニも無之、北堂御高齢八十五ニて、めでたく終らせ給ひしよし、此上の御事と被存候。

一、御地菅想寺碑文、本居老の作、千蔭書れ候ヲ、御彫刻御出来のよしニて、御とし玉として一枚御めぐみ被成下、千万く忝仕合被存候。其後、右拓本着、早速拝見仕候。記者と申筆者と申、近来之一大碑と、大慶不過之被存候。早速表装可申付存居候処、過日小梅の仏庵来訪。此老人、今茲七十六才ニて能書、筆力壮年に劣らず、大好事家にて、和漢の碑・古法帖等多く蔵弆のよし、ぜひくかしくれよ、写し置度と申候故、貸し遣し候。返り次第、表装致せ可申と被存候。

一、去年御出府之節、紀藩ニて御蔵板ニ御彫刻之『貞観政要』壱部、御投恵可被成下候よし、被仰候得ども、仮初ニ承り罷在候処、右之書壱部、是又被贈下、遠方御脚費旁、御芳意、今にはじめぬ事ながら、大慶至極、御礼謝し尽しがたく被存候。右之書着之上ニて、拝謝之回翰可呈と存、心まちいたし居候処、二月廿二日ニ至り、菅相寺碑本・『政要』共、伝馬町御店より被相達、忝慥ニ落手仕候。先打見候処、美本にて、こたへら〔れ〕ず候。その日より直ニ繙キ候て、只二ケ日ニ披閲仕候処、世に流布之印本とちがひ、頭書等も御座候へバ、尤佳本、永く秘蔵可仕与被存候。然ル処、八ノ巻・九ノ巻両巻共、十五丁メ落丁御座候。いかゞいたし候哉、八ノ巻も九ノ巻も、十五丁メヲ脱し候事、遺憾不少被存候。依之、八九ノ巻ハ表紙ニ折ヲつけ不申、そのまゝ差置申候。何とも申上かね候へ共、御序之節、八ノ十五丁メ、九ノ十五丁メ、御すらせ、被遣被下候様、奉願候。乍併、のどづゝミ致し有之候本故、右落丁、さしこみニも甚手おもく可有之哉。願くハ、御地之書林抔ニ参り居候本の内、八九ノ両巻ばかり、御引かえ被下候ハゞ、此方ニ有之候八九ノ両巻、返上可仕候。尤、道中往来の脚ちんハ、江戸払にて被遣可被下候。但シ、御引かえ被下候事、被成がたく候ハゞ、落丁之処斗御すらせ被下候様、奉希候。却而御労煩御厄会ヲかけ奉り、恐入候へ共、あれ程(故)の美本、二冊共落丁有之候てハ、玉ニ疵ニ御座候間、無疵ニいたし秘蔵仕度、無拠奉願候事ニ御座候。此節、忰も読居申候。同様宜申上度よしニ御座候。

御投恵の

　『貞観政要』壱部の内、

　八ノ巻　十五丁メ落丁

　九ノ巻　十五丁メ落丁

右之通、御覚可被下奉願候。

○御案内のごとく、『政要』ハ坊間印本壱板にて、誤りも多く候処、この御蔵板発行候へバ、世の学者の為、裨益少からず、何より之御義と奉感心候。『大学衍義』『貞観政要』ハ、尤有用之書ニ御座候得ども、是迄手廻り不申、両書共蔵弃不致候ニ付、『政要』甚重宝仕候。『大学衍義補』ハ、『衍義』より甚高料ニ御座候。おなじくハ『衍義補』ヲと存候て、先年頻りニ書籍かひ入候節も、つひ求メ不申候。近年ハ読書のいとま稀ニ候上、忰病身にて勤学も致しかね候へバ、末たのもしげなく存候ニ付、書籍かひ入候事も稀ニなり申候。御一笑可被下候。

一、去秋、大坂にて『水滸後伝』御手ニ入候よし。右之本ハ虫入ニて、欠も両三巻有之候処、幸ひ云云ニて、欠本の処かき入レ、御補ハせ可被成候よし。右『後伝』ハ、野生、むかし尾張にて、一寸披閲いたし候。天花翁作之方のよし、委曲被仰下、珍重御同慶仕候。『後伝』、今ハ世に稀ニ候処、御手ニ入候段、何より之御義被存候。よき御人に御ちなミ、早速御繕写も御出来の御様子、たのもしく被存候。并ニ、『北宋三遂平妖伝』と申小説も御手ニ入候よし。是ハ、去年一寸物がたり仕候、通俗本之原書のよし。是又拝見いたし度、『後伝』共ニ渇望仕候。乍去、遠方の御事故、道中費用もかゝり候へバ、両三年の内、御出府之折など、御荷物中へ被為入、御下シ被下候ハゞ、御都合も可然と被存候。左様之析、『後伝』共ニ恩借奉願候。『後伝』も廿四五年前、旅宿ニて甚せわしく披閲いたし候へバ、多く忘れ申候。何分拝見いたし度物ニ御座候。

一、拙者懇意之書林、十軒店英平吉方ニて、『水滸伝』翻刻出来、当年中ニハ発兌いたし候よし。二十五回あたり迄まづ出し候与、先日英平申候。これハ、高地二三二と申仁、訳し候よし。この二三二ハ、元来増上寺の所化ニ候。近来還俗いたし、近比京師へ登り、一両年已前、江戸へ帰り申候。忰ハ知ル人ニ候よし。甚高慢、且放蕩と承り及候。俗語ハ甚明細ニて、青盧抔よりよく候と、英平申候。点〻も尤くハしく、よみヲつけ、字義ヲ頭書ニいたし、一巻毎に末へ音義を附録いたし候よしニ候へバ、よむ人の為になり可申候。尤七十回本ヲ訳し候よしニ御座候。青盧所持之百回本よく候ニ、ナゼ七十回本ニしたと申候へバ、七十回本ハ金聖歎の評、おもしろく候へバと申候。乍去、七十回ニてハ末おさまらず、遺憾之事と被存候。七十回ヲ三度ニ出板いたし候よしニ候。何レニも、宝暦中の翻刻、廿回迄ニて中絶いたし、今ハその書稀ニ候へバ、此翻刻、何とぞ末迄、無滞出候様ニと祈り候事ニ御座候。

一、むかし、加北にて室鳩巣の書簡ヲ集めて、『兼山麗沢秘策』と名づけ候珍書有之候。是ハ、正徳・享保中、官府の秘事ヲ、加賀の門人方へ申遣し候手簡ニ御座候。此書之事、かねて及承候へ共、世に一向伝写なき書故、手ニ入かね候処、一友人、不斗手ニ入候よしニ付、旧冬より写せ、全八冊の内七冊迄、写し出来申候。惣丁数七百枚余有之候。させる事もなく候へ共、皆当時の実録にて、尤珍書ニ御座候。近年之内、御出府被成候ハゞ、其節御めにかけ申度被存候。

一、『傾城水滸伝』三編、『金ぴら船』四編共、被成御覧候よし、御高評被仰下、忝承知仕候。生辰綱の処など、御賢察のごとく、聊心を用ひ申候のミ。何かハしらず、『水滸伝』ハ頻りに世の婦女子迄うれしがり、正月廿日迄ニ、六千部うれ候よし。板元大慾にて、当年ハ四編五編ト、二ケ年ぶりヲ一度に書てくれろと責入申候。去ながら、女にしてさしつかえ候処多く、容易ニ筆もとりかね候故、辞退いたし候へ共、無埋に頼れ、まづ当年は四編五編と、八十丁書候て遣し候つもりニ御座候。其上、前板も八百九百通り位うれ候へバ、板元ハ大仕合ニ御座候。『金ぴら船』も相応ニうれ候。これハ、はやく出来申候故、手まハし能、是も六千うれ候よしニ御座候。『わん久』ハ二年子故、本仕立尤手廻り、正月廿日迄ニ七千部、一冊も不残売レ候よし、正月中、板元にし与の咄ニ御座候。森や板『女西行』ハ、著述ハ十一月迄ニ出来候へ共、彫刻間ニ合かね、当冬のうり出しニ相成申候。

○『石魂録』後編ヲ、両三年已前より被頼居候へ共、二十余年前の著述ニて、流行もちがひ候を、今さら書つぎ候事、甚難義ニ候故、彼是申迯れ候へども、潤筆もよほどうけ取置候へバ、もはや迯れがたく、当年ハ綴り候つもりニとり極メ候へ共、いまだ一回も案じ不申候。夏迄ニ、そろ〳〵と考可申被存候。

一、『八犬伝』六輯六冊、十一月下旬ニあらまし彫刻出来いたし、すり本一覧いたし候処、以之外ほり崩し候故、下直しいたし、其上ニて校合ニ遣し不申候てハ、筆も入レがたき旨、板元へきびしく申談候ニ付、下直し致し、十二月十七日より校合ニとりかゝり、板元にてハ三人職人ヲ宅へやとひきりにいたし、直させ候へ共、直し多く、その上全冊百五十七丁と申もの故、なかく急ニハ直り不申、大晦日も元日も、右之校合ニて日をくらし、やうく二月四日ニ至り、校合しをハり申候。夫よりすり込せ、製本いたし候よしニ候へ共、二月上旬より、板元病気ニて引籠候よしニて、此節ハ一向疎遠ニ御座候へバ、いまだ売出しの日限もしれ不申候。或ハ、板元金つかへにて、製本らち明キ不申候抔と、悪風聞いたし候者も有之候。乍去、いづれ当月中ニハ売出し可申候。時節後れ候故、捌ケ方いかゞ可有之哉、素人板元の事故、何事も手廻しわろく、旧冬出板可致候品ヲ、三月前ニ至りても出板不致、世話ばかりやケ、困り入申候。去秋密々ニて御めにかけ候ハ、四冊め迄ニ御座候。五ノ上廿丁、五ノ下三十丁、此五十丁も、はやく御めにかけたく被存候。六輯ハ全六冊、とぢわけニ御座候。末ニ至り、犬村角太郎も出候故、まづ八犬士の顔揃ひ申候。乍去、末つまり候故、犬村ハ一寸座着の口上同様ニて、しくみハ七輯へたつぷり残り申候。見物ニ、はやく跡ヲ見たがらせるも、亦一手段ニ御座候。御一笑く。

一、『巡島記』六編ハ、『八犬伝』より猶以ほり崩し、一向わからぬ所、多く御座候。其上、序文などに書損も有之候ヲ、跡ニて見出し候故、正月十四日迄ニ、壱番校合不残取揃、早便ヲ以、大坂板元へ登せ候処、今以何之返事も不参候。一体、親太介ハ本家へまゐり、後見いたし罷在り、悴太次郎と申仁、跡の世話いたし候処、此太次郎ハ気象親ニおとり、彫刻物等、只売出しを急ギ候のミにて、一向ニ行届不申、その上、少しの事ニ腹ヲたち、気ニ入らぬ事候へバ、一向ニ返書も不仕候。早春六日より引つゞき、拙者方よりハ四度迄早状登せ候へ共、今以一度も返事不参候。夫より、此方ニてもうち捨、先方の返事ヲ待居のミ御座候。ケ様之始末ニ候へバ、『巡島記』ハ、いつ比うり出し可申哉、難斗被存候。且、書林行事わり印添状ハ江戸改ニ付、此方より登せ遣し候。右わり印入用、金壱両ほど立かへ置候へ共、あまりつらにくゝ、一度も返書だに不参候得バ、いまだ添章も登せ不申候。右之添章登り不申内ハ、うり出し候事、出来不申候。あの様子ニてハ、とても校合直しハせずに、ほりちらせしのミにて、すり込候事と察し申候。然らバ『巡島記』ハ、捨物と存候より外、致しかたもなく、只太息のミいたし罷在候。御遠察可被下候。出板の節も、先づこれらの趣御察し、御覧可被成下候。壱の巻ハ、一昨年校合いたし、登せ置候処、その校合すり本ヲ失ひ候て、今以校合直し不参候故、初春ニ校合致し直し、登せ申候へ共、今以着之返事も不参候。然ル処、当二月五日、大坂道頓堀芝居より失火いたし、千日寺辺・心斎橋際迄、よほど延焼の様子、及承候へ共、『巡島記』板元ハ唐物町故、火をのがれ候半と察し申候。何分、当春一度も返書不参候故、様子しれかね候。いハヾ、此太次郎と申仁、中位の男と見え申候。

一、四五年前、本郷辺なる御持同心篠塚吉太郎と申わかもの、とし廿二三才と見え候が推参いたし、戯作の弟子になりたきよし、度々参り候へ共、対面いたし不申、忰ヲ以かたく断候へ共、尚推て申入候故、無拠対面いたし、前々より弟子ハとり不申趣意、且戯作等いたし候へバ、老後ニ後悔可有之趣、意見申聞、束脩ヲ返し、析々咄にハ来られよと、申なだめて帰し候へバ、やう〳〵納得いたし、其後ハ不参候。然ル処、当二月下旬、岩崎両蔵といふ作り名いたし、三十余丁ニ書立候横本ヲ封じ持参、とり次のものへわたし、直ニ迯去り候もの有之候。開キ見候処、『金水相生論』と題して、『金ぴら船』『水滸伝』の評ヲいたし候ものニ御座候。はじめハ甚しく誉て、末にハさん〴〵に譏り申候。その評、一向ニとるに足らざる事のミにて、不堪抱腹候。察し候へバ、先年入門ヲきびしく断り候、かの篠塚吉太郎の所為に疑ひなく候。世にハさま〴〵なるものも、あればあるものニ御座候。

一、近所朋友の集会も、拙者頭取不申候故、去年来、会ハ無之候。廿年来閉居いたし候処、両三年前、無拠引出され、夫よりしる人もふえ、いやなる人と交り候も、心ぐるしく候へば、去冬より病に托し、朋友の交りも断申候。尤、人に交り候へバ、珍説新聞ヲ得候益、有之候へ共、又煩しき事も一倍ニ御座候。とかく閉居のかた、後やすくおぼえ申候。御存のごとく、とかく人々にあハせるといふ事、出来かね候故、性のまゝにて罷在りたく候。是又御一笑と被存候。

一、早春御歌御見せ被下、これに限らぬことながら、尤甘吟仕候。これよりも、早春の口ずさみ、御笑ひに呈し申候。

春凍初解といふこゝろを

人ハまだ道のぬかりをしら真弓はるの日影にいてとけにけり

六十一といふ春をむかへてよめるたハれうた

あめつちの腹ばひ出て六そぢあまりひとつ身にものむ月きにけり

など申捨候。御笑ひぐさと被存候。

一、初春、関潢南父子・屋代ぬしのちらし蔵板、もらひ候まゝ、御とし玉のしるしに上ゲ申候。此内、蕪村の大黒ハ、浪花人より刻本ヲ、先年一枚もらひ、『返魂余紙』中へ貼し置候処、開氏懇望いたし、又翻刻いたし候ものニ御座候。

一、扨、長文言になり申候。定めて御多用中、御覧も御ひま費しと被存候。御手透之節、御熟読可被成下候。

恐惶謹言

三月二日　著作堂解

殿村篠斎大人

梧下

尚々、忰義も同様、よろしく申上候。ちと〳〵日永之節、御手透もあらせられ候ハヾ、珍説等御しらせ、奉希候。以上

38　文政十年十一月二十三日　牧之宛

爾後は如胡越罷過候。甚寒之節、御地被成御揃、弥御清福可被成御座、奉賀候。随而、拙方相替義無之候。御休意可被下候。当秋中ハ貴翰被下、其節御状披見前、請取迄ニ、拙老大病快気之趣、御案内申述候。二見屋被帰候後ニて、御状致拝見候へば、御内方様御病気のよし、驚入申候。いかゞ、其後御全快被成候哉、御様子承度奉存候。御幸便ニ、くハしく被仰付度候。

一、先便得貴意候通り、拙恙、至于八月、追々全快いたし候へ共、引つゞき著述ニのミ取かゝり居候故歟、一向歩行不自由ニて、五六町の所も、杖ヲ用ひ不申候てハ、出かね候仕合ニ御座候。然ル処、うけ込居候著述の未進、おびたゞしく有之ニ付、八月床上ゲ早々取かゝり、合巻十二冊、よミ本十四巻、つゞり立申候。右ニ付、一向不得寸暇、心外之不音、御宥恕可被下候。此節、やうやくあらまし片付、今少しニ成候間、今夕中休ミに、燈下に此状認候。尚又、追々校合等、日々居催促を請候事故、繁多のミに而年をくらし候事と存候。「生ハ役也」と古人も申候ごとく、さて〳〵いとまなき世の中ニ御座候。御一笑可被下候。

拙者一人の軍配ニて、せわ多く、こまり申候。乍末、勘右衛門様、其外様へも、可然奉願候。妻忰、宜得貴意旨申候。尚寒中、御自養専一ニ被存候。

以上

十一月廿三日　　笠翁改滝沢篁民

39　文政十年十一月二十三日　篠斎宛

尚々、寒中御自愛専一に奉存候。今日半日の閑を得候て、甚せはしく認候間、如例乱書失敬。定テよめかね候処、多く可有之候。可然御推読可被成下候。以上

一翰啓上仕候。甚寒之節、被成御揃、弥御清栄被成御座、奉賀候。随而、拙宅無相替事罷在候。御休意可被下候。然ば、七月中は御多用中、御細書被下、拝面の心地にて大慶不少候。其節、拙者事、九死一生之病中に付、御状ヲ忰に読せ候而承り候事に御座候。病恙之始末は、後文に可申上候。八月に至り、床上ゲいたし候処、未進の著述多く、跡へ借財を遺し候事もいかゞと、俄に心せはしく覚え候に付、只管昼夜ヲわかず取かゝり、此節に至り、大半片付候間、乍延引、当秋の御答、左に申述候。

一、御恵贶之『貞観政要』落丁之事、相願候処、先便右十五丁め二枚被遣被下、御蔭を以、全本に相成、早速緘込せ、秘蔵仕候。くれ〳〵も御厄介と奉存候。御礼申尽しがたく、忝奉存候。

一、『八犬伝』『巡島記』共六編、其外拙作合巻御覧被成候よし、貴評之趣、大慶奉存候。対牛楼の段、小文吾云々の他評ヲ御折き被成候貴評、さすがの事と奉存候。これらのうはつらヲのみ見候仁は、左思ふべき事に御座候。又貴評に、対牛楼は鴛鴦楼の出店たるべきよし、こは勿論の事ながら、こゝに作者の深意に《ママ》有之。『水滸』の鴛鴦楼にて、仇にもあらぬ《ね》奴婢迄、五十余人殺し候事、甚いはれなく、且豪傑の趣意にあらず候。こゝが盗人根性にも有之候へ共、かけまくはかしこき　天朝の勇士は、縦仇人の余類也とも、女子供には目ヲかけ不申候。曾我五郎の五郎丸に抱留られ候も、女子の姿にて白衣ヲ被きたる故、女子也と思ふてかまはぬ故、組留られたる也。是にて、時宗の真勇たる事も想像せられ候。武松は不然、最初声ヲ立候女ヲ切るさへ大人気なく候に、家捜しをして不残殺尽し、心地よしと思

ふは、不仁限りなく、真勇にあらず候。こゝを断らん為に、毛野が仇討の為体に、大記が妻娘に自滅ヲさせ候て、毛野に殺させず。こゝら、不及ながら、作者の用心に候処、只鴛鴦楼の出店とのみ御見なしには、少し事足らぬ様に覚候。いかゞ。

一、廿余年前之拙著『水滸画伝』大阪、久々うり物に出候よし、甚高料に付、うれかね候処、先頃、拙者懇意之書林英平吉買取候処、廿八丁ホド板紛失、依之、拙者所蔵の『画伝』かしくれ候様申候に付、則かし遣し候処、断りなシに、ヌキ〳〵に入用の処ヲとぢ放し、押かぶせぼりにほり立候故、彫刻早速出来候。然共、印本ヲほりかへし候へば、文字崩れ、よめかね候事故、けしからぬ物に成候処多く有之、それヲ校合してくれとて差越候。多用には候へども、三十年来書物かひ入候なじみの書林の事故、否とも申がたく、あらまし校正いたし候へ共、ほりちらし候事故、よめかね候所は、やはり直り不申、曲りなりに此節製本、うり出し申候。二編・三編、引つゞき彫刻いたし度に付、著訳いたしくれ候様、頻りに被申入候へども、少々存寄も有之に付、かたくことわり申候。通俗本ヲひらがなにかゝせ候とも、別人江頼候ともいたし候様、申談じ置候が、いかゞいたし候哉、いまだにえ切り不申候。『画伝』も、久々にてよみ候処、背中に汗出候様なる事多く候。只今訳し候へば、あの様なる書ざまはいたすまじく候へども、中々訳文抔、古人の作ヲいヂりて居候ひま無之、其上、英は奸才抜群の人物、又『水滸』も、あまゝ訳し候事、本意にあらず。并に訳文の事故、潤筆も新作同様にはとりがたく、そのくせ筆手間は同様之事と申うへに、新作よりほね折レ候故、此内存ヲ以、かたく断り候也。初編の製本、近々御地江も廻り可申候へ共、先年御覧被成候物故、めづらしげなき御義と被存候。

一、『巡島記』は七編より末、作者の専文に候処、河太倅甚しき慳人にて、不義理合の事のみ有之。右に付、まづ絶交同様にいたし候。依之、『巡島記』は、六編切に筆ヲ止メ申候。見物は勿論、作者も肝心の仕込ヲ埋らせ候事、遺憾不少候。右之板、外へ売候様なる事も候はゞ、又つゞり可申と存居候のみに御座候。

一、先頃御頼之芙蓉鈴木氏の山水、早速処々へ頼置候へども、今に手に入不申候。芙蓉は拙者も識人に候キ。彼仁の画は、骨董などにても一向見うけ不申、いかゞの事にや、すけなく御座候よし。ゆる〳〵心がけ、手に入候はゞ、早速差登せ可申候。

一、大男大空武左衛門事、定而御承知と奉存候。右写真の図、写し取申候。これは渡辺登画名花山が、石盤にて蘭人の伝ヲ以、全体ヲうつし取に、図取寸法に相違無之候。拙蔵は、それヲ友人文宝に写させ候ものに御座候。近来御出府も候はゞ、御めにかけ可申候。

一、当四月中ふり候小豆のやうなるもの、御見せ被下、忝奉存候。其已前、近江湖水辺、并に下野辺江ふり候を見候。これは、今少し大きくひらたく、白豆をおしつぶし候様なる物に御座候。ふり候は、やはり四月中の事のよし。又おなじ頃、江戸日本橋辺へ、夜中にふり候は、何か苛《ト(ノ)ゲ》のある、わからぬ物に候。ある本草家、見候て申候は、疾藜也と鑑定に付、気を付候而よく見候へば、なる程左もあるべく哉と覚候。疾藜は御案内のごとく、薊に似て苛あるものに候。江戸近在にては、鎌倉辺にてをさ〳〵作り候よし。しからば、鎌倉の疾藜の殻、夜中に風にて散乱し候事と被存候。勢州の豆のやうなるものも、他所より飛来候事、疑ひ無之候。大かたは草木の実、或は殻に御座候。怪しむに足らず。

一、『水滸後伝』破裂之処、御繕ひ被成候由、珍重奉存候。昔年名古屋にてせはしく一覧、久しき事故、わすれ候。この義はいつ也とも、恩借奉希候也。

一、『水滸伝』は金聖嘆評、牽強附会の説多く有之候。作者何人か定かならねども、段々に書ひろげ、末の結び出来かね候故、七十回迄にいたし、扨夢に紛らして置候物と被存候。それを、世上の見物が残りをしがり候故、別人が又続キ候て、百回にいたし候。弥行れ候故、又別人が続ギ候て、百二十回にいたし候。弥行れ候故、又後人が『後伝』四十回ヲ作り候事と被存候。か丶れば、七十回迄、開基の作者の筆也。已来、作者三人に可有之候。末江至候程見ざめいたし候は、その才の及ざる故也。この義に付、愚評いろ〳〵候へ共、寸楮につくしがたく候。俗語にくはしき人は、文字の穿鑿は行届キ候へ共、かやうの事は、夢にも知るまじく候。しらぬ故に、金氏が評を、ひたものおもしろしとのみ申候。おもしろき事もあれど、当らぬ事も多く候。あはれ、余命といとまあらば細評して、小説ヲ好候仁をさましたきものに御座候。御一笑。

一、尚、夏日の御詠、とり〴〵甘心仕候。其内、「夏筵」、わきて思ひ忘れがたき姿に御座候。此余、事済候義は文略仕候。

　右、当七月中奉酬也。

一、夏中前の六月迄は、甚凌よく候処、閏月七日より俄に大暑に成候而、一向に夕立もなく、日々に炎熱、二三十年来覚不申事に候キ。御地も同様と奉存候。愚老事、春中より、とかく気分、平日の様に無之、夫故、毎日合巻の著述はじめ候半と、机に向ひ候へども、志意すすみ不申候故、打捨ては庭などへ出、小草むしりなどして日を消しつゝ、覚えず閏月にも近づき候故、六月下旬より、にはかに勉めて著述にかゝり候所、御案内の如く、書斎并に座敷向は南向に付、風は入候へ共、暑サ堪かね候ひしを猶勉て、著述ヲ消夏の料にいたし罷在候。然処、閏六月十七日、朝飯後より腹痛いたし、大霍乱の症にて、吐もなく瀉もなく、翌十八日八時比迄、昼夜苦しみ候に付、悴再案の厚朴霜ヲ生姜湯にて服し、やうやく苦痛はのがれ候へども、いろ〳〵と外症も出、凡廿日あまり絶食同前にて、穀類は一粒もたべがたく、梨子のしぼり汁ヲ少々ヅヽ、たべ候と、おもゆヲ一匙二匙位ヅヽ、のみ候のみにて御座候キ。其上、小便閉にて大難義、老人の事故、衰へも甚しく、医師は悴妻の父子、并に多紀安叔殿など、薬用ひ候へ共、宜しからず、林玄曠に転薬後、又大便閉にて難儀いたし候。依之、臨終程遠からじと存候故、少々遺言などいたし置候へ共、盆前より少々ヅヽ、順快、盆後より、日々粥ヲすゝり候事もすゝみ申候。八月七日に床上ゲいたし、此節は平生体に罷在候へども、病中より引つゞき、著述にのみ取かゝり居候故歟、歩行不自由になり、五六町(丁)の処も杖ヲ用ひ申候。右保養に、折々出あるき候はゞ、追々歩行も出来可申候へ共、何分そのいとま無之故、ます〳〵居縮みに相成候様に覚候。八月七日病床ヲ出候とき、例のたはれ歌、

元甲子わが結局と思ひしに寿あり下回の痊快を聴け

今はとて手まはしすぎし遺言のやくにもたゝずなりにけるかな

など申捨候。右病中に御状到着、其後、引つゞき著述に寸暇無之候に付、御礼及延引候。此段御承知、御宥恕可被下候。

一、病後八月七日より、愚名ヲ篁民と改申候。祝ひ直し候のみにもあらず、悴扶持ヲ受候松前老侯、祐翁と唱へ候。悴彼藩江対し、翁の字さし支、こまり候事も有之よしに候間、右之ごとく改申候。此義も御承知可被下候。先年五十一歳の冬、傷寒ヲ患ひ申候。其節より、当夏は大病にて御座候キ。十ヅゝのふしヲ追ひ候はゞ、七十迄は気づかひなしと、医師も申候キ。改名の時、屋代弘賢ぬしの歌、

節ごとに千世をこめつゝ栄べき喜ざしぞ見ゆる篁の民

など聞え候。此外も候ひしが、さのみにはとて略し申候。

一、七月下旬、いまだ腰はたち不申候へ共、気分はよく覚候間、病床に小机ヲとりよせ、『金ぴら船』のつゞり遺しを綴り候処、何分手ふるへ、細書出来かね候間、両三日校合物に取かゝり、腕ヲならし、やう〳〵一日に壱丁半丁ヅゝ稿し候処、八月中旬より、筆とり候事も、手のふるへ、追々直り候故、『傾城水滸伝』五編め八冊、外に西村や合巻の作り残りなど、合巻類を月見頃迄に片付ケ、夫より『石魂録』後集七巻、『八犬伝』六編、是又七巻綴り申候。『石魂録』は、昨日迄に全稿いたし候。『八犬伝』も、本文は不残出来、序目・口絵など、いたし遺し候へば、是も皆出来に御座候。『石魂録』の板元、甚いそぎ候故、七冊之内四冊、

正月中うり出し、残り三冊も、春中引つゞき出し候つもりに候。然る処、作者の専文は、五六七に有之候。それヲ一所に見せぬ事本意なく、且世評も無心元覚候へども、しひてならぬとも申がたく候へば、其意に任せ候。来正月中には、『石魂録』後集は出板可致候。『八犬伝』は、板元金まはりの為、彫刻ヲ急ギ不申、いつでも売れるとおちつき居候故、来四五月此歟、もしは秋に至り不申ば、出板いたすまじく候。八編にてうらヲとめ候つもりに御座候。

一、『傾城水滸伝』、年々評判宜候に付、板元大慾心にて、当年より袋入上製本といたし、四編の内二冊、一両日已前うり出し申候。無程右の本、被成御覧候半と奉存候。板元申候は、近来地本問屋に、新組と申問屋、出来いたし候。右新組は、江戸・田舎とも、得意すけなく候故、仲ケ間の格ヲ外し、六わり引ケ、七わり引ケ抔に売崩し候。いづれも素人作の悪ぼり合巻に候処、それと毎度本がえいたされ、甚わり合わろく、迷惑に存候。依之、袋入上本にいたし度旨、此中内談に参り候。上本に成り候ても、作者の益にはなり不申候へ共、板元の勝手よろしきよしに付、任其意候。右『けいせい水滸伝』、はやり候に付、『水滸伝』のにしきゑ、百枚出申候。この外、狂歌のすり物などにも、女すいこ伝の画多く、髪結床の障子・暖簾などにも、『水滸伝』の画をかき候世情に成り候。夫故、通俗本ヲひらがなに直し候写本の『水滸伝』、処々の貸本屋にてかし候処、此節『水滸伝』の元トをしらぬ男女、ひたものかりて見候故、写本の『通俗水滸伝』、甚よくかせ候よし也。この人気に候へば、『水滸画伝』も、引つゞきほり立候はゞ、よく売捌ケ可申候。此節、女の気づよきものを、アレはけいせい水滸伝じやなど、申候。御一笑。

一、全快ヲまたずして、昼夜著述に取かゝり居候事、甚保養の為にならず、長寿の謀ヲ失ひ候様に申候仁も有之候へども、病中、板元中の世話に成候事も多く、その上、『石魂録』『八犬伝』共、潤筆の内、過半請取置候。『石魂録』板元は、此度拙作ヲはじめてほり立候事故、是迄一文も売得無之事、勿論也。然ル処、六ケ年已前より、三度に金十五両程さしこし候に付、無拠うけ取置候間、病中甚心配いたし、万一の事候はゞ、『石魂録』前入之潤筆は、追々にも板元へ返し候様、忰へ申談じ置候事も有之。これらにこり候故、勉て借財を払ひ候つもりにて、『石魂録』『八犬伝』とも、如此速に綴り遣し候事に御座候。これは御存之気質故、已ことを得ざるわざにて、只今精出し候ても、から無尽同様の事故、衆人は可捨置候へども、かやうの義理合は、別して等閑にいたしがたく、昼夜のさかひなく、六十日あまりに二部十四巻、綴りをはり申候。御一笑可被下候。

一、先便一寸得貴意候、『けいせい水滸伝』『金毘羅船』を評いたし候もの、彼篠塚（山）吉太郎がわざ歟と察量いたし候処、よく知り候ものにて、六樹園飯盛社中にて、深川木場辺に居候、手習師匠とやら儒者とやら申候事に御座候。実は、内々飯盛も手伝ひ〔候〕よし申候。虚実は不存候へども、流行の小説は、好み候而よみ候人とおぼしく、小文才も戯文の方も、少しは有之候。はじめにいたくほめ候は、後にわろくいはん為に候。この評の内に、抱腹絶倒の事多く、又其内には、尤の事も有之候へども、必しも作者の肚裏をしらぬ見物心のみ多く御座候。あはれ、いとまあらば、ひとつ〳〵にいひときて、おどろかしたきものに候へ共、無益のわざには、半日もいとま無之候。この内、蒙汗薬の事、其外いろ〳〵と了簡違の評、言語（誤）同断の事も御座候。則貸進仕候。御なぐさみに被成御覧、御手透之節、ひとつふたつ可被仰下候。其上にて、甚しき処を書ヌキにて、備御笑可申候。只今拙者方、急に入用之事も無之候間、ゆる〳〵御とめ置、来年に至り、御幸便に御返し可被下候。

一、静廬と申人は、芝新橋金春長屋に罷在候。俗名屋根や三左衛門と申、和漢の学者に候。この人、若年より数万巻の書ヲよみて、俗語をもよく解し申候。六十余才に成候へ共、記憶よく候。はじめは狂歌の点者にて、はりがねといへり。今も狂歌は捨不申候。社中あり、されども、文才は一向になき人に御座候。長崎屋新兵衛美成事ト同様の読書の人にて、人の為に本箱代は重宝に候へ共、文才のなきはをしき事也。それ故、久しき狂歌師なれど、歌も下手也。舌談は、博学故人の耳を驚し候。やはり美成と同様之人物に御座候。

尚々、いろ〳〵申上度候へ共、御覧も御面倒と、期来陽申候。〇いなげのかみたばこ入レの紙二枚斗、御面倒ながら、御幸便に奉希候。来春三月比迄にてよろしく御座候。急ぎ候事に無御座候。〇忰事も、よろしく申上候。尚三月中、よめむかへいたし候。程なく孫も生じ可申様子に御座候。以上

十一月廿三日　滝沢篁民

殿村篠斎大人

机下

40　文政十一年正月三日　牧之宛

（前欠カ）

一、『雪譜』之事、此節彫刻いたし度と申板元、有之よし、去冬十二月中、画工英泉参り、被申述候。板元たしかなるものニ候ハヾ、追々可致相談旨、申談じ置候。多年の御心願故、何卒著述いたし出板いたし度、平生心がけ罷在候へ共、何分高金元入かゝり候品故、万事ニ手おもく、是迄延引ニ及候処、彫刻望候板元、出来いたし候へバ、此方よりうりつけ候とわけ合ちがひ、大ニ都合よろしく候。永日尚又申来り候ハヾ、相談之上、観定可致と被存候。乍去、よミ本・合巻類とちがひ、自分緩々（マヽ）無之、不案内之事ニ候間、先年御認被成候書画、とりしらべ候にも、甚ひま入り可申、況かき立候事ハ、容易の著述ニ無之、渡世之為ニは（て）、甚わり合不宜品ニ候間、両三年中、手透々々にと〔り〕しらべ、追々書置候様致し度、心がけ申候。当年も合巻類・

よミ本等、手あまり候程うけ合置候間、中々手ひま入候。『雪譜』のしらべ迄ニハ行届不申候へ共、まづ〳〵ほり申度と申板元出来候へバ、そろ〳〵と小口ニ向ひ申候。御歓び可被成候。出板之上ニは、御地へ本数五十部も百部もうれ可申間、左様ニ（御）心得候様、申遣し置候。いまだ板元ニは対面いたし不申候へ共、早々得御意度候。いよ〳〵とり極り候ハヾ、又々可得御意候。作り物語とちがひ、いづれ急ニハ出来かね可申候。是又、かねて御承知可被成候。牛角突之図説ハ、『八犬伝』七編ニ加入いたし候間、当三四月頃ニは出板可致候。尤貴兄之事、くハしく書入置申候。乍去、『雪譜』出板ニ相成候ハヾ、角突もひかへておけバよかつたにと存候間、少々後悔の風味に御座候。御一笑可被下候。

一、去冬ハ度々の雪にて、みちのぬかり、申ばかりなく候。度々しめり有之候故、火災ハ先間遠にて、安心是のみに御座候。

水戸様御焼失、御上やしき、御殿向、御守殿とも御やけ被成、御簾中様ハ、当分御本丸ニ被成御座候。水戸様も、駒込の御中やしきに被成御座候。

十二月廿八日、終日大風雨。廿九日曇、夕方より雨雪に候処、元日は快晴ニ御座候。

御地はいかゞに候哉。雪は例年よりうすく候哉。折角、余寒御いとひ可被成候。

一、拙者、病後相替候事も無之、只歩行不自由ニ御座候。是は病後居縮ミになり、著述ニのミ取かゝり居候故と被存候。永日近処へ曳杖いたし候ハヾ、追々歩行も出来可申存候へ共、何分ニも日々寸暇無之、是のミ困り入申候。

閏六月十七日朝より大病、盆前ニ廿日程絶食、盆中より少々かゆをすゝり、八月七日ニ床上げいたし候。其間ニハ、尾陋ながら小便閉、又大便閉等にて、大難儀いたし候へ共、まづ〳〵本腹、春をむかへ申候。

○御内室様御病風、此節ハいかゞ被成御座候哉。折角、御加養専一ニ奉存候。妻並ニ忰宗伯も、同様よろしく得貴意度旨申候。尚永日、緩々可申述候。恐惶謹言

正月三日　　滝沢篁民

鈴木義惣治様

41　文政十一年正月十七日　篠斎宛別翰

尚々、小説のつゞきもの、おもしろキを御蔵弆被成候ハゞ、拝見仕度候。合巻もの、たねニいたし度候。且、去年京師ニてか御求の、エゾ地之事書候ものも、江戸御下りの節などに御携、御見せ被下候様、奉願候。

○『越後雪譜』も、此節ほりたがり候板元御座候。近年後、とりかゝり可申候。

別翰啓上仕候。春寒之節、御地御揃、弥御安全可被成御超歳、奉賀候。去冬十一月中、初秋之貴翰御答、巨細ニ呈一翰候。其節定而順着、被成御覧候半と奉存候。拙老病後弥本復、此節は平生体ニ罷成候。只遠足いたしかね候のミニ御座候。乍憚、御休意可被成下候。

一、拙作『傾城水滸伝』四編・五編、并ニ『女西行』等之合巻、早春被成御覧候半と被存候。『水滸伝』、弥流行、上本袋入ニいたし候ニ付、直段もよほど登り候へ共、板元意外ニ売捌ケ、仕込ミ間ニ合不申、日々こしらへ候而、少々づゝ間配り候よし、世間之本や仲ケ間評判ニて、百五六十金も売利可有之など、申候。右ニ付、『通俗水滸伝』も引立、共々にはやり出し、此節、紙鳶の画などニも、専『水滸伝』之人物を画キ、并ニ炷管之毛ぼりなどにも、『水滸伝』之人物ヲ彫刻いたし候が、ことの外多く売候よし、及承候。時好ニ合候事、誠ニ人智に難計事ニ御座候。右ニ付、板元大悦気ニて、当年ハ六編より八編迄、卅弐冊著しくれ候様、たのミ申候。夫ニ付、外板元も、ことの外羨しがり、いづれもつゞきもの、上本袋入ニいたし度候ニ付、女三国志などいふやうなる物、ほり立申度よし、申ものも御座候。女傾城がうれ候とて、わがまねをみづからして、女三国志が書《カ》れ可申哉、御一笑可被下候。いづれニも、あまり骨折候ハ無益候間、何ぞ通俗ものか、演義ものをとり直し、綴り立遣し候つもりニ御座候。乍併、『傾城水滸伝』、あまりニ流行、几巾・きせる、その外ニも仕出之、世上評判喋々しく候故、上向江も聞え、障りニなり申さねバよいがと、窃に心配いたし候事ニ御座候。御遠察可被下候。

一、『水滸画伝』著述之事、去冬あらまし得貴意候通り、板元并ニ画工へも意味合有之、其上『水滸伝』ハ勧懲之為、愚意ニ応じ不申もの故、堅くことわり、綴り遣し不申候。依之、板元英や、高井蘭山ニ訳文ヲたのミ、画ハ北斎ニかゝせ、彫立候よしニ御座候。『けいせい水滸伝』より『通俗水滸伝』も引立られ候而、はやり出し候事故、出板候ハゞ、『画伝』も多くうれ可申候半哉と存候。但し蘭山ハ、相識ニハ無之候へ共、『三国妖婦伝』など著し候仁にて、下谷三絃堀ニ罷在候。漢文ハよみ候へ共、小説ものなどハ一向疎く、且戯作之才ハなき老人のよし、及承候。この人の訳文、いかゞ可有之哉、心もとなき事ニ候へ共、切落しの見物ハ、文之巧拙ニも拘り不申もの、多く御座候故、北斎の画ニてうれ候半と被存候。

一、『金毘羅船』五編、十一月下旬彫刻揃ひ、すり込候内、神田前失火にて、板元も半焼同様之仕合、火災ハ迯れ候へども、すり本をこねかへし、其上紛失之品も有之、製本速ニいたしかね候よしニて、去冬出板及延引候。依之、『女西行』のミ、拙作合巻只一部候故、巧拙の差別なく、是又『水滸伝』同様に売レ申候。依之、『女西行』板元、仲ケ間本がへをいたし不申、小売たりとも現金ならでハ売渡し不申、蔵の内へ仕込本を隠し置候よし、右両板元之仕合ニ成申候。外ニ一組、一昨年冬中綴り候合巻、板元ハ西村やニ御座候。画工国貞方ニ子細有之、昨年も画出来不申、当年ニて三年越シニ罷成候。外之板元、かやうニ不都合ニて、泉市・西村共出板延引ニ付、鶴屋・森や、此二軒之僥幸ニ成候事ニ御座候。

一、『石魂録』後集七冊之内四巻、此節大抵彫刻出来、壱番校合いたし遣し、二月中ニハ出板可致候。これも七冊つゞけて見せねバ、おかしからず候。尤、跡三冊も三月比、引つゞき出し可申候。『八犬伝』之方ハ、板元手廻しあしく、今に一冊も彫刻出来不申。これハ、三月下旬ならでハ出板致まじく候。御好キの事故、無益の雑談ながら、楽屋の趣、備御笑申候。

一、此『養生決』、愚老懇意の医師両人ニて、蔵板ニ出来いたし候。二部貰候間、とし玉ニ壱部進上仕候。この林氏と申候ハ、去年愚老ヲ療治いたし候、御目見医師林玄曠ニ御座候。田子と申候ハ、尾州の御医師のよし、屋代氏とハ、この人懇意のよしニ候へ共、愚老ハ相識ニ無之候。著述ハ林子専ラ手伝候よしニて、実ハ林子の作と自負いたし候。一覧いたし候処、大抵存候事ながら、如此書立候へバ、又有益ニも相成候。但し、養生と申事ハ、中家已上之人ニ有之候事ニて、安座美食之損ヲ補ひ候のミ。卑賤之車力・朸ふりなどにハ、施しがたき事ニ御座候。乍去、手がたき事ヲえらみ、且暮ニ心がけ之人ハ、延年之一術ニも候。いづれも、初老ヲ越不申候てハ、養生の心がけも出来不申候。賢不肖一致之事ニ御座候。貴君も、もはや少々づゝ御養生御心がけ、御延年之御謀、専要と奉存候。此書、さしたる事も無之候へバ、右之微意ヲ以、献芹之一端ニ御座候。御笑留可被成候。

一、早春ハ日々来客と、よミ本校合等ニて、尚又不得寸暇候。猶永陽ニ、ゆる〳〵可申上候。

一、当春も、定而わか山其外、京摂へ御出かけと被存候。夏秋中ニ至り〔候〕ハヾ、当地へも御下り被成候へかしと奉存候。

一、去冬、水戸様御失火、御殿向・御守殿共御焼被成候。御宝蔵も御焼失、種々の御書画・御珍蔵等、一時に焼亡のよし、をしき御事ニ［　　尤］（ヤブレ）此節ハ、御分家大学様之御屋敷、明わたしになり候て、御二はしら様、右の御やしき被成御座候よし。春ニ至り、度々大風烈、乍去、失火は遠方郊外のミにて、江戸中まづ無難ニ御座候。

一、去冬寒中ハ、厚氷もはり不申、尤凌よき寒中ニ御座候キ。早春ハ雪もふり不申、雨気遠ニて、風烈にハこまり申候。梅も此節、八重迨々盛ニ御座候。愚老、諸木之内、梅ハ別て好候故、小園へ大小共、樹斗植置候処、当年ハ花甚少く御座候。是ハ、去夏中の日でリニいたミ候故と被存候。根に日のあたり不申木ハ、花多く候へ共、日だまりの処の樹ハ、いづ方も花少く御座候。全く、去夏中之日でりニいたみ候事と被存候。

　正月十五日、左義長して赤豆粥をたくを見て
　　よめる

　思ひきや焚るゝときも輪かざりの粥のはしらに
　　かゝるべしとは

江戸にて、正月七日・十五日之粥に餅ヲ入レ候。此もちひを、かゆのはしらと申候。定而御案内ニハ可被成御座候へども、為念、注し申候。御一笑可被下候。いろ〳〵申度事、御座候へども、限りも無之候故、又後便と文略仕候。みな〳〵様へ、よろしく奉願候。忰義も同様、宜申上度旨ニ御座候。以上

　正月十七日　　滝沢篁民

　　殿村篠斎大人

　　　机下

42　文政十一年三月二十日　篠斎宛

（篠斎筆端書「三月廿一日出、四月七日着」）

再白　此書状は、飛脚や嶋や江出し、かけ物は、伝馬町御店迄出し申候。書状も並便ニ候へども、状のかた、先江届可申被存候。此義、御承知可被下候。以上

（表書「殿村様　滝沢」）

先月初度之貴翰、廿四日ニ相届、其後同月廿四日之貴翰、本月上旬相届、恭拝見仕候。漸々春暖ニ赴候処、弥御清栄被成御座、奉賀候。旧冬は御実母様御病気ニ而、御養生不被成御叶、御遠行之由、右ニ付、初春ハ御状も不被下候趣、委曲承知、御追悼、奉察候。乍去、稀老御佳齢のよし、せめてもの御事ニ奉存候。貴君御半百、遠からず与奉存候処、是迄北堂御在世は、羨しく被存候。なれども、いつとても喪親之戚々は、同様之御事と被存候。扨亦其後、御義母様も御病気之処、追々御痊快のよし、めで度奉賀候。不相替為御年玉、稲毛煙草入紙三枚、御投恵被成下、是は去年御頼申候品故、別而忝調宝仕候。右煙草入紙、唐本小説弐部、『金水論』、是は本月八日ニ相届、慥ニ落手仕候。其外、事済候義は、別ニ御答不申上候。又いふて見たき事ハ、おくへしるしつけ申候。

一、鈴木芙蓉画山水之事、かねて御頼ニ付、御注文通りニは無之候へ共、先ヅかひ入、差登せ候処、思召ニ応候よしニて、代金三朱被遣之、慥ニ落手仕候。尚又、同人画絹地山水細密之品、御見出し候ハヾ、かひ取、御めにかけ申候様貴翰之趣、承知仕候。拙宅近所ニ、古かけ物類斗商売いたし候もの有之。此方江も、先達而中より申遣し置候処、久々一向見せ不申候ひしが、四五日已前、芙蓉画絹《キヌ》地山水一幅、さし越申候。楓林暮景之図ニて、至極之出来と存候へども、細密と申程之事ニは無之候。殊ニ、直段も存候より不廉候得ば、如何可有之哉、難斗候ニ付、先留置、一両日中、拙宅

床ニかけ置、熟覧いたし候処、見ざめも不致、実ニ唐人之山水之様ニ見え候。依之、かひ取、今般伝馬町御店迄出し置申候。代銀ハ廿五匁、正札之よしニて、一文も引不申候。全体此男、俗に所云一刻ものニて、商人風ニ無之候。依之、来月廿日比迄引留置、もし返し候ハヾ、損《ソン》料三匁遣し候やくそくニいたし、代金ハ渡し置候。もし御気ニ入不申候ハヾ、御返し可被下候。飛脚ちんと損料三匁ハ、被成御覧候賃と可被思召候。尤、思召ニ叶、御請取被成候ハヾ、子細も無之候へ共、俗にいふ頼れもの、事故、難斗、右之通りニ取斗置申候。左様御承知可被下候。一体、山水は遠景多く候間、極細密の極みそこきものと被仰候てハ、おそらくあるまじく被存候。右商人ニも承り合せ候処、左様之品は、是迄取扱候事無之よし、申候。

一、奉願候御所蔵『檮杌間評』十二冊・『緑牡丹』六冊、いまだ不被成御覧候よしなるを、遠方御恵借被成下、御深志忝被存候。本がらは『紅楼夢』様之小冊ニ候へども、此内ニはよき事も可有之与、たのしミ罷在候。外ニ、『隋唐演義』『西洋記』なども御所蔵のよし。『西洋記』ハ、折々御見かけ被成候趣、承知仕候。如賢察、『隋史遺文』『隋唐演義』などハ、先年一覧いたし候。『西洋記』は、西洋の事ヲしるし候ものニ候哉、是は渇望仕候。御覧相済候比、恩借奉希候。くれ〴〵も、遠方御恵借之御礼申尽しがたく、忝被存候。

一、備御笑候『金水相生論』も、此節御返却被下、殊ニふくろ御とりおとしのよしニて、別ニ被遣、御念入候事、両様共、慥ニ落手仕候。右論書、ちと斗御高評之趣、御尤ニ被存候。隙費しニ論破いたし候ものニは無之候へ共、世にハ好キものもあればあるものかなと、夜話之一助ニ備べき事ニ奉存候。

一、『傾城水滸伝』、并ニ『女西行』共、御覧被成候よし、御高評忝、感心仕候。豕代が事、先便の貴評ハ、鄲蔵事ヲ御忘失故云云ト、後ニ被仰下候。此義は、ちと斗申さねバならぬわけ御座候間、次江しるしつけ申候。

○金聖歎が『水滸伝』の評も素人評也。かくいへバ、尤をこがましく候へ共、シテと見物とハ、大ニ了簡ちがひ候事、古人ニも有之候。尤、シテも巧拙あり、見物ニも疎密あれば、一概ニハいひがたく候へ共、シテニて行届キたるものならねば、作者の苦辛ははかりがたきものと被存候。そのわけ三ツあり。『傾城水滸伝』を、合巻ものとのミ被成御覧候は、則見物了簡也。いかにとなれば、半紙半分江書画ヲまじへて、『水滸伝』のすぢを、ひとつももらさず書とり候は、彼篇数・紙数不構に、思ひのまゝに綴りなし候よミ本よりは、甚かたきわざニ御座候。この苦辛の意味ハ御存なく、只合巻絵草紙ヲ以御評被成候は、乍憚、所云見物了簡也。『傾城水滸伝』の筋ハ、則『水滸伝』のすぢなれば、作者のはたらき薄く、綴ルニもらくならんと思召候ハ、これも見物了簡也。草賊ヲ義婦に綴り候は、どうらく息子やきんちやくきりヲ、急ニ異見して、実体ニするが如く、弥以かたきわざ也。且原本のすぢに縛られて、作者の自由ヲ得ず、なしがたき処ヲ、原本の筋ヲ追ふてつゞるが、作者の苦辛也。これから見れバ、新ニ巧出し候て作り候合巻ものハ、甚《ハナハダ》手がなく御座候。但、四編五編めあたりより大ニ熟して、此前は速ニ出来候へ共、はじめの程ハ、一冊〳〵にこまり候事のミニ候ひき。

一、扨又、豕代ハ女の事故、金蓮介ハおそれまじき也。但し、鄆蔵が腰ヲおす故、鄆蔵ニ少しハはゞかるよしあらん。男ヲ女ニ綴りかゆる故、ちとのこぢつけハ有べき筈との貴評も、乍憚、愚意ト岩齬いたし候。きれ介は関防人なれども、平生は豕代ヲおそれず、外心ありたる色情ヲ見つけられしときハ、甚おそるゝ事、密夫を見つけられし女房ト、異なることなかるべし。いかにとなれば、今の世ニ淫ヲ貪る郎人ほど、女房ヲ恐るゝ事虎狼のごとし。この人情は、『五雑組』ニ謝在杭が評しおき候通り也。事ニのぞミて、きれ介が一旦豕代ヲおそれしハ、則人情の穿にて、こぢ付ニはあるまじく哉と思ひ候。かゝれバ、鄆蔵なくともおそるべし。きれ介、鄆蔵が故に怕る、と見給ふハ、情にたがふやうに覚候。尤、ひがごとにや、尚又、御高評承り度被存候。キレ介ヲ関防人にせざれバ、かたき討の名、正しからず。

一、『傾城水滸伝』ハ、ナゼよミ本にせぬ、願くハよミ本にして見たいといふ人多かり。予答て云、よミ本にして全部ニ至らんニは、予が齢ヲ打かへさねば、なしがたきわざ也。『八犬伝』『巡島記』ですら、十四五年ニ及べども、いまだ全部せず。なしがたき合巻ものにする故に、はやく全部する也。この処ヲ勘定して見給へといへば、又いふものなかりき。（この意味も、見物の了簡と作者の用心に庭逕あり。）

一、去年『巡島記』之貴評ニ、朝夷鰐ヲ捕段など、あまりはや過候様ニも思召、且延るところ、ちゞむる処ある事ヲ評し給ひしが、速遅ハその勢ひにより候もの故、作者ニも其自由ヲ得がたき所有之。そがなかにも、本文あることははしよりて、手みじかくかくが一術ニ御座候。又、末ニ至り、筆ヲつゞめ候ハ、六編切りニて、あとをかゝぬつもり故の事也。外ニさせる理屈なし。あとヲ何編も書候つもりならば、もつと引延して書可申候。これも、作者の了簡と見物の了簡のたがひ也。『弓張月』の矇雲ヲほろぼし候段なども、板元が、拾遺ハ四冊ニ綴りくれ候様、達而頼候故、考候趣向ヲ捨て、手みじかに書とり候。素より作者の本意にあらぬを、見物方ハ御存あるまじく候。後世は弥しるものなからんのミ。且改方より、さまでもなき事ヲ、出板後、故障ヲいハれ候事あり。其節、板元が作者ニ沙汰なしに、つまらぬ事ヲ書かえ候て、入木して事ヲ済スもあり。これらも、うり出しの節と後ずりと、少しづゝ、たがひ出来たるヲ、後に見る人、作者ヲ難ずるもあるべし。皆見物了簡なれば、その筈の事ニ御座候。

一、『石魂録』後集七巻の内上帙四巻、四五日已前ニうり出し申候。下帙ハ只今校合いたし居候間、来月中ニはうり出し可申候。乍去、登せハいまだ極り不申候よし。左候ハゞ、御地江本廻り候は、秋ニも及び可申候哉。本がら、よほどきれいニ出来候へ共、すり本ニて登せ、仕立ハ上方ニていたし候間、江戸の本とハ仕立もちがひ可申候。

一、『八犬伝』も、七巻の内上帙四巻、来月中ニも出板可致哉、只今二の巻ヲ校合いたし居申候。これは、板元当秋上京いたし、かけ合の上、すり本登せ候よしニ候へバ、冬ならでハ御地江本廻り申まじく候。もし御求も可被成候ハヾ、うり出しの節、壱部登せ可申哉。宮元よりとりよせ候へバ、仲ケ間直段同様之事故、飛脚ちん位は下直ニ付可申候。思召も御座候ハヾ、後便ニ可被仰下候。『石魂録』も同断ニ御座候。四冊ニて立直段十五匁の処、仲ケ間へハ二わり引、正味十二匁ニて遣し候よしニ候。『八犬伝』ハ、それより少し高料ニ可有之哉ト被存候。

一、去年にこり候故、当夏大暑中ハ廃業候て、保養いたし候つもりニ候。夫故、正月下旬より著述ニとりかゝり、昨宵迄ニ『けいせい水滸伝』六編七編十六冊但八十丁也、『金毘羅船』六編八冊但四十丁也ヲ綴り了り候。是より又、西村や・森や合巻ニ取かゝり候。しバらくの中入ニ付、たのまれ居申候巻物の跋文、或ハ画賛扇面等たまり候ヲ、箱払ひいたし候つもりニ付、得寸暇候間、今日此書状ヲ認置申候。近来、甚心せハしくなり、稿本の外つゝしミ候て、物ヲかくことものうく、且可然状かき筆も貯不申候故、しんがき筆のきれ候ヲ、いつぱいニおろし候て書候故、ぐら（た）〳〵いたし、定而よめかね可申候。御推覧奉希候。

一、『水滸画伝』古板十冊、当二月中、再刷うり出し候処、正味十二匁ニて、高直と申評判のミ、本ハ思ひの外うれ不申候よしニ御座候。人気ハあじなものニて、『けいせい水滸伝』のひゞきニて『水滸伝』はやり出し、紙鳶の画、きせるの毛ぼり、その外芝居ニても、水滸伝云々といふ名題かんばんヲ、当春ハかけ申候へ共勘三郎座也、まことの『すいこ伝』の本ハ、却てうれしがり不申候。女子どもハ、唐人故おもしろくない、すぢも『けいせい水滸伝』とおなじやうじやから、『けいせい水滸伝』ヲ見る方がよいと申候よし。左候ハヾ、二編ヲ新刻いたし候ても、あまりはか〴〵敷ハあるまじく哉と被存候。

一、翻刻『水滸伝』ハ、まづ廿回迄うり出し候つもりのよし、去冬板元英や参り候節、申候ひしが、今以出来不申哉、其後沙汰無之候。廿回迄ハ、宝暦の翻刻本所蔵有之故、なつかしからず候。

一、御面倒ながら、奉願候。
　龍爪筆しんかき、一本ニ付五分づゝかと覚申候
御地ニても、うり候処有之候よし、出来よろしきヲ十対斗御とりよせ、御幸便ニ御下し被成可被下候。去冬中、当地筆工ニ注文いたし、五拾本斗結せ候処、用立不申候。其外、二ケ処ニて結せ候へども、おもはしからず候故、打捨置、ふでばこヲふさげ候のミ也。龍爪ならバ、かなりニかけ候へ共、職人かハり候ハヾ、先年の通りニあるまじく哉。極細字ヲのミ、早がきにかき候故、先キがよくきかねバ、用立不申候。右之思召ニて御試ミ被下、先年の通りニ候ハヾ、御面倒奉希候。

一、『美少年録』、初秋比よりとりかゝり可申心がけニ罷在候。『八犬伝』も同断、夫迄ニ合巻類片付申度、只今精出し申候。

一、先月廿二日、媳婦安産いたし男子出生、嫡孫ヲ得申候。うぶやゝしなひのことほぎ・来客などニて、先月下旬は、よほどひまヲ費し申候。とかくする程にあつくなり、蚊も多く出候故、只今ひたすら著述ニ取かゝり居申候。但し、正月二月中より取かゝり候事ハ、是迄一向無之事ニ御座候。はやくて三月下旬、四五月比よりとりかゝり候へ共、前文之趣故、板元の幸ひになり申候。御一笑。

一、『養生決』一冊、早春進上仕候処、云云と被仰下、承知仕候。養生ニさのミ貪着不被申候ハ、尚御壮齢故と、たのもしく奉存候。こゝにひとつの譬喩御座候。孝行といふものハ、つくさんとてつくさるゝものニあらず、只親を大切に思ふが則孝行也。養生も養生せんとて、中々養生が出来るものにあらず、只身ヲ大切ニ思ふが、則養生也。この心ヲ以心がけ候へば、少しづゝ養生も出来ぬ事ハなし。なれども、又愚論あり。凡養生といふハ、中より以上の人の事也。農夫・馬方・車力・ぼてふりなどが、中々養生の出来ることにハあらず。なれども、無病長命なるハ、平生麁酒ヲのミ麁食をして、筋骨を労すれども、心気ヲ労せざる故也。中より以上の人ハ、平生安座して美酒美食ヲくらひ、心

気ヲ労して筋骨ヲ労せず、是故に多病短命多し。かくのごとき人、養生ヲ心がくるときハ、幸ひにして天年をたもつべし。なれ共、又愚論あり。養生家の教る所は、養生の所作也。たとへ所作ニ熟し候とも、喜怒哀楽の慾情ヲ少しづゝ省て、工夫ヲ専にして、心気を養なハざれば、真の養生ニはあらずと思ひ候。尚御高論もあるべく候。承度奉存候。

一、平田大学、『医宗仲景考』ヲ著し候よし、手透ヲ得候ハゞ、書肆へ申遣し、一閲可致候。右之仁、御ひいき〔の〕よし。その方ヲおなじくする人故、さもあるべき事ニ御座候。あまり長文、無益の事、多く申ちらし候。又おもひ出し候ハゞ、あとより可申上候。悴事も、よろしく申上候。悴ハ、とかく今以病身にて、こまり申候。飯田町なる長女も、同断病身也。外へ嫁し候娘共ハ、皆無病也。自由にならぬものニ御座候。悴など、養生ハきらひニて御座候。壮年の事故、その筈の事ニハ候へ共、病身ものハ壮年といへども、少しハその心がけ可然よし、平生申聞せ候へ共、根が癇症故、少しも用ひ不申候。病身ものゝ不養生ハ、暗君の国ヲ治るに疎にて、終に国ヲ喪ひ候と一般の如し。実症のもの、養生を心がけ候ハ、賢君の国ヲ治ることを好ミて、その国いよ〳〵長久なるが如し。とかく、つけ焼《ヤキ》刃《バ》にてハゆかぬものニ御座候。御一笑〳〵。くれ〴〵も乱書失敬、御海容可被成下候。頓首々々

三月廿日　　簑笠

殿村篠斎大人

梧下

尚々、かけ物御かへし被成候ハゞ、来月廿日比ニ着候様、奉頼候。あまり日がらのび候ハゞ、請取申まじく候。御求被成候ハゞ、子細なく候へ共、為念、申述置候。

43　文政十一年三月二十二日　篠斎宛追啓

追啓

此画幅之一義拙翰ハ、昨廿一日飛脚屋江出し候間、伝馬町御店江は、この品斗差出し申候。昨朝、中村仏庵来訪ニ付、此画幅ヲ見せ、所存ヲ問合せ候処、仏庵云、芙蓉画之山水、これら細密と可申候。全体、山水ニ極細密ハ稀レ也。蓉ハ殊ニ筆あらき方ニて、花鳥なども南蘋風など丶ハちがひ候。在世の節たのミ候ハヾ、潤筆二百疋、きぬわくニて弐朱もかゝり可申候。しかれバ、価も平和なるべきよし申候。仏庵ハ古物ヲ多く鑑定いたし候好事家也。芙蓉ハ、小子も寛政中、他席ニて一両度出合申候。いづれニも御勘考之上、早々可被仰下候。不備

三月廿二日（篠斎筆書入「四月七日着」）　篁民

佐五平様

44　文政十一年五月二十一日　篠斎宛

（端書「子（丑）五月廿一日出、同廿七日夕着」）

前月念四日之貴翰、端午ニ着、忝拝見仕候。追日向暑之節、弥御清福被成御座、奉賀候。然ば、先便ニかねて御頼ミ、芙蓉画絹地壱幅、当地御店迄差出候処、御落手被下、其砌、無程右価銀、御店より被遣候。致落手、商人請取売上ゲ書、御店迄差出候。定て被成御覧候と奉存候。先便申上候通り、御意ニ叶可申哉、難斗奉存候処、思召ニ応候由ニて、御厚篤之御紙上之趣、忝安心仕候。如仰、画の外ニ書あり、これがまうけ物ニ可有之候。何さま思召ニ叶候事、本望不過之奉存候。

一、龍爪筆之事、御面倒奉頼候処、御承引被下、忝奉存候。此節、五六十本、当地筆工ニ結せ、先かなりニ間ニ合候間、御急ギ被下候ニ不及。御幸便次第、ゆる〳〵御下し可被下候。奉頼候。

一、『石魂録』後集之事、御地江本廻り候は、よほど日も可有之存候ニ付、云々と申上候処、此節、当地御店より被登候仁も有之、旁右之本差登せ候様被仰下、承知仕候。然ル処、下帙も段々製本及延引、漸此節売出しニ相成候間、少し見合せ、下帙うり出し次第、上下一処ニ為差登可申候〔と〕存候而、及只今申候。下帙も節句後、三四日已前ニ売出し候間、上下二帙取揃、今日伝馬町御店迄差出し申候。着之節御熟覧、御手透之節、御高評被仰下度奉希候。かねてハ上帙、仲ケ間うり直段十二匁位と申事ニ承り居候処、引請人丁子や平兵衛大慾心にて、中ケ間うり正味十五匁ニうり出し、少しも引不申候〔ニ〕付、高イ〳〵と申評判のミニて、やうやく本弐百部捌候よし。下帙ハとぢわけ同様ニ候へども、これも同じわり合にて、拾壱匁弐分五厘のよしニ御座候。是迄拙作に、これほど高料の本ハ無之哉ニ覚申候。登せハ、多分本がへニ成候間、上方ニて引請人、却て下直ニうり渡し候哉、難斗候。此板元素人故、自分ニて売捌キ候事不叶、丁子やハ書林なれども、かし本問屋ニて、此もの引受、売捌キ候故、凡五六わりの高利を得〔候〕ハねば引請不申候。此義、かねて存居候故、先頃勘定いたし見候へバ、江戸売四百部、登せ弐百部、六百部うれ不申候てハ、板元之板代かへり不申候。七冊ニて、惣元入七十金かゝり申候。依之、本ハ板元ニ壱部も無之、板元より丁子や江申遣し、本とりよせ、差越候事ニて、直段も板元自由ニ成り不申候。其上、丁子屋申候ハ、此本、いまだ登せ不致候ニ付、他郷へは壱部たり共ちらし候事、不相成候趣申、板元へ本わたし不申候ニ付、板元大ニこまり、右之趣申ニ付、これハ他郷へ遣し候ても、うり物ニいたすニあらず、素人方のなぐさみニ見られ候事故、障りニハ不成候。尚又、本廻り候迄ハ、秘しおかれ候様、申可遣間、心おきなく本遣し候様、だん〳〵わけ合申聞ケ、已来登せの障りニ成候ハゞ、屹と可承候間、本遣し可申旨、一両度及懸合、やう〳〵本差越し申候。ケ様之わけ合ニ御座候間、当分御ひめ置被下、琴魚様などの外ハ、本御手へ入候事と申義、先御遠慮可被成下候。

種々の意味合御座候而、作者の自由ニも成かね、板元の自由ニもなり不申候。御一笑可被下候。かやうの板元ヲ、杜鵑本やと可申哉。自分ニてほり立ても、うることならず、人にうりてもらひ候故、利分ハ人に得られ、やう〳〵板ヲ自分の物ニいたし候が所得ニ御座候。それでも、ほりたがり候もの多し。畢竟、板ヲ株ニせんと思ふ見込ニて、うり出し候節、損さへせねバよいと申了簡ニ御座候。しかれども、四百部売捌申さねバ、急ニ元金かへり不申候。四百部ハ、丁子や引請候へバ、二三年かゝりても、ぜひ売払可申候へども、此四百部、不残出払ひ迄ハ、板元ニて、壱部もすり込候事ならぬとり極メニ御座候。素人方の御存なき事、板元の楽屋の店おろし、外々へハ御噂被下まじく候。直段もあまり高直ニて、御せわがひも無之奉存候へども、仲ケ間正味と申事故、不及是非候へども、序ヲ以、丁子やニ対面いたし候事も候ハヾ、直かけ合ニいたし、内々少々も引せ申度奉存候。代料、急ニ被遣候ニも及び不申候。とりニ参り候ハヾ、拙者方より取かへおき候とも、いづれとも可致候。其内ニ、直段の事も、今一度可及懸合候。此段、御承引可被成下候。

一、『八犬伝』七輯ハ三月中、弐の巻迄ほり立、校合いたし遣し候処、三月廿六日板元参り候後、如胡越疎遠ニて、今以不参候。いかゞいたし候哉と存、疑念不晴候処、此間噂ニ承り候へば、本家の弟不埒ニて、身上立行がたきわけ合有之、本家のせわいたし、多用の上、駿府迄参らねバ不叶用事出来候て、三月下旬、急ニ旅行いたし、節句前ニ帰府いたし候よしニ候へ共、今以校合乞ニも不参候。ケ様之わけ合候へバ、右うり出しハいつ頃ニ候哉、難斗被存候。見物、いづれもまちわび候事ニ御座候。

一、『傾城水滸伝』、よミ本にしてハ云々との御高評、至極御尤ニ奉存候。なれども、よミ本にしても相応ニ捌ケ可申候。かく申せバ、をこがましく候へども、すぢのわろき『水滸伝』の勧懲を、正しくして見せ候のミ、作者の専文ニ御座候。すぢハ同様ニて、勧懲の場ニ至りてハ庭逕あり。よミ本にして、永くのこし不申が残念ニ被存候ハ、ひがごとにや。

一、『金毘羅船』の高評、日本の山々にして云々と申候事、この義ハ最初の愚按ニ候故、一昨年御下りの節、物がたりいたし候様ニ覚申候。それヲ御失念ニて、不斗御胸中ニうかミ候にハ無之候哉。最初より、何分天竺ニては、婦幼のうれしがらぬもの、日本国中巡歴ニいたし可申と存、考候へども、さやういたし候てハ、ことの外むつかしく、大ほね折レ候事故、やめ申候。作者の了簡ハ、とかく少しもほね折薄くて、相応ニ売捌ケ候様ニ工夫いたし候事ニ御座候。それヲ、むつかしく考候てひまを入レ、ヤンヤとほめられ候ても、そろばん玉ニのらぬ事ハいたし不申候。見物の了簡ト作者の了簡の相違、こゝらに御座候。本文のまゝの化物ニても、相応にうれさへすれバ理屈なし。合巻などにほねヲ折候は、大キナル損也。『水滸伝』など、とり直しものニて、面倒ニて候へども、すぢヲ本文ニあづけ置、追々ニ引出し、煮ても焼ても自由ニ遣ひ候故、又楽《ラク》の場も有之候而、速ニ出来申候。さのミほね折不申候て、大流行いたし候は、神仏あつて祐るかと被存候程の事ニ御座候。よミ本とても、よき趣向ありてもむつかしく、急ニ出来かね候やうなるすぢハやめて、つかひ不申候。渡世人のわる功、如此御座候。それヲとやかく宣ふハ、至極よろしく可有之候へども、引合不申候。御一笑可被成下候。

一、宗伯事、四月九日夕ヨリ大病ニて、五月節句前後ハ、既ニと存候程之事、此節とても同様ニは候へ共、まづ危窮の場ヲのがれ候故、当分気遣ひあるまじく存候へども、何分ニも大病ニて、安心不仕候。就右、日々医師の来診、見舞の人出来多く、且心痛も御座候故、此節ハ廃業同様ニて、はかぐ〳〵敷著述も出来かね候へ共、されバとて、打捨置候てハ、先ヲあんじられ候まゝ、透さへあれバ、机ニかゝり候へども、何分おちつき不申候。彼もの病症、六ケ年前はじめて発起いたし、凡一ケ年程療治いたし、平愈ハいたし不申候へども、わるかたまりニかたまり、折々持病差起り候事ニ御座候。養生すゝめ候へども、薬嫌ひ・灸治ぎらひにて、いふかひなく打過候処、痼火の邪火、年来腹中ニ充満いたし、終に脾胃を犯し候故、脾胃虚の症ニ変じ、四月九日より、下痢一日ニ七八十度ヅヽ、此節ハ減じて、廿度三十度位ニ成候へども、臍下の動気甚しく、按手いたし候へバ、ホキ〳〵響キ候程之事ニ御座候。小便閉ニて、宿水胸膈ニ滞り、腹中雷鳴甚しく、何分安心ならざる大病ニ御座候へども、食事ハ病人不相応ニ、粥二碗ヅヽも、三度かゝさずたべ候故、露命ヲ繋ぎ候事と見え候。何分とも、薬のきかぬ症ニて、こまり申候。去年愚老大病の節ハ、家内手アキ故、看病行とゞき候へ共、当年ハ小児出来候故、看病も行とゞき不申候。老年ニ及び、一人の忰、如此ニ御座候へバ、苦ニいたし候へバ、限りもなき事ニ候へ共、苦ニしたれ〔ば〕とて詮もなき事、何事も天命に任せ候より外ハ無之候。かく諦居候へバ、うしろやすく候へども、さすが七情のいれ物たる人身候へバ、折々胸痛の事も多く御座候。御賢察可被下候。只さいハひなるハ、媳が乳汁沢山ニて、小児ハ尤健ニ御座候。三法師丸ヲ得候へバ、少しハ慰め候方御座候へ共、これも却而ほだしニ御座候。大部の小説を作り初め候頃、末々迄ハ考ずに書おこし候へ共、しかれども、始終ハかやう〳〵と、大づもりのくゝりをつけぬ事ハなし。しかるに、わが生涯の小説ハ、この末いかやうのすぢになりて及団円候哉、実ニはかりがたく被存候。先夜老婆ニ、不斗此義申出し候故、此処へ書くハえ申候。をかしからぬ咄ニて、めいるやうニも可被思召候。御遠察可被成下候。

一、『漢楚賽擬《まがひみたて》選軍談』

袋入合巻三本、初編八冊

これハ漢楚のすぢにて、より朝・よし仲両雄のあらそひニつゞりなし候。当冬、二編引つゞき出板。

一、『風俗金魚伝』　右同断

これハ『金翹伝』ヲ、日本の事ニつくりかへ申候。初編八冊、当冬出板。

右両様とも、此節板下過半出来、追々ほり立申候。『けいせい水滸伝』流行ニ付、合巻ものゝ趣向一変いたし、諸板元、かやうのものを歓び申候。新趣向より作者ハ楽ニて、よろこび申候。士君子ハうれしがらぬものニ可有之候。但し、『漢楚』ハむりこじつけにせず、和漢有来りのすぢをよく綴り合せ候処が、作者のはたらきニ可有之歟。出板之節、御高評可被成下候。『金魚伝』ハ、やはり『金翹伝』ニて、彼すぢのわろき処ヲ、少々ヅ、補ひ候のミニ御座候。かやうのもの、永くはやらせたく、祈り申候。大ニらくニて、趣向ヲ案じ候苦ヲのがれ候。御一笑。

一、『雅俗要文』　間形本　百十七丁

これハ、書札ニ多く雅文をまじへ候用文章ニ御座候。此節、脱稿いたし候。近来の人気、真片カナ物でもよめ候て、はいかい・狂歌ヲよミ習ひ候人々、雅文ヲ書たがり候へども、本なきにくるしミ候よし。依之、板元の思ひつきにて、拙著ヲ乞候て、急ニ出板いたし候。出板之節、御高評可被成下候。

一、『美少年録』ハ外題斗にて、いまだ趣向ハ立不申候へ共、わか衆の『八犬伝』のやうなるものと、わか衆の『水滸伝』のやうなる物ニ可致存候事ニ御座候。これも、流行を追かけ候板元のこのミニ御座候。先便恩借之小説ものハ、此趣向に用ひ候事も可有之候。何分病人と著述ニ手透無之候故、いまだ熟読不仕候。土用休ミの内、拝見可致、たのしミ罷在候。

一、『水滸後伝』云々被仰下、二十ケ年程まへ、尾府にてあらまし見候。久しき事故、大すぢハ存居候へども、過半忘却いたし候。何さまなつかしきもの、いつぞ御序ヲ以、拝見いたし度、奉願候。

一、二月下旬より此節迄、雨天がちにて、三日ト晴候事ハ稀ニ御座候。四月ニ至リ、日々雨天、晴ハいよ〳〵稀ニて、冷気也。此節、老年の私など、わた入レ二ツ、昼の内、一ツぬぎ候事ニ御座候。昨今二日快晴、これハ四月下旬よりめづらしき事ニ覚申候。これより暑ニ入候ハヾ、夕立もなく、照りつけられ候事と被存候。

一昨年・去年雨遠の未進、当年ハ雨多き筈と被存候。錦地も御同様ニ候哉。追々向暑、御自愛専一ニ奉存候。今朝少し手透ヲ得候故、心事あらまし、如此御座候。乱筆失敬、御推覧奉希候。頓首

五月廿一日　　　　　　篁民

殿村篠斎大人

梧下

45　文政十一年十月六日　篠斎宛

（端書「子（丑）十月六日出、同廿二日着」）

一筆啓上仕候。追日覚冷気候処、弥御揃、挙家御安全可被成御座、奉賀候。然バ、八月廿六日之貴翰、九月中旬伝馬町より被相達、忝拝見仕候。龍爪筆十九柄、是又同時ニ落手仕候。右筆之事、京都江被仰遣被下候処遅滞、彼是御心配被成下、御地ニ有合せ候分十九柄被遣被下、京都江御注文之筆着之節、御引替等之御斟酌、巨細ニ承知、御多用中、何とも恐入候事ニ御座候。御蔭ヲ以、居ながら好ミ之筆手ニ入、多々奉拝謝候。先便ニ申上候通り、当地の筆、よろしくハ無之候へども、春中五六十対結せ、致所持候間、不急事ニ候処、懸御厄会、尤憚入候仕合ニ奉存候。右代銀九匁五分、御地銀相場六拾四匁のわりにて、

八匁八分七厘三毛

今日、伝馬町御店中迄差出候。左様御承知可被下候。勘定、もし相違・不足ニも候ハヾ、乍御面倒、無御介意、猶又被仰下候様仕度奉存候。

一、『石魂録』後集、夏中当地御店迄差出候処、相違、御覧被成候由ニて、貴評之趣、御面話同様、承知仕候。右御答ハ次ニしるし、備御笑候。右本代、やう〳〵壱わり引せ、当盆前、伝馬町御店より受取申候。是又御承知ト奉存候。京(マヽ)師の書林河内屋茂兵衛、此節出府、『石魂録』後集、上方筋うり弘引受、やう〳〵此節積下し申候。左候ハヾ、当暮ならでハ、御地江は本廻り申まじく被存候。走りヲ入御覧、貴評もはやく承り、本望之至奉存候。

一、『石魂録』貴評、吉次ニさせる功なし、乍併、秋布がシテニて吉次はワキなれバ云々、なれども、少々ハ功あらせ度との事。吉次に功なきが趣向にて、実は大功あり。後集初巻ニ、吉次ハ嘉二郎に討れたらんと思ハせて、ふせておくが作者の趣向ニ御座候。最期ニ至り、経高ヲ滅スが則大功也。それヲ秋布同様ニ、前ニ働せては、秋布ヲいっぱいニ遣ひ候事、なりがたく候。実録の瀬川采女の事も、その妻菊の貞操ヲ専文ニ、世俗申伝候故ニ、その心もちを第一ニ綴りなし候。但し、ひが事にや。

一、輪栗が秋布を勾引の段、秋布、輪栗に手もなく短刀を打おとされ、手ごめ〔に〕なる立まハり、あまりよハし、少しハ太刀打させたらバよからんとの事。これハ只その皮肉ヲ見て、作意の骨髄を見給ハざる故、左思召候なるべし。君のごとき、よく稗史ヲ見る人すらかくの如し。況只死眼ヲもて見る人ニは、いよゝさおもふべし。彼段ニ、秋布ヲよハく綴り候も、作者の意ハ不然候。輪栗の巧言、秋布をわが女兄也といふ、この事、すべてさもありけんかと思ふばかりなれバ、秋布も虚実ヲ定めかねて胸塞り、落涙ニ及び、よゝト泣き候事、本文ニ見えたり。然ルに、俊平と角口つのり、既に闘諍に及ぶニ至り、秋布こらへかねて、輌子ヲ切破り出る時、輪栗息ふきかへしてうちむかふ程に、既ニ説迷されたる半信半疑の秋布ハ、面ヲ対するも不意故、猶予せしヲ、輪栗がいちはやくその短刀をうちおとし、岌にかゝりて手ごめにせし也。秋布にこの迷ひなくバ、嘉二郎ヲすぐ討んと思ふ念力あり、いかでか輪栗におめ〳〵と手ごめにならんや。これ、この作意のおくの院ニて、当時秋布の心もちになりて綴りたるにて、所云骨髄也。君すら貴評こゝに及バず、誰かよく拙作ヲ見るものぞ。実ニ嘆息のミ。御一笑〳〵。

一、糸萩がねたみ、あまりニ痴ニ過たり。かやうなる痴女ハあるまじきとの事。

これも、今時の只のむすめにして見れバ、一向に弁へもなき痴呆に似たり。然ルに、糸萩が乱心は、前世の因果ヲ引くゆゑにて、はじめ今理の段の糸萩とおなじからず。譬ば、吉次と出あひし後ハ、物の怪のつきたるものと一般也。則是が趣向ニて、左なくてハ、結局の因果物がたりニ都合しがたく候。父母も人々も見物もしれ易キ事に、糸萩ひとり迷ひの解ざるハ故ある事にて、痴といふべからず候。且三年前に、吉次は弟浦二郎と称して、今理へ行し事なども、みな前因の係る所ニて、糸萩の業ヲ果すべきよしあれば也。但し、ひが事にや。

一、龍神ヲあまり遣ひ過たるとの事。この龍神ヲ、酢ニも酒塩ニもつかひ候は、魚蔬の用意すくなきに、本膳・口とり・すゞりぶた・すひ物迄、只一枚の鯛かひらめにて、いろ〳〵にしてくハせるが如し。これら、尤作者のはたらきと見る人もあり。但し、ひが事にや。右後集ハ、廿余年後の急案、木に竹ヲ接ぐ心地して、一向ニ綴り候心もなきに、年々板元ニ責られ、已ことを得ず、どやらかうやら尾ヲ附候もの故、一場も得意の段は無之候へども、さりとて用心せざるにもあらず候。人物ハ、前集の外ニ多く役者ヲふやさぬが、作者の苦心ニ御座候。これハ貴評にも御察しの趣、よく聞え申候。

一、『八犬伝』七編め之事、先便ニも如得貴意候。三月中旬後、板元より付不申候。四五月の間、両度迄人遣し、安否尋候へども、いつも主人他行のよしニて、不沙汰ニ打過候。風聞ニは、弟方本家立行がたく、右之義ニ拘り、不得寸暇と申候へども、実ハ夫のミならず、自分の内証も甚むつかしく、『八犬伝』前板ハ、多く質入いたし有之、処々より注文有之候へども、右之仕合ニて、すり出し候事も不叶、剰、此節右之板流れ、売ものニ出候よし。如斯仕合故、七編彫刻ハ、大かた揃ひ候へども、製本の元入ニ差支、出板延引のよしニ御座候。二の巻迄ハ、校合いたし遣し候へども、三の巻より末ハ、校合すり本、未見候。先月中板元参り候へども、是迄のいたし方不実ニて、平生の日とちがひ、憎く候間、対面不致候。とかく『八犬伝』ハ、板元むつかしく御座候。金主なき芝居ニて、立もの引とめられ候と一般、是も又、板元でもかハり不申候ハヾ、引つゞき出板、無覚束被存候。見物は待かね、飯田町旧宅抔へ、度々出板の有無ヲたづねニ被参候仁も有之よし。武家方よりは、当春中、前金ニ板元へ代金わたしおかれ、うり出し之節、一番ニ遣しくれ候様ニとたのまれ候も有之由ニ候へども、右之仕合故、いつ頃出板歟、難斗候。前板も只今すり出し候へバ、渇し候処故、二百部ヅヽ、屹とうれ候よし、書肆等申候。をしき事ニ御座候。

一、『妙々奇談』、御覧被成候よし。これハ素人の蔵板ニて、壱人前壱朱ヅヽの入銀にて出来のよし。老拙ハいまだ見不申候。最初の番付やうのものハ、只今一向無之、医師の番付ハ所蔵いたし候へ共、儒者の番付ハ、出るよりはやくもめ合出来、早々かくし候よしニて、不令見候キ。いにしへより、唐の党錮・宋の三傑のごとき、宿儒先生の威勢争ひ、めづらしからず。東坡などハ、伊川を罵るに、痩鬼をもてし候へども、程氏のミ、一言あらそひ不申候キ。業ハものくしく候へども、地がねハ大俗ニて候もの、世に多く有之候。尤にがくしき事なるに、梓行いたし候て、後世迄ニ恥を遺し候事、いかなる心ぞや。実に嘆ずべき事と存候へバ、求て見たくもなく、打過申候。

一、水戸ニて御梓行の『台湾鄭氏紀事』ハ、あはれめでたきものニ御座候。山崎美成が『文教温故』ハ、一向うれ不申候よし。両書とも当年出板、被成御覧候哉。

一、過頃御允借之『檮杌間評』・『緑牡丹』両部、当盆休中、繙覧仕候。『檮杌』のかた、文章も宜候。明末の魏忠賢が事を旨と作り設候ものニて、二十四五回迄ハ、一向の作り物語ニて、おもしろく覚候。末ニ至り、『明史』の趣ニ合せんとせし故、其事実ニ過テ、却おかしからず候。『緑牡丹』のかたも、相応ニ出来候ものニ候へども、両作とも、つゞまやかなる事ハ無之、いづれ〔も〕大放しの事のミ多キハ、唐作者なれバなるべし。『檮杌』のかたよき所半分と、『緑《(黒)》牡丹』と春まぜ、『美少年録』の趣向ニ取組、此節昼夜共、右よミ本著述ニ取かゝり、三の巻ノ上まで稿之候。板元、ぜひ〳〵正月中ニ出板と急ぎ候。私方ハ、随分間ヲ合せ候へ共、画工ト板木師ニて、毎度幕支候故、正月のうり出し、心もとなく被存候。三四月ニ至り候てハ、うり出し時節あしく候間、もし正月製本の間ニ合かね候ハゞ、秋ニ至りうり出し候様、談じ置候。然ル処、又壱部、よみ本の作、無拠引受ケねバならぬ義理合も出来そうに候。もし左候ハゞ、『緑《(黒)》牡丹』の方ハ引放し、別ものニいたし、取直し、つゞり遣し可申哉とも存候。とてもつき崩し、この方のもの〔に〕せねバ、用立不申候へども、乍去、少しニてもより処有之候へバ、さらすぢより楽ニ御座候故、御借書ニて大ニ資ヲ得、悦び申候。今にろく〳〵不被成御覧候書ヲ、久しく引留、借用仕候事、無心之至り、恐入候へ共、右之仕合ニ御座候間、今姑く御かし置可被下候。翻案ものヲ先ニ被成御覧候而、後ニ原本ヲ御覧被成候方、却御たのしミニも可成抔と、手前勝手のミこぢつけ申候。御一笑可被下候。『檮杌』の方、『美少年録』の書名ニは不都合のものニ候へ共、無理に書名ニ合せ候つもりニて、綴りかけ申候。いづれ大部もの、七八編ニも至り不申候ハゞ、全部致まじく候。来春四冊《(ママ)》上下分巻ニて五冊出来、引つゞき二編めも綴り、来秋二編め出板、夫より年々二編ヅ、出板いたし度よし、板元申候。うまくその通りニゆけバよいがと存候事ニ御座候。

一、『檮杌間評』、前の蔵弆のぬしの所為なるべし、「檮機間評」としるし有之候。これハ唐山ニて、機字ヲ省文ニ杌とも書候により、杌ヲ机とよミて、機としるし候事と見え候。書名ハ檮杌《トウゴツ》ニ御座候。窮奇檮杌は、わるもの、事ニ候。この檮杌の熟字すら知らでハ、此小説、いかゞよみて解し候哉、無覚束候。前のぬしのわざなりとも、是ハ御書直しおかれ候様ニと奉存候。くれぐ〵も御蔭ニて、よほどの資を得候て、感戴奉多謝候。

一、『傾城水滸伝』六編上下二帙、先月中旬致出板候。定而被成御覧候半と奉存候。同七編、并ニ『漢楚賽』初編も、五六日中ニうり出し可申候。当年ハ、改方ニて彼是禁忌を被申、賄賂などいふ事、或はひとやの事、役人・庄官などいふ事も忌れ、甚困り申候。彫刻ニ出し候ものハ、入木直し等いたし候間、不都合之事も可有之候。其思召ニて御覧可被成候。近来弥拙作流行、諸板元の責を請候上、悴久病ニて、家事・外事共、老拙一人の身上ニかゝり、大抵明六時より、夜ハ亥中迄寸暇無之、いかなれば如此被役候事哉と、われながらあやしく候。来春ハ諸板元へかたく断候而、著作の数を減じ、折々息を吻く心がけニて罷在候。『金翅伝』抔も、処々禁忌を申立られ、困り申候。改方、小説物抔ハ夢にも見たる事なきにや、何事も当世と自身のうへに引くらべ、やかましくいハれ候。かやうの事も候へバ、一向戯作は止メて、折々たのしミに、書林ニてのミ致候、まことの著述のミニ可致哉とも存候程ニ御座候。

一、当地狂歌師四方歌垣真顔事・六樹園めし盛事、当秋中、京都二条様より宗匠号御免許、補任之やうなる奉書を被下、御自詠御自筆の御歌ニ、各々薬玉ヲ添被下、其上水干・烏帽子・差貫等、一式之装束ヲ被下候よし。真顔側狂歌師点者万象亭ハ准宗匠、其次々もの四人ハ、宗匠格とやら申事、真顔・飯盛は藤色、准宗匠ハ極薄藤色、宗匠格之ものハトキ色とやら申事ニ御座候。願ひ候ニもあらず、かの御方之思召ニて被下候よしなれバ、進上物も手がるく、太刀・馬代・銀馬代等ニて事済候よし。六樹園ハ九月中旬、両国大のしニて、宗匠弘の会いたし候へども、装束ハ不着用、上下のよし。

真顔は、亀井戸天神別当所ニて弘メ会いたし、おの〳〵装束ニてねり候て座敷入いたし、御書并ニ連中の歌披講の時、うしろニて楽を奏し候よし。前代未聞の珍説ニ候。あさくさの了阿法師がわるぐちに、

　ア、ラようがましや宗匠なりの翁たちめんばこありと思ふばかりに

彼人々は、徒弟を集め門戸を張候て、渡世ニいたし候事故、さもあるべく候へども、隠逸の心より見れバ、風流ハうせて、きのどくなる事ニ思ひ候。あなかしこ。

一、芙蓉画、御表装も御出来のよし、さこそと想像仕候。老拙も其後、雪山墨画の山水、一ぷく求候て、表装しかへ、折々かけてたのしミ候事ニ御座候。

一、御秀詠御見せ被下、甘心不少、殊ニ「広沢の月」、忘れがたく候。古語より出候て、耳新らしき様なれど、余情薄く覚候。

一、当秋、西国筋洪水等ニて米穀高直、御蔵前御帳別も、四十両余のよし。市中小うり、百文ニ上白八合五勺、下白九合とやら申候。当冬など、度々火災無之様にいたし度、奉祈候。賤人ハ食足り候へバ、世上無事ニ御座候。今日半日の閑を窃ミ、此書状認候内、二三度使札・客来有之、冗紛中匆々ニ認候故、乍例乱書、可然御推覧可被成下候。琴魚様、先比は御不快御養生の為、御上京のよし、乍去、追々御快方と承り、大慶不少候。

一、忰病気御尋被下、忝奉存候。春已来、今以全快ニ不至候而、只床上ゲ候のミ。廃人同様ニて一向用立かね、こまり申候。乍去、折々つよく発り候癎症ハ、よほど直り申候。是のミ、家内一統の悦びニ御座候。御遠察可被成下候。先便貴答迄、如此御座候。恐惶謹言

　十月六日　滝沢篁民

殿村大人

　梧下

46　文政十一年十二月二十三日　大郷信斎宛

大郷老先生　　滝沢解拝
梧下

盛寒之節、起居弥御清栄可被成御座、奉賀候。然バ、允借之『遊嚢賸記』、長々拝借、奉多謝候。二より七迄六冊之内、今日、五冊返璧仕候。七之巻謄写、今少し残り居候。これは、来陽早々迄ニ可仕候。此義、御許容可被下候。壱ノ巻、并ニ七より末、尚又拝借仕度候得ども、年内余日も無之、拝見の暇あらず候間、来陽、尚又可奉願候。其節、御允借被成被下度、奉希候。

『遊嚢賸記』六冊之内、二三四五六
右五冊、返上。
七ノ巻、残り申候。
右之通御座候。

一、這『兎園外集』壱冊、これはさき（空白ママ）えり屑也。さしたる事も無之候へ共、御慰ニ被成御覧候哉、又入賢覧候。御とめ置、ゆる〳〵被成御覧候様奉存候。

一、『月堂見聞集』、被成御蔵弆候ハヾ、暫時拝借仕度、是も今日ニ限不申候。来陽御幸便之節、御允借可被成候。

一、『残桜記』、此書やう〳〵、自輪池翁御允借被下、早速写し留申候。万一未被成御覧候ハヾ、来陽製本之上、入御覧可申候。

一、此鶏卵、珍らしからぬ品ニ御座候へども、貴著（空白ママ）之返上之印迄ニ、進上仕候。献芹之微意、御笑留奉希候。心緒、来陽拝趨、奉期其時候。頓首

十二月廿三日

取紛中、乱書失敬、御海容可被成下候。

47　文政十二年二月九日　篠斎宛

（端裏書「丑二月九日出。『美少年録』事」）

尚々、旧冬十二月廿六日、只一日雨ふり申候。春ニ至り、正月中、雪のミ十三日・十八日（度）、弐度ふり、雨ハ少しもふらず。二月ニ至り、去ル五日、朝五時より夜四時迄、小雨ふり申候。是当春の初雨也。とかく余寒、今に去かね候。御地はいかゞ候哉。余寒、御自愛専一被存候。

一筆啓上仕候。漸催春色候処、御地御揃、弥御清栄可被成御座、奉賀候。然ば、前月廿九日、年始賀状、并ニ別翰、飛脚屋迄差出し候。定テ順着、御覧被下候義と被存候。其節得貴意候如く、『美少年録』初輯、製本あらまし出来、昨日致発販候。依之、任御兼約、壱部とりよせ、今日伝馬町御店迄差出し置候。御支配人中より可被相達と被存候。料足は、仲ケ間うり引なし、正味拾七匁と申事ニ御座候。板元、素人同前之仁ニて候間、板元弟、今の丁子屋平兵衛引受ケ、売捌キ申候。依之、板元ニてハ壱部もうり不申候約束之よし、直段之義も、丁子やニて相場を立候間、板元自由ニ成かね候よし、申候。此間中、仕立師方、春画一件ニて隙入出来、約束の日限ニ製本出立不申候。板元甚心配いたし、昨日やう〳〵百部出来候間、先づうり出し申候。江戸うり、弐百五拾部しかけ候よしニ御座候。本がら評判よく候間、右之部数ハ捌ケ可申と、板元申居候。尤、上方登せハ、来月ニも及び可申哉。大坂引請人河茂ニて製本、彼地うり出し候は、四五月比、時分あしく候間、秋迄見合せ、秋後の売出しニいたし可申哉、難斗候。依之、他郷へ本出し候事を甚いとひ申候間、屋敷より被頼候よし申候而、此壱部とりよせ申候。此義、御承知被下候而、当分御手ニ入候事、御風聴なき様にいたし度、奉頼候。わきて、御地の本やなどに聞れ候事、いとひ申候。当分、御懇友様ハ格別、密々に御覧被成候様、奉頼候。此余の義ハ、先便得貴意候ニ

付、文略仕候。謹言

二月九日　　　　　　　　滝沢篁民

殿村

篠斎大人

48　文政十二年二月十日　桂窓宛覚

（端裏書「丑二月」）

覚

一、金壱分ト銀弐匁　『美少年録』壱部代

今般、殿村氏江差登し候右本代、御取替被遣之、慥ニ

受取申候。以上

二月十日　　　　　　滝沢篁民［印］

小津新蔵様

49　文政十二年二月十一日　篠斎宛

（端裏書「丑二月十二日出」）

『傾城水滸伝』、初編より三編迄、此節再板ニ取かゝり候板元、物入をいとひ、初板ヲおつかぶせぼりニ致し度存候へ共、最初のすり本、板元ニ無之、依之、先年娘共へ遣し置候校合ずりをとりよせ、ほり極わろき所ハ、書直させ候つもり、筆工江談じ遣し置候。昔より、草ぞうし合巻類の再板ハ無之、板元の僥倖、古今未曾有と申事ニ御座候。肇春念七之貴翰、本月十日、従伝馬町御店被相達、拝見仕候。漸催春色候処、弥御清栄、奉賀候。去歳十月中、自是呈候愚書相達、件々御承知被下候由、安心承知仕候。其節及御答候、『石魂録』後集貴評之拙解、御再答之趣承知。これら、事済候義ニ付、此度はくハしく不申上候。

○拙著新作『傾城水滸』六七八、三編、『漢楚賽』『金毘羅船』『金魚伝』『殺生石』二編、悉御手ニ入、被成御覧候よし、御略評被仰下、忝承知仕候。其内、『水滸』八編、『金魚伝』『殺生石』は、近頃打廻り候よしニ付、いまだ御熟覧ハ無之よし。追々御覧之上、貴評くハしく可被仰下候。唐山小説の訳文とのミ御見なしなき様ニ奉希候。『傾城水滸』も、此節ニ至り云々と思召候よし、本望の至ニ奉存候。右評論、八編之序ニチヨツトあらハし候所、如貴命大眼目ニて、和漢とも人の気のつかぬ所ニ御座候。右『水滸伝』の評は、別ニ綴り候様御すゝめの趣、忝承知仕候。かねてハ『水滸画伝』を著し候節、附録と可致存居候へども、近来見識かハり、『画伝』之訳文をことわり候て、いたし不申候故、せめてもの事と存、『傾城水滸伝』の自序ニ、少しヅヽ書あらハし候。されバとて、この評ヲ別ニ一書ニいたし候てハ、中々多くうれ可申品ニ無御座候。蔵板抔ニいたし候ハヾ格別、何分売物ニはなりかね候品故、何ぞ随筆物でも著し候節、その内へ書あらハしおき可申候。乍然、近年板元の利徳になり候合巻もの、作に追れ、一日も寸暇無之候間、随筆物等あらハし候事も成がたく、何事も生活の二字に羈せられ、いなる著述のミいたし居候事ニ御座候。御賢察可被下候。

一、御とし玉として、御名産糸わかめ被贈下候よし。並便ニと被仰下候故、未到着候へども、遠路御芳志不浅、忝奉存候。右糸わかめハ、三四年前も拝受、調置候品ニて、少しヅヽ、懇友へもわけ遣し候。此度ハ、家内ニてのミ賞味可仕候。一統好物ニて、歓罷在候。

一、年始書状、并ニ細書、当月朔日差出し候。定て順着、御覧被下〔候〕事と奉存候。意中、大抵前書ニ申述候間、そこらハ文略仕候。

一、小津新蔵ぬし、早春度々御来訪の処、前便得貴意候如く、早春多務（勢）ニ付、不得拝面候処、此節ハ少々俗用も片付候折から、昨十日御来訪、近々御帰郷のよしニ付、則対面、雑談及数刻ニ候。一両日已前出板の『美少年録』も貸進いたし、且『代夜待白女辻占』、是は去冬十二月下旬、彫刻遅く出来、当冬のうり出しニ成候品ニて、外へハ見せがたく候へども、貴兄御懇友と申事故、昨今の面謁ニは候へ共、是又貸進いたし候。外ニ「作者役わり付」一冊、これもかし進じ、御出立前、近々返され候様、談じおき候。『代夜待』ハ、あらまし小津氏より御聞可被下候。「作者役わり」、さしたるものニも無之候へ共、蔵板物ニて、本やうやく壱部手ニ入候品ニて御座候。これも御同人より御聞可被下候。

一、『美少年録』第一輯五冊、当月八日ニうり出し申候。かねて御約束ニ付、板元江は屋敷より被頼候と申、壱部とりよせ候ニ付、同九日、伝馬町御店迄差出し候。其段、昨日新蔵殿江及物語候処、右代金、取替勘定為済申度よし被申候。只今ニて無之候とも不苦候間、いづれ本着之上、五月前迄ニても、御序之節ニて可宜旨申候へ共、小津ぬし被申候は、ケ様之事、かねて被頼候間、とり替出銀之方、勝手よろしく候。かやうの慰ものハ、店中へも遠慮のすぢもあるものニ候へバト被申候。その義も可有之事ニ候へバ、則小津ぬしより代銀請取之、為念、書付わたしおき候。委細ハ、小津氏可被申候へども、為念、如此御座候。○扨、右『美少年録』、早春多務中、夜々せわしく校正いたし、壱部打つゞきてハよみ不申候間、此節再閲いたし候処、カケ候所、句読の○等、多くほりおとし候処、直らざるハさら也、徘徊ヲ俳佪とほりちがへ、独女ヲひとむすめとつけがなあやまり、然《さ》らんにハヲ然《し》らんにハトあやまり候。書ちがへたる歟、ほりたがへたる歟、ケ様之誤り多く有之。これらハ傭書、并ニ板木師の所為ニ候へバ、さのミ作者の咎ニも成るまじく候へ共、五の巻十二丁めの左り、阿夏が珠之介に過来しかたを示す条に、

　然《サ》る程に瀬十郎ぬしハ、愆る事ありて、そなたが三歳《みつ》の秋捌月《はづき》に、主君の気色を蒙りて、周防へかへされ給ひしかども云々、

とあり。是ハ作者の大あやまりにて、瀬十郎が周防へ追かへされしハ、夏肆月《うづき》也。遠くもあらぬ四の巻のはじめに此事あれバ、諸見物も大かたハ心づきて、日月ちがへると難じ可申候。冗紛多用中、夜々せわしく校合いたし、五六丁ヅヽ、むしり取ニもてゆかれ候故、此誤、一向心つかず、此度はじめて見出し候。然れども、はや及出板候故、いたしかたなし。これらの義ハ、第二輯ニことわり置可申存候へども、他人ハとまれかくまれ、貴兄ハ早速御心づかれ候て、御評中ニ云々と可被仰下候義と奉存候。右之本、五の巻十二丁(行)ノうら、秋捌月ヲ夏肆月《うづき》と御はり直しおき被下候て、扨御懇友がたへも御見せ可被下候。何分、おち付候て校合もなりかね、毎度かやうの誤有之候事ニ御座候。夏四月を、何どて秋八月とハ書候哉と、再按いたし見候へバ、阿夏并ニ木偶介父子が、みやこをたちて、かまくらへ赴んとせしハ、秋八月也。それを不図思ひたがへ候て、瀬十郎が周防へかへされ候時日にあやまり候事と被存候。勿論、別ニ稿本と申ものなく、心ひとつにたゝみこみ、腹稿のミにて、ぶつ付ケ書に綴り候一本のミに候間、かやうの思ひちがへも有之候。御一笑可被下候。

追々長日ニもなり候間、御手透之節、御熟覧の上、御高評、くハしく御聞せ可被下候。尤、『美少年録』すり本、板元より大坂へ登せ候は、三四月比ニも成るべく候。夫より大坂にて製本いたし、売出し之時節ヲ見斗ひ候事故、当秋か冬ならでハ、御地へ本廻り申まじく哉と被存候。その節迄、他郷へ本まハり候事ハ、板元并ニ引請江戸うり捌キ候もの、甚厭ひ申候。然処、内々にてはやく被成御覧候様、取斗候事ニ付、此義、御心得被下、あまりハツト本御手ニ入候事、御噂被下まじく候。就中、御地の本や抔に聞せたくなき事ニ御座候。此段、御承知可被下候。老拙手より、はやく他郷へ本遣し候など申事、流布いたし候てハ、後日に口がき、にくき筋も有之候也。

○『八犬伝』七輯校合すり本、二の巻迄は、去春中より拙宅ニ有之候間、昨日新蔵殿へ御めにかけ申候。どうかかりて持てゆきて、見度様に被申候得ども、是ハ板元と意味有之事故、かし不申候。なれども、さし絵その外の趣、口づから説示し候事も候へバ、彼御仁より御聞可被下候。

一、『平山冷燕四才子伝』、去秋中被成御覧候付、『石魂録』前集の本居《(店)》御見出しの由、さこそと珍重ニ奉存候。『四才子伝』ハ能文ニて、詩句駢句抔、実ニ妙也。乍去、趣向ハ淡薄ニて、今の流行ニあひ不申候。文人の歓び候小説ニて御座候。『石点頭』は、未被成御覧候哉。これハ一トきりものながら、よほどおもしろく覚候。

一、『残桜記』之事、去年十月申上候処、御蔵書御かし可被下候よし被仰下、忝奉存候。然処、旧臘屋代翁より、やう〳〵允借せられ候間、早速写し取申候。此段、先便状中ニ得貴意候故、御承知ト奉存候。依之、御かし被下候ニハ不及候。万々奉謝候。

一、方位宅相之事、近来迄、老拙は一向眷念不致候処、近ごろ追々流行ニ付、ちと見たく存、三四年已来、追々その筋の書を買取、熟読翫味いたし候へ共、よミ易く解しがたきものニて、一朝にハ自得いたしがたく候処、とかくものを極メ申さねバ済さぬ癖故、多用中、夜々熟読、或ハ老のねざめの暁毎に工夫を凝らし、やうやくその方ニわけ入り、発明いたし候事も有之。依之、自試ミ、或ハ人にも施し候処、実ニ有験の事多く、禍福的然、あらそハれぬ事ニ御座候。陰徳ニもなり可申事故、方位宅相手引草の書を著し可申候と思ひおこし候。是迄、処々にて出板の書ニ、よきものも有之候へ共、その術を惜ミ、素人ニハわからぬ様に書あらハし候故、世人一統の為になりかね候。拙著ハ、その術を惜まず、たれにもわかり候様いたし度存候事ニ御座候。これらの筋ニ入用の書、

『協紀弁方』

これハ康熙帝欽差の書ニて、　天朝ニももちわたり、唐本にて流布いたし候。先比より、当地書林を穿鑿いたし候へ共、只今右之書多く無之よしニて、未入于手候。御地并ニ津の山形屋など、御序ニ御尋可被下候。代金弐両より弐両弐分位迄ニ候ハヾ、御買取可被下候。もし御地に無御座候ハヾ、当年抔、若山へ御出かけ被成候ハヾ、定テ京摂ニも御逗留と奉存候。其間、京大坂ニて御とり出し被下候様、奉頼候。尤、老拙方ニても、いよ〳〵江戸ニ無之候ハヾ、大坂懇意の書林へ可申遣候へ共、左様いたし候へバ、高料ニても買取申さねバならず、こゝらの意味も御座候間、不図心付、願置申候。此外、『崇正通書』『通徳類情』なども、入用の書ニ御座候。是ハ江戸ニも可有之存、先日鶴や江申遣し置候へども、いまだ本差越し不申候。『協紀弁方』ハ、江戸書林処々たづね候へ共、無之様子ニ付、御労煩奉希候。されバとて、只今差急ぎ候事ニも無之、御失念なく、御便り宜候節、より〳〵御穿鑿被下候様、奉希候也。

一、又一ツ、申試ミ度事御座候。高井蘭山あらはし候『水滸画伝』第二編、旧冬出板、当早春借りよせ候て、致一覧候。貴兄ハ未被成御覧候よし。如貴命、画ハさすがに北斎ニ候へバ、不相替よろしく候。乍去、作者より画稿を出さず、画工の意に任せ、かゝせ候と見えて、とかく画工のらくニ画れ候様にいたし候間、初編にハ劣り候様に被存候。著述ハ手みじかに綴り候故、通俗

本同様之処多く、一向に骨の折れぬものニ御座候。あの通りニ候ハヾ、百回早速満尾可致候。只『水滸伝』のすぢのミ、書つらね候までに御座候。唐山にてハ李卓吾本の姿、よく似たるものニ候。をしき事かな、あたら『水滸伝』を略文にせしことよと存候事ニ御座候。且簡端に、作者訳文の大意を述候処に、字音ハ『韻鏡』に本づき、仮名ハ古仮名によるよしニて、酒食をシユシイ、蓑笠をサリウとするよしなど、ことわりおかれ候。尤なる事ニは候へども、それは物ニもよるべき事ニて、迷惑の惑も音コクにて、ワクの音ハなきを、古人久しくわくとよミ来たり候。されバとて、メイコクとかなつけ候てハ、婦幼にハ何のことやらわかりがたく候。且仮名ハ、古仮名をもてするよしなれど、いゐひのかなづかひすら、多く錯乱いたし候が見え候。故あるかな、彼人の著述、是迄あたり作なし。人情をバよく解さぬ人歟と存候。只これのミならで、『水滸伝』に見え候事の或問をのせられたる条に、宋の徽宗・欽宗の時、秦檜といふ悪宰相ありて云々、朱子・程子も宋人也云々と書れ候。徽宗・欽宗の時にハ、蔡京・童貫等が政を乱りしよしハ、『水滸伝』ニも見えたり。これが『水滸伝』の趣向の出る所なるに、何どて秦檜とハ書れしにや。秦檜の政を執りて、多く善人を害せしハ、南渡の後高宗の時にあり。徽宗の時ハ、秦檜ハ微官にて、なか〳〵政事ニ口出しするものにハあらず。金国へとらハれて、とし経て迯て本国へ(を)帰てより、そろ〳〵立身して宰相になりし事、通俗本でもよむほどのものハ、しりたる事ニ候。しかるを、蔡京・童貫が事をいハずして、秦檜と書れしハ、暗記の失か老耄故か、これら、就中きのどくニ存候事ニ御座候。且亦、『水滸伝』を、今の草ぞうし合巻やうの物同様といハれしも、あまりすまし過たる事ニて、中々『水滸伝』の作者の深意ハ、夢にも思ハぬやうに被存候。ケ様の心もちにて『水滸伝』を訳し候へバ、ほねを折らぬもその故ありと、返す〴〵も嘆息ニたへず。わづかに壱の巻ばかりよみて、大てい様子しれ候間、画ばかり熟覧して、早速返し候也。いかで、一わたりハ御覧あれかしと奉存候。但し世評にも、口絵なき故さみしく、且一冊ニさし画三丁づゝなるも、画伝といふにたがひてすけなしと申もの、多く有之候。なれども、百八人の像ハ、半丁ニ二三人ヅヽ、別ニ一巻といたし、これハはなしても売り候よしニて、只今彫刻最中と及承候。この出像の巻ハ、さすがに北斎筆なれバ評判よろしく、屹度売れ可申候〔と〕存候。出板之節見候て、いよ〳〵よく出来候ハゞ、その所斗求置可申存候事ニ御座候。

一、『漢楚賽』の看板、もらひ候間、御めにかけ申候。何の益ニも立ぬものながら、袋入之合巻すら、かやうに立派なる看板をすり出し候事、一時流行のしからしむる所にして、後々の話柄にも成可申哉。この看板ハ、当時多くて百斗、或ハ五六十通り配り候のミにて、来年に至り候へバ、何方ニもたえてなきものニ候へバ、その時のミにて、人のしらずなりゆくものニ候間、老拙は一枚ヅヽ仕舞おき候也。

一、松前家牧士騎馬炮の図、是ハ先年、老侯御蔵板ニて、出来候節被下候。ぶんこの底より見出し候ニ付、進上仕候。これも世にハなきものニ御座候。此騎馬炮の事ハ、一書にあらハし置候ものも有之。事長けれバ、不及其義候。

一、琴魚様、とかく御病身のよし、いかで御壮健にいたし度、祈申候。忰抔廃人同様ニて、何事も出来かね候。とかく壮健長寿ならでハ、思ふ事も成がたきもの、天性とハいひながら、生涯の損ニ御座候。御保養専一、いつぞや進上の『養生訣』など、御翫味あれかしと奉思候。

右小（大）津氏、今般帰郷ニ付、当春貴翰の御答旁、如斯御座候。いつでも多務、乍例乱筆失敬、御推覧可被成下候。頓首

二月十一日　滝沢篁民

殿村篠斎大人

梧下

50　文政十二年二月十二日　篠斎宛追啓

（端裏書「二月十二日出、同廿三日着」）

追啓

今日、自伝馬町御店、御とし珠糸わかめ一包、并ニ『残桜記』一包、右弐包被届之、忝落手仕候。糸わかめ、何分めづらしき品ニて、折節飯田町なる娘罷越候ニ付、少しわけ遣し候。遠路御深志不浅、忝奉多謝候。度々拝味可仕候。一統宜御礼申上度旨、申聞候。

一、『残桜記』之義、早春状中へも、旧冬屋代氏より允借之本、うつし取候趣、得貴意候処行ちがひ、今般御差下し被下、是又忝奉存候。もはや右之本出来の上は、留おくべきものにあらず。此度小津氏帰郷ニゆだね、返上いたし候ハヾ、便宜と被存候へども、彼仁、十四日出立のよしニ付、もはや荷物仕舞れ候哉難斗、且片便りニ付、いづれ近日、飛脚や嶋屋江差出し、返上可仕候。右之趣、御承知可被下候。くれぐ〳〵も、遠方御秘蔵之書、御かし被下、御厚情、万々奉拝謝候。此段之御答は、本文ニ大抵申尽し候間、御熟覧可被成下候。匆々不備

二月十二日　　篁民

篠斎大人

51　文政十二年二月十三日　篠斎宛口上

口上

御秘蔵珍書、遠方御借被成被下、奉謝候。先便得貴意候如く、旧冬此書、屋代翁より借用、写し取候間、則返上仕候。御落手可被下候。匆々不備

二月十三日　　滝沢

殿村様

52　文政十二年八月六日　河内屋茂兵衛宛

（端裏書「丑八月廿五日着、八月廿六日返書出し」）

（表書「河茂様要用書　滝沢」）

尚々、文談入組申候処、多用中乱書、よろしく御推覧可被下候。以上

一筆致啓上候。其後は御不音打過候。秋暑之節、御揃弥御安康可被成御暮、珍重奉賀候。随而、蔽屋替事無之候間、乍慮外、御休意可被下候。然ば、兼而御約束ニ付、『侠客伝』著述潤筆内金拾両也、当三月下旬、当地大坂屋半蔵殿迄被遣之、其後、右同人より請取、忝被存候。兼而ハ春之内より差急ギ、夏中迄ニ不残綴リ可申存罷在候処、如御案内、三月廿一日当地大火災、近来稀成事ニて、蔽屋ハ幸ニ無恙候へ共、親類共、武家町家共、七八軒類焼ニ付、大勢押込、以之外混雑ニ及び、且懇意之書肆・画工・筆工共、大かた致類焼候。

依之、右一義ニのミ日ヲおくり、四五ノ両月は、夢のごとくニ暮し候事ニ御座候。依之、中だるみいたし、諸事手都合あしく罷成候内、大暑ニ赴、一時斗霍乱いたし、九死一生之病難後、暑中ハ甚おそれ候故、弥及延引候事ニ御座候。尤、『侠客伝』稿本、少々は春中取かゝり候も有之候処、右大火混雑ニ紛失、彼是ニて弥不都合、筆紙ニ尽しがたき事ニ御座候。右ニ付、当年ハ合巻絵草紙の拙作も、例よりすけなく候故、これも日々催促ニて、こまり入申候。いづれ、少しも秋冷ニ赴候ハヾ、早々取かゝり可申候間、此段、御承知可被下候。先達而中より、度々大坂や半蔵殿江早状被遣、写本御催促のよし、及承候。大半事、類焼後の気うちにて、久々不快の処、何か気病の様子ニて、先月中より、どうと床ニ打臥、よほどむつかしき様子ニ御座候。これも第一の不都合ニ御座候。大半殿上人物ニて、気質婦人のごとく内気の仁故、度々其御許より御催促の御状ニて、甚きのどくニ存、日々その事のミ申くらし候故、おのづから病気の障りニも成候よし及承、気之毒ニ被存候。拙者方、稿本差急ギ候ても、それのミにあらず、書画共も、それぐ\へ誂候事ニ候処、画工英泉ハ類焼後、根津の縁者方へ参り居、片辺土ニて不都合の上、いろぐ\俗事出来のよしニて、外々の画も一向出来かね候。且、筆工書千吉抔は、何方ニ居候哉、今以しかとしれかね候。其上、大半大病ニ候間、走廻り催促いたし候ものも無之候故、何分只今、写本登せ候事いたしがたく、万々気之毒ニ被存候。然共、打捨置候義ニは決而無御座候。追々冷気ニ相成候ハヾ、昼夜共出精いたし可申候。其内ニは、大半殿も病気順快可致候間、画工・筆工は、彼仁より御やくそくのごとく世話可被致候。遠方之事故、此方様子御存なく、高金も御渡し置被成候事故、御不安心ニて、度々大半江御催促被成候哉と被存候。遅速之義は、何とも申かね候へ共、拙者請合候事故、是非々々当冬中迄ニは、写本不残登せ候様可致候間、夫迄御待可被下候。大火災だに無之候へバ、思召通りニ成可申候処、前文之趣の仕合ニて、心底ニ任せ不申候。此段、御遠察可被成下候。大半殿、万々一長病ニ相成、世話いたしかね候歟、不慮之事も出来候て、著述、冬後も差支候ハヾ、三月中の内金、返上可致候。決而御損ニかけ不申候間、くれぐ〳〵も此義ハ御安心可被下候。拙者事、老年ニハ候へ共、息災ニて、大暑も凌ギ候間、命だに御座候ハヾ、いか様共可致候。大半殿江、度々御催促御状被遣候ても、此節同人右病中ニて、御返事も致しかね、却而気をもミ、病気の障りニ成候のミにて、何之かひも無之候間、已来御用も御座候ハヾ、大半病気痊快迄、老拙方へ可被仰下候。何分、大半きをもミ候様子、彼是貴様思召も、きのどくニ被存候間、当処之様子、委細得貴意度、先は時節御見舞、右申訳迄、如此御座候。恐々謹言

八月六日　曲亭事　滝沢篁民

河内屋

茂兵衛様

梧下

尚々、別段御頼申候注文

一、『崇正通書』　唐本

この品、はやく見申度候。

一、『通徳類情』　同

一、『三才発秘』　同

一、『宗鏡』　同

右之書、御地ニは可有之候。御仲ケ間御穿鑿被下、御座候ハヾ先ヅ直段何程と申事、御しらせ可被下候。手前ながら、相応之直段ニ候ハヾ、かひ入申度候。あまり高料ニてハ、ちから及び不申候。もし只今、御地ニ無御座候ハヾ、注文帳へ御扣置被下、来年迄ニも御心がけ、いなや、被仰下候様いたし度、奉願候。以上

（別紙・細字）

右被遣候金子、大半より請取候ハ、江戸大火後四月八日の事ニ御座候。其節老拙方も、以之外混雑ニて取込罷在、此様子ニてハ、中々急ニ取かゝり

候事も致しがたく、且画工・筆工も類焼故、写本も急ニ出来かね可申候。依之、右之金子ハ只今請取まじく候間、預り置候様、辞退いたし候へ共、大半被申候ハ、少しもはやく著述ねがひ度存候而、度々大坂表へ申遣し、先便ニ金子折角着いたし候処、御請取不被下候てハ、弥めいわくニ及候。此節の大変故、少々おそなハり候ても、大坂ニても無拠義故、承知ニ有之候間、何分請取くれ候様被申候間、請取申候。ケ様之わけ合も御座候間、大半甚きのどくニ存候様子ニ御座候。末の本文と御引合せ、御勘考可被下候。

53　文政十二年八月二十二日　大郷信斎宛

（表書「大郷老兄奉酬　滝沢解」）

朶雲薫誦。炎帝漸還退、尚呉牛喘於月心地ニ御座候。弥御清栄、奉賀候。然ば、過日御答申上候、『兎園集』之事、拙翰今日御覧のよしニて、御叮寧被仰下、且、右二冊三より六迄御返却、慥ニ落手仕候。尚又、九・十合本壱冊、貸進仕候。緩々御留置可被成候。右奉酬、匆々頓首

八月廿二日

再白。文昌星之事、云々被仰下、承知仕候。心がけ、学友江承り合せ可申候。先比入御覧候、和刻『遊仙崛』の文昌星、あの通りのもの、翻刻『書言故事』巻末、第十二の篇左ニ御座候。如御案内、右『書言故事』ハ、正保三年九月の翻刻ニ御座候。かの仁、新渡の書冊ニをこし、この文昌星有之候を、めづらしく存候而、そ

の儘翻刻いたし候事と被存候。右之書、御開巻御覧可被成候。只、上ニ「買者請認鰲龍為記」ト云八字、『遊仙崛』に御座候より多く御座候。如此、二本ニ出候へバ、一本より又おもしろく奉存候。尚又、管見も御座候ハヾ、可申上候。以上

54　文政十二年十二月十四日　篠斎宛

（端裏書「『迎福南鍼録』『雅俗百伝一奇』。丑十二月十四日出」）

尚々、冗紛中乱書失敬、御推覧可被下候。寒中御自愛専一被存候。以上

一筆啓上仕候。寒威甚しき時節、御地弥御安寧可被成御座、奉賀候。随て蔽屋無異罷在候。御休意可被下候。当秋中は御細翰被成下、拝閲、千里如面談、怡悦不少候。かねて奉頼候『協紀弁方』、琴魚様より御下し被下、万々忝奉謝候。右代金、早速当地伝馬町御店迄差出し申候。此段、御承知と奉存候ニ付、文略いたし候。抑、今年三月の大火ニて、所親多く類焼。右一義ニて、四五月を空しくおくり、七月より著述ニ取かゝり候処、九月に至り、転宅の発起有之、根岸へ退隠いたし候ハヾ、悴養生の為可然と存、地処借用、既に普請ニ取かゝり

候迄ニ手当いたし候処、俄ニ方位之故障ニ及び、其義も来春迄及延引候。又この義ニて、九・十・十一月と、その事ニのミ取かゝり罷在候上、十一月下旬より、老妻病臥ニて、今以不至痊快候処、下女も無拠義ニて、俄ニいとま遣し、此節尤無人、何分小児と病人の手当に、万事殆困り入申候。時節がら故、急ニ代りの奉公人も無之、親類どもより代り〴〵に参り、資候へども、行届不申候。如此事共ニて、心外不音之仕合、御遠察御海容可被下候。

一、『八犬伝』七輯板元、ミのや甚三郎事、かねて御聞ニ入候ごとく、不埒之筋ニて、去子三月中より、如胡越疎遠ニ打過候上、七輯上帙三四の巻、校合を不受候て、去年中すり込候よし候へ共、製本の手当出来かね、右すり本、并板とも質入いたし、此節流シ候ニ付、丁子や平兵衛引請、うけ出し、急ニ製本いたし、老拙へハ不沙汰ニ、拾月廿九日、現金うりの定ニてうり出し候よし、風聞及承候ニ付、早速丁平呼ニ遣し、相糺し候処、ミの甚取かざり、校合等も相済、無故障よし申候を実事と心得、不沙汰ニうり出し候事、無申訳旨、怠状申候へ共、不相済事故、きびしくいましめ候ニ付、ミの甚驚き、書林仲ケ間西村や与八を頼ミ、丁子や平兵衛とも度々参り、わび候ニ付、ミの甚・丁平・西与連印の誤証文取置、差ゆるし、一義、昨日相済候。上帙四冊、右之仕合ニてうり出し候事故、悪ずり、悪仕立の本ニ候へども、『八犬伝』の事故、四冊、仲ケ間うり現金壱分ヅヽニうり渡し、猿がもちならでハ、懇意中へも遣し不申候よしニ御座候。然ども、世の見物、みな渇望の事故、本ハ相応ニ出候よし御座候。かねて御頼ニ付、右上帙壱部とりよせ、今便ニ差登せ申候。着之砌、御落手可被下候。下帙三冊も、引つゞき来春うり出し候つもり、此節上帙・下帙共、校合いたし遣し候。但、此本ハ、不受校合候てすり込候事故、三四の巻ハ、悞脱もカケも多く有之、甚しき処のミ、少々ヅヽ、筆ニて補ひ上候。その思召ニて御覧可被成候。上方登せすり本ハ、上方売弘所、いまだとり極り不申候故、中々急ニハ登せがたきよし御座候。左候ハヾ、御地へ此本廻り候ハ、いつ比ともはかりがたく候。此義を以、本御手ニ入候事ハ、御懇友之外、御地の書肆抔へハ、御噂御無用ニ被成可被下候。風聞有之候てハ、追て上方うり弘メの障りになり候ニ付、為念、如此御座候。上帙も此節校合いたし遣し候間、上方登せのすり本ハ、是より少しハよく出来可申候。何分ニも悪製本ニて、残念御座候。来春出板の下帙三冊ハ、老拙手をかけ候事故、よろしく出来可申候。是又出板之節、早速差登せ可申候。

一、『美少年録』二輯も、此節彫刻大抵そろひ、校合いたし遣し候。此板元大半事、類焼後、大病ニて今以病臥、むつかしき症ニ候へ共、何分執心ニて、且○印ニさし支無之板元故、万事行とゞき、来正月中ぜひ〳〵出板と急ギ申候。『八犬伝』七輯下帙、同様ニ来春出板、相違無之候。是又出板之節、御やくそくのごとく、壱部、早々差登せ可申候。○先ヅ此『八犬伝』御熟覧、御高評被仰下度、奉待候。しかし、下帙を不被成御覧候ハでハ、御合点参りかね候処も可有之哉と被存候。

『八犬伝』板元ミの甚ハ、類焼後弥零落いたし、丁子や平兵衛引受、うり出し候事故、下帙ハ幕支へ無之、来春うり出し可申候。拙作合巻も、当暮は例より多からず候。『金ぴら船』七編、『殺生石』三編ハ、大かた御覧被成候半と奉存候。『傾城水滸伝』九編も、うり出し申候。『漢楚賽』『金魚伝』も、当暮ハ二冊ならでハ出来不申候。拙作、前文之事共ニて、著述手廻りかね候故也。

一、『美少年録』初輯、ところ〴〵、先便貴評之趣承知、忝奉存候。くハしくハ、来春御答可申上候。でく介、小夏をつれて、四条がハらニて云云の事、貴評の趣と作意とハ齟齬いたし、甘服しがたく候。そのわけ、来春ゆる〳〵御答可申候。又、お夏が山賊のかくれ家にある事、七八年ハ長すぎるとの事、これも失敬ながら、見物だましひ也。根がつくりもの故に、長短の論あり。実事ならバ、生涯彼山中ニ老朽たりとも誰か咎ん。これらの事も、今便ニハ尽しがたく候。来春ゆる〳〵可及御答候。

一、当春大火之事、御地へハ風聞のミにて、定かならぬ事有之ニ付、右様之記録も候ハヾ、被成御覧度よし、先便ニ被仰下、御尤被存候。右大変中、奇談等も多く聞候事有之、筆記して児孫にのこさばやと思ひ候へども、世業の著述すら前文之趣ニて、果敢〳〵しく出来かね候間、況慰同様之筆記ハ、今にいとまあらず候。然ルに、隣友輪翁より借され候実録有之、当夏中せわしき中ニて写し取候故、今便、右秘書一冊、入貴覧候。外へハむざと見せがたき事も御座候間、心なき人に御見せハ御無用、来三月比迄ニ、御返し可被下候。此余、いろ〳〵申上度事多かれども、何分心穏ならぬ時節ニ候へバ、何事も来春めでたく、ゆる〳〵可得貴意候。伝馬町御店の事いかゞ、おさまり候哉。これもさかわ田かよしの山にハあらねど、心にかゝり候。承りて無益の事ながら、奉問候のミ。

○さて明春など、又琴魚様、上方御店にあらせられ候節、御穿鑿被下度書あり。右ハ、

『崇正通書』

『宗鏡』

いづれも選択の通書ニ御座候。当地にハ、今たえてなし。当秋中、大坂書林河内や茂兵衛方へ申遣し候へ共、なしと申来候。御心がけ被下、もし右之本御座候ハヾ、早々御しらせ被下候様、奉頼候。恐惶謹言

十二月十四日　　滝沢篁民

殿村篠斎うし

座下

55　文政十二年十二月十四日　篠斎宛覚

覚

一、『八犬伝』七輯上帙　壱部

一、『秘書八人抄』写本　壱冊

右之通、差登せ申候。御落手可被下候。

十二月十四日　滝沢

とのむら様

56　文政十三年正月二十八日　篠斎宛

早春御別箋御細書、辱拝見。春寒未退候処、弥御清福之趣承知、奉賀候。旧臘、蔽屋病人等ニて冗紛之様子、諄々入御聞候処、御懇篤御尋被下、奉謝候。老妻病痾、十二月下旬迄ニ痊快、比者平生体ニ成候得ども、老衰ニて壱人前ニは用立かね候。婢女も縁者共より汲引いたし、十二月廿九日ニ置つけ、まづやうやく落付候得ども、初春は日々来客応対等ニて、一向ニ隙なく、今に著述ハ打捨置、読書も出来かね候。例年正月中は、右之仕合ニ候得ども、当春ハ元日より日々晴天ニて、別して来客多く御座候。雪は旧冬より壱度もふり不申候。寒中夜少々遠雷有之。四ケ年前、寒中雷鳴有之、一昨年、諸国洪水凶作の聞え有之。旧冬寒中又雷鳴、当秋の豊荒いかゞと、心配この事ニ御座候。信濃・越後、総て北国も、雪例年より寡候よし、奥州津軽・南部領のミ、近年稀なる大雪のよし、及聞候。左候ハゞ、当秋の実入り、奥州ハ可宜と存候事ニ御座候。寒中も例よりゆるやかにて、本月中旬より折々暖和、氷もはらず、よほど春めき候て、日向宜処ハ野梅も満開、しかし野鶯ハ未鳴候。旧冬より、雪ハさら也、雨も甚間遠ニて、十五六日も晴天続キ、風烈はたび〳〵ニ御座候。小伝馬町も、本月十九日ニ又焼候。遠火ハ折々有之候へ共、大火後故歟、雨まれにあハせてハ、まづ静謐ニて、歓び申候。悴事、度々御尋、辱被存候。長病廃務、当年ニて及三ケ年、今に痊快ハ不致候得ども、当春致出勤候て、年始廻勤等、無恙いたし候。主家老侯、一昨年冬より御中風ニて、今に御平臥、悴事、出勤いたし候へバ、昼夜詰居不申候てハ不相成候得ども、病後中々左様之勤ハ致かね候間、御断申上候て、三五日ニ一度ヅヽ、御診ニ罷出候事ニ御座候。これら、緊要の事ならず候へども、毎度御尋被下候ニ付、心事得貴意候事ニ御座候。悴も宜申上度よし申候。七ケ年の長病、養生のミにて、安楽にくらし候癖つき候哉、何事も磊堕ニて、やくにたち不申候。御一笑可被下候。

○根岸へ転宅之事、正月中より普請ニ取かゝり候つもり、大工へも内金渡し置候処、俄ニ故障之事出来、右之借地及破談候。依之、亦復了簡いたし見候へバ、只今の居宅、相応之相手有之候而、沽却不致候程ハ、家内不残移徙もなりかね、是彼ともに尤不便之事多く、さし支候間、当分老拙一人別宅いたし、悴ハこのまゝ差置候方、可然と存候ニ付、又根岸売居をたづね候而、宮様御家来ニ懇友有之、篤く世話いたしくれ候へども、とかく長し短しニて、今に決着致かね候。老拙一人別宅いたし候へバ、新ニ家作いたし候ニも不及候。とかく手がるなる売家をと存候へども、如意のものハ無之、折々家見ニ罷越候もわづらハしく、何か落付ぬやうニ覚、いよ〳〵著作の障りニ成候へども、悴と同居いたし候てハ、家内のまつりごと、内外共老拙一人ニうち任せ、且嫡孫も老拙を慕ひ、朝夕机辺をはなれず、これ彼ニて、近来ハ著述出来かね候。座して食へバ山も空しく候間、右之謀ニ決着いたし候へども、これも竃ヲ引わけ、悴方をもしめくり候へバ、余分の雑費多く、痛し癖シニて、思按とり〴〵ニ御座候。なれ共、相応之売家有之次第、右之趣ニ可致存罷在候。左候へバ、御状も只今迄之ごとく、忰方へ被遣候へバ、早速届候事ニ御座候。いよ〳〵別居ニ取極め候ハゞ、老拙は僕一人召つかひ、閑暇ニ余命をおくりたく存候事ニ御座候。

一、『八犬伝』七輯出板板元之不埒之趣、粗入御聞候処、御承知之よし、事済候義ハ不及再復、文略仕候。右七輯上帙壱部、任御兼約、旧臘伝馬町御店迄差出し候処、廿九日ニ御地へ着いたし、早春御披閲被成候趣承知、安心仕候。右代料金壱分、今便被遣之、慥ニ落手仕候。御高評の御答ハ、此末ニしるしつけ候間、貴覧之上、御一笑可被下候。

一、『美少年録』二輯之義も、旧臘得貴意候ごとく、早春出板のつもりニて製本とり急ギ、板元ハ大病中ながら、板元の弟丁子屋平兵衛引請、正月廿四日比、うり出し可申候つもりニて、日々製本差急ギ候内、右板元大坂や半蔵事、養生不叶、去ル廿三日夜中、物故いたし候。依之、『美少年録』うり出し及延引、いつ比と申事、いまだ定かならず。右大半ハ、『八犬伝』板元とちがひ、心ばえよきものニ候処、去春類焼ニて土蔵も焼失、俗にいふ丸やけニ成候上、五六月中より労咳(劾)の症ニて打臥、医案薬ちがひ等ニて、以之外大病ニ成候へども、病中『美少年録』之事のミ心配いたし候趣聞え候間、きのどくニ存、老拙板元ニかハり、画工并ニ板木師へも、度々かけ合催促いたし、何分存命の内、うり出し候様いたし遣し度、急ギ候へども、画工北渓、ことの外づるき性ニて、去年四月よりさし画をか丶せ候処、旧冬迄ニ出来をハらず、正月ニ至り、やう〳〵色外題・ふくろ・とびらの板下出来。依之、製本不都合ニ相成、板元存命之内、出板間ニ合不申候。板元家内の歎キハ勿論、於老拙も、遺憾此事ニ御座候。乍去、日がら立候ハゞ、丁子や引請、売出し可申候。なれども、第三輯は、引請人取極り不申候てハ、著述もいたしかね、当分幕つかへニ成可申候。とかく好人物ハ短命多く候事、和漢今昔一致ニ御座候。右板元大半ハ、享年四十才、飽までよミ本好ニて、よき板元ニ候処、ケ様之仕合、尤歎しき事ニ御座候。

一、『八犬伝』第七輯下帙三冊も、旧臘おしつめ迄ニ、大抵校合相済、正月松過よりすり込申候。依之、来月早々出板可致候。右両種出板次第、早速伝馬町御店迄差出し可申候。上帙四冊は、最初ニ校正いたし遣候へ共、一旦売出し候事故、今に校合直し不致候。大坂表へ上せ候事も、未決着候様子ニ候間、いつ直り可申候哉、難斗候。とかく利にのミさかしき板元だましひ、嘆息の外無之候。『八犬伝』七輯出板之趣、去秋中より大坂へも聞え候よしニて、河内や今の太助より、度々書状ヲ以、『巡島記』七編の著述、頼参り候へ共、是迄、河太いたし方不宜候間、ろく〳〵返翰ニも不及候て打捨候処、去冬中、前の太介、隠居後太市郎と改名、右老人より細翰ヲ以、『巡島記』著述之事、頼被申候へども、とてもかくても今の太助、万事吝嗇ニて、且行届不申候。それのミならず、さし画・筆工共、此方ニて仕立、登せ候事故、格別煩らしく、中々手まハりかね候ニ付、その趣ヲ以、厳しく断ニ及び申候。依之、『巡島記』ハ書つゞき不申候つもりニ決着いたし罷在候。御推量のごとく、『殺生石』三編の口、頼家卿の一二段ハ、『巡島記』七編の趣向ニ御座候。又『侠客伝』も、すり本『美少年録』と交易のつもりニて、是ハ『美少年録』の板元万事引受、江戸板同様ニいたし可申候趣、最初とり極、潤筆も多分受取置候得ども、『美少年録』板元物故いたし候故、引請人無之、丁子や平兵衛引うけ可申候へ共、是は渡世向、甚せわしく候上、養父平兵衛、去年物故いたし、今の平兵衛ハとしわか故、万事行届不申候間、これもちと二の足を踏ミ、いかゞ可致哉と存候事ニ御座候。『侠客伝』著述、断ニ及候得ば、受取置候潤筆を返し候迄ニ御座候。右『侠客伝』板元河茂、当春ハ出府のよし、及承候間、河茂出府の上ニて、いづれとも致し可申存罷在候。かやうにいろ〳〵故障出来、煩しき事のミニて、これらのかけ合文通ニ、寸暇を費し候事ニ御座候。よミ本まれ合巻まれ、一部の小説をあミ立候事ハ、さのミ太義ニも覚不申候ども、悪ぼりの校合、并ニ行とゞかざる板元を相手ニいたし、一より十迄の指揮、凡一ケ年の心配、事々物々煩しく、殆困り申候。出板後繙閲して、好悪を評し給ふ見物こそ羨しけれと、毎度存候事ニ御座候。御遠察可被下候。

一、『傾城水滸伝』九編・『殺生石』三編・『白女辻』等被成御覧候よし。『すいこ伝』九編出来後、十編上帙も、旧臘下旬ニ出板。『漢楚賽』三編上帙・『金魚伝』下編八冊之内四冊も、歳尾ニ致出板候。定めて被成御覧候半と被存候。『迎福南鍼』、并ニ『百伝一奇』、是ハいまだ著述ニ取かゝり候いとま無之候。はやく書名を著し置、世上にしられ候へバ、後年売出しの節、捌方格別ニ宜候よし、板元頼ニ付、書名を惣もくろく中ニ載せおかせ候迄ニ御座候。且『南鍼録』は、世上のト宅家に目を覚させ可申存候大著述故、引書十分ニ手ニ入不申候てハ、著述ニ取かゝりがたく候。旧冬御労煩奉願候、

『崇正通書』

是ハ、一友人蔵弆いたし候よし、近ごろ及承候間、早速かりニ遣し候処、前約有之、平田大学へかし候間、かへり次第かし可申と申来候。左候へバ、借謄いたし可申候。依之、琴魚様御上京の節も、右之書ハ御穿鑿被下候ニ及不申候。

『選択宗鏡』

をのミ、御穿鑿奉頼候。此義、琴魚様へ御示談被成候ハゞ、右之趣、尚又御伝へ被下候様、奉頼候。『百伝一奇』ハ、如御推量、『畸人伝』『先哲叢談』やうのものニ御座候。これハ少々下拵も有之候へ共、何分禁忌多く、うかとハ筆とりかね候。両様とも、いつ比著述ニ取かゝり可申候哉、難斗事ニ御座候。

一、曩に恩借之『間評』、并ニ『緑《(黒)》牡丹』之事、旧冬も被仰下、早速ニも不及云云と蒙命、委曲承知、忝奉存候。借用段々長引、未御覧相済候書を、かやうニ引留置候事、尤無心之至り、汗顔之至ニ御座候。『間評』ハ、『美少年録』著述ニ入用ニ候ハゞ、留置候とも、『緑《(黒)》牡丹』ノ方ハと被仰下、貴意之趣、感佩仕候。『美

少年録』も、前文之趣ニ付、第三編、当年ハ著述休ミ可申候。左候ハヾ、両種共返上可仕事、勿論ニ候へども、老拙も着之砌、只一度繙閲いたし候のミにて、不残ハ記憶いたし不申候。遠方之事故、返上之後、又借用いたし候事も容易ならず候間、惣もくろく、并ニ入用之処、抄録いたし度奉存候。依之、当六月中土用休の節、両種共抄録いたし、七月比ニハ、無相違返璧仕候様可致候間、とてもの事ニ、其節迄御許借被下候様、奉頼候。近ごろハ、趣向も尽キ候間、巧拙ニ不拘、唐山の小説を足しろにいたし候へバ、格別気楽ニ御座候。『五虎伝』その外、稗史御とり入被成候ニ付、御許借可被下候旨被仰下、奉拝謝候。その書御覧済候節、恩借奉頼候。『水滸後伝』ハいかゞ、これも御覧済次第、借覧いたし度、奉願候。○早春、『金瓶梅』かりよせ、見かゝり候へども、読書のいとまなく、わづか半冊斗よみさし、打捨置候。これハ、『金ぴら船』板元へ、『傾城水滸伝』のやうに綴り易、遣し可申哉と存候下心有之候処、よく〳〵考候へバ、西門慶一件ハ『水滸伝』の趣ニて、その余ハ淫奔の事のミ候へば、とり直し候ても、をかしからず可有之と思ひかへし、未致一決候。右『金瓶梅』ハ、昔年蔵弆いたし候へども、あまりニ誨淫の書故、他本と交易いたし、今ハ蔵弆不致候故、久々ニて披閲いたし候事ニ御座候。小説中の手とり物ニて、よみ易からず候。この外、『拍案驚奇』、并ニ『六合内外瑣言』『西湖佳話』等も、書肆よりとりよせ置候。此内、かひ入候書御座候ハヾ、御交易ニ貸進可仕候。『拍案驚奇』ハ、昔年見候ハ大本ニ御座候。此度のハ巾箱本ニて、誤字尤多く御座候。昔年の大本より、価以之外貴く御座候故、いかゞ可致哉と存、決しかね候。『六合内外瑣言』ハ、『太平広記』『耳食録』やうのものにて、俗語にあらず。一トきれの怪談ニて、おもしろき咄ハなし。文ハ簡古ニて、よく御座候。『西湖佳話』ハ、西湖の故事を俗語まじりにつゞり候。虚実相半いたし候もの、いづれも一二冊づゝよミかけ、未及卒業候。何分読書のいとまなく、かりものニてハせわしくて、不卒業かへし候事ニ御座候。

一、『女仙外史』ハ、『傾城水滸伝』満尾の後、翻案可致と存居候処、如命、鶴や板の惣もくろく中ニ、縄張いたし候もの有之。右何がし漁隠とやら、何人ニ哉、一向不存、此義、鶴やへ尋可申と存罷在候。右『女仙外史』ハ、よろしきものニ候へ共、何分あのまゝに綴り候てハ、おかしからぬ所多く有之。老拙翻案いたし候ハヾ、原本のおもしろからぬ所ハ引ぬき、趣向をとりかえ可申と存居候が、彼人ハいかゞいたし候哉、無覚束被存候。且、燕王を尊氏にして、唐賽児を弁の内侍ニするとの事、こゝらハ愚案といたく齟齬いたし候。燕王を尊氏ニするも相応せず、弁の内侍ハ何ものにや。これらにて推量いたし候へバ、鮮魚をわろく料理して、くさらかさねバよいがと存候事ニ御座候。老拙ハ、南朝の季ニとりなし候つもりニて候ひき。あハれ、よくつゞれかしと存候事ニ御座候。『女三国志』も出候よし、一向ニ存不申候。他人の作ハ、見るいとまもなく候間、燈台下くらく、尤不案内ニて、はぢ入申候。『水滸伝』も、京山訳し候ハ、うれ不申候間、種彦ニいたし出板のよし。たね彦ニても、いよ〳〵うれ不申候。泉市などハ、板元より五十部差越候『すいこ伝』、やうやく十部あまりうり候て、あとハ不残返し候よし、申候。たね彦訳し候ハいかゞ、老拙ハ些も見不申候。御高評承りたく奉存候。芝居の評判をのミ聞て、芝居を見ぬ人と同様ニ御座候。一笑千笑。

一、金聖歎本『水滸伝』の翻刻も、去歳板元英平吉方より買取、繙閲いたし候処、点のつけやうあしく候。あれニてハ、不案内の人ニハよめかね、わかりかね候処、多く可有之候。俗語家と倡へ候儒者も、肝要の和語にうとく候故ニ御座候。且末の訳略ニハ、就中誤写多し。婆の字ヲ波と書、又酒ノ字を洒と書候など、本文ニも多く御座候。洒家ハわれ也、それを酒家と書候処、本文ニ尤多し。一二ケ処ならバ、校合ニ見おとしと申事も可有之候へども、二三二なるもの、面倒がりて校合をせぬにやあらむ。又上下とある処、おの〳〵と訳し候ハあやまり也。是ハ、陶生が『水滸伝抄訳』の誤をうけ候事と被存候。俗語を以世に誇る人の訳文だも、又岡目八もくニて、あやまり多く見え候。著述ハ実にかたきものにて、古書を訳し候すらかくのごとし。とかく大言ハいハぬがよしと存候事ニ御座候。あとも早速嗣刻と及承候間、去冬も聞ニ遣し候処、板元類焼ニ付、急ニハ出来かね候。来春出板と申来候得ども、今に沙汰なし。『水滸画伝』も、蘭山稿本ハ不残出来居候よしニ候へども、出板の沙汰なし。両様共、多く売れざる故、板元の勢ひ折け候哉と存候。それニ引かえ、『けいせい水滸伝』十編ハ、彫刻おそなハり、十二月廿日後、やうやく出来、すり本ハ多人数ニてすり込せ候へども、製本間ニ合不申候間、小売見せへ廻文をまハし、すり本のまゝニて、表紙・糸をつけうりわたし、小売方ニて製本いたし候間、やはり捌方よろしく、四五千あまり、すり本のまゝニて捌ケ候よしニ御座候。合巻ニハ古今未曾有と、人々申候。時好ニ叶ひ候事、人力の致す所にあらず。引つゞきてハ、『八犬伝』七輯上帙、現金うり正味十五匁づゝ、猿がもちならでハ、壱部もうり不申候へども、弐百五十部の製本、当日ニ不残出候よし。去冬、鶴やより得意注文引うけ、『八犬伝』前金にうけ取候処、右之本壱部も無之、もし老拙方ニ御座候ハゞ、かしくれ候様、申来候へども、老拙方ニハ蔵弆之外無之候間、断ニ及び申候。これらにて御遠察可被成候。『美少年録』も、見物待かまへ居候よしニて、かし本や共、手ぐすね引てうり出しを待居候処、板元物故ニて、正月中のうり出しニならず、衆皆力をおとし候よしニ御座候。

一、『尼子九牛一毛伝』之事、御尋被成候ニ付、及御答候。この書名ハ、昔年『八犬伝』を創し候比、両種共に思ひ付、いづれにすべきかと再考いたし見候処、牛より犬の方、人に近く、愛敬も有之候故、八犬士ニいたし候。其比、『九牛伝』の書名も著し置候処、三ケ年前、今の『八犬伝』の板元、猶飽かで、『八犬伝』満尾の後、引つゞき『九牛伝』をと懇望いたし候故、心もとなくハ思ひ候へども、任其意、再書名を著し候事ニ御座候。この比、もし『九牛伝』をつゞり候ハゞ、八犬士とハいたく趣向をかえ可申と存候事ニ御座候。

然ル処、去年岳亭と申画工の作ニて、尼子九牛士の事出来、それを又後の楚満人、春水と改名いたし候ゑせ作者添削いたし、丁子や平兵衛、并ニかし本や共より合、ほり立候よし。依之、拙作の『九牛伝』ハ、岳亭・春水へゆづりくれ候様、『八犬伝』の板元、旧冬申候。素より得意ならぬ著述の事故、即座に任其意、此方ハやめ可申候と返答ニ及び候。とかく世の作者達も板元も、人のしり馬にのミ乗りたがり、株を守りて兎を待候のミ、比々として皆是也。早春、『金ぴら船』のはん元参り、女の忠臣ぐらを綴りてくれと願ひ申候。これも、『けいせい水滸伝』を羨ミ候によりての事と聞え候。依之、『金瓶梅』をつゞりかえて遣さんと約束して、女の忠臣ぐらハ速にもミけし申候。一昨年、西村や与八が、女の『三国志』をつゞりてくれと願候を、やうやくにときやぶり、『漢楚賽』をつゞり遣し候処、今春の新板に、女の『三国志』出候よし、貴翰にて承知。さてく、世上ニハ才子もあるものかな、女の『三国志』など、いかに心力をつひやし候とも、愚老などハ、つゞり得がたく思ひ候ひしに、たやすくつゞりなし候ハ、作者何人にや、ちと見たくなり申候事ニ御座候。

一、旧冬、西村や与八方ニて、一夕種彦・今の焉馬・春水等三人おち合、雑談の語次、たね彦が話に、『八犬伝』七輯上帙の事を申出し、ことの外甘伏の様子ニて、云云と評し候を側聞いたせしもの、愚老へ告申候。聞候に、たね彦の評ハ、作者の苦心を思ひやり候意味多く、見物の評とハ格別ちがひ候事も聞え申候。あらましを記したく候へ共、ほめられて風聴いたし候様ニも聞え、且長文をいとひ候故、こゝに贅し不申候。

一、扨、無益の雑談ニて、御礼申おくれ候。不相替御としてとして、朱墨一挺御投恵被成下、御深志忝、奉感戴候。尤重宝之品ニて、早速日用ニ仕候。是よりも、何ぞとし玉進上可仕候処、存付も無之、例之黒丸子、并友人関氏の手すり物、有合せ候まゝ、進上仕候。御笑留可被成下候。琴魚様御はじめ、小津氏へも可然御伝可被下奉頼候。あまりニ長文ニ成候へども、『美少

年録』『八犬伝』之御高評御答、此末江記しつけ申候。御熟覧之上、尚又御手透之節、貴答奉待候。恐惶謹言

正月廿八日　滝沢篁民

殿村佐五平様

『美少年録』初輯の内、木偶介小夏を将て、四条河原ニて云云の一条、お夏ハ名妓なるに、でく介・小夏に云云の生計させてハ、お夏までしみたれたるやう也との高評。見物の観給ふ所ハさもあるべきかしらず候へども、愚案とハ齟齬いたし候。抑木偶介・小夏ハ、お夏が為に良人也、養女也といふよしハ名のミにて、実ハ奴隷にひとしく役使せらるゝこと、勿論の事ニ御座候。今もこれらの徒ニハ、かくのごときもの、いくらもあり。娘のかげにて世をわたる二親、妻にかせがせて口を餬ふ良人、女房娘ハ常綺羅にて、二親・良人ハ奴僕にひとしきもの、他郷ハしらず、江戸にハ多くあり。かゝれバ、お夏に客なき折、でく介・小夏ハ河原に出て挊《カセ》ぐとも、お夏ハ恥とせず、安然としてかれらに挊せたらん事、これお夏がお夏たる所以也。おもふに、お夏ハ木偶介を良人といふ事を恥たるもの、かれらが窶々しきハ、お夏が得意也。でく介、むかしのごとく銭あらバ、かくハあらじ。世につれ時にしたがふ人情を、よく解し給ハぬにやあらむ。但し、ひがごと歟。昔年、老拙が飯田町に在し程、近きわたりにをこなる夫婦ありて、娘ハ名だゝる地芸者ニて、且人にかこハれ、年中常綺羅にて、三たびの食も母親に給侍をさせ、その身ハ安然として世をわたりしに、そが父ハ、きせるのらうのすげかえを渡世にしたり。さるを娘ハ恥とせず、親も亦、うきことに思ふおもゝちせざりき。今かゝる徒ハ、比々として皆是也。松坂などにハなきもの故、知らせ給ハで云云の高評ありけるや。古語にいふ、豹鼠管闚のたぐひにハあらぬか、こゝろ得がたし。

一、又『美少年録』ハ、あハ〳〵しき趣向也と評し給ひしハ、のち〳〵の輯を見給ハざる故にもあるべく、且『八犬伝』『巡島記』などにハ、いたく趣をかえたる

所に目をとめ給ハぬにやあらむ。全体ハ、『檮杌間評』の趣を以、和漢のたがひあるにより、換骨奪胎して、つゞりもてゆくものなれバ、『八犬』『巡島』にハ、いたく趣向もかハりて、あはく〳〵しきやうに見ゆれども、前後の勘定をあハする所、『檮杌間評』にハ一倍万倍也。第二輯も、なほしこみなれども、二輯を見そなハさバ、聊その意を得給ふべし。『間評』にハ、尤誨淫の条多し。彼に做ふ故、淫奔のくだりなきことを得ざれども、勧懲を正して、折目〳〵をつゞまやかにせまくほりするのミ。素より妙作にハあらず、只板元の責を塞ぐせつな細工なれども、人情を穿得たりとて、時好に叶ひしハ、なほ自他の幸ひといふべし。

一、『八犬伝』七輯上帙御高評、早速御聞せ被成、感佩仕候。尚又、愚意と齟齬いたし候処、有之候ハゞ、及御答候様被仰下、是又承諾、則左ニ弁明いたし候。

一、角太郎山猫退治の段、山猫本形をあらハしてハ、角太等にとびかゝり、啖ひたふさんともすべかるに、文体によれば、迯まハるやうニて、いかゞとの事。

ときて云。山猫が一角にてありし程ハ、権と威と、二ツながら一角・船むしにあり。既にその本形をあらハされてハ、その勇と威力と、角太郎・現八にあり。勿論さる怪有なるふるばけ物なれバこそ、家鳴り震動して、とミにハ迯去らず。しかれ共、既に見あらハされてハ、いかでか犬士にかなふべき。是犬猫の差別にて、勢ひ必しかるべきこと也。さるを、見あらハされてもなほ怯まで、角太郎と挑ミ争ふこと久しくバ、現八も助太刀せでハ不叶勢ひになるべし。をさなき作にハ、しかもかくらめ、愚が用心ハこゝにあり。山猫がはじめより迯まハりしにハあらねど、透あらバ引はづしてのがれんとせしこと、当時の勢ひをもて見るべし。是、犬士の犬士たるゆえん也。但し、ひがごとにや。

一、この時、逸東太ハ迯去るべかりしを、わたゝび丸のほしけれバとて、ふたゝび立あらハれて犬士と問答せしハ、尤大胆也云云との高評。

一、ときて云。逸東太が当時物蔭に躲れ居て、ことのやうすに驚き怕れ、そがまゝ迯去るものならバ、二枚め三枚目の敵役にて、毛野が相手にするに足らず。渠不用意にして船虫を生どりたるをもて、これを餌にして、木天蓼丸を得まくほりしてはかりたる大胆ハ、世にいふあたりまへなれば、怪しむに足らず。これ君子と小人と、各用心異なるよしを示さんとするの作意也。逸東太が、もし船虫を生捕らずバ、事こゝに及ぶべからず。船虫を餌にして、はかりて木天蓼丸をもらひうけ、後遂に船虫にはかられて、〔木〕天蓼丸をうしなひし事、彼是を照らして味ふべきこと歟。逸東太がなせしよしハ、苦肉の計也。渠が大胆を咎め給ひしハいかにぞや。彼刀なきときハ、逸東太ハ白井へ帰りがたし。素よりをこの癖者の進退谷りてハ、かゝる苦肉の計をもしつべし。かへすぐ\も、かやうに大胆の悪人大奸ならざりせバ、毛野が敵手に足らざるもの也。但し、ひがごとにや。

一、この文句の内、逸東太ハ毛野が親の仇なるを、現八・角太郎はしらで云云といふよしを、なくもがなと評し給ひし事。

一、ときて云。すべてハ物にあてがふといふことあり。黒人のわざにハ、必このあてがひあり。素人芸にハ、さることなし。この条に云云とことわりしハ、切落しへ示す文段にて、所謂作者よりあてがふ也。逸東太ハ毛野が仇なれバ、こゝにてことわらずとも、毛野にうたるべかりしよしハ、しれたること也。しからバ、逸東太がうたるゝ時に至りて、云云とことわるにも不及こと也。しかるを、切落しの見物ハ、前後をよく味ふことなけれバ、現八・角太郎もおなじ犬士なるに、逸東太をゆるしかへせしハ遺憾也といふもの、多かるべしと思ふにより、作者よりおしあてがひて、わざと云云とことわりし也。されバとて、作者の用心に、逸東太ハ毛野にうたせねバならぬと思へバとて、あのまゝに迯去らせてハ、作意の手もなく足もなし。迯すまじきものを、ゆるしかへすゆえんハ云云と、犬士の人となりと心術をとき示す段、作者の専文こゝにあり。是君子小人の用心、各異なるよしを示す、ほね折がひもなく、かゝる批評にあへりしハ、作者の本意にあらず。

但し、ひがごとにや。

一、是より先、一角・船虫等が、玉がへしの庵に来つるときの打扮、あまりに物々しくていかゞ。勿論、その場のもやうにてもあるべけれど、さる物々しきいでたちならずともよかるべしとの評論之事。

一、ときて云。人各好憎あり、好憎によりて評するものハ、必公論にあらず。一角・船虫が打扮のもの〳〵しかりしハ、その場のもやうのミにあらず、其威厳を示すべき為也。角太郎ハ、さゝやかなる草庵ニあり、鼠色のあハせぎぬやうのものを着てあるべし。さるを一角・船虫等ハ、きらやかにもの〳〵しきいでたちせざれば、親といふとも、俗にいふ圧がきかぬ也。これらの衣裳づけ迄を難ぜられしハ、只一人の好憎によるに似たり。只一人に見するものならバ、好憎をもて難ぜられもせめ、宇内へ公にする草子物かたりなれバ、かゝる瑣細のことハ、よくもあしくも用捨あらまほしけれ。但し、ひがごとにや。

一、一角が家に童扈従ありしハ、分に過たりとの評論。

一、ときて云。童扈従ハ、高上の格別なきものならでハ、召おくべきものならずといふことハ、いまだ聞もおよバぬこと也。文武の師たるもの、塾生の童子等に茶の給侍をさせ、客あるとき、左右に侍らするものをも、童扈従といふべし。享和年間、老拙いせ参宮の序、本居大平子を訪問せしに、十三四の童子両人、袴ものして主人の下座に侍りたり。徒弟をつどへ門戸を張る人の用心ハ、もの〳〵しきものにこそと、こゝに思ひたりき。これらも童扈従といふべし。かゝれバ、一角が家の童扈従、咎るに足らず。高上の格式ある人ならでハ、童扈従と唱がたき証文も侍るにや、聞まくほしきことになん。

一、『八犬伝』六輯被成御覧候比より、雛衣が腹内より玉とび出て、山猫を打仆すなるべしと被成御推量候処、今般七輯被成御覧候へバ、御推量ニたがハず云云と被仰下、御明察御才幹之程、感心之事ニ御座候。乍去、只玉出て、猫をうちたふすとのミにてハ、ハツといたし候事にて御座候。定てそれ迄のすぢも、御なぐさミに御案じ被成候ての事ト奉存候。もし右道行、云云と被思召候事も御座候ハヾ、合と不合はとまれかくまれ、後学の為ニも成可申候間、御手透之節、ざつと御書しるし、御教示被下候様仕度、奉頼候。

一、浜路事、最初よりの腹稿にはあらじ、何がしが批評により、そこらハ先刻承知の幕と、云云に綴りなし候哉との御推量、貴兄ニはさもあるべく候。是ハ、只今弁論いたし候ニも不及候。八輯・九輯不残出板、結局之段ニ至りて、扨最初より腹藁か、七輯ニ至りての急按歟の意味は、自然と御発明可被成事と奉存候間、此段はわざと注し不申候。扨又、はま路ハ何ものならんと推察被成候事、これハ、惣もくろくト口絵ニて御考被成候へバ、しれやすき事ニ御座候。よしや、御考の相当いたし候とも、見功者に誇らせられ候ほどの事ニもあるまじく哉。惣目録と口絵といふものなくて、御推量のごとくニ候ハヾ、尤抜群之御見功者と可申候。

一、昔年、『八犬伝』『巡島記』御批評被成候比とちがひ、只今ハ御多用ニ付、貴評もあらく成候様ニ思召候よし、勿論之義と奉存候。御評のあらく成候のミにあらず、被成御覧候も、頗疎にならせられ候様ニ奉存候。作者の胸に手をおきて、一夕も考候事ハ、一向ニ善悪巧拙の貴評も聞え不申候ニて、左思ひ候事ニ御座候。わた、び丸の事など、尤作者の苦心いたし候小道具ニ御座候。この外、いろ〳〵書とり得がたかりし事多かり。さるを貴評に不被及候ハ、作者の労を思し召あてられぬ故なるべし。惣じて貴兄の御癖ニて、とかく理窟をはなれず御批評被成候故、氷炭合がたき事、多く御座候。稗史は人情を写し得候を、専文ニいたし候ものニ御座候。その上ニて、勧懲を正しくいたし候を、上作と可申候。それを、只管理窟ニて弁論被成候へバ、金聖歎が『水滸伝』の評に経史を引候と同様ニて、所云円器方蓋ニ御座候。あハれ、理窟をはなれて御批評あれかしと奉祈候。此後とても、御もちまへの理屈にて御評論被成候てハ、貴評之趣、御尤ニ候とも、稗史之意味と齟齬いたし候故、甘服いたしがたく候。尤失敬、憚入候へども、御懇友之事故、無介意、かく迄ニ申候。

是亦、御一笑と奉存候。

一、奸夫・淫婦の良人を害し候事ハ、もとより伎倆ある事ニて、めづらしげなし。しかるニ、奈四郎ハ一時の怒を以、木工作うち殺せし事、頗あたらしきよしの貴評。これらハさすがに御見功者ニて、誰もいまだいハざる所、尤甘心不少奉存候。尚又、下帙御覧之後、御手透之節、御高評御聞せ可被下候。○東叡山宮様御家来ニて、鈴木有年と申画工、これも少しハ学問有之、尤小説好ニて、拙作一覧後、折々批評を見せ被申候。『八犬伝』七輯上帙の評も、過日被差越候。此人の了簡ハ、現八がひな衣の死を救ハぬを、遺憾と申候。この外ニも、現八を不仁と申もの有之。これらハ、よく拙作を観るものニあらず。現八は勇あり智ありといふことを、合点せざる故なるべし。ひな衣が死を救ん事、現八はさら也、作者も手段無之候。さるを、現八がひな衣をすくハんとて、中途にあらハれ出候て、一角ハ化物也といふとも、角太郎、それをまことにすべきや。かくてハ、現八はひな衣を救ひ得ざるのミならず、角太郎をも慂つべく、且その身も再び危かるべし。当時の勢ひ、かくのごとくなる故に、現八中途にあらハれ出て、ひな衣を拯ハず、よく角太郎を助けて、復讐の義を遂させしハ、現八が智計也。事云云ととき示し候へバ、鈴木生ことの外甘服いたし候。右之評、机辺ニ有之候間、御笑種ニ入貴覧候。いつ也とも御幸便之節、御返し被成候得バ宜御座候。

一、本月十九日、小伝馬町の失火に、鶴や出入之板すりも類焼いたし、右板すり方ニ遣し置候鶴や蔵板、多く類焼、そが中に『けいせい水滸伝』九編の板も、よほど焼申候。依之、昨今右やけ候分、急ニ再板いたし候趣、鶴やより申来候。凡三十金あまりの損失のよし、人のしらぬ事ニ御座候。

○伝馬町御店、とかく御不如意ニ付、一旦御引せ被成候よし。三月比迄ハ御注文之本、やはり伝馬町御店へむけ出し候様、其後ハ飛脚やへとの御教示承知。何分うれハしく奉存候へども、実に御勘定御不都合之御店、尚又御物入させられ候て、御抱被成候も、見聞のミにておかしからず。とてもかくても右御店は、一旦御引退せ被成候とも、何ぞ別に御かけ店御出来被成候様いたし度、奉祈候。伝馬町御店は、年久しく御相続の事故、江戸にて誰しらぬものなきを、尤をしむべき事ニ御座候。右御店、退転候ハヾ、江戸御出府もあるまじくと、是亦遺憾の事ニ御座候。『八犬伝』『美少年録』共、来月ハ出板相違あるまじく候間、出板早々、只今迄のごとく、伝馬町御店迄さし出し可申候。万一故障御座候て、三月後ニ至り候ハヾ、飛脚や江出し可申候。去冬貸進仕候『八人抄』も、急ニ御返しニ不及候。当夏迄ニても、慥成御幸便ニ御かへし可被下候。尚申上度事、多御座候へども、あまりに長文、御多務中御覧も御煩労と、申遺し候。昨今少々手透を得候間、心緒過半、備御笑申候。頓首

冗紛中、例之乱書失敬。よろしく御推覧可被下候。

（紙背継目の上端「追啓」、下端「滝沢」とあり）

一条申遺し候。『金ぴら船』七編の内、富士山の翻案ハ日本だましひニて、貴意ニ叶ひ候よし、幸甚々々。只富士のミならず、右一編の結局、うがのミたまをり出し、瑠理壺・ばせを扇・勾大刀・金の縄を、神酒瓶子・御田扇・注連等にいたし候をバ、いかゞ御覧被成候哉。こゝら、聊作者の用心ニ候処、何とも被仰下候ハ、遺憾なきにしもあらず。只合巻と見ながし給ふにやあらむ。『金魚伝』下編、覚縁尼の事なども、とくト御覧奉希候。

57　文政十三年二月六日　篠斎宛

（端裏書「丑二月六日出、同廿日着」）

一翰啓上仕候。寒暖不同之時節、弥御安全可被成御座、奉賀候。然バ、本月一日、拙細書、早春之御請一封、飛脚やへ差出し候。被成御覧候半と被存候。其節得貴意候『美少年録』第二輯、一昨四日ニうり出し候ニ付、任御兼約、壱部、伝馬町御店まで差出し申候。着之砌、御繙閲・御高評可被下候。右代料、初輯のごとく、仲ケ間うり、正味拾七匁のよしニ御座候。『八犬伝』七輯下帙も、近々出申候。大かた来ル十一日、飛脚所定便り上せニハ可相成哉と被存候。

一、先便被仰下候、雪丸作『傾城三国志』も、とりよせ披閲、一冊見候へバ、もはやわかり候間、そのまゝ小児ニとらせ申候。

一、『美少年録』、ほり・すり・仕立共、相応ニ出来いたし候へども、紙いたくうすくて、うらへうつり、あしく御座候。是ハ大半病中、弟丁平引請、且初輯借財の替りニ、製本ハ丁子や引請、賄ひ候よしニ御座候間、如此の悪紙を使ひ候事と被存候。人情、まことに無是非、一嘆息に堪ず候のミ。

一、旧冬十一月中より、当春も雨尤稀ニて、雪ハ一度もふり不申。正月八日半夜微雨、巳後日々晴天、折々風烈之処、三日薄暮より小雨、夜ニ入風雨。四日天明より雪風終日、八半時比雪ハふり止ミ、夜中雨。五日朝、晴申候。二月四日のはつ雪、おくれはつ物ニ御座候。『美少年録』、折あしく雪風ニうり出し、遠方より販子参りかね候よしニ御座候。今便ハ『美少年録』、一日もはやく上せ申度、多く文略仕候。恐惶謹言

二月六日　　　　滝沢篁民

殿村佐五平様

梧下

この代料十七匁ハ、『八犬伝』七輯下帙着之節、

一度ニ被遣ても宜御座候。

58　文政十三年二月二十一日　篠斎宛

（端裏書「丑二月廿一日出　同廿八日着」）

拙翰啓上仕候。寒暖不同之時節、弥御安全可被成御座、奉賀候。本月六日、『美少年録』第二輯壱部、伝馬町御店迄指出し候。定て順着ニて、御入手被成候半と被存候。将亦、『八犬伝』七輯下帙、今日うり出し申候。今夕は、飛脚屋並便り出定日ニ付、早速伝馬町御店迄差出し申候。来月中旬迄ニは、着可致奉存候。御熟読御高評、御手透之節、可被仰下候。此下帙ハ、老拙再応校正いたし候間、上帙ニは聊立まさり、大あやまり・悞脱等も多くあるまじく被存候。此下帙代料、仲ケ間うり正味拾弐匁のよしニ御座候。三冊ニて、上帙より弥高料ニ御座候得ども、今朝より引きりなしに買人参り、ことの外こミ《（り）》合候よし、金主引請人手代参り、申候。実に高直ニ候へ共、何分うれ候故、板元の仕合ニ御座候。過日之『美少年録』と共に廿九匁、御序之節被遣候様奉存候。『美少年録』弐輯も、追々世評よろしきよし御座候。就中『八犬伝』は、格別之義故、製本今ハ不残出し畢候半と被存候。『美少年録』三輯も、古人板元半蔵為追善、追々ほり立、全部いたし度旨、半蔵老母、并ニ後家、弟丁子屋平兵衛、一同願ひ申候。依之、当年引つゞき、三輯の著述ニ取かゝり候つもりニ而罷在候。乍去、万事引請人丁平ハ、渡世尤いとまなき男ニて、写本彫刻等のかけ引、不行届事、眼前ニ御座候。其外ハ婦人之事故、老拙格別煩しく、且校合・製本等も、行届申まじく存候故、心不進候へども、古人半蔵追善と申事故、著述断候事もいたしがたく、ちとこまり申候。『八犬伝』八輯も、ミの甚・丁平、そろ〳〵と壁訴訟のやうに乞もとめ候へども、是迄いたしかた、以之外不宜候ニ付、未致承引候。なれども、是もこのまゝにて打捨候義も、不本意之事ニ御座候。近来合巻作、年々ニふえ候故、よミ本三通りハ手廻りかね候間、引請候ても、来春不残懸御目候事ハ、相成まじく候。まづ、よミ本は先約故、『侠客伝』より取かゝり候つもりニ罷在候。此板元、大坂の書林河茂、来月ハ出府のよしニ付、今一度かけ合候上と、まづほかし置候事ニ御座候。旦ても暮ても著述三昧、まことに塞責候のミニ御座候。此節、諸方より合巻の催促候へども、久しく著述気をはなれ候故物ぐさく、一日〳〵とのがれ候物から、脱れ果べき事ならねバ、追々とりかゝり可申存候。『美少年録』、いかゞ被成御覧候哉、御閑暇之節、貴答ニ可被仰下候。

一、昨年ハ雪ふらぬとしニて、冬の内、一度も雪なし。正月ハ雨さへ弥稀ニて、二月四日はつ雪ふり、同十七日夜薄雪、十八日夜ハ終夜雪ふり、三四寸つもり、冴かへり、寒気凌かね候。雪中に鶯を聞候古歌のごとし。御地はいかゞ御座候哉。当春御状之御請ハ、先々便ニ巨細ニ注愚衷候間、今便は文略仕候。老拙別宅の催し、根岸辺ニてハ、とかく如意の售家も無之、且いろ〳〵故障出来ニ付、卜筮に問せ候処、「火山旅之雷山小過」を得申候。この易、労して功なき象、多くハ損財の兆ニ御座候間、姑く別宅の念をたち、当宅の家相不宜処を直し可申存、過日より普請ニ取かゝり、大工・屋根葺・植木屋等、日々六七人参り、又この指揮にて不得寸暇、乍例乱書失敬、御海容可被下候。乍末、琴魚様へも宜奉頼候。忰事、宜申上度よし申候。琴魚様、当春御上京候ハヾ、先便申上候通り、『選択宗鏡』御穿鑿、奉頼候。外ニ、

『三才発秘』

この書、もし彼地ニ御座候ハヾ、直段斗御しらせ被下候様、奉頼候。あまり高料ニてハ、買入かね候。先便申上候通り、『崇正通書』ハ、此地ニて間ニ合申候。

一、書林より『西湖佳話』とりよせ、繙閲いたし候へバ、上田秋成が弱官の時著し候『雨月物語』に、蛇祟の一編有之、此すぢハ、右『佳話』の巻の十五「雷峰怪石」の篇を丸抜ニいたし、　天朝の事ニいたし候ものニ御座候。『西湖佳話』ハ、虚実相半して、あハきものがたり故、この余、とり用ひ候程の事も無之候。〇『美少年録』三輯も、前文之趣ニ付、当年中著述ニ取かゝり可申候へども、恩借之『檮杌間評』『緑（黒）牡丹』ともに、当盆前後迄ニ返上可仕候。此節、小説もの三四部かりよせ置候へども、何分ニも読書のいとま無之、光陰流るゝがごとくニて、遺憾之事ニ候。余寒、御自愛専一ニ奉存候。恐惶謹言

二月廿一日　　滝沢篁民

殿村佐五平様

梧下

59　文政十三年二月二十一日　小泉蒼軒宛

爾来は如胡越罷過候。今に寒暖不同之気候、御地御揃弥御平安之由、奉賀候。然ば、旧冬之御状、当春塩沢鈴木氏より届之、辱致拝見候。抑、一昨年十一月中、御地大震之趣伝聞ニ付、御相識之事、御安否いかゞと不安心候へ共、其砌ハ悴事、以之外大病ニて不得寸暇、依之、牧之丈迄御様子尋ニ遣し候処、御恙無之趣ニ付、乍蔭怡悦不少、其後も塩沢より幸便之毎度ニ、伝言相たのミ申候。定而牧之丈より被相達候儀と被存候。蔽屋ニも、悴事、七ケ年来之長病にて、医療術を尽し候へども、今に不至痊快ニ、且一昨年四月中より昨年迄、別して大病ニ罷成、彼是心配、老拙壱人ニて屋敷勤向迄引受、寔ニ不得寸暇候故、心外疎濶ニ罷過候。先便之御状ニて、弥御様子相わかり、御高運之御事、めでたく奉賀候。右ニ付、御領主より被蒙仰、大震之図説等、御記録著述之よし、後来之話柄、尤珍書たるべく、奉賀候。左様之義、只なぐさミに見過すべきものにあらず。於老拙ハ、世上の変事記し置、子孫の心得ニいたし候事、多く御座候。依之、去春中江戸大火之始末も、手つゞきを以、秘書ども借謄いたし、六七十枚ニつゞり置申候。もし御地大震の図説、御写させ御恵ミ被下候ハゞ、老拙秘書「大火之記」も、写させ候て致進上、交易ニ可致奉存候。右大火、蔽屋ハ無恙、親類・知音、悉類焼ニて、秋迄大混雑、近頃やう〳〵平生体ニ成候事ニ御座候。

一、宅拙事、七八年前より神田明神下悴方へ同居いたし、笠翁と改名いたし候処、悴御主君松前老侯、御一号秋翁様と唱候間、翁の字を避候て、四ケ年前大病後、篁民と改申候。もし已来、御状被遣候ハゞ、

神田明神下同朋町東横町　　滝沢篁民

と御しるし可被遣候。飯田町旧宅ハ長女ニ遣し、長女夫婦致住居候事ニ御座候。右、先便之御答迄、匆々如此御座候。恐惶謹言

二月廿一日　　滝沢篁民　解

小泉善之助様　　梧下

60　文政十三年三月二十六日　篠斎宛

（端書「三月廿六日出、閏三月十二日着」）

前月廿七日之貴翰順着、自伝馬町御店被相達、辱拝見仕候。追日赴春暖候処、弥御安全被成御座、奉賀候。然ば、『八犬伝』七輯下帙、前月出板候砌、任御約束壱部、拙翰指添、伝馬町御店迄指出候処、右拙翰は早便ニ而相達、下帙は並便故、廿七日御状御差出し之節、未届候へども、右代料、并ニ『美少年録』二輯代料共、都合廿九匁被遣候。是又、自伝馬町御店早速被相届、慥ニ落手仕候。本着之上、緩やかニて宜候処、御多用中御心配、感荷仕候。其後、『八犬伝』下帙相届、被成御覧候半と被存候。御熟読之上、御手透之節、御高評可有之と奉待候。

一、御多務中、先便貴答、巨細ニ被仰下、千里面談に異ならず、再々拝閲仕候。扨、かねて願候『水滸後伝』、并ニ『巧連珠』『好逑伝』、御許借被下候よし、其砌御案内有之、尤大悦、日々相待罷在候処、道中遠着ニて、本月廿一日、嶋屋佐右衛門方より届来り、慥ニ落手仕候。右廿一日より、『傾城水滸伝』十編下帙稿ニ取か丶り候故、昼ハ暇なく、その夜より燈下にて繙閲、一昨夕まで、一二弓まで披閲仕候。享和中、尾陽名古屋客舎ニて、仮初ニあちこち披閲致候へども、染々と見候ニもあらず候へバ、悉忘却、此節初閲の心地ニ御座候。是ニ付ても、御多用中、包ミからげさせられ候迄御世話の御事、百拾数里を隔候て、蔵書拝借之事、誠ニ容易ならぬ細心配、類ひ多かるまじき御交遊之御深義と、くれ〴〵も感荷仕候。右ニ付、得貴意度事も御座候。此段ハ、奥へ記し可申候。依之、先文略仕候。

一、『巧連珠』、末迄披閲、寛々拝見、たのしみ罷在候。『好逑伝』ハ、当春老拙も壱部かひ取、蔵弆仕候。此義、先便書状ニもらし候哉と被存候。此小説、買入置候程之ものニは無之候へども、懇意之書林より、小説物四五部とりよせ、一覧いたし候故、不残返し候もきのどくと存じ、その内下直ニ付、『好逑伝』をかひ入申候。右書林申候ハ、此本去丑の新渡ニて、長崎奉行用人、僅ニ五部持来候故、只今江戸ニて五部の外無之よし申候。夫故、価高料のよしニて、拾弐匁ニてかひ入申候。けしからず高料ニ覚候。乍失礼、御蔵弆の本ハ、何程ニて御とり入被成候哉、承度被存候。抑、此『好逑伝』、さしたる物ニは無之候へども、男女人がらよき任侠にて、且条理も在候間、おかしく覚候。その内、気ニ不入処も候へども、引直し候へバ、やくにたち候品ニ御座候。拙著『侠客伝』へ加入可致哉、或ハ合巻の趣向ニ可致哉と存罷在候。今般御許借之『好逑伝』ハ、早速返璧可仕候へども、此書之外も、拝見致候へバ返璧致候義故、一処ニ返上可仕候。左様御承知可被下候。左ならでハ、包ニ凸凹出来可申哉と存候故ニ御座候。

一、『漢楚賽』三編上帙、旧冬口瀬之方より不参候ニ付、壱部かひ取、上候様蒙命、則かひ取、一部指出し候由申候。御落手可被下候。代料ハ、小うりおろし直段ニて、壱匁ニ御座候。

一、『水滸後伝』欠簡之処、京都某生御たのミ、御補入のよし、かねて承候処、此度拝見、惣うら打被成候故、上本ニ成申候。只今世ニ稀ニ御座候間、御秘蔵可被成候。随分大切ニ披閲可仕候。此書、琴魚様ハ未被成御覧、且珍本ニも候へバ、夏中迄ニ致返璧候様蒙命、承知仕候。土用休中ニ抄録いたし、早々返上可仕候。先書申上候通り、わづかに弐の巻披閲之事故、しかとハ申がたく候へ共、此作者、清人なるべし。さるを、「古宋遺民著述」と題し、并ニ凡例ニ羅貫中・施耐庵同時の人かもしれぬ抔致候は、例の人を欺候、から人の癖ニ御座候。その証拠ハ、題目中ニ「日本国借兵生釁」といふ事あり。是ハ、豊太(大)閤の朝鮮を征し給ひしを憎ミてのわざ也。且寛永中歟、山田仁左衛門が、暹羅国ニて重用せられし事抔を伝聞して、それをとり入候て、書つゞり候物と被思候。実ニ元人の作ならバ、かやうの事を知りて書べきやうなし。且元初の人ニて「古宋遺民」と題する事、当時を忌憚らぬしわざ、あるべき事ニも不覚候。金瑞が耐庵の序を偽作して、『水滸伝』七十回迄、耐庵が作と定めたるがごとし。いつハりを行ふて、世をも人をも欺き候は、から人の癖也。こゝらに御議論なからずや。

一、『水滸後伝』の作者も、金瑞が批評によるのミ、作者の骨髄ハ得しらぬ也。それ故、又おしかへして、山寨にとぢ籠り、山賊をなす事を致したり。かくてハ、拙評のかの初中後の差別も無之、一旦招安によりて、一百八人、宋の忠臣となりてハ、たとへ奸臣の為に排斥せられて流浪するとも、又山賊にハなるまじき事也。おしかへして山賊になるもをかし。且、欒(寨)延玉がたぐひ、天罡地煞外の人、既にそが上ニ在て、賊の頭領になりしも、いかに候や覚候。畢竟、大立物のあつまりし芝居の跡ニて、小芝居の役者をとり入レ、二の替りの狂言するやうなるものにて、役者にこまりてのわざにもあるべけれど、かくせずとも、しかたハあるべし。熟読卒業の後、手透を得候ハゞ、御許借の御礼がてらに、拙評を御めにかけたく奉存候。扨、思ひ候ハ、此

『後伝』通俗いたし、『水滸画伝』の後につけ出し候ハヾ、可然哉とも存候。そハともかくも、『けいせい水滸伝』の末ニは、引直して加入可致候。依之、全部のすぢも記憶の為、抄録いたし置度奉存候。何分にも手廻りかね、こまり申候。もし通俗いたし候事も御座候ハヾ、一旦返上之上、其節又可奉願候。〔如〕御案内、江戸ハ舞馬の難しば〳〵ニ御座候間、長くとめ置候も心労ニ御座候。乍去、友人より許借の書箱を別ニいたし、毎々大切ニいたし候故、多分ハ失ひ申まじく致候へども、火急之災ニハ、それもかひなく候へバ、成丈手廻しいたし、抄録すみ次第、はやく返上可仕候。何分、是より日夜著述ニ責られ候故、読書のいとま無之、こまり申候。

一、山田仁左衛門、暹羅国へわたり、重用せられし始末、実録等も御座候ハヾ、被成御覧度よし蒙命、承知仕候。『暹羅記事』といふもの、一巻有之。尤珍書ニ御座候故、先年うつしとらせ、秘蔵仕候。精細ニハ無之候へ共、『記事』ニて大抵わかり申候。此度許借之書返上之節、一包ニいたし、掛御目可申候。廿丁斗のうす本故、是斗ハ道中もめ可申と存候ニ付、右之通りいたし度奉存候。右山田仁左衛門が、暹羅より駿河の浅間の社へ奉納せし絵馬、昔年災ニ係りて焼亡いたし候へども、その絵馬の写し、幸ニある人蔵弆せしを、先年かり出し、縮図いたし所持仕候。『水滸後伝』暹羅の段ハ、多く此山田仁左衛門事を伝へ聞しより思ひおこせしなるべし。『巡島記』も是也。

一、先便得貴意候『拍案驚奇』巾箱本、かひ入可申存候。そのまゝ見もせで差置候内、三月節句前ニ、書肆より右代金乞ニ参候間、渡し遣し候。其後、追々致繙閲候処、磨滅多く、且落丁弐丁有之候。高料の品、落丁有之候てハ、疵物ニ候間、右書肆へ申遣し、別本を以書足させ候とも、直段引せ候とも可致存罷在候。両様出来かね候ハヾ、本かへし可申存候へども、芝神明前ニて遠方故、先そのまゝ差置候。文化のはじめ、一三回披閲いたし候は、大字本ニ御座候。此類、此節うり口多く候故、先月中一円金ニて、仲ケ間かひ候も有之など申候。尤読がたき俗語ニて、よほど気を付て見ざれバ、よミのくだりかね候処御座候。落丁心付不申内、忰ニ見せ可申存、多分句読を打候間、もし返し候ハヾ、無益之事と一笑致候。此俗語、外題あたりにて、一ト切もの、内、先ハおもしろきはなし、すくなく御座候。それニても、可被成御覧思召候ハヾ、前書之趣、書肆へかけ合候上、入御覧可申候。骨を折てよミ候程の物ニては無之、おなじきれ〴〵物にしても、（空白ママ）の方、おもしろく御座候。（空白ママ）ハ文化中、他本と交易いたし、只今は所持不仕候。

一、『金瓶梅』、昔歳御蔵弆被成候へ共、染々不被成御覧、御沽却のよし。右之本、いかやうの物ニ候哉、洒落本やうのものかと御尋の趣、承知仕候。則此書の事、為御心得、あらましを別紙ニ記し、御めにかけ申候。

一、申おとし候。『水滸後伝』闕簡之処、うつし宜出来いたし候。乍去、処々誤字見え候。右誤字を訂正いたし上可申哉。乍然、左様いたし候へバ、朱を入候間、本よごれ可申、少し汚れ候ても、訂正いたし候方、宜思召候ハヾ、幸便ニ其段可仰下候。御沙汰無之候ハヾ、そのまゝニて返上可仕候。

一、『美少年録』弐輯・『八犬伝』七輯上帙之貴評之御答、先便得貴意候処、尚又御再答之趣、承知仕候。此義は戯れと申内ニも、如貴命、業体ニ拘り候事、一言たりとも、狂て余人ニ譲るべきニあらず。依之、尚又再々御答、不省失敬、別紙ニ記し申候。御熟覧可被成下候。

一、右『美少年録』三輯・『八犬伝』八輯共、いまだ板元ト治定不仕候子細ハ、大坂屋半蔵後家、力おとしの気やミにて、打臥居候よしニ付、ちと幕支申候。『八犬伝』ハ、ミの甚と丁平と、内々確執発り候哉、其後、両人共ニ参り不申、後日ニ取極め候とも、とても年内出板の間ニ合不申候。『侠客伝』の板元ハ、当五月中出府のよし、及聞候。是も夏中より取極め候ては、出板当年の間ニ合不申候。依之、よミ本は、来春入御覧候事、出来かね可申候。

一、転宅之事、故障有之、姑く延引ニ付、家根不宜処、直し可申存候て、表門を八尺程東の方へ引候がはじまりにて、やね修復等、思ひの外長引、二月中旬より本月十六日迄か丶り候間、日々職人参候間、著作一向ニ出来かね、本月廿一日より、当年はじめて稿を起し、『傾城水滸伝』十編下帙、今朝まで二弐冊稿し申候。板元共より、多分債を負居候故、五月中迄ニ、合巻大かた片付候て、夫よりよミ本ニか丶り可申思ひ居候。乍去、孫、朝夕机辺をはなれ不申、日々邪魔いたし候故、書斎ニてハとても著述いたしがたく、巽の三畳へ迯籠り、こ丶にて著述あミ居候故、咳もなりかね、甚窮屈ニ御座候。御一笑可被下候。

一、『西湖佳話』、先年御蔵弆之処、近来『西湖拾遺』と御引替被成候よし。『佳話』ハ至極よミ易き俗語ニ御座候。『拾遺』ハ未及一覧候。

一、先便得貴意候、彼『女仙外史』翻案の作者の事、鶴屋主人ニ聞候処、是は高松藩にて鶴屋得意のよし。是まで戯作いたし候事ハ無之候へ共、拙著『傾城水滸伝』流行ニ付思ひ付、書て見やうと申候よし。得意之事故、稿本出来候ハヾほり立可申旨、約束いたし、先目録中へ書名を出し置候よし、申候。右『外史』は、老拙も云云と申候へバ、左候ハヾ、先方のをやめさせ可申間、つヾりくれ候様申候へども、かくてハ人の案をかきとり候様ニて不宜、殊ニ、『水滸伝』も尚編数多く候間、とかくその仁ニ書せ候様、辞退いたし候。実に『外史』を翻案ハ、容易からぬ事にて、苦労を求候様なるもの、断候方上分別と、自笑いたし候事ニ御座候。

一、外々の合巻新板、おかしからぬハ、御覧後書肆へ被遣候よし、よき御計ひと被存候。乍去、そのおか(か)しからぬをも被成御覧候事、よく〳〵の御好きと感心仕候。老拙抔ハ、他人の作、一向ニ見不申、種彦作も『正本製(揃)』の二編を、ふと見候のミ、其余ハ見候事無之候。如命、此人の『田舎源氏』ハ評判よろしきよし、及聞候へども、見不申候。才子にハ候へ共、趣向に手支候よしにて、新作少く候よし。一向ニ交り不申候故、詳なることをしらず候。春水・今の焉馬抔は、掻持にて候。才は得がたきものニ御座候。当春種彦の、拙著『八犬伝』七編上帙を評し候を及承候よし、入御聞候処、その義、記しつけて懸御目候様蒙命、承知仕候。伝聞の事故、くわしき事ハ不知候得ども、聞候まゝ、左ニ記し申候。

一、いぬる比、書肆永寿堂へ、たね彦・春水・今の焉馬等落合候語次、種彦云、各位『八犬伝』七輯を見られ候哉。われらハ好き故、うり出し早々、三匁の見料を費して見候といふ。春水・焉馬ひとしく答て、未見候。趣向はいかゞと問ふ。たね彦いふ、彼翁の作は、今にはじめぬ事ながら、七輯は就中感心不少候。それハ云云と、猫又退治のすぢを略談して又いふやう、赤岩并ニ玉がへしの段ハ、尤大場也。現八を赤岩より、又もとの玉がへしニ追込趣向抔奇々妙々、意外の趣向也。よく考て見られよ、一角・船虫は、角太郎が為に親也。牙次郎ハ弟なれども、一角の愛子也。逸東太ハ父の高弟也。角太郎が腹心ニは、現八ありといへども、これハ蔭也。この四人の大敵を引受たる角太郎ハ孝子也。且ひなぎぬハ、貞順の婦人也。此つめひらきのおさめかた、いかゞしてよからんや。末までよミ得ざれバ、只むねを冷すのミにて、推量ニ及しがたし。乍意外、われらに思ひ得ざれバ、余人多くハ思ひ得ざるなるべし。かくてよミくだしゆくときは、ミな尤千万なることにて、聊も無理なる趣向なく、猫又退治に至りて、はじめて神出鬼没の大妙案を感ずる斗也。只これのミならず、赤岩の段より玉がへしのつめひらき迄、多人数のかけ合ニ、一人として無言のものなく、程よくそれ相応にくちを聞せたる妙、又いふべうもあらず。われらにあの段を書せなば、よく口をきくものハき、もせんが、無言のもの、是非多くなければ、筋を通してかけぬ事也。これらの妙所ハ、著述に苦心せざる見物の気のつかぬ処也。信乃が事にかハりては、下帙を見ざればバ何ともいひがたし。すべて其段の結びまで見つくさで巧拙をいふものハ、作者の本意をしらぬ見物にあることなり。よりて、猫又退治の後の趣向に妙処あれども、いまだ評しがたし。われら、彼翁にハ疎けれども、とても太刀うちしがたき力の程を覚期してをる故に、聊嫉妬のおもひなく、かくハいふ也。各何と思ひ給ふ歟と問かへせしに、春水・焉馬嘆息するのミにて、言葉なかりしと也。それより転じて、又余の物がたりになりたりと、ある人はからず其折側聞せしとて、老拙に告たること右の如し。その折老拙答て、さすがに柳亭ハ作者故、見るところ、世の見物におなじからず。そこらハ筆をとつてやつて見ねバ、生涯心づかぬもの多かるべしといふて笑ひ候キ。

一、『八犬伝』の板元みの甚ハ、真顔の弟子にて、狂名を真垣といふと歟。依之、当夏中真顔病中のなぐさミに、『八犬伝』七輯の稿本を見せけるに、真顔歓て熟読し、さていふやう、彼翁ハ近年ます〳〵書もの、うへにてわかくなりたり。著述ハさら也、歌もとし老てハ、はなやかなるよしハよミ得がたきもの也。さるを、彼翁の小説ぶり、年々にわかくなるは、実に天授の才といふべし。趣向の巧なるは、今さら評すべくもあらず。一切の人物、何人にても悉口をきかする事、此翁一人也。われらが書かバ、無言の人多かるべし。この前集に、飯櫃のふたをとりて、めしつぶにて状ヲふうじたるやす平が為体、足下かゝれるなら書て見給へ。かやうの事までうまく書とりたるもの、古くに誰やはある。足下、何分彼翁の機嫌をとりそこなハぬ様にせられよ。実に足下等の為には、揺銭樹なるべし。彼翁の腹たゝれしよしも伝へ聞たり。愚老病気本復せバ、ゆきて足下の為にわびしてまゐらすべし。かくいへバ、をこがましきやうなれども、四十余年の旧識たる愚老が、手をさげてわびたらんにハ、翁もいなとハいふべからずといひしと歟。しかるに、老病不瘥して、六月五日に簀を易たれバ、その事も空《アダ》ニなり候とて、後にミの甚かたり出て泣たりき。これらも、世の見物とハ見どころ異也。真顔も『月の宵物語』抔の作あり。依之、作者の苦心も自得しての批評と聞ゆ。前の種彦の評と相似たるも、著述に思ひやりある故也。世の見物にハ、かゝる思ひやりなし。真顔享年七十五。をしいかな、つぐものなくて、狂歌堂の跡たえたり。蔵書を沽却せしに、百五十余金になりしと歟。狂歌師にハ、実にたぐひなかるべし。沽却して百五十六十金にならんにハ、三四百両費さねバ、かひ集めがたき事しられたり。狂歌堂に令蔵といふ一子ありしが、早逝したり。その姉一人あり、この腹に孫あり。今ハ所親へ嫁して他家にあり。依之、狂歌堂ハ断絶しけり。無益の事ながら、筆次にしるしつける。あなかしこ。
一、『八犬伝』七輯下帙の簡端、闘牛考の附録に、ちぬの略説を書あらハし、又「衆鳥図説」といふ拙著の書名を、西村やの合巻中、目録の部へ加入いたさせおきたり。さるを、薩州の老侯栄翁様被成御覧、か丶る事のあるぞとて、近習達ニも見させ給ひ、其後山本理兵衛といふ近臣を御使として、愚老へ被仰下候やう、右之著述何比出板すべきや。稿本出来候ハヾ、栄翁手前にて彫刻いたさせたく候。もし又その稿未全とも、書記し候ものあらバ、見られたく被存候間、貸進候義頼致《（マヽ）》するよし、被仰下たりき。老拙御答に、稿本ハさら也、書とめ候ものも無之候。但、右之著述の志ハありながら、年々書肆より被頼候戯作ものに追れ、いつ稿し可申哉、難斗候。なれども、手透を得候ハヾ、著し可申物ニ候へバ、書肆の好ニ任せ、先書名のミ著し置候事ニ御座候。勿論、わたくし存候程之事は、御存あらせらるべく候へバ、別に申上べき事も無御座候と、御答申上候へ共、程なく又同人を以、たとへしれたる事なりとも、その内にハ必奇説あるべし。手透次第に書記し見せられ候様いたしたく思召候と、かさねて被仰下けるにより辞しがたく、ちぬのかひやう、餌薬の事抔、右理兵衛に物がたり候キ。栄翁様、今茲八十六歳ニ被為成、御身近くおかれ候ちぬ、十五六疋あり。かひ鳥三やしきニ有之候を合すれバ、八十余疋あり。かひ鳥ハ五百余種あり、異国の鳥も、この土へわたり候分、なきものなし。年々長崎へ近臣をつかハされ、御かひ入被成候よし。諸鳥の写真、高サ八九寸の折本五冊あり。此節、本草家の御手医師に被仰付、諸鳥の漢名・蛮名を考、一本ニいたし、あげ候様被仰付、その人、装束やしきにて、急ニあミ立居候よし、右理兵衛物がたり也。か丶れバ、ちぬもかひ鳥も御巧者なる事、なか〳〵老拙などの及ぶことにあらず。黒田侯も、諸鳥の事、尤御巧者のよし、松平因州様も、かひ鳥御好きにて、めづらしき鳥ハ、必はやく御かひ入れ被成候よし、及承候。拝見を願候趣、山本氏江たのミ置候。これら、いらぬ事ながら、御懇友ニ付、内々入御聞候。御他聞ハ御用捨可被下候。

一、薩摩の御蔵板に、『成形図説』といふものあり。初編のミ出板せしを、松前老公被成御蔵弆候故、忰拝借いたし、先年致一覧候。是ハ、本草の品々を写真ニ図して、且異説新説あり。この板を書肆へ預ケおかせられしに、去春の大火に焼たりと歟。これも栄翁様の思召つかれしもの丶よし。彼藩、近来御倹約ニ付、二編の彫刻御延引の内、前集の板さへ焼失、尤をしむべき事ニなん。

一、姫路侯の家臣浅見魯一郎といふ人、老拙を景慕のよしにて、去々子の春、はじめて来訪いたし候へ共、近来未見の人にあふを懶く候故不逢。是より年々、寒暑に訪問せらる丶こと、三ケ年に及びけるま丶、已ことを得ず、過日初て対面候キ。此人の物語に、近ごろ『水滸伝』百八人のをさなだちを書著し候俗語唐本を見たり。それハ、ある人よりよめず候間、よみてくれといふてをこせし故、見候処、やはりよめず候間、返し候といふ。予驚きて、それハ珍書也。書名ハ何といひしぞと問ふに、卒爾にして不覚。本ハ岡田や嘉七より出候本のよし、及承候。何かはじめに史進の種本の事あり、よめぬ故わからずといふ。何分見たく候故、早々先方へ申遣し、その本かり出しくれ候様、たのミ置候。此事、もし実事ならバ、水滸前伝也、尤新奇といふべし。甚渇望之あまり、入御聞置候のミ。

○此余、事済候御答は文略仕候。先便、麁末のとし玉呈し候処、謝辞ニ預り、汗顔之至ニ奉存候。琴魚様へ御序之刻、可然御伝可被下候。忰義も、同様よろしく申上候。

一、已来御状被下候ハヾ、上包ニ忰名前、御しるしに不及候。七八年前、愚老忰と同居已来、四五ケ月たち候比より、近所ハさら也、遠方ニても、老拙が居宅としらざるものなし。却て忰が事ハ、しらぬもの多かり。

忰名前、御しるしなくとも間違なし。御筆を労し奉らじと思ふ斗ニ、この事も得貴意置候。恐惶謹言

三月廿六日　滝沢篁民

殿村佐五平様

貴齢、今年五十三に被為成候よし。尚々務盛にて、たのもしく奉存候。賤齢ハ六十四の春を迎へ候。友人の内、仏庵ハ七十八、六樹園ハ七十七、輪池翁ハ七十二、いづれも先輩にて、老拙より壮健也。五福の内、寿を第一とす。とかく長寿ならでハ事をなしがたし。養生の第一義ハ、何事もやり流し〳〵て、屈たくせぬが第一の保養と被存候。夫故、老拙も近年、ほねの折れる著述をせまい〳〵とのミ迯まはり候。骨折候著述にてほめられても、寿を損してハ、ほめられぬにおとれり。年来勤といふことなく、家内ニ労せらる丶こと、著述ニはたらる丶のミなれば、尚幸ひと存候。乍憚、六十を御踰被成候ハヾ、此御覚期ありたく候。忰ハ多病ニて、且物がたきのミ、尤不才ニ御座候。なれども、われ一人也と思へバあてにもせず、生涯彼のもりをしてをハるべし。子孫に書遺し度事もあれバ、六七年前、紙まで黄蘗(檗)汁ニて染させ置候へ共、一筆にても致候いとま、今ニ無之候。御一笑〳〵。乍例乱書、多用中燈下にて、思ひ出るまに〳〵筆を走らせ候故、多分よめかね可申候。可然御推覧可被成下候。失敬々々

61　文政十三年三月二十六日　篠斎宛（別紙）

（端書「丑三月廿六日出」）

『八犬伝』七輯上帙、并ニ『美少年録』初輯、木偶介、小夏を将て四条河原にて云々等の貴評の御答等、御懇友の義故、心事無覆蔵申上候処、逐一御再答、承知仕候。如貴命、面談ならバ、一句ニても事済可申処、筆談にてハ、何か物々しく聞え候もの故、きびしく申断候様ニも可被思召候。乍去、御再答の御文中ニ、屈服々々と、多く御記し被成候。是ハ懇友の間にて、いかにぞやと奉存候。すべて屈ノ字ハ、冤ニも枉にもかよひ候事也。屈服といへば、われにハ理あれども、その理を枉てかれに従ふの義なれば、何とやら耳だち候て、無理にたしなませまゐらせ候様ニ聞え、限りなく遺憾之事ニ被存候。から国にて冤ある罪人、廷尉の面前へ出るとき、叫屈とあることなどハ、君がつねに見給ふ俗語小説ニも多し。何分、已来ハ無御屈服、汝はしかおもへども、われハしかおもハずと被仰下候方、忝可奉存候。懇友の間ニて、屈服ハ勿論、すべて人を冤屈いたす事、尤冥加おそろしく存候故、先此義より申断り奉り候。御再答に云々と、風柳のごとき御答も、屈服の二字ニかけて見れば、御内心にハ、さは不思召よしハしられたり。懇友中に介意ありてハ不快候故、かへすぐ〳〵も申断りたく、不省失敬、及此義候也。但し、今の俗語に退屈、又屈たく抔いふ屈ハ、かろく聞え候へども、それは人に対していふ義にあらず。人に対して屈服といへば、冤枉と同義也。遺憾々々。

一、でく介、四条がハら云々の事、らうのすげかえにも、いたくおとり候様ニ思召候故、蔕落せず、御地にも地げいしやあれば、その徒の事、御存の事云々と蒙命候故、尚又奉尽心緒候。でく介、小夏を将て四条河原云々とある故、乞児のゐせさるがうして、銭を乞ふものと同様ニ被思召候ての貴評なるべし。四条河原に立て世をわたるもの丶、素人あり、非人・乞児もある事、そのごとくなるべし。この差別をはやくしらせんにハ、云々の猿がうして、飴をうりて活業にすといはゞ、かやうの貴評ハあるまじけれども、いかにせん、当今、三吉あめ抔唱て、親ハあめをうり、すり鉦を鳴らし、ゑせ歌を唄ひ、をさなき女児におどりをおどらせ、縁日のさかり場に立つゝ生活にするものあり。木偶介ハ則これ也。かくつゞりなせバ、禁忌にふれてむつかしく、且つ三吉あめの類、もしこの書を見ば、でく介ハ痴漢にて、且枉死する故、よろこぶべからず。文化中、「大雨車力を流す」といふ地口あんどうノ出しヲ見て、車力共大に怒り、その家を破却せし事あり。かゝるためしも候へバ、飴をうるといふことハ、かくして書ぬ也。飴といふことなくて、只四条がハらに立とありても、江戸人ハ三吉飴の類と、誰も思ふべく候。両国にて軍書の講釈をするも、新内ぶしをかたりて人をよするも、かげ画をして人をよするも、みな両国橋辺にたつといふべし。蔕落せぬは、禁忌によりて、飴といふ事をかくせしにもあらん歟。勿論、お夏は高名の妓也とも、『美少年録』にてハこよなき淫婦にて、只珠之介を引出すまでの道具につかひしものなれば、たとへしみたれ候様に聞え候ても、疵にハならず。周防にて門づけをするに至りては論なし。愚ハかやうに思ひ候て綴りなし候へども、此処御気ニ入不申ハ是非なし。かくてもひがごとに思召候ハゞ、御屈服なく、御教諭奉希候。

一、『八犬伝』赤岩の段、一角ハ郷士なるに、童扈従ハ過分のよし、貴評ニ付、云々と御答申上候処、なほ男の童とあるかた、可然御思召候よし。一トわたりハ聞え候。乍去、愚意ハしからず候。一角の妖怪たる事ハ、諸見物のしる処、その相手ハ名におふ八犬士の一人たる現八也。かゝれバ、一角が景様をいかにもおもくし（れ）て、物々しく書なさゞれば、看官見つゝ、ひや〳〵するやうにハ思ハぬ也。童扈従をつかふに、格式の差別なくバ、疵にハなるまじく候。後の打扮の長絹・長袴も、右の意にてつゞりなし候。しかるを、芝居に似たりとて嫌ひ給ふハいかにぞや。縦その打扮・立まハりハ、雑劇の趣を写しても、文句いさゝかも浄瑠理本を借（貸）らず、芝居の正本めかぬ様に書とるを、作者のはたらきと見てもらハねバ、骨折がひなく被存候。拙作にハ、毎度此ふり合多し。これら、御気に入らずバ是非もなし。浄るり本と正本めかぬ文辞を、うれしがり候人も往々有之。世にいふ千差万別なれバ、一人の好憎ハ公論ニあらずと申せし也。かくても、猶ひが事ニ思召候ハヾ、御教諭所仰ニ候。

一、雛衣が疵口より玉の出る事、云々と蒙命候ニ付、しか斗にてハ、バツとしたる事也。玉の出る所以もあらまし考得させられ候て、御示し被下候様申上候処、亦云々と被仰下候。なる程、芝居など見物してをるとき、そのもようにより、おし付ケたれバ、殺さるゝであらふ、こゝでハおし付鉄炮ヲ打かけるであらふなど思ふとき、果して推量のごとくなる事あり。そのたぐひにて御推量被成候事と得心仕候。むべなるかな、君が拙作を見給ふこと、すべて芝居役者の立まハりの巧拙をのミ評して、狂言の出来不出来に拘らぬたぐひと相似たるやうに被存候。芝居ハかたちをもて人に見するもの故、十二八九ハ、看官只その役者の巧拙をのミ論じ申候。俗語小説ハ文のミにて、かたちを見せぬもの故、よく見るものは、第一に趣向の巧拙と文章の巧拙を論じ申候。金瑞が『水滸』の評、張竹坡が『金瓶梅』の評などに御心をとめられ候ハヾ、愚が言の誣ざるを思し召あてらるべく候。唐山の評者に、作者の瑕疵をのミあなぐりて批評するもの、一人もなし。気に入らぬ処ハ措て論ぜず、只その作意の隠微を、よく見とゞけて論ずるを、評者の手がらにいたし候事也。今のよミ本を評する人ハ、乍憚、君御一人に限らず、唐山の評者とハ見どころいたく異にて、芝居役者の評判記のごとく、只その立まハりの巧拙と、文中の瑕疵をのミあなぐりて、わる口いふを専文とするのミ。書とりがたき所抔を、うまく書とりたる事などハ、却て措て不論候故、から国の批評とハうらうへにて、作者の面目を失ふこと多し。『犬夷評判記』のころにも、此断を申上たく思ひ候へども、指図がましく、失敬にはゞかりて、得不申候キ。ねがハくハ、から国の評者の目のつけ所を御合点被成候ハヾ、実に御見巧者に可被為成候。先便の御答に、きびしく申せしにあらず、此義を御さとりあれかしと思ひ候老婆親切ニ御座候。畢竟、作者ハ御懇友にて、貴評毎に及御答候故、埒も明候へ共、古人の佳作を後生の評したらんにハ、その作意の隠微を得見とゞけず、その骨髄を得不極して、慭なる批評せば、是古人の佳作を誣る也。依之、金瑞が『水滸』の評、其外の人々の批評にも、聊なる疵をあなぐりて評する事ハ一句もなし。気に入らぬ所ハ措て論ぜず、只その隠微を見あらハすを専文にいたし候也。それすら、金瑞が『水滸』の評に、宋江を始終大奸賊と見て、彼一百八人に、初中後三段の差別ある骨髄を得悟らざりし故、佳作を誣たることなきにあらず。一句もわる口をいハでも、猶見ちがへあり。金瑞といふとも、見物だましひにて、シテならぬ故也。かくいへバとて、已後をたしなませ奉り、貴評の口を鉗るにあらず。ねがハくハ、役者評判記の趣を捨て、おんめのつけ処を易給ハヾ、鬼にかな棒にて、第一の御見巧者に至り給ふべし。飽まで小説ものを御好キにて、吾党の為、第一の知己と奉存候間、肺肝をあらハし候て、忠告仕候。護短ハ、賢不肖ともにあるべき人の癖也。『西遊記』にも、悟空が長老護短といふこと、多く見えたり。『金瓶梅』にも、「金蓮護短」の題目あり。所云護短ハ、まけをしミの事也。愚老もこの癖あるべけれども、わが事ハしれ易からず、人の護短ハよく見ゆるもの也。しられまゐらせしごとき生物じりにて、秀才上智にはあらねど、小説ハ四十年来、一日も廃せしことなく、三百余種の著述にわるごうを歴たれバ、その内に出来のよきハまれにて、拙きが多くとも、見物に難ぜられて、指をくハえるまでの大あやまりハ、すべくもおもハず候。勿論、年中数種の小説を著し候故、近年、ふかく考候事もなく、多くハなまがみにて書ちらし、加之、板元の居さいそく、その責をふさぐを第一の手まハしにいたし候へバ、思ひたがへ、見おとすこと多かり。それは一時の失なれバ、いかゞハせん。学問の要ハ、理義に通ずるをもて第一義とす。その書となり、いたく義理にちがひ候事をつゞり候しそんじハあるまじく思ひ候。『水滸伝』のごときハ、奸賊を忠臣とす。理義にちがへるやうなれど、彼初善中悪後忠の三段ある隠微を見とゞけて味へバ、理義にあハぬ所なし。趣向の理義にかなへる哉、不叶やを見とゞけて、作の巧拙を論ずるを、よく評する人と申すべく候哉。尤をこがましく、失敬至極、釈迦《(加)》に法問、孔子に説経にひとしく、ことをかしく可被思召候得ども、ケ様の折ならでハ申がたき事なれバ、肺肝を吐候までニ御座候。

○木工作がてっぱうにてうたるゝ処の御評ハ、琴魚様御発言のよし。さすがに著述御手がけ故、作者の苦心を思ひやらせ給ひし事よと奉存候。本紙ニしるし候たね彦、并ニ真顔の評論ハ、一トわたりの事にて、よく拙作を見とゞけ候事とハ不存候へども、しかれども目のつけ所、諸見物と異也。琴魚様も、この両人のたぐひと申べし。あなかしこ〳〵。

一、『金瓶梅』の事、御尋ニ付、略記いたし、入貴覧候。

そも〳〵『金瓶梅』の書名ハ、西門慶が愛妾なる潘金蓮・李瓶児・龐春梅、この三人の名をとりて名づけしもの也。この三淫婦の内、金蓮ハその良人武太良を毒殺したる婬悪婦人、李瓶児ハ西門慶が友人花子虚が妻にて、花子虚を気死して、西門慶の妾になりしもの也。春梅もおとらぬ大淫婦にて、いづれも終りをよくせざるもの也。この三婬婦によりて書名を設たるにて、その書となりの正しからぬ事を推し給へかし。百回二十四冊、初回ハ西門慶が十友結レ義兄弟となることにはじまり、此段に打虎の風聞あり。これより武松、都頭となり、兄の武太良にあふ段より、王婆・金蓮相はかりて武太を毒殺するまで、第六回に至りて『水滸伝』の趣と異なることなし。只少しヅヽ文をかえたるのミ、『水滸伝』のまゝに写したる所もあり。武太が死する折、武松ハ李皂隷といふものを打殺せし罪によりて、孟州道へ配流せられて、五六年配所ニあり。此時、金蓮ハ西門慶に嫁して、妾となる也。これより末ハ、させる趣向なし。只婬奔の事のミにて、春画のおく書のごとく、君臣父子の間にてハ、よミ得がたきこと多かり。

一、西門慶は、七十七回にて、胡僧より得たりし房薬をのミ過し、淫をもらして病死する、とし三十三といふ。これハ、金蓮が情慾のあまり、彼房薬を西門慶に多くのませしによれり。これ則、武太良を薬酖せし悪報といふ評あれども、西門慶を武松にうたせざれば、勧懲にうとかり。

一、西門慶没して後、金蓮ハ西門慶が聟の陳敬済と密通せし事により、西門慶が後妻呉月娘のはからひとして退《ケ》レ之《ヲ》、王婆が宿所にをらしむ。依之、金蓮又王婆が子の王潮と奸通ス。か丶る折から、太子降誕によりて、武松は赦にあふて故郷へ帰り、又都頭となる。かくて、金蓮ハ王婆が宿所にありて、他へ嫁せんとすといふ事を聞てたづねゆき、金蓮をめとられ（ママ）んといふて、次の夜、金蓮・王婆を宿所へ迎へ、武太が霊前ニてこの両人の仇をころす事、『水滸伝』におなじ。かくて武松ハ逐電して、梁山泊へ落草スとのミありて、この丶ち武松が事なし。但し、武松ハ孟州道へながされしとき、施恩にたのまれて蒋門神を打たふし、その丶ち張都監等一家をころし尽せしとき、又遠所へ流されたりといふ噂、わづかに五行斗あり。かくて、太子降誕によりて、赦にあふてかへりしといふ。張都監一家をころしてさへ、赦にあひし武松なるに、兄の仇をうちて穿鑿きびしく、梁山泊へ落草せしといふも、不都合なることに似たり。

一、武太良が先妻のむすめに、迎児といふ小女あり。金蓮が武太良に嫁せしとき、迎児ハ十二才也。武松が配流せられし後、所親に養れてその家にあり。武松が仇を打しとき、迎児を捨て逐電せしハ、人の情によりてよすがもとめて、ある人の妾になりしといふ。此迎児ハ出ものなれども、武太良に後あらせんと思ひし為にてもあるべし。武松が金蓮を殺す段ハ、八十七回なり。

一、西門慶が十友ハ、○応伯爵。字光候、渾名応花子　○謝希大。字子純　○祝実念。字貢誠　○孫天化。字伯脩、綽号孫寡嘴　○呉典恩。字佚　○雲理守。字非

去　〇常峙節。字堅初　〇卜志道。字佚　〇白賚光。字光湯　西門慶と、もに十人、みなこよなき小人なり。

このうち、終の詳ならぬもの多かり。

一、西門慶死するの日、後室月娘、安産して、男子出生ス。その名を孝(普)哥といふ。是、西門慶が再来といふ。最後に普静老師の弟子となり、出家して法名を明悟といへり。西門慶が家ハ、所親の子玳安といふものつぎて、西門安と改名す。是一部の結局也。

一、末に至りて、金兵の乱あり。僖宗・欽宗両帝、金国へとらハれ、国々の民乱離し、西門慶が一家も流浪に及び、月娘母子永福寺に寄宿のとき、普静禅師の与抜によりて遊魂成仏し、おの〳〵生を某生々の子に托せしといふもの、

統製周秀春梅ハ後にこの人の妻になりて、なほ淫奔也。周秀ハ討死せしもの也。

西門慶溺血して死して、生をその子孝哥に托せしもの。

陳敬済西門慶が婿にて、不孝の人也。後に張(王)勝にころされしもの。

潘金蓮良人武太を毒殺せしもの。則、武松にうたれし也。

武植則、武太良事。

李瓶児花子虚が妻也。良人を気死して西門慶が妾となり、後に病死せしもの。

花子虚その妻瓶児に気死せられしもの。

宋氏西門慶の妾にて、自縊れしもの。

龐春梅西門慶妾。後に周統秀の妻となり、色労によりて死せしもの。

張勝周統制(製)の家来。陳敬済を殺せしにより、杖殺せられしもの。

孫雪娥西門慶が妾。みづからくびれしもの。

西門大姐(妲)西門慶が前妻のうみし女児。陳敬済が妻。みづから縊れしもの。

周義周統制(製)の族人。春梅と奸通して、打ころされしもの。

これらの遊魂、みな生候某々の子に托するといふ。この中、王婆はなし。作者の遺漏歟、さらずハその就中毒悪なるをにくみて、はぶきたるなるべし。編中の婦人、〇呉月娘〇楊姑娘〇李嬌児〇孟玉楼〇潘(藩)金蓮〇李瓶児〇孫雪娥〇李桂姐(妲)〇卓二姐(妲)

みな西門慶が妻妾、或ハ密通せし淫婦人どもなり。

この内、李嬌児・卓二姐ハ、西門慶が金蓮に奸通せぬ已前よりの妾なり。

王六児　来旺西門慶家来　同　玳安同

この書、勧懲の意味なきにあらねど、宜淫導慾の書にて、武太良の事を除キてハ、巧なる趣向一ツもなし。

謝頤が序に、『金瓶梅』ハ鳳洲の門人の作ともいふ。又鳳洲の手記ともいふと見えたり。張竹坡が評ハ、金瑞が『水滸』の評にならひて書り。尤文章の妙をほめたるもの也。『金瓶梅』ハ、俗語中にてよミ得がたきもの也。しかし、『水滸伝』のよくよめる人にハ、よめざる事なし。『金瓶梅』の書名、世に高キ故、よくこの書の事をいふものあれども、この書をよミたるものすくなし。文化中、『金瓶梅訳《(釈)》文』といふ珍書を購求め候ひしが、他本と交易して、今ハなし。これハ編者の稿本にて、只一本ものニてありし也。かくのごとき淫書なれども、書名をよく人のしりたるもの故、これをとり直し、趣をかえて、当年合巻に作りなし可申存罷在候。出板之節、御覧、御高評可被下候。

一、『西廂記』被成御覧候へども、わかりかね候様に思召候ニ付、云々ト蒙命、是又略記、備御心得候。文化中、老拙蔵弆の『西廂記』ハ、ある俗語家の点をつけ候本ニて候ひき。文庫無之候故、本ばこかさミ候間、小説ものハ一覧後、他本と交易いたし候まゝ、この書も今ハ蔵弆不仕候。さる書あらバ、御めにかけ度もの也。遺憾々々。

一、『西廂記』のごとき伝奇ものハ、此方のうた本のやうなるものにて、出しの文句ト地ト詞と、三段に書わけたるものなれば、まづ此義をよくしらざれバ、ひとつになりて、わかりかね候。

高砂「そも〳〵是ハ云云といふて、「今をはじめのたびごろも〳〵」ト書なすがごとし。詞の下に介トあるは、身ぶりの事也。科とあるも同じ。浄・旦・正・丑などとしるして、その役者をしらする事、此方の芝居の正本のごとし。享和年間拙作に、『花釵児《ハナカムザシ》』といふ小冊ものあり、被成御覧候哉。この『はなかんざし』ハ、「笠翁十種曲」中の『紫釵記《(ママ)》』を訳せしものにて、書ざま、この書によれバ、伝奇のよみやうを会得せられん為にあらハし候キ。『西廂記』ハ、巧なる趣向にあらず、尤あハ〳〵しきものなれど、妙文なるにより、から国にてとりはやし申候。『金瓶梅』なども、淫風を歓ぶと、文章のよき故、かしこにてとりはやし候也。

『金瓶梅』ハ、『源氏ものがたり』の意味ありて、それを市中の事にしたるが如し。あまりの長文、労にたへずして、文略仕候。

御手透ノ節、これらの御答、奉待候。『八犬伝』下帙、其外の御高評も承度候。○先便、合巻類の貴評ハ、かさねて御答ニ不及候。『傾城水滸伝』の序によりて、小蝶ハ討死せぬやうニ思召候へども、左にあらず、やはり『水滸』のすぢのごとく、討死することハすれども、百八人の中へ入れて、はぶかぬ也。そこら、出板之節ニしれ候事故、是又文略仕候。恐惶謹言

三月廿六日　著作堂

篠斎大人

梧下

『美少年録』中ニ被仰下候、

「世にたのもしき合宿なけれバ」、この合宿ハ、同行同宿の人をさしていふのミ、落字にあらず。

62　文政十三年九月朔日　河内屋茂兵衛宛

一筆致啓上候。追日赴冷気候処、弥御揃御清福可被成御暮、奉賀候。然バ、八月六日出之御状順着、忝致拝見候。其節は、京都地震の写本、早速被贈下、御厚情忝奉存候。京師地震之説も、処々江来状等、追々かり出し、写し留候故、右写本もその内へとぢ込、致秘蔵事ニ御座候。くれ〴〵も御礼申演候。尚又、かねて御頼申候、御かげ参大坂中旅行の一枚ずり、何とぞ御幸便ニ御下し被下度、奉頼候。此外、「明和のぬけ参り夢物語」、并ニ此度も右「夢ものがたり」様之実録もの、出板いたし候ハゞ、御幸便ニ御下し可被下候。代料ハ、追て御勘定可致候間、御失念なく奉頼候。

一、『侠客伝』著述之事、当地丁平殿より追々御承知と奉存候。此節、専ら取懸り居申候。当暮迄ニ弐編迄十冊、ぜひ〳〵不残書たて可申存候。但、筆工書こみ合、何分只今の内ハ、筆工出来かね、さし支、こまり申候。

尤、来月ニ至り候へバ、合巻さうし筆工、不残書終り候間、よみ本斗書せ候故、十一・十二月ニは、はか行可申候。中川氏の外ニ、仙橘と申筆工も有之候故、一冊づゝかゝせ可申存、遣し候処、書やうよろしからず、用立かね候故、これハ止メ申候。板下宜しからず候てハ、ほね折候てもよめかね、且ほり立製本の節、ざく本ニ成り候間、筆工書を第一ニえらミ候事ニ御座候。中川氏ハ、年来拙作筆工ばかりいたし罷在候間、筆やう・かなづかひ等、のみ込居候。当月中にハ、合巻書終り候。夫より来三月迄ハ、よみ本筆工のミかゝせ申候つもり、談じ置候。只今之内、板下及延引候義、右之仕合ニ御座候間、此段、御承知可被下候。

一、尚又、御面倒御頼申度候。

一、金聖《唐本》嘆本小刻『水滸伝』

代金壱両位までニて。壱両の内ならバ、いよ〳〵よし。高くハ御無用。

一、『参考太平記』

代金右同断。壱両弐朱位までならバ。

右之さし直ニて、本手ニ入可申候ハゞ、御とり入被下、来春迄ニ、ふなづミ幸便ニ御下し被下候様、奉願候。岡荷ニてハ、脚ちんも格別余計かゝり可申候間、ふなづミの節、御つミ合せ可被下候。尤、『水滸伝』ハ、ちとばかりの品故、岡荷ニても並便りならバ、さのミ脚ちんかゝり申まじく候間、岡荷ニても宜御座候。もし高料ニ候ハゞ、御見合せ可被下候。只今より暮迄ハ、ひたすらよミ本著述ニて、読書のいとま無之故、春迄ニてよろしく御座候。早春ハ、諸板元よりとし玉等もらひ候故、かやうのなぐさミもの、かひ入候ニ便宜ニ御座候。代料ハ差引ニても正金ニても、無相違御勘定可致候間、是亦御失念なく奉願候。先ハ、八月中御答旁、如此御座候。恐々謹言

九月朔日　　滝沢篁民

河内屋

茂兵衛様

尚々、追々赴寒気候。折角御自愛専一ニ奉存候。

丁平殿も、久しく風邪のよしニて、対面不致候へども、使ハ不絶参り、よみ本両様とも、無由断被致世話候間、御安慮可被成候。以上

所在・出典一覧

＊本集成第一巻所収書翰の所在・出典を示し、所収既刊書等について付記した。
＊左記については略称を用い、当該所収番号等を付した。

藝林　＝　日本藝林叢書　第9巻（昭和4年・六合館／昭和47年復刻・鳳出版）／原翰所在不明
天理　＝　天理大学附属天理図書館蔵／馬琴書翰集　翻刻篇（天理図書館善本叢書53-2・昭和55年・八木書店）
　※本集成所収天理図書館所蔵書翰の翻刻番号　―翻刻第九三〇号―
早大　＝　早稲田大学図書館蔵／早稲田大学図書館所蔵　曲亭馬琴書簡集（早稲田大学図書館紀要別冊3・昭和43年）
日大　＝　日本大学総合学術センター蔵／日本大学総合図書館蔵　馬琴書翰集（平成4年・八木書店）
京大　＝　京都大学文学部蔵（写本）／京大本　馬琴書簡集　篠斎宛（昭和58年・木村三四吾私家版）
木村　＝　滝沢馬琴―人と書翰（木村三四吾著作集Ⅱ・平成10年・八木書店）
高橋　＝　高橋実「越後小泉蒼軒宛馬琴書簡五通」近世文芸33号（昭和55年10月）

1　〔寛政～享和〕三月五日　牧之宛　原翰複写（個人蔵）
2　享和二年十月二日　大庭大助・雪松慈平宛　原翰複写（個人蔵）
3　文化五年九月十二日　河内屋太助・正本屋利兵衛宛　早稲田大学演劇博物館蔵「西沢一鳳貼込帖」（E12-3804）所収
4　文化五年十一月十八日　河内屋太助・正本屋利兵衛宛　早稲田大学演劇博物館蔵「西沢一鳳貼込帖」（E12-3804）所収
5　文化七年五月朔日　石井夏海宛　山本修巳氏蔵
6　文化十年正月十六日　歌川豊清宛　浅草御蔵前書房「大江戸東京資料目録」（昭63・7）／原翰所

在不明

7	文化十年七月十一日	石井夏海宛	山本修巳氏蔵「石井夏海貼交帖」所収
8	〔文化十年頃〕十月二日	中神守時宛	大和文華館蔵
9	〔文化十年頃〕五月十八日	中神守時宛	大和文華館蔵
10	文化十二年五月十一日	正本屋利兵衛宛	早稲田大学演劇博物館蔵「西沢一鳳貼込帖」(E12−3804)所収
11	文化十二年六月二十四日	黒沢翁麿宛	天理図書館蔵「近世先哲書翰集成」所収／木村 p. 286
12	文化十四年三月十四日	櫟亭琴魚宛	早稲田大学図書館（曲亭叢書）蔵 「犬夷評判記第二編稿料」(特イ4・600・68)所収（写本）
13	〔文化年間〕三月十三日	正本屋利兵衛宛	早稲田大学演劇博物館蔵「西沢一鳳貼込帖」(E12−3804)所収
14	文政元年二月三十日	牧之宛	鈴木牧之記念館蔵
15	文政元年五月十七日	牧之宛	鈴木牧之記念館蔵
16	文政元年七月二十九日	牧之宛	鈴木牧之記念館蔵
17	文政元年十月二十八日	牧之宛	明治大学図書館蔵「曲亭馬琴書簡」(916/1)所収（写本）
18	文政元年十一月八日	牧之宛	鈴木牧之記念館蔵
19	文政元年十二月十八日	牧之宛	鈴木牧之記念館蔵
20	文政二年四月二十四日	只野真葛宛	落合直文「滝沢馬琴の手簡」国民之友95(明23・9)／原翰所 在不明
21	文政二年八月二十八日	小泉蒼軒宛	北方文化博物館蔵（写本）／高橋
22	文政五年閏正月朔日	篠斎宛	天理1　289・イ99・54
23	文政六年正月九日	篠斎宛別紙	天理2　289・イ99・56

24	文政六年八月八日	篠斎宛	天理3　289・イ99・55
25	文政七年三月十四日	安積屋喜久次宛	菊池研介「滝沢馬琴の手簡」国学院雑誌23−8（大6・8）／原翰所在不明
26	文政七年五月二十八日	小泉蒼軒宛	北方文化博物館蔵（写本）／高橋
27	文政七年閏八月七日	小泉蒼軒宛	北方文化博物館蔵（写本）／高橋
28	文政七年閏八月七日	小泉蒼軒宛「令問愚答」	北方文化博物館蔵（写本）／高橋
29	文政七年閏八月頃	牧之宛	鈴木牧之記念館蔵
30	文政八年正月二十六日	篠斎宛	藝林「曲亭書簡集」
31	文政八年正月二十六日	篠斎宛（別包添状）	藝林「曲亭書簡集」
32	文政八年正月二十六日以降	篠斎宛追啓	藝林「曲亭書簡集」
33	〔文政八年〕二月二十日	山崎美成宛	東京都立中央図書館（渡辺刀水文庫）蔵　渡895
34	〔文政八年頃〕二月四日	近藤重蔵宛	東京大学史料編纂所蔵　近藤重蔵関係3−18
35	文政九年十一月十二日	河内屋太助・太二郎宛	天理図書館蔵　281・08−イ1−6／木村p. 272
36	文政十年正月二十五日	牧之宛追啓	大脇昇氏蔵
37	文政十年三月二日	篠斎宛	天理4　289・イ99・57
38	文政十年十一月二十三日	牧之宛	早稲田大学図書館蔵
39	文政十年十一月二十三日	篠斎宛	藝林「曲亭書簡集」
40	文政十一年正月三日	牧之宛	鈴木牧之全集下巻（昭和58年・中央公論社）〔個人蔵〕
41	文政十一年正月十七日	篠斎宛別翰	今治市河野美術館蔵「貼交屏風」①−29−15（10920）
42	文政十一年三月二十日	篠斎宛	天理5　289・イ99・58

43　文政十一年三月二十二日　篠斎宛追啓　天理5　289・イ99・58
44　文政十一年五月二十一日　篠斎宛　京大1
45　文政十一年十月六日　篠斎宛　京大2
46　文政十一年十二月二十三日　大郷信斎宛　天理図書館蔵「雁来魚往」所収（写本）／木村 p. 192
47　文政十二年二月九日　篠斎宛　日大1
48　文政十二年二月十日　桂窓宛覚　日大2
49　文政十二年二月十一日　篠斎宛　京大4
50　文政十二年二月十二日　篠斎宛追啓　日大3
51　文政十二年二月十三日　篠斎宛口上　日大4
52　文政十二年八月六日　河内屋茂兵衛宛　早大1　ヌ6-7173
53　文政十二年八月二十二日　大郷信斎宛　東京国立博物館蔵
54　文政十二年十二月十四日　篠斎宛　日大5
55　文政十二年十二月十四日　篠斎宛覚　日大5
56　文政十三年正月二十八日　篠斎宛　早大2　チ6-3890-265
57　文政十三年二月六日　篠斎宛　日大6
58　文政十三年二月二十一日　篠斎宛　日大7
59　文政十三年二月二十一日　小泉蒼軒宛　北方文化博物館蔵（写本）／高橋
60　文政十三年三月二十六日　篠斎宛　京大5
61　文政十三年三月二十六日　篠斎宛（別紙）　国立国会図書館蔵「馬琴尺牘集」所収（写本）
62　文政十三年九月朔日　河内屋茂兵衛宛　早大3　ヌ6-7173

【編者】

柴田光彦（しばた みつひこ）
1931年生／元跡見学園女子大学教授
東京国立博物館客員研究員

神田正行（かんだ まさゆき）
1970年生／日本学術振興会特別研究員

馬琴書翰集成　第1巻

定価：本体9,800円
＊消費税を別途お預りいたします

2002年9月17日　初版発行

編　者　柴　田　光　彦
　　　　神　田　正　行

発行者　八　木　壯　一

発行所　株式会社　八　木　書　店
〒101-0052　東京都千代田区神田小川町3-8
03-3291-2961（営業）
03-3291-2969（編集）
03-3291-2962（FAX）
Web http://www.books-yagi.co.jp/pub
E-mail pub@books-yagi.co.jp

印刷所　上毛印刷
用　紙　中性紙使用
製本所　牧製本印刷

ISBN 4-8406-9651-9　　第1回配本　

木村三四吾著作集　全四冊〔完結！ 好評発売中〕

Ⅰ 俳書の変遷 ―西鶴と芭蕉

ISBN4-8406-9610-1 ●A5判上製・五二〇頁・本体九、八〇〇円

【目次】『竹馬狂吟集』考（一・二）／綿屋文庫蔵『誹諧連歌抄』／後奈良院宸翰『なぞたて』／国籍類書『謎の本』／『犬枕』／狂言「富士松」所見俳諧校勘略／西鶴『誹諧独吟一日千句』／西鶴宛下里吉親書状案／『聞くまゝの記』・元禄鶴法度のことなど／『仙台大矢数』上／『冬の日』初版本考／『春の日』初版本考／『蕉門誹談随門記』浪化／古俳書の変遷とその分類について／『さくらかゞみ』／『夜半亭初懐紙』／天理図書館蔵 子規の房総紀行『かくれみの』草稿／綿屋文庫源流略／〈影印〉『冬の日』―潁原文庫本・『波留濃日』―中村俊定文庫本

Ⅱ 滝沢馬琴 ―人と書翰

ISBN4-8406-9611-X ●A5判上製・四九六頁・本体九、八〇〇円

【目次】馬琴資料雑考／『兎園小説』の経緯／二十回本「平妖伝」のこと（Ⅰ・Ⅱ）／文政十年三月二日付篠斎宛・「平妖伝」のこと補言／天保三年四月二十六日付桂窓宛馬琴書翰と西荘文庫旧蔵本「八犬伝」（初篇―七篇）／天保三年五月二十一日・同七月朔日付桂窓宛馬琴書翰と西荘文庫本「八犬伝」（第八輯上帙）／天保七年一月六日 小津桂窓宛滝沢馬琴書翰／黙老宛馬琴書翰 天保三年八月二十六日／篠斎宛馬琴書翰 天保三年六月二十一日／馬琴書翰二種 天保四年十一月六日・天保七年一月六日／竹清書留『雁来魚往』所収馬琴書翰／馬琴書翰拾遺十種／滝沢馬琴書翰 文化十二年六月二十四日 黒沢翁麿宛／読『後の為乃記』雑抄／橘女『思ひ出の記』／参考資料　木村黙老書牘集

Ⅲ 書物散策 ―近世版本考

ISBN4-8406-9612-8 ●A5判上製・四六六頁・本体九、八〇〇円

【目次】『西鶴織留』諸版考／西鶴『好色栄花物語』巻五／ガードナー氏紹介の大英博物館本 江戸万屋版『好色一代男』／『松の葉』考／『還魂紙料』／『本城惣右衛門覚書』／『東の道行ぶり』／『壬申掌記』／『浪華なまり』／新国宝宋版『劉夢得文集』／天理図書館善本叢書縁起／天理図書館の善本稀書／天理図書館蔵和漢籍書紹介／善本叢書瑣談―月報あとがき―／森先生の手紙／柿衞文庫のこと／古書肆反町茂雄さんの思い出／随筆 樟落葉

Ⅳ 資料篇 藝文余韻 ―江戸の書物

ISBN4-8406-9620-9 ●A5判上製・四九〇頁・本体一二、〇〇〇円

本篇活用に必備の資料を収録。

【収録資料】〈翻刻〉馬琴『後の為乃記』／〈影印〉『さくらかゞみ』『新吉原細見』『浪華なまり』『還魂紙料』

＊消費税を別途お預かりします

近世文学関連書　〔好評発売中〕

日本大学総合図書館蔵　馬琴書翰集

大澤美夫・柴田光彦・高木元編校　文政十一年五月から天保十一年十二月まで、馬琴の親友であり支援者であった篠斎宛三十二通、桂窓宛一通の難読書翰を精確に翻刻し年代順に収め、京大文学部写本との校勘記・索引を付す。

ISBN4-8406-9084-7　●Ｂ６判上製・二九〇頁・本体六、七九六円

几董発句全集

浅見美智子編校　俳句中興の祖、与謝蕪村の後継者で三世夜半亭、高井几董の全発句四、三〇〇余を制作年代順に収録する。脚注として各句に全出典を明示し、詳細な年譜・三句索引・人名索引・引用書一覧を付す。

ISBN4-8406-9603-9　●Ａ５判上製・六五二頁・本体二五、〇〇〇円

近世大名文芸圏研究

渡辺憲司著　各地に残る近世大名やその周辺の伝統的雅文芸資料を精査に読取り、支配階級の文化的営為とその文学史的位置づけを展開。都市と地方の文化的繋がりとより豊かな近世文学史の構築を論ずる。索引付。

ISBN4-8406-9602-0　●Ａ５判上製・四六八頁・本体八、七三八円

西鶴考　作品・書誌

金井寅之助著　独創的発想と精緻細密な事実調査によって、学界に刺激影響を与えた論考を精選収録。著者の西鶴論の基調を示す「西鶴小説のヂャーナリズム性」「西鶴の文体」等十六篇に、大和地誌に関する論考四篇を付す。

ISBN4-8406-9077-4　●Ａ５判上製・四四二頁・本体七、八〇〇円

近世芸苑譜

野間光辰著　西鶴研究を支えた広大重厚な背景、全二十四篇を収録。収める所、近世初期の遊里と色道論、元禄の歌舞伎浄瑠璃、中・近世の歌謡、そして近世後半の文人達の研究、その悉くが著者薬籠中のものだったのである。

ISBN4-8406-9071-5　●Ａ５判上製・四八八頁・本体九、八〇〇円

近世の学芸　史伝と考証

三古会編　森銑三を中心として史伝を研究し史伝を愛好する同志よりなる三古会会員が、埋もれていた人物・事象・典籍を掘りおこし集大成。写楽を考証した「江戸方角分覚え書」、馬琴宛を含む「山東京伝書簡集」等々三十一篇。

ISBN4-8406-9060-X　●Ａ５判上製・四四二頁・本体四、二〇〇円

＊消費税を別途お預かりします